불로불사의 묘약을 갖고 있는 서왕모

《산해경》에 따르면, 서왕모는 중국의 서쪽 멀리 있는 옥산(玉山)의 동굴 속에서 세 마리의 새가 물어다 주는 음식을 먹고 산다고 했다.

생김새는 사람이지만 마구 흐트러진 머리에 꽃을 꽂고, 호랑이 이빨에 표범의 꼬리가 달려 있어 반인반수(半人半獸)의 형상으로 휘파람을 잘 불어 어딘지 요괴 같은 느낌을 준다. 하지만 남편도 있으며 천계의 선녀들을 관장하고 지상의 역병 등 재해를 주관한다. 또한 다섯 가지 형벌과 인간의 죽음과 관련된 기운을 주관하는 형벌의 신이자 죽음의 신이기도 하다.

불 속에서 솟아오르는 피닉스

언제나 태양을 향해서 날아가는 피닉스는 우아함, 순결함과 함께 인간의 꿈같은 환상인 불멸·불사·영생·부활의 상징이 됐으며, 이집트의 파라오들은 태양과 피닉스 같은 부활과 영생을 믿었다. 그에 따라 파라오들의 내세를 위해 거대한 피라미드가 세워졌다.

아테나의 저주로
미녀에서 괴물로 전락한 메두사

아테나의 저주는 끔찍했다. 인간의 한계를 넘어설 만큼 완벽한 미녀였던 메두사, 그녀가 자랑하던 아름다운 머리카락을 모조리 뱀으로 바꿔버려 머리에는 수많은 뱀들이 꿈틀거리게 했으며, 멧돼지 같은 몸통에 짐승처럼 날카로운 이빨, 멧돼지의 엄니, 튀어나온 눈, 사자코, 입에서 빠져나와 길게 늘어진 혀, 청동의 손, 가랑이를 벌리고 누우면 말 암컷의 하반신이 되기도 하는 끔찍하고 흉악하고 더없이 혐오스러운 모습의 괴물로 만들어버렸다.

그리스 신화에 나오는
인류 최초의 여성, 판도라

판도라는 제우스가 선물한 상자에 무엇이 들어 있는지 점점 호기심이
커져서 견딜 수가 없었다. 결국 그녀는 더 이상 참지 못하고 상자의
뚜껑을 열었다. 그러자 그 안에서 질병, 가난, 전쟁, 증오, 시기, 질투 등
인간을 불행하게 하는 온갖 것들이 쏟아져 나왔다. 크게 놀란 판도라가
당황한 나머지 상자 뚜껑을 닫아 그 안에는 '희망'만이 남게 되었다고
한다. 제우스가 불을 사용할 줄 알게 된 인간에게 복수한 것이다.

알아두면 잘난 척하기 딱 좋은

설화와 기담사전
_ I _

알아두면 잘난 척하기 딱 좋은 **설화와 기담사전 1**

초 판 2쇄 발행 2021년 2월 4일

개정판 1쇄 인쇄 2024년 10월 2일
개정판 1쇄 발행 2024년 10월 10일

지은이   이상화
펴낸이   이춘원
펴낸곳   노마드
기 획   강영길
편 집   이경미
디자인   블루
마케팅   강영길

주 소   경기도 고양시 일산동구 무궁화로120번길 40-14 (정발산동)
전 화   (031) 911-8017
팩 스   (031) 911-8018
이메일   bookvillagekr@hanmail.net
등록일   2005년 4월 20일
등록번호   제2005-29호

ISBN 979-11-86288-76-4 (03810)

알아두면 잘난 척하기 딱 좋은

설화와 기담사전
_ 1 _

이상화 지음

nomad
노마드

　대부분의 사람들에게 현실은 결코 만족스럽지 못하다. 좀처럼 뜻대로 되는 일도 없고 세상은 갈수록 각박해지고 있다. 우리가 어울려 사는 사회는 너무 어수선하고 혼란스러워 미래가 불확실하다. 부푼 꿈조차 갖기 어렵다. 왠지 위축되고 자신감을 잃어가는 게 현실이다.

　그 때문인지 공상, 가상, 상상, 비현실적이지만 어쩌면 이루어질 수도 있을 듯한 판타지물(物)들이 큰 인기를 얻고 있다. 만화, 애니메이션, 게임, 영화, 드라마는 말할 것도 없고 문학작품도 장르문학이 점점 활기를 띠고 있다.

　그중 해리 포터가 호그와트 마법학교에 가면서 겪게 되는 판타지 이야기를 그린 소설《해리 포터》, 인간족과 다른 종족들의 이야기를 다룬 소설《반지의 제왕》, 어린이를 위한 판타지 소설《나니아 연대기》를 비롯하여 〈잠자는 숲속의 미녀〉에 등장하는 마녀를 주인공으로 한 영화 〈말레피센트〉, 판타지와 전쟁을 절묘하게 조화시킨 판타지 영화 〈판의 미로〉 등은 최고의 인기를 누린 판타지물이라고 할 수 있다.

　'판타지(Fantasy)'는 크게 두 가지로 나눠 볼 수 있다.

　한 가지는 국어사전에서 풀이하고 있듯이 SF처럼 가공, 가상, 공상의 세계를 배경으로 하거나 초현실적 존재 또는 사건을 여러 형식을 통해 현실을 살아가는 사람들에게 제공함으로써 환상과 꿈을 심어주는 것이다.

　또 하나는 인간들이 현실을 살면서 이루기 어려운 줄 알면서도 염원하는 소망하고 선망하는 것도 판타지다. 종교인들이 그들이 모시는 신(神)이

기적과 행운을 이루어주기를 기원하는 것도 판타지며 세상이 혼란에서 벗어나 태평성대가 오기를 간절히 바라는 것도 판타지다.

　판타지는 동서양을 가릴 것 없이 신화시대부터 오늘에 이르기까지 오랜 역사를 통해 언제나 우리 곁에 있어왔다. 삶이 고달프고 힘겨울수록 판타지는 더욱 간절한 염원이 됐다. 그리하여 짓눌리고 무엇엔가 쫓기고 시름이 가득한 현실을 잠시라도 잊거나 견디고 달래며 새로운 세상이 열리기를 기대하는 꿈과 희망을 품었다.

　그러한 구체적인 사례들은 헤아릴 수 없이 많다. 세계의 수많은 민족, 국가마다 그들만의 신화와 설화, 전설, 민담, 기담, 괴담 등이 있는데 사실 이들의 대부분은 판타지다. 초능력을 지닌 신(神)들은 물론, 반인반수의 괴물들도 우리 인간의 능력을 넘어서는 초능력이 있다. 하지만 마침내 인간이 승리하여 영웅이 등장한다. 판타지를 실현하는 인간의 꿈을 그린 얘기들이 많다.

　그 수많은 판타지를 책 한 권에 모두 담기는 도저히 불가능하다. 그리하여 세계적으로 널리 알려진 판타지들을 간추렸다. 우리나라의 판타지도 다소 생소한 것들도 있겠지만 거의 모두 우리 민족의 삶과 가까이 있어서 익숙하고 친숙한 것들이다. 내용도 되도록 자세하고 이해하기 쉽고 흥미 있게 꾸미려고 노력했다.

　이 책에 담긴 판타지들을 한꺼번에 다룬 자료는 지금까지 거의 없다. 재미와 함께 새로운 지식을 얻는 데 큰 도움이 될 것으로 믿는다. 독자들의 큰 관심을 기대하며 의미 있고 가치 있는 주제를 기획한 도서출판 '노마드'에 감사드린다.

이상화

PART ❶ 신화와 전설

PART ❹ 믿기 어려운 사실들

PART ❺ 이승과 저승

PART

①

신화와 전설

중국의 창세신화

———✳———

어느 민족, 어느 문화권이든 그들 종족의 뿌리가 있으며 그에 따른 신화와 전설이 있기 마련이다. 그 가운데 대표적인 것이 창세신화다. 신화는 오랜 역사를 두고 전승되어온 그들만의 우주관이자 세계관으로 우주와 세계의 창조, 민족의 기원 등을 신격화한 것이다.

따라서 신화를 보면 민족의 전통적인 의식과 가치관을 짐작할 수 있다. 특히 그 민족의 창세신화에는 그들이 이 세상을 어떻게 인식하고 있는지, 그들이 그리는 이상(理想), 즉 판타지가 무엇인지 고스란히 담겨 있다. 그런 의미에서 가장 오랜 역사를 지닌 중국의 창세신화는 충분한 가치가 있다.

아주 먼 옛날 형제가 살고 있었다. 형(고비)은 땅을 다스렸고 동생(뇌공)은 하늘을 다스렸다. 이들은 형제이면서도 성격은 정반대였다. 형은 어질고 인정이 많았지만 동생은 거칠고 괄괄했다.

어느 날 하늘을 다스리는 동생은 사람들이 제물을 잘못 바치자 몹시 화가 나서 지상에 심한 가뭄이 들게 했다.

몇 년 동안 가뭄이 계속되면서 사람들이 큰 고통을 겪자 땅을 다스리는 형 고비가 보다 못해 하늘에서 비를 훔쳐다가 지상에 뿌려 긴 가뭄을 막았다. 그 때문에 형제간에 싸움이 벌어졌고, 형이 이겼다. 형은 성질이 사나운 동

여와와 복희_ 사람의 얼굴과 뱀의 몸을 하고 있다.

생을 쇠창살 안에 가둬놓았다.

형에게는 복희(伏羲)와 여와(女娲)라는 아들딸 남매가 있었다. 어느 날 형 고비가 외출하면서 남매에게 쇠창살 안에 갇혀 있는 숙부가 물을 달라고 해도 절대로 주지 말라고 신신당부했다. 아니나 다를까, 숙부는 목이 말라 죽겠다며 물을 달라고 애원했다. 아버지를 닮아 심성이 착한 남매는 숙부의 애원을 외면하지 못하고 물을 주고 말았다.

물을 마신 뇌공은 갑자기 힘을 얻어 쇠창살을 부수고 나왔다. 그리고 조카 남매에게 고마워하며 자신의 이빨 한 개를 뽑아서 주었다. 뇌공은 조카들에게 만일 지상에 홍수가 나면 그 이빨을 땅에 심으라는 한마디를 남기고 도망쳤다. 그는 하늘로 돌아오자마자 형에 대한 앙갚음으로 비의 신을 불러 지상에 폭우를 퍼붓도록 했다. 지상에 홍수가 나고 모든 것들이 떠내려가기 시작했다. 복희와 여와 남매는 숙부가 빼준 이빨 한 개를 생각해내고 급히 땅에 묻었다.

그러자 순식간에 땅에서 잎이 올라오고 줄기가 뻗더니 엄청 큰 박이 열렸다. 남매는 그 박을 따서 속을 파내고 그 안으로 들어갔다. 남매는 박에 몸을 의지한 채 물 위를 떠다니다가 여러 날 만에 대홍수가 끝나 땅에 오르고 보니 세상에는 모든 것이 떠내려가고 아무것도 없었다. 남매의 아버지 고비도 이미 죽고 없었다. 이 세상에 남은 것은 오직 그들 남매뿐이었다.

복희와 여와는 사람을 퍼뜨려야 했다. 그러자면 성관계를 해야 하는데 그들은 남매였다. 근친상간을 해야만 했다. 있을 수 없는 일이었다. 하늘에서 지상을 관장하는 태백금성(太白金星)은 그들이 결혼해서 자손을 퍼뜨리기를 권했다. 하지만 그들은 남매간에 혼인할 수 없다며 펄쩍 뛰었다. 그렇지만 인간의 대를 잇기 위해서는 그 방법밖에 없었다.

고민하던 남매는 각기 산에 올라가 불을 피워 연기가 서로 합쳐지면 하늘이 그들의 결합을 인정하는 것으로 여기고 연기를 피워 올렸다. 이윽고 연기가 서로 가까워지더니 한 줄기로 합쳐졌다. 그리하여 복희와 여와 남매는 서로 관계를 하여 자손을 퍼뜨리기 시작했다.

위의 내용은 신화학자인 이화여대 정재서 교수가 《이야기 동양신화》에서 쉽게 풀어 쓴 중국의 창세신화다. 사실 중국에는 여러 창세신화들이 있다. 그 가운데 대표적인 창세신화의 주인공은 반고(盤古)다. 그는 우리나라 신화에도 등장한다.

반고는 아직 천지가 생성되기 전 혼돈의 알 속에서 1만 8000년 동안이나 계속 잠을 자다가 알을 깨고 나왔다. 그러더니 어느 날부터 갑자기 하루에 몇 미터씩 몸이 커지기 시작했다. 또 그만큼 힘도 세져 하늘과 땅이 떨어지게 떼밀기 시작해서 9만 리나 떼어놓았다. '9만 리'는 중국에서 가장 먼 거리, 끝없이 먼 거리를 나타낸다. 반고가 그 틈새로 자신의 아이를 내보내 살게 했다고도 한다. 마침내 거인 반고가 죽었을 때 그의 왼쪽 눈은 태양이 되고 오른쪽 눈은 달이 되었으며, 머리와 몸은 큰 산들이 되고 그의 몸 각 부위는 온갖 자연을 만들어 냈다. 자연과 인간을 동일시했던 동양적

혼돈의 알을 깨고 나온 반고

세계관이 담긴 창세신화이다.

중국의 신화에서 최초의 인간은 어떻게 태어났을까? 이에 대해서는 신화에 따라 약간의 차이가 있다. 먼저 반고가 인간도 만들었다는 것이다. 하늘과 땅을 떼어놓으면서 그 틈새로 내보낸 자기 아이가 최초의 인간이라는 얘기도 있고, 반고가 죽어 그의 몸에서 만물이 생겨날 때 인간도 만들어졌다는 얘기도 있다. 또 반고가 죽을 때의 숨결이 바람이 됐는데 반고의 썩은 시체에서 꿈틀거리던 벌레들이 그 바람을 맞으면서 인간으로 변신했다는 얘기도 있다.

하지만 최초의 인간은 위에서 소개한 '여와'가 만들었다는 신화가 훨씬 일반적이다. 여와에 대해서도 두 가지 얘기가 있다. 여와는 창조의 여신이다. 그가 어디서 어떻게 왔는지는 모르지만, 여와가 황토로 인간을 빚어내기 시작했다.

황토를 뭉쳐 하나씩 하나씩 인간을 만들기 시작했는데 시간도 많이 걸리고 힘이 들어, 끈을 휘둘러 황토더미를 흩뜨리니 흙이 사방으로 흩어지며 수많은 인간들이 한꺼번에 만들어졌다는 것이다.

그러나 그보다 더 사실처럼 받아들여지는 신화는 '복희와 여와' 남매 신화다. 이 남매의 창세신화는 얼핏 《구약성서》의 '노아의 방주'와 비슷하다. 방주에 남아 있던 생명체들이 다시 세상을 열었듯 박을 타고 살아남은 복희와 여와 남매가 최후이자 최초의 인간이 된 것이다. 그리고 그들 남매는 근친상간으로 자손(인간)들을 퍼뜨렸다.

정재서 교수는 중국의 신화에서 여와가 혼자 흙으로 인간을 만든 것은 여성이 중심이었던 모계사회를 나타내는 것이며, 복희와 여와가 결합한 것은 그 뒤의 가부장사회를 뜻하는 것이라고 했다. 또한 근친상간은 인간의 성적 욕망이 금기를 넘어섰음을 암시하는 것이라고 했다.

대홍수로 말미암아 홀로 살아남은 남매가 결합함으로써 인간을 퍼뜨리는 신화를 '홍수남매혼 신화'라고 하며 동서양 구별할 것 없이 흔하다. 그러나 남매가 서슴없이 근친상간하는 그리스 신화와는 달리 동양의 신화는 한 차례 갈등의 단계를 거친다. 그만큼 동양이 도덕적이라고 할까. 원시 사회에서 근친상간은 흔했지만 근본적으로 그것을 금기시하고 꺼렸던 듯하다.

신화학자 프랑수아즈 프롱티시 뒤크루아(Francoise Frontisi-Ducroux)는 그의 책 《신화Mythologie》에서 "신화는 이름 없는 사람들 사이에 전승되는 구비문화로 집단적·개인적 상상구조를 형상화한 것이다. 신화에 등장하는 신들은 기본적으로 인간의 형상이며, 자유롭고 초능력을 지니고 있지만 인간처럼 행동한다. 그들은 인간에 앞서 존재했던 인간의 선조들이다."라고 했다.

중국인들은 복희와 여와 남매를 그들의 조상신으로 생각하며 역사적 사실로 받아들인다. 홍수와 같은 자연재해에도 복희와 여와처럼 살아남는 초인적인 능력은 인간의 영원한 판타지다. 아울러 어떤 어려움이 있더라도 남녀의 결합으로 후손을 퍼뜨려야 하는 것도 인간의 본능이자 판타지다.

일본의 창세신화

———— ✳ ————

창세신화를 비롯한 일본의 신화는 우리 민족의 신화와 밀접한 관계가 있다. 특히 북방계 우리 민족이 한반도를 거쳐 일본으로 건너갔기 때문에 그들의 신화 가운데는 한반도에서 유래한 것들이 많다. 이에 대해서는 일본의 학자들도 인정하고 있다.

그뿐 아니라 일본의 신화는 몇 가지 문제를 지니고 있다. 그들의 창세신화는 일본의 가장 오래된 역사서인 《고사기》와 《일본서기》를 근거로 하며, 이들 역사서는 각각 712년과 720년에 쓰인 사서들이다. 다른 여러 나라 신화와 비교해보면 구조가 매우 치밀하고 일목요연하게 잘 정돈되어 있다. 그리고 그러한 사실이 오히려 각색과 변형이 가해졌을 가능성이 있음을 말해준다.

특히 창세신화와 일본 천황의 억지스런 연결은 조작의 가능성이 농후하다. 우리에게 《총, 균, 쇠》로 잘 알려진 세계적인 진화생물학자 제레드 다이아몬드(Jared Diamond)도 일본 창세신화의 부분적인 조작을 지적하고 있으며, 우리나라의 신화학자 김후란도 그녀의 책 《일본 신화와 천황제 이데올로기》에서 일본 신화의 정치적 조작을 구체적으로 지적하고 있다.

일본의 신화학자 요시다 아츠히코(吉田敦彦)는 저서 《일본의 신화》에서 《고사기》와 《일본서기》는 8세기에 쓰였지만 원형은 3세기 전에 형성된 것으로 보인다며, 그 시기에 당시의 일본보다 선진 문화를 가진 한반도에서 많은 사람들이 일본으로 유입되었기 때문에 이때 형성된 일본 신화들이 당연히 한반도 신화의 영향을 받았을 것이라고 했다.

예를 들면, 일본 최고의 신 아마테라스(天照)는 태양의 여신이다. 그는 처녀이면서 놀라울 정도로 자비심이 깊은 존재로 천상세계 최고의 신이다. 그런데 아마테라스가 고구려 신화의 유화(柳花)와 매우 닮았다는 것이다. 유화는 고구려를 세운 주몽(朱蒙)의 어머니다.

일본에서 소개하고 있는 그들의 창세신화부터 요약해서 살펴보자.

태초에 천상에 세 명의 신이 있었다. 이 신들은 어디서 어떻게 왔는지 모른다. 모두 홀로 태어나 자신의 모습을 드러내지 않는다. 남녀 구별이 없는 단성(單性)의 신들이다. 이들이 홀로 여러 쌍의 신들을 낳는다. 수많은 신들을 만들어낸 뒤, 오토노지 신과 오토노베 신을 만든다. 오토노지는 남자의 성기를 의미하고 오토노베는 여자의 성기를 의미한다. 남녀가 태어날 여지를 만든 것이다.

이어서 남자인 오모다루와 여자인 아야카시코네를 탄생시킨다. 이들은 대화(對話)를 뜻한다. 오모다루는 '당신 정말 아름다워'라는 뜻이고, 아야카시코네는 '몸둘 바를 모르겠어요'라는 뜻이다. 다시 말해, 어떤 인격체의 신보다 남녀의 대화를 먼저 탄생시킨 것이다. 그리고 마지막으로 남자 신 이자나기와 여자 신 이자나미 남매를 탄생시킨다.

이들 남매는 하계(下界)의 바다에 떠도는 세계를 고정시키라는 천상 신들의 지시에 따라 아주 긴 하늘의 창을 바다에 찔러넣어 휘젓는다. 그리하여 창끝에서 떨어지는 소금물로 땅을 만들었는데 그것이 오노고로시마로 최초의 육지다. 이자나기와 이자나미 남매는 천상에서 이 섬으로 내려온다.

남매는 지상의 세계와 만물을 창조할 신들을 낳아야 했다. 그러자면 남매가 성관계를 가져야 했다. 먼저 이자나미가 남자 신인 이자나기에게 말했다. "얼마나 멋진 남자인가!" 이자나기가 대답했다. "얼마나 멋진 여자인가!" 서로 찬양하고 교접했다.

두 신이 관계하여 낳은 아이는 손발도 없고 뼈도 없는, 마치 거머리 같은 아이 히루코였다. 그들은 놀라고 실망

이자나미와 이자나기_ 이자나기가 하늘의 긴 창을 바다에 찔러넣어 휘젓고 있다.

해서 히루코를 갈대 배에 태워 바다에 흘려보냈다. 히루코는 별로 신통치 못하고 흐지부지한 아주 작은 섬들이 됐다. 국토를 만드는 데 실패하고 결혼도 실패한 셈이었다. 그들 남매는 하늘로 올라가 천상의 신들에게 어찌하면 좋을지 의견을 묻는다. 천상의 신들은 여자인 이자나미가 먼저 말한 것이 잘못되었다고 했다.

그들은 다시 지상으로 내려왔다. 이번에는 남자인 이자나기가 먼저 "당신의 몸은 어떻게 생겼는가?" 하고 묻자 여자인 이자나미가 "내 몸은 완성되었지만 아직 한 곳에 구멍이 뚫려 있어요." 하고 대답한다. 그러자 이자나기가 "내 몸도 완성되었지만 남아도는 한 곳이 있거든. 그래서 내 몸의 남은 부분을 당신의 구멍에 찔러넣으면 국토를 만들 수 있을 것 같은데, 당신 생각은 어떻지?" 하고 되묻고 이자나미가 동의하자 그들은 성관계를 갖는다. 두 번째 결혼에 성공한 것이다. 그리하여 그들에게서 수많은 신들이 태어나 도구와 불, 동물, 곡식 등 만물을 창조한다. 마침내 인간도 태어났다.

그러나 이자나미는 불의 신을 낳다가 성기에 화상을 입고 죽음의 세계인 지하세계로 가게 된다. 남편 이자나기가 죽은 아내를 그리워하다가 지하세계로 찾아간다. 그리고 아내 이자나미를 만나 다시 지상의 세계로 돌아가자고 애원하지만, 이자나미는 이미 지하세계의 음식을 먹어 돌아갈 수가 없다고 한다. 그러면서 자기 모습을 보지 말라고 한다. 하지만 이자나기가 아내 이자나미의 모습을 찾아내자 그녀는 구더기가 들끓는 추악한 시체로 변해 있었다.

이자나기가 놀라서 도망치고 이자나미가 그를 뒤쫓는다. 그녀를 필사적으로 뿌리치며 천신만고 끝에 지하세계를 빠져나온 이자나기는 지하세계의 추악한 모습을 지우려고 목욕을 한다. 그런데 그가 왼쪽 눈을 씻자 태양의 신인 아마테라스가 태어나고 오른쪽 눈을 씻자 달의 신인 쓰쿠요미가 태어나고 코를 씻자 대기(大氣)의 신인 스사노가 태어난다. 그리고 그들이 세상을 안정시킨다.

그러자 지하세계의 이자나미가 지상의 남편 이자나기에게 경고한다. 당신이 그러면 지상세계의 인간을 하루에 1000명씩 목을 자르겠다는 것이다. 하지만 이자나기는 지지 않고 당신이 그렇게 하면 나는 하루에 1500명씩 인간이 태어나게 하겠다고 한다. 그래서 인구가 점점 증가하게 됐다.

이자나기가 왼쪽 눈을 씻어 태어난 아마테라스는 여신이다. 그녀는 천상의 여왕이 되어 천상의 세계인 다카마노하라(天高原)를 다스린다. 달의 신 쓰쿠요미는 지상에 내려갔는데, 지상의 우케모치 여신이 자신의 더러운 분비물과 배설물로 음식을 만들어 대접하자 화가 나서 죽여버린다. 그러자 우케모치 여신의 시체에서 온갖 곡식들이 태어난다. 이것 때문에 화가 난 아마테라스에게 의절당하자 그녀는 밤에만 행동하게 한다. 그 때문에 달은 밤에만 뜬다.

아마테라스의 남동생인 대기의 신 스사노도 비슷하다. 지상에서 오게쓰히메 여신이 역시 아주 더럽고 불결한 자신의 배설물 따위로 음식을 대접하자 죽여버린다. 그러자 오게쓰히메 시체의 각 부위에서 다양한 음식물들이 만들어진다.

대기의 신 스사노는 거칠고 난폭했다. 천상과 지상을 오가며 끊임없이 말썽을 부린다. 그가 천상인 다카마노하라에 오자 누이 아마테라스는 동생에게 천상의 세계를 빼앗길까 봐 경계한다. 스사노는 오직 누이가 보고 싶어서 왔을 뿐이라며, 그것을 증명하기 위해 아마테라스와 자식 낳기 내기를 한다. 자기가 누이의 소지품으로 아들을 낳으면 진심으로 누이가 보고 싶어서 온 것이고, 딸을 낳으면 자기에게 못된 흉계가 있기 때문이라는 것이다. 그들은 소지품을 바꿨다. 아마테라스는 스사노에게 곡옥(曲玉)을, 스사노는 누이에게 검을 주고 자식 낳기 내기를 한다.

그 결과 스사노는 누이의 곡옥으로 아들 다섯을 낳았고, 아마테라스는 동생의 검으로 딸 셋을 낳았다. 그러자 아마테라스는 자신의 소유물인 곡옥으로 아들을 낳았으니 그 아들들은 자신의 아들이라고 한다. 아마테라스는 성적인 관계 없이 자식을 낳은 셈이다.

아마테라스가 자신의 아들로 인정한 다섯 아이 가운데 맏이인 오시호미미가 나중에 최초 '천상의 3신' 중 하나인 다카이무스히의 딸과 결혼하여 니니기를 낳는다. 그리고 니니기가 지상세계로 내려와 일본 천황의 조상이 된다.

《고사기》와 《일본서기》에 따르면, 니니기의 증손 진무(神武)가 신성한 새의 도움을 받아 적들을 물리치고 기원전 660년에 일본의 첫 번째 왕이 되었으니, 그가 곧 일본 초대 천황이라는 것이다.

아무튼 그는 기원전 711년 2월 13일에 태어나 127세를 살다가 기원전 585년에 죽었다고 구체적으로 기록하고 있다. 물론 실제로 존재했는지에 대해서는 역사학적으로 부정적인 견해가 강하다. 《고사기》가 나오기 1년 전에 태어났다는 것도 석연치 않다.

제레드 다이아몬드는 진무 천황의 재위 연도와 일본 왕실이 등장한 최초의 역사적 기록 차이를 메우기 위해, 연대기는 13명이나 되는 가공의 왕들을 만들어냈다고 지적했다.

우리나라 신화학자 김후란도 그의 《일본 신화와 천황제 이데올로기》에서, 일본 중세에 천황제가 존속할 수 있었던 이유를 밝히고 있다. 전국을 완전히 제압하지 못한 막부(幕府)의 쇼군(將軍)들이 새로운 왕조를 세우기보다 천황의 권위를 통해 다른 무장들과 차별화된 관직을 얻어 그들 위에 군림하는 방식을 택했기 때문이라고 했다.

물론 여기서 일본 신화의 허구성을 지적하려는 것은 아니다. 일본 창세신화에 담긴 일본인들의 의식세계를 살피려는 것이다.

일본 창세신화를 통해 알 수 있듯 이자나기와 이자나미 남매는 근친상간으로 세상을 연다. 그들을 단성생식으로 낳은 천상의 3신은 정체가 불분명하다. 어디서 어떻게 하늘의 신이 되었는지 알 수 없다. 짐작건대 외부에서 일본으로 들어왔을 것이다. 어느 남방계 종족이나 중국 또는 우리 북방계 민족(예맥족)이 일본으로 건너갔을 수도 있다.

이자나기와 이자나미 남매의 결합은 다른 나라의 남매혼 신화와 약간의 차이가 있다. 서양의 신화에서 남매혼은 별다른 고뇌 없이 성관계로 이어진다. 중국 신화에서 복희와 여와 남매는 성관계에 앞서서 한 차례 하늘의 뜻을 물었다. 하지만 이자나기와 이자나미 남매는 몇 차례의 과정을 거친다.

먼저 천상의 신들은 남녀의 성기를 상징하는 신을 창조함으로써 단성생식에서 양성생식을 암시하며 남녀를 구별했다. 그다음 남녀 대화의 신을 창조했다. 성관계에 앞서 남녀의 대화가 우선하는 것이다. 인간의 성행위는 동물과 달리 먼저 대화하는 절차가 필요하다는 것을 말해준다. 그 뒤에 남매를 창조한 것이다.

이자나기와 이자나미 남매는 지상에 내려와 처음 근친상간할 때 이자나미가 먼저 말을 꺼낸다. 그녀가 적극적으로 "얼마나 멋진 남자인가!" 하고 말을 건네고 남자가 "얼마나 멋진 여자인가!" 하고 응답하고 나서 성관계를 갖는다.

그런데 미숙한 물체를 낳게 된다. 그들의 결합이 잘못되었다는 의미다. 그 때문에 다시 하늘로 돌아가 천상의 신들에게 까닭을 묻자, 여자가 먼저 말을 한 것이 잘못되었다고 한다. 그리하여 다시 지상으로 내려와 남자가 먼저 말을 꺼내고 여자가 동의한 뒤 성관계를 갖자 성공을 거두고 제대로 짝을 이룬다.

이것은 여성이 모든 것의 중심이고 성관계도 주도하던 모계사회에서 남성 주도의 부계사회로 전환했다는 뜻하며 남성 우월, 남존여비의 시대가 됐다는 것을 뜻하기도 한다. 그와 함께 남녀의 성행위는 동물처럼 본능적인 행동으로만 이루어지는 것이 아니라, 행위에 앞서 남녀의 대화와 합의가 있어야 한다는 것을 상징한다.

물론 그 합의 과정은 원초적이다. 남자가 여자에게 몸이 어떻게 생겼냐고 묻자 여자는 자기 몸에 구멍이 있다고 말하고, 남자는 자기에게는 돌출한 부위가 있으니 그것을 서로 끼워 맞춰 몸을 완성하자고 한다. 결국 남자와 여자의 완전한 육체적 결합만이 새로운 생명체를 만들어낼 수 있음을 암시한다.

서양의 근친상간이나 근친혼이 성욕 해소를 위해 큰 부담 없이 행해진 반면 동양에서는 그에 대한 도덕적 갈등이 있는 셈이다. 근친뿐 아니라 남녀의 성관계에도 남자든 여자든 어느 한쪽의 일방성을 배제하고 합의의 필요성을 제시했다는 것도 역시 인격체를 지향하고 있다는 사실을 말해준다.

또 한 가지 주목할 것은 일본 창세신화에는 여성의 생식기와 관련된 것들이 많다는 점이다. 여성 음부를 상징하는 신이 있는가 하면, 이자나기와 이자나미가 하늘의 창으로 바다를 휘저어 땅을 만들 때 하늘의 창은 남성의 성기를 상징하고 창을 찔러넣은 바다는 여성의 성기를 상징한다고 일본의 학자들은 말한다.

여신 이자나미는 불을 창조하다가 성기에 화상을 입어 숨졌다. 그녀가 지하세계에서 죽어 그 시체의 모든 부위에서 만물이 탄생하는데 그녀의 음부에서도 많은 생명체들이 나왔다. 여자의 자궁은 생명의 근원임을 암시하는 것이다.

이자나미와 이자나기가 낳은 삼남매도 여성 성기와 관련이 있다. 달의 신 쓰쿠요미가 죽인 여신도 시체의 각 부위와 음부에서 만물이 탄생하고, 스사노가 죽인 오게쓰히메 여신도 시체의 각 부위에서 각종 곡식들이 나오는데 음부에서는 보리가 나왔다. 이렇게 여신의 몸에서 온갖 생명체와 각종 곡식들이 나오는 것은 앞에서 자주 설명했던 여성, 즉 어머니 여신은 곧 만물을 탄생시키는 지모신(地母神, 대지의 신)이라는 농경시대의 우주관과 자연관을 말해주는 것이다.

스사노가 천상에서 난동을 부릴 때 직물을 짜고 있던 여신이 크게 놀라

동굴에서 모습을 드러내는 아마테라스

는 바람에 베틀의 부속품인 북이 음부를 찌르고 들어가 죽었다는 대목이
있다. 일본의 학자들은 그 여신이 누이 아마테라스일 것이며 스사노의 횡
포로 성기에 큰 상처를 입었을 것이라고 말한다.

천상에는 막힌 입과 길을 열어주는 아메노우즈메라는 여신이 있었다.
그녀가 춤을 추는데 점점 옷이 흩어져 가슴이 드러나고 치마끈이 풀려 성
기가 보인다. 그 모습을 보고 천상의 신들이 일제히 웃음을 터뜨린다. 그
때문에 태양의 신 아마테라스가 갇혀 있던 동굴이 열리고 세상에 빛을 비
출 수 있게 된다.

아메노우즈메 여신이 갈라진 틈(음부)을 보임으로써 천상의 신들이 웃
고 그 갈라진 틈 때문에 어둠의 장막이 걷혀 햇빛을 볼 수 있는 밝은 세상
이 되었다는 것이다. 여성 음부의 틈새를 광명과 연결시킨 것은 놀랄 만한
발상이다.

이처럼 여성의 음부가 많이 나타나는 것은 그것이 생명체와 만물의 근
원인 자궁 입구인 까닭도 있지만, 농경시대 가부장사회가 되면서 남성들
의 성적 적극성이 여성에게 큰 관심을 갖게 됐다는 근거이기도 하다.

도깨비의 시조, 치우

———— ✳︎ ————

지난 2002년 한일 월드컵 당시, 우리 국민들이 남녀노소 가릴 것 없이 모두 붉은 티셔츠를 입고 일사불란한 응원을 펼쳤던 감동적인 모습은 지금도 기억이 생생하다. 큰 관심을 집중시키며 세계적인 화제가 됐던 전 국민의 열정적인 응원을 주도한 것은 '붉은 악마'로 불렸던 축구 국가대표팀의 서포터들이었으며, 그들의 상징이 치우(蚩尤)였다.

이들의 치우는 장식 기와인 귀면와(鬼面瓦)를 형상화한 것으로, 우리의 오랜 삶을 통해 끊임없이 존재해왔던 초능력적 상상의 존재인 도깨비의 전형적인 모습이기도 하다. 하지만 치우는 상상의 도깨비가 아니라 중국과 우리의 역사에 당당히 등장하는 실존의 전설적인 존재다.

중국인들은 창세신화의 '복희와 여와' 남매를 조상신으로 섬기며 역사적 사실로 인식한다. 그들 뒤의 '삼황오제(三皇五帝)'를 실화로 인식하기 때문이다. 중국인들은 삼황오제를 실질적인 중국인의 조상으로 여긴다.

삼황오제는 삼황이 함께 있었고, 오제가 함께 있었던 것은 아니다. 연속적인 황제들도 아니다. 시기에 따라 그 시대를 대표해서 등장한 통치자들이며 중국인들에게 신화성과 사실성을 함께 지닌 존재로 인식되는 인물들이다.

염제 신농(왼쪽)과 황제 헌원(오른쪽)

　삼황 중 첫째는 여와와 남매간인 복희다. 달리 태호 복희(太皥伏羲)라고
도 한다. 둘째가 염제 신농(炎帝神農), 셋째가 황제 헌원(黃帝軒轅)이다. 사마
천의《사기》에 복희는 동이족이라고 했다.

　동이족은 한민족의 북방계 기원인 예맥족을 비롯한 중국 동북 지방의
종족들을 일컫는 말이다. 그 때문에 우리의 옛 사서에는 복희는 배달국 5
대 단군의 12번째 아들이며 신시(神市)에서 태어나서 예맥부족의 청구(靑
邱)와 낙랑을 거쳐 중국으로 이주했다고 기록되어 있다. 그뿐 아니라 삼
황오제 모두 동이족으로 우리 민족이 그들의 조상이라고 기록한 사서도
있다.

　그러나 사학자들은 중국의 사서에 삼황오제가 동이족이라고 기록되어
있지만 진(秦)나라 이전의 동이족과 한(漢)나라 이후의 동이족은 그 범위에
차이가 있으며, 우리 민족의 시원이 된 동이족은 한나라 이후이기 때문에
진나라 이전의 개념인 삼황오제와는 직접 관련이 없다는 것이 일반적인
견해라고 한다.

　첫째 복희는 처음으로 사냥법, 불의 사용 등을 가르쳤다는 것을 보면 수

렵채집을 하던 석기시대를 나타낸다. 복희 이후 여러 명의 제후들이 이어지다가 두 번째 신농이 등장한다. 신농은 사람의 신체에 소의 머리를 가진 인간으로 묘사된다. 처음으로 농경을 가르쳤으므로 태양신이자 농업신으로 농경시대를 말해 준다.

셋째 헌원은 문명과 문화를 가르쳤다. 집 짓는 법, 옷 짜는 법, 수레 발명, 글자 개념 도입 등 문명시대에 들어선 것을 나타낸다. 그래서 중국에서는 황제부터 역사시대로 정리하기도 한다.

헌원이 세상을 안정시키고 활기 넘치게 하자 모든 신들이 그에게 복종한다. 그런데 거인족의 우두머리인 치우가 따르지 않고 반란을 일으킨다.

치우는 눈이 네 개, 손이 여섯 개이고, 머리에는 긴 뿔이 있으며 구리로 된 머리와 쇠로 된 이마를 하고 있다. 쇠와 돌을 즐겨 먹으며 거대한 체구를 지녔고 성정이 매우 거칠고 사납다. 또한 연기를 빨아들이고 안개를 뿜으며 공중을 날아다니고 백리 길도 한걸음에 달려가는 축지법을 쓴다. 형제가 72명(또는 81명)이나 되는데 모두 싸움에 능하다.

황제 헌원과 맞선 치우는 풍백(風伯; 바람), 우사(雨師; 비)와 이매망량(魑魅魍魎; 도깨비)과 힘을 합쳐 필사적으로 싸웠지만 마침내 패배하면서 죽음을 맞는다. 중국의 또 다른 전설에서는 황제와 치우가 싸울 때, 서왕모(西王母)가 황제에게 현녀(賢女) 9000명을 보내 치우를 물리칠 방법을 알려줘서 황제가 이길 수 있었다고 한다. 서왕모에 대해서는 다른 항목에서 다룰 것이다.

황제는 세상을 완전하게 만들어놓고 치우와 싸워 이긴 뒤 신하들을 데리고 하늘로 돌아간다. 그에게는 다섯 명의 자손이 있었는데 그들이 황제의 뒤를 이어 세상을 다스린다. 그들이 '오제'이다.

오제에 대해서는 중국의 사서마다 차이가 있고 삼황과 시대가 겹치거나

한나라 때 고분벽화에 묘사된 치우

엇갈리는 경우도 있다. 중요한 것은 오제의 마지막인 '제요 도당'과 '제순 유우'다. 이들이 중국이 태평성대를 누렸다는 요(堯)와 순(舜)이며 이들이 통치하던 시대가 '요순시대'다.

치우의 출생에 대해서는 여러 견해가 있다. 중국 고대신화에 등장하는 거인족이라는 견해가 있는가 하면 동이족으로 삼황의 둘째인 염제 신농의 후예라는 견해도 있다.

그뿐 아니라 치우는 남방계(동남아시아), 특히 티베트의 한 종족으로 중국의 남부 지방에 들어와 양쯔강을 경계로 북방계의 황제와 맞서 싸웠다는 견해도 있다. 아무튼 그 무렵 고대 중국에서는 북방계와 남방계 종족들 사이에 전쟁이 많았다는 것을 말해준다.

치우가 구리로 된 머리와 쇠로 된 이마를 가졌다는 것은 그의 생존 시기가 청동기시대와 철기시대라는 것을 말해주며, 거인족이라는 것은 그리스 신화를 비롯한 각국의 신화를 통해 알 수 있듯 인간의 능력을 넘어선 초능력을 지닌 존재를 상징한다.

그 때문인지 치우는 전쟁의 신, 국가의 수호신, 가정의 수호신이기도 하다. 중국 진(秦)나라 말기, 천하통일을 놓고 항우(項羽)와 치열하게 다퉜던 유방(劉邦)은 출정할 때마다 치우에게 승전을 기원하는 제사를 지냈다고 한다. 우리 역사에서도 고려시대와 조선시대에 치우에게 제사를 지냈다는 기록이 자주 나타난다. 그런가 하면 단오에는 치우의 형상을 그린 부적을 지녀 악귀를 쫓았다는 기록도 있다.

치우는 우리에게 익숙한 도깨비 문양의 상징이다. 삼국시대 역대 왕릉에서 치우의 문양이 많이 나타나기도 하고 지방의 기와에도 도깨비 문양이 있다. 치우가 수호신이기 때문이다. 17세기에 편찬한 《규원사화》에는 치우가 배달국 14대 임금이었다는 기록이 있다.

우리나라 야사(野史)를 보면 치우를 치우씨나 치우천왕 등으로 기술하면서 치우 또는 그 부족이 한민족의 조상이라는 주장이 있는가 하면, 한민족 최초로 나라를 연 단군(檀君)이 치우의 후예라는 주장도 있다. 하지만 주류 사학자들은 그러한 연관설을 인정하지 않고 있다. 어찌 되었든 예전부터 우리 민족의 생활에서 치우의 문양을 많이 사용해온 것은 사실이다.

인간은 누구나 자신의 능력이 남보다 우월하기를 선망하고 때로는 자신에게 초능력이 있기를 꿈꾼다. 동물의 세계가 약육강식을 피할 수 없는 경쟁의 세계이듯 인간들도 경쟁한다. 능력이 뛰어나 경쟁에서 이기고 살아남고 싶은 것은 인간의 영원한 욕망이다.

신화 속의 여신들

———※———

기원전 4500~기원전 3000년경에 중국 내몽고와 랴오닝성 등 만리장성 동북부 지역에 뛰어난 신석기 문명이 있었다. 세계 4대 문명으로 일컫는 메소포타미아 문명, 황하문명, 이집트 문명, 인더스 문명과 함께 세계 5대 문명에 포함시켜야 한다는 주장이 나올 만큼 뛰어난 문명인 홍산문명(紅山文明) 또는 홍산문화가 그것이다.

중국에서는 당연히 자신들의 선조가 이룩한 자신들의 문명이라고 주장하지만 여러 가지 사료와 그 밖의 근거로 볼 때 동이족, 특히 우리 민족의 북방계 시원인 예맥족이 이룩한 문명이라는 주장이 큰 설득력을 얻고 있다.

1970년대 말, 홍산문화의 중심 지역에서 약 5000년 전의 유적지가 발견돼 발굴작업이 이루어졌다. 뜻밖에 여러 가지 유물들이 나왔는데 그 가운데 흙으로 빚은 마름모꼴 체형의 작은 나체 여인상 두 점이 관심을 끌었다. 지금까지 중국에서 볼 수 없는 것들이었다. 두 점 모두 머리 부분이 사라졌지만 5센티미터 조금 넘는 크기에 풍만한 가슴과 골반 그리고 임신부처럼 배가 불룩한 여성의 모습이었다.

또한 그곳에서 수십 킬로미터 떨어진 곳에서 여신묘(女神廟)가 발굴됐는데 이곳에서도 나체 여인상 조각들이 여러 점 출토되었으며, 놀랍게도 등신대의 채색 여인상도 나왔다. 특히 눈에는 짙고 푸른 빛깔의 구슬까지 넣어 신비감마저 느껴지는 여신상이었다.

빌렌도르프의 비너스

이러한 여인상은 시베리아 바이칼호 주변을 비롯해서 유라시아 여러 곳에서도 적잖이 출토됐다고 한다. 지금까지 발굴된 여인상 가운데 가장 오래된 것은 1909년 오스트리아 빌렌도르프에서 발굴된 나체 여인상이다. 약 2만 5000년 전에 만들어진 것으로 '빌렌도르프의 비너스'로 불린다.

흥미로운 것은 유럽과 아시아, 홍산문명 유적지에 이르기까지 이들 나체 여인상의 모습과 형태가 거의 비슷하다는 것이다. 한결같이 신체의 비례에 맞지 않을 만큼 풍만한 유방과 엉덩이, 임신한 듯한 불룩한 아랫배의 모습을 형상화하고 있다. 먼 거리까지 인간의 왕래가 불가능했던 석기시대에 지구 곳곳의 나체 여인상들이 이러한 공통점을 지닌 현상을 어떻게 설명해야 할까?

여기서 한 가지 참고할 만한 것이 있다. 바로 '문화의 보편성'이다. 가령 어느 지역에서 어떤 문화가 생겨났다면, 그것이 직접적으로 전파되거나 전달되지 않아도 비슷한 시기에 다른 지역에서도 그와 비슷한 문화가 생겨난다는 것이 문화의 속성이며 문화의 보편성이다.

미국의 인류학자 루이스 헨리 모건(Lewis Henry Morgan)은 이것을 '공통심리성'으로 표현하면서, 동일한 발전단계에 이르러 형성되는 유사한 사회 환경 속에서 서로 비슷한 심리작용이 일어나고, 그 결과 유사한 문명이 곳곳에서 일어나는 것이 공통심리성이라고 설명했다.

예를 들면, 서로 특별한 교류가 없었지만 인류의 4대 문명이 각기 다른 곳에서 비슷한 시기에 탄생했다. 또한 석가모니, 공자, 소크라테스 등의 성인들도 저마다 다른 곳에서 비슷한 시기에 등장했다.

그렇다면 석기시대의 인류는 왜 이런 나체 여인상을 만들었을까?

결론적으로 말하면 동물이나 다름없는 야생에서 벗어나 자의식을 갖게 된 인류의 근원적인 판타지라고 할 수 있다.

자의식을 갖게 된 선사시대의 인류, 특히 남자들은 성적으로 많은 것을 인지하게 되면서 여성에 대한 인식에도 큰 변화가 생겼다. 여자가 성인이 되면 한 달에 한 번 적잖은 양의 피를 흘리면서도 쓰러지거나 죽지 않는 것이 신기했다. 피를 흘리는 여성만이 아이를 낳는 것도 신기했으며, 아이를 낳으면 유방에서 하얀 젖이 나오는 것도 신기했다.

붉은 피와 흰 젖이 나오는 여자, 그러면서 죽지 않는 여자. 오직 여자만이 아이를 낳을 수 있었고, 모든 동물들 가운데서 가장 고통스러운 출산 과정을 겪지만 죽지 않고 아이를 낳았으며, 여자가 아이에게 젖을 주고 잘 키워야 무리의 숫자가 늘어나는 것도 신기했다.

그들은 여자를 불가사의하고 신비한 영물(靈物)로 여겼다. 그래서 여자를 존중했다. 이것은 고대사회에 이르기까지 인류가 모계사회를 유지하는 데 크게 기여했다. 더욱이 그들은 난교였기 때문에 여자가 아이를 낳아도 누구의 아이인지 몰랐다. 단지 어머니만 알 수 있었으므로 자연히 어머니는 무리의 중심이 될 수밖에 없었다. 모계사회는 필연적이었다.

여성에 대한 존중은 당연히 '여성 숭배'로 이어졌다. 그들에게 생명의 근원인 어머니는 위대한 존재였으며 마치 신처럼 여겨졌다. 다시 말해 모신

(母神) 숭배는 나아가 여신 숭배로 신격화됐다.

여성을 숭배하고 신격화하는 것은 여러 가지 의미가 있다. 첫째는 생명 잉태의 주체인 여성을 숭배하고 풍요와 다산을 기원하는 것이며, 나아가 만물을 잉태하는 땅을 아이를 잉태하는 어머니와 동격화해서 숭배하는 것이다. 또한 여성 숭배는 여성 생식기 숭배와 성교 숭배 등으로 확대되어 성생활에도 큰 영향을 미쳤다.

신앙으로서의 생식 숭배는 실제 행동에서 생식기 숭배로 이행됐다. 새로운 생명을 만들어내는 오묘한 능력을 지닌 남녀의 성기, 임신의 메커니즘을 제대로 모르던 그들로서는 남녀의 성기야말로 영물이었다. 그들은 남녀의 성기, 특히 여성의 성기를 숭배했을 뿐 아니라 그것을 활용하려고 했다. 즉 성행위에 온갖 정성을 다한 것이다.

당시 옷을 입었음에도 빌렌도르프 비너스, 홍산문명의 여인상이 모두 나체인 것은 '생식 숭배'를 나타내는 것이기도 하다. 아울러 나체 여인상들이 한결같이 가슴과 엉덩이가 무척 큰 것은 그처럼 풍만하고 비대한 여성이 그 시대에 각광받았다는 것을 말해준다.

그러한 체형의 여성은 건강의 상징이며 가임성이 뛰어나다는 것을 말해주기도 한다. 그래서 가슴과 엉덩이가 크고 비대한 여성이 매력적인 여성이었으며 그 시대의 남성들의 판타지였다.

그처럼 선사시대 인류의 여성 숭배는 생명의 근원인 위대한 어머니로서의 풍요와 다산을 기원하는 지모신으로 신격화됐으며, 그에 대한 선망과 판타지로서 마침내 생산의 상징이자 초능력적인 여신이 탄생했다. 따라서 그리스 신화를 비롯한 동서양의 거의 모든 신화에서 만물 창조와 창세 그리고 풍요와 다산을 기원하는 초자연적이고 초능력의 신은 여신이었다.

인안나와 남편 두무지

서양의 그리스 신화의 아프로디테, 로마 신화의 비너스는 같은 여신으로서 사랑과 성애, 다산 그리고 때로는 결혼까지 관장하는 여신이었으며 바다와 항해의 안전까지 관장하는 여신, 전쟁의 여신으로도 숭배됐다.

그보다 앞서 메소포타미아 수메르 신화에는 인안나(Inanna)라는 여신이 있다. 하늘의 여신이라는 의미를 지닌 인안나 역시 성애와 다산, 전쟁의 여신이다. 아프로디테가 성애의 여신인 까닭에 고대사회의 매춘부들은 자신들의 수호신으로 숭배했다. 인안나 역시 성애를 관장했기 때문에 인류 최초로 매춘이 등장하는 기원이 됐다고 해도 과언이 아니다.

동양의 신화에서도 여신의 위치는 절대적이었다. 중국의 여와, 일본 최고의 신 아마테라스도 여신이다. 그는 처녀이면서 놀라울 정도로 자비심이 깊은 여신으로 천상의 세계 최고의 신이다. 또한 천상에 내려와 일본 열도를 만들고 후손을 퍼뜨리기 시작한 이자나미도 여신의 반열에 올라 있다.

우리나라 단군신화에 등장하는 웅녀도 여신이다. 웅녀는 하늘에서 내려온 천신인 환웅과 교접해서 고조선을 세운 단군을 낳는다. 농경이 주업이었던 고조선에서 웅녀는 생산 기능을 가진 땅과 후손을 낳는 어머니의 상징인 지모신이기도 하다.

우리의 설화에는 '마고할미'라는 창세의 여신도 있다. 마고할미 또는 마고할멈은 지역마다 이름은 다르지만 전국적으로 널리 전승되고 있다. 몸집이 어마어마하게 큰 거인 여성으로 산과 강, 섬, 계곡 등 세상의 자연물과 지형을 창조한 여신이다.

풍요와 다산, 새로운 생명을 창조하는 위대한 어머니가 신격화된 여신은 석기시대 삶의 구심체였다. 그러나 석기시대가 끝나고 청동기와 철기를 사용하는 금속시대에 들어서면서 강한 힘과 우월한 노동력을 가진 남성들의 위세가 차츰 높아지게 된다.

여기에는 점차 세력이 커진 유목민의 확장도 큰 몫을 한다. 그들은 평화적인 농경민보다 훨씬 호전적이며, 남성이 주도하는 세력이었다. 특히 유럽에서 이들은 기후와 환경의 변화로 궁지에 몰릴 때마다 농경민들을 침략해서 쉽게 무너뜨렸으며 그들이 애써 가꾼 농지를 차지해 초목지로 만들었다.

그리하여 남성 지배 사회가 더욱 촉진됐다. 그와 함께 거의 모든 농경민들이 숭배하던 여신들도 수난을 겪게 됐다. 여신들은 분화되고, 변형되고, 왜곡되더니 마침내 몰락하게 된다.

이러한 인류 역사의 중대한 변천 과정은 여러 신화들에 고스란히 담겨 있다. 고대 그리스를 연구하는 한국외국어대학교 장영란 교수는 남성들의 사회 권력 창출과 함께 고대 근동 사회의 신화 속에서도 급격한 변화가 일어났다는 것이다. 태양을 숭배하는 유목민족의 대두로 남신들의 신화가 등장했으며 남신 숭배를 유도하기 위해 여신들에 대한 일종의 축출과 제거과정이 있었다는 것이다(《위대한 어머니 여신-사라진 여신들의 역사》, 장영란, 살림출판사, 살림총서 11, 2003).

장 교수의 설명에 따르면, 그러한 여신들의 변천 과정과 남신의 등장은 메소포타미아, 이집트, 바빌로니아, 그리스 신화 등에서 잘 나타나고 있는

데, 신화의 주역이었던 완벽한 여신들은 우리가 앞에서 살펴봤던 것처럼 초자연적이고 초인적 능력으로 갖가지 기능과 역할을 수행하며 위대한 어머니의 위치에서 아들과 연인이 되어 교접함으로써 창조와 번식을 수행하는 구조였다는 것이다.

하지만 가부장사회로 바뀌어가면서 전지전능한 위대한 어머니는 남편과 형제, 딸과 아들 등으로 분화되며 여신이 지녔던 초능력적 기능과 역할들도 분산되거나 축소되기 시작했다는 것이다.

이어서 남신들이 점점 강력해지고 여신들은 크게 위축돼 남신의 아내또는 종속적인 관계로 떨어지더니, 질투와 복수에 골몰하고, 가혹하고 가증스럽고 잔인한 행위를 일삼는 부정적인 이미지로 추락하게 된다. 그리하여 마침내는 혐오스런 괴물로 변신해서 신, 인간, 만물을 괴롭히다가 남신들의 초능력적인 행동에 의해 섬멸되는 지경에 이르게 된다. 드디어 남신들이 영웅이 되는 것이다.

다만 그리스 신화에서는 남녀 신들의 권력 교체가 극단적이지는 않다고했다. 그리스 신화에서는 우선 결혼을 기준으로 여신들이 두 부류로 나뉘었다는 것이다. 결혼한 여신들은 권위와 기능이 크게 떨어진 반면, 미혼의 여신들은 여전히 막강한 기능을 지녔다고 설명했다.

그러나 미혼의 여신들은 불분명한 성적 정체성을 가지거나 왜곡된 성의식을 가짐으로써 부정적 이미지를 부각시킨 듯하다. 미혼의 여신들을 통해 가부장사회에서 여성들의 순결을 은근히 강조하면서도, 남자 못지않게 잔혹하고 냉혹하게 나타내 여신들을 폄하한 셈이다. 또한 신화에 등장하는 괴물들도 대부분 여성성을 지녀 여자에 대한 부정적 이미지를 강화했다.

황소로 변해 에우로페를 납치하는 제우스(장 밥티스트 마리 피에르)

　그 대신 남성성은 점차 강화되었다. 올림포스 신들의 제왕 제우스는 여신이나 여자 인간을 가리지 않고 비둘기·독수리·황소 등 갖가지 동물로 변신해서 접근한 뒤 반강제적으로 성관계를 맺었으며, 모든 여신들이 제우스와는 종속적인 지위에 놓이게 되었다는 것이다.

　사실 이 같은 남성의 우월적인 양상은 고대 그리스 사회에서 여성을 남성보다 열등한 존재로 만들었다. 소크라테스를 비롯한 대부분의 고대 그리스 철학자들조차 여성을 본성적으로 열등한 존재이자 '불완전한 남자'로 이해했다. 고대뿐 아니라 현대에 이르기까지 여성에 대한 편견으로 작용하고 있으며 차별과 억압을 정당화했다는 지적이다.

　남성 지배 사회로 전환되면서 동서양의 구별 없이 남성들이 우월적 지위에서 쾌락을 위한 갖가지 성행태가 만연했다. 축첩과 같은 일부다처는 말할 것도 없고, 여성 노예는 성적 노리개가 됐으며 인류가 만들어낸 또 하나의 특징적 성 행태인 '매춘'까지 등장하게 됐다.

　동양도 예외가 아니다. 중국 대륙을 비롯한 아시아 지역에서 여러 민족들이 이합집산을 거듭하며 탁월한 능력을 지닌 남성들이 나라를 세우고, 청동기시대와 철기시대를 맞아 그러한 소재들로 만든 칼과 창 등의 무기를 이용한 정복전쟁이 빈번해지면서 남성들이 여성들보다 절대우위에 서게 됐다.

그에 따라 위대한 어머니, 생명 창조의 여신은 갈수록 쇠락할 수밖에 없었다. 심지어 나체 여인상이 발굴됐던 홍산문화 유적지에서 홍산문화 후기의 것으로 보이는 흙으로 빚은 남신상들이 출토된 것을 보면 생산의 상징인 어머니, 여신은 마침내 사라지고 남성들이 지배하는 시대를 맞게 된 것이다.

그리하여 가부장 봉건사회가 되면서 여성은 남성에게 절대 복종해야 하는 남성 우월 사회가 거의 오늘날까지 이어졌으며, 20세기에 이르러서야 여권 신장과 여성해방운동이 확산되면서 남녀평등이 차츰 자리를 잡아가게 됐다.

서왕모

———✳———

서왕모(西王母)는 중국 도교 신화에 등장하는 여신이다. 중국의 기서 가운데 하나인 《산해경山海經》에 따르면, 서왕모는 중국의 서쪽 멀리 있는 옥산(玉山)의 동굴 속에서 세 마리의 새가 물어다 주는 음식을 먹고 산다고 했다.

생김새는 사람이지만 마구 흐트러진 머리에 꽃을 꽂고, 호랑이 이빨에 표범의 꼬리가 달려 있어 반인반수(半人半獸)의 형상으로 휘파람을 잘 불어 어딘지 요괴 같은 느낌을 준다. 하지만 남편도 있으며 천계의 선녀들을 관장하고 지상의 역병 등 재해를 주관하며 다섯 가지 형벌과 인간의 죽음과 관련된 기운을 주관하는 형벌의 신이자 죽음의 신이기도 하다.

그러나 시대의 변화에 따라 서왕모는 차츰 인격화되면서 양회(楊回)라는 이름을 갖게 됐고, 빼어난 미인으로 형상화됐다. 그가 사는 곳도 좀더 구체화됐다. 중국 서북부에 있으며 신령이 깃든 산으로 손꼽히는 곤륜산에 살며 삼족오와 구미호 또는 토끼와 개구리를 거느리고 있다는 것이다.

하지만 도교 신화에서 서왕모가 숭상되는 것은 그가 불로불사, 즉 죽지 않고 영생할 수 있는 묘약을 가지고 있다고 믿기 때문이다. 중국 신화에서 어떤 영웅이 서왕모를 찾아가 그 불사약을 구했는데 그의 아내가 그 약을 먹고 달[月]로 도망쳤다는 전설이 전해지는 것에서 기인한 듯하다.

《산해경》에 묘사된 서왕모(왼쪽)와 빼어난 미모를 자랑하는 서왕모

　서왕모는 신격화되면서 고대 중국에서 민간신앙으로 발돋움했다. 2300여 년 전인 전한 말기에 관동에서 큰 소요가 일어나 수도였던 장안까지 위협을 받게 되자, 장안의 백성들이 골목마다 제단을 쌓고 서왕모에게 국태민안(國泰民安)을 기원하는 제사를 지냈다는 기록을 보면 서왕모가 전지전능한 신으로서 숭배됐다는 사실을 잘 알 수 있다.

　서왕모와 관련해서 흥미있는 전설들도 있다. 고대 중국 주(周)나라의 목왕(穆王)은 곤륜산으로 서왕모를 찾아가 만나게 됐고 서로 사랑했다는 전설이 있으며, 전한의 무제(武帝)는 서왕모를 뵙고 싶다고 열심히 기원했더니 칠월 칠석날 서왕모가 아홉 빛깔의 용이 이끄는 수레를 타고 내려왔는데 그녀의 모습이 무척 아름다웠다고 한다. 무제는 서왕모에게 불사약을 달라고 애원했더니 동방삭(東方朔)이 서왕모의 궁전에서 복숭아를 훔쳐갔다고 했다.

　동방삭은 우리에게도 삼천갑자 동방삭으로 잘 알려진 인물이다. 갑자년은 60간지의 첫 번째로 60년에 한 번씩 돌아온다. 그래서 나이가 60세가 되면 회갑 또는 환갑이라고 한다. 그런데 삼천갑자라면 3000×60으로 18

만 년이다. 동방삭이 서왕모의 복숭아를 훔쳐 먹고 거의 영생했다는 얘기다.

복숭아를 훔치는 동방삭

물론 허황된 전설이지만 동방삭은 실존 인물로 전한시대 한무제의 총애를 받았던 신하다. 전설은 크게 과장됐겠지만 아주 오래 살았던 것 같다. 서왕모의 복숭아를 '반도(蟠桃)'라고 하는데 먹으면 불로장생한다는 전설이 있다.

한편, 도교의 전설에서는 한무제가 서왕모를 만나 반도의 씨를 얻었다고 한다. 한무제가 반도 열매를 얻으려고 씨를 심으려고 하자, 서왕모가 반도는 3000년 만에 한 번씩 열매가 열린다며 말렸다고 한다. 이 도교의 전설에서 서왕모는 불로장생의 반도를 재배하는 과수원을 가지고 있다고 한다.

후한에 이르러서는 불교가 전래되고 유교사상이 확산되면서 도교의 신선사상이 쇠퇴하게 돼 서왕모 신앙적 위력도 차츰 약화됐다고 한다. 그럼에도 서왕모는 불로장생의 상징적 존재로서 중국인들의 선망을 대신하고 있으며 민간신앙으로 근대에 이르기까지 변함없이 숭배를 받았다.

서왕모는 어디까지나 신화 속의 인물이다. 하지만 신화에 등장하는 인물들은 그들이 아무리 변신을 잘하고 초인간적이고 초자연적인 능력을 지녔다 하더라도 결국 인간의 형상을 하고 있다. 다시 말하면 신화에는 그 시대를 살았던 우리 선조들의 집단의식이 담겨 있다는 것이다.

인간은 태어나서 언젠가는 반드시 죽는다. 하지만 생존본능이 강한 인간은 불로불사, 영생을 꿈꾸고 선망한다. 영원히 죽지 않는 영생은 인간의 판타지다. 그것이 불가능한 줄 알면서도 판타지를 버리지 못한다.

고대 이집트에서는 날이 저물면 태양이 사라졌다가 이튿날 아침이면 어김없이 다시 떠오르는 것을 보고 태양과 같은 영생을 꿈꿨다. 그리하여 그들은 태양신을 숭배했으며 파라오(통치자)들은 영생을 믿었다. 현세에서 죽더라도 태양처럼 다시 살아날 것으로 믿으며 태양이 움직이는 방향에 맞춰 경이적이고 불가사의한 피라미드를 축조했다.

중국을 통일한 진시황(秦始皇)도 불로불사의 꿈에 사로잡혀 있었다. 서복(徐福)이라는 약삭빠른 벼슬아치가 황제의 꿈을 눈치채고 자신이 불사약을 구해오겠다고 자진해서 나섰다. 저 멀리 바다를 건너가면 삼신산이 있는데, 그곳에 신선이 살고 있으며 불사약을 가지고 있다는 것이다. 진시황이 크게 기뻐하며 서복에게 보물과 씨앗 그리고 소년소녀 3000명을 주며 불사약을 구해오도록 했다. 하지만 서복은 영영 다시 돌아오지 않았다.

서복의 속임수에 진시황이 당한 것이다. 서복이 우리나라 제주도에 정착했다는 얘기도 있고 일본에 정착했다는 얘기도 있다. 아무튼 못된 인간인 그는 진시황이 추적할 수 없는 곳에서 평생 부귀영화를 누렸다.

불사약을 찾아 바다를 건너는 서복의 원정대(우타가와 구니요시)

또한 누군가가 수은(水銀)을 지속적으로 복용하면 불로장생하고 영생할 수 있다며 진시황을 꼬드겼다. 수은은 은백색의 금속원소로 독성이 매우 강하다. 약용으로 소량을 복용할 수 있지만 과다복용하면 목숨까지 잃게 되는 치명적인 물질이다. 진시황은 지속적으로 수은을 복용하다가 자기 수명을 다하지 못했으면서도 영생을 꿈꾸며 자신의 거대한 무덤에도 수은을 가득 채워놓도록 했다.

요즘 인간의 영생을 믿을 사람은 없지만, 아무리 현실의 삶이 고달프고 괴로워도 우리는 오래 살기를 소망한다. 열심히 건강을 챙기는 것도 병들지 않고 오래 살고 싶은 욕망이다. 언젠가 반드시 죽는다는 것을 알면서도 되도록 오래 살고 싶어하는 것은 인간의 생존본능이자 판타지다. 이 세상 그 어디에도 먹으면 영원히 죽지 않는 불사약이 있을 리 없다. 그 역시 인간의 판타지일 뿐이다.

마고할미

—— ✻ ——

우리나라에는 널리 알려진 창세신화가 거의 없다. 다만 무속에서 무당들이 부르는 무가(巫歌)에 지방에 따라 저마다 조금씩 다른 창세신화가 담겨 있다. 하지만 설화나 전설로 전해지는 창세신화가 있는데 그 주인공이 '마고(麻姑)할미'다.

마고할미 창세신화는 우리나라 전국 어디서나 설화나 전설로 전해오고 있으며 무속신앙에서 단골로 등장하지만, 특히 제주도에 가장 널리 알려져 있다. 제주도에서는 '마고할망'이라고 부르며 제주도에서 죽어 묻혔다고 해서 '매고(埋姑)'라고도 한다.

여러 나라의 창세신화에서는 대부분 하늘에서 내려온 어떤 존재가 세상을 열지만, 마고할미는 지모신이다. 그녀가 어떻게 태어나고 어떤 배경을 지녔는지는 알 수 없지만 엄청난 거인이다. 어느 지방의 설화에서는 거인이 아닌 것으로 묘사되기도 한다. 마고할미의 성격도 착하고 자비롭게 표현한 설화가 있는가 하면 포악한 성격의 설화도 있으며 요염한 여자로 남자들을 유혹했다는 설화도 있다.

마고할미는 지모신답게 바다와 산과 강과 섬 등 모든 자연을 만들었다. 제주도의 마고할망 설화에서 그녀가 한라산을 베고 누우면 다리는 제주도 앞바다에 닿았다. 그녀가 오줌을 누면 큰 바위들이 빠져버려 강이 됐으며,

그녀가 한숨을 쉬면 태풍이 됐다. 산도 마음대로 이리저리 옮길 수 있었고 치마로 돌을 날라 성을 쌓았다.

마고할미의 최후에 대해서는 여러 설화가 전해진다. 제주도에서 죽어 묻혔다고도 하고, 한 효자가 어떤 일로 그녀의 머리에 쑥뜸을 뜨는 벌을 주니까 달게 받고 며칠 만에 죽어서 바위가 됐다고도 한다.

그런가 하면 단군신화에서는 마고할미가 단군에게 굴복해서 산신이 됐다고 한다. 그것을 보면 마고할미는 단군신화가 등장하기 이전부터 전해오는 우리의 토착신앙인 듯하다. 따라서 고대에 우리 민족이 섬기던 토착신이거나 선사시대 한 부족의 강력한 족장을 형상화한 것으로 학자들은 파악하고 있다.

단군을 모시는 민족종교 대종교에서는 '나반(那盤)'과 '아만(阿曼)'을 최초의 인류로 본다. 나반은 남자이고 아만은 여자다. 나반은 함경도 사투리 아바이를 한자로 음역화한 것이고, 아만은 오마니를 음역화한 것이라고 한다. 천상의 신인 환인(桓因)이 창조했으며 우리 민족의 시조가 된다. 우리의 전통적인 신령으로 자리잡았으나 불교신앙과 융합하는 과정에서 그 본래의 모습을 잃고 불교용어화되었다고 한다. 불교에서는 존자(尊者)로 부른다.

어느 민족이든 창세신화를 가지고 있다. 거의 모든 신화에 등장하는 수많은 신들은 초자연적이고 초인간적인 능력을 지니고 있기 마련인데, 그것은 그 신화를 만든 민족의 상상과 판타지를 대신하는 것이라고 할 수 있다. 따라서 창세신화를 보면 그 민족의 특성과 사고방식을 충분히 짐작할 수 있다고 말하는 것이다.

우리 민족 창세신화의 하나인 마고할미는 지모신이다. 지모신은 자연을 창조하고 관장하지만 우리 민족이 농경민족이라는 사실을 말해주는 것이기도 하다. 마고할미 설화가 주로 남부지방에서 전해지고 있어서 더욱 그러하다.

　그러한 의미에서 '마고할미'를 통해 한 가지 주목할 것이 있다.

　마고할미가 한라산을 베고 누우면 다리가 바다에 닿았고, 오줌을 누면 강이 됐다고 하듯이 상상을 초월한 거인이라는 사실이다. 이것을 그냥 먼 옛날의 신화나 설화로 가볍게 넘겨버릴 수도 있겠지만 그렇지 않다. 그 속에 우리 민족의 특성과 소망이 담겨 있다고 볼 수 있기 때문이다.

　어떤 구성체가 그 상층부로부터 특별하고 구체적인 지침이나 지시가 없더라도 저절로 뜻이 모아져 같은 방향을 향하거나 그쪽으로 쏠리는 것을 '지향(志向)'이라고 한다. 이러한 지향에는 여러 경우가 있지만 대표적인 것으로 확대지향과 축소지향이 있다.

　마고할미 창세신화에서 주목할 만한 것이 바로 그 점이다. 우리 민족에게는 확대지향성이 있다고 볼 수 있다. 역사적으로 우리는 모든 것이 부족하고 모자랐다. 국토가 좁아 농사지을 땅도 부족해 늘 식량이 모자랐고 가난해서 좁은 집에서 살았다. 온갖 물자도 크게 부족해서 아껴 써야 했으며 키나 체격도 평균적으로 작은 편이었다.

　그에 따라 큰 것, 많은 것을 갖는 것을 선망했으며 판타지가 됐다. 무엇이든 더 큰 것을 선호했고, 무엇이든 많이 갖고 싶어 했다. 키도 큰 키, 체격도 큰 체격을 선호해서 아이를 낳으면 부모는 자기 자식이 남들보다 더 키가 크기를 바랐다. 큰 키는 우월한 대우를 받아 자랑거리가 됐다. 이러한 확대지향성이 알게 모르게 우리 민족의 의식세계를 지배해왔다고 할 수 있다.

　일본은 우리와 반대로 대표적인 축소지향성이다. 문학평론가이자 문화

관광부 장관을 역임했던 이어령 교수가 1980년대에 일본에서 처음 출간한 《축소지향의 일본인》은 그곳에서 크게 주목을 받으며 베스트셀러가 되기도 했다.

일본인들은 그들의 축소지향성에 따라 치밀하고 디테일이 강한 면이 있다. 소형 라디오, 소형 카메라, 소형 면도기 등 휴대하기 좋고 간편하면서도 성능이 뛰어난 각종 축소형 제품을 만들어 한때 세계 시장을 제패했다. 섬세하면서도 기초적인 것을 깊이 파고들어 여러 명의 일본인이 노벨화학상, 물리상, 의학상을 받았다.

하지만 일본인들이 확대지향을 선택했을 때는 한결같이 실패를 맛봐야 했다는 것이다. 임진왜란이 그렇고, 대동아공영권 결성이라는 구실을 내세워 동남아 각국을 침략했던 대동아전쟁, 미국 진주만을 공격했다가 원자폭탄을 맞고 참패해 마침내 국제사회에 항복을 선언해야만 했던 수치가 확대지향을 노렸다가 크게 실패한 사례들이라는 것이다.

물론 확대지향과 축소지향에서 어느 것이 더 좋은 것인가 가늠할 수는 없다. 그것은 자신들만의 지향이며 취향이기 때문에 비교할 수 있는 성질이 아니다. 하지만 그 지향성이 장점으로 작용해야 가치가 있다.

바리데기

————✳————

짙은 신화적 요소를 지니고 있는 '바리데기'는 설화와 전설 등으로 우리나라 거의 전역에 널리 알려져 있다. 무속신앙에서 큰병이나 죽음과 관련해서 절대적인 비중을 차지하고 있는 가상의 인물이자 신격화된 인물이다. 바리데기는 '버려진 아이'라는 뜻이며 '바리공주'로도 불리고 있다.

설화나 전설 등 구전으로 전해지는 바리데기는 그 시원이 북녘의 함경도에서 비롯된 듯하지만 전국 어디서나 알려져서 지방에 따라 조금씩 차이가 있기 때문에 대략 20여 종류가 있다고 한다. 그러나 기본 줄거리는 거의 비슷하다.

아주 먼 옛날 한 임금(어비대왕 또는 오구대왕이라고도 한다)이 있었는데 혼례를 1년 뒤로 미루어야 아들을 낳는다는 예언을 무시하고 서둘러 혼인한 탓으로 왕비와의 사이에서 딸만 일곱을 낳는다. 왕비가 일곱 번째 딸을 낳자 몹시 실망한 임금이 그 막내딸을 내다버리라고 명령한다.

그리하여 아무 잘못 없이 딸로 태어난 죄로 버림받은 막내딸을 물에 띄워 흘러가게 했다. 하지만 다행스럽게 강기슭에 닿았고 마침 바리데기를 발견한 노부부가 집으로 데려가 정성껏 키운다. 버려진 아이라고 해서 '바리데기'라고 불렀지만 그녀의 신분은 공주였기에 바리공주라고도 부른다.

그렇게 15년의 세월이 흘렀을 때, 임금이 살아나기 어려운 중병을 앓게 된다. 왕실이 크게 걱정하며 임금이 목숨을 구할 수 있는 방법을 알아봤더니 저승에 가서 그곳에 있는 생명수를 구해와야 살 수 있다는 것이었다. (이 대목에 지방마다 차이가 있다. 서역국에 가서 불사초를 구해와야 살 수 있다는 설화들도 있다.)

그렇다면 누가 저승에 가서 생명수를 구해오겠는가? 아무도 자진해서 나서는 사람이 없었다. 신하들도 모두 거절했고, 여섯 명의 공주들조차 아버지의 목숨을 구하기 위해 저승에 가는 것을 거부했다. 그럴 즈음, 자신이 공주였다는 사실을 알게 된 바리데기가 아버지의 중병 소식을 듣고 궁전으로 달려왔다. 그리고 자초지종을 듣더니 자기가 저승에 가서 생명수를 구해오겠다고 나섰다.

어머니인 왕비와 주변에서 만류했지만 바리공주는 뜻을 굽히지 않고 저승을 찾아 먼 길을 떠났다. 결코 쉬운 일이 아니었다. 하지만 바리공주는 숱한 우여곡절과 파란만장을 겪으며 기어코 저승에 이르렀는데 저승문 앞에는 수문장이 있었다.

바리공주가 사연을 얘기하며 생명수를 구하러 왔다고 하자, 수문장은 자기와 7년 동안 함께 살면서 아들 일곱을 낳아야 생명수를 주겠다고 하는 것이었다. 그녀는 어쩔 수 없이 수문장과 함께 살면서 마침내 아들 일곱을 낳았다. 그렇게 해서 바리공주는 남편인 저승의 수문장과 아들 일곱과 함께 오랜 시간에 걸쳐 이승의 궁전으로 돌아왔는데, 마침 궁에서 나오는 거창한 상여와 마주치게 됐다. 임금이 세상을 떠난 것이다.

바리공주가 급히 저승에서 구해온 생명수를 죽은 아버지의 입에 흘려넣었더니 놀랍게도 눈을 뜨고 살아나는 것이었다. 임금은 바리공주에게 한없이 고마워하며 막내딸의 남편인 저승 수문장을 사위로 받아들여 장승이 되게 하고, 손자인 공주의 일곱 아들은 칠원성군이 되게 했으며, 저승을 다녀 온 바리공주는 자청해서 무당의 조상이 됐다.

무속에서 흔히 '칠성님'이라고 부르는 칠원성군(七元星君)은 무속에서 인간의 생로병사를 주관하는 신령으로 북두칠성을 신격화한 것이다. 특히 삶과 죽음, 인간의 생사를 관장하는 신령이다. 또한 바리공주가 무당의 조상이 됐기 때문에 무속인들은 바리공주를 무조신(巫祖神), 즉 자신들의 조상신으로 모신다.

이 같은 바리데기 설화는 망자의 넋을 위로하고 극락으로 인도하는 무속의식인 지노귀굿에서 무당이 부르는 무가(巫歌) 또는 구연(사설)의 형태로 이어지고 있다. 지노귀굿은 씻김굿, 오구굿이라고도 하는데 무당의 감정에 따라 재담(才談)이나 익살이 들어가기도 하고 즉흥적인 내용이 첨가되기도 하고 일부 삭제되기도 해서 무당에 따라 약간의 차이가 있다.

바리데기 설화는 불교가 융성하면서 그 영향을 많이 받았다. 어느 지방의 설화에서는 아버지의 목숨을 구할 불사약을 구하기 위해 바리공주가 '서천 서역국'으로 갔다고 돼 있는데 불교의 발상지인 인도를 가리키는 것이다. 또 다른 지방에서는 불교의 설화인 '미륵'과 바리데기 설화가 뒤섞인 것도 있다.

설화의 줄거리를 통해 알 수 있듯이 바리데기 설화에는 효(孝) 사상이 담겨 있다. 바리공주는 아버지에게 버림받았는데도 원한을 품지 않고 아버지가 위독하자 달려와서 생명수를 구하러 저승까지 찾아간다. 진정한 효가 어떠한 것인지 보여주는 것이다. 반면에 바리공주의 언니들은 온갖 특권과 혜택을 누렸지만 아버지의 생명을 구하는 일을 거부한다. 그 때문인지 나중에 이유 없이 모두 죽는다. 효와 불효를 통해 권선징악을 강조하고 있는 것이다.

일부 민속학자들은 바리공주의 개인적인 효행이 국왕을 살려냄으로써 나라의 공신으로 영웅이 돼서 모든 백성들의 칭송을 받게 된 것, 그리고 마침내 모든 죽은 자들을 관장하는 신이 되는 '개인−집단−인류'로의 발전적인 관계 설정이 주목받을 만하다고 지적하고 있다.

희생양

———✳———

6000여 년 전의 고대 인류사회는 농경시대였다. 따라서 홍수나 가뭄 등으로 흉년이 드는 것이 가장 큰 재앙이었다. 그 무렵 왕은 신격화됐거나 신의 대리인이었기 때문에 재앙이 닥쳐 백성들의 생활이 도탄에 빠지면 그것은 왕의 책임이었다.

심한 가뭄이 들어 농사를 완전히 망치고 흉년이 들어 백성들이 굶주림에 허덕이면 왕은 죽음을 각오해야만 했다. 그리고 신에 대한 의식을 주관하는 사제들이 서슴없이 왕을 살해했다. 재앙의 책임으로 왕을 살해하고 나면 새로운 왕을 뽑아야 한다. 미국의 저명한 신화학자인 조지프 캠벨(Joseph Cambell)은 한 부족 내에서 왕이 살해된 뒤 그에 뒤따라 행하는 의식을 그의 저서 《원시신화》에서 이렇게 소개하고 있다.

일단 왕이 죽으면 그 영토 안에 있는 모든 불이 꺼진다. 왕의 죽음과 후계자의 승계 사이, 즉 통치자의 부재기간에는 신성한 불을 켤 수 없다. 신성한 불을 다시 지피고 새로운 왕이 등극하는 의식을 위해 사춘기의 소년과 소녀 한 명씩 선발한다. 이 남녀는 새로운 왕과 신하들 그리고 백성들이 지켜보는 가운데 완전히 발가벗고 나타난다.

남자는 불 막대기를 들고 여자는 불 받침대를 들고 제단에 오른다. 남자의 불 막대기와 여자의 불 받침대는 남녀의 성기와 성행위를 상징한다. 이윽고 이들은 불을 붙이고 나서 첫 성교를 한다. 성행위가 끝나면 그들은 미리 준비된 구덩이 속으로 던져진다. 백성들의 함성이 그들의 비명을 잠재우고 그들은 신속하게 생매장된다. 신에게 바치는 제물인 것이다.

중세시대, 찬란하고 경이적인 문명을 이룩했던 남미의 잉카제국에서도 심각한 가뭄이 들거나 역병(전염병)이 돌아 많은 백성들이 덧없이 목숨을 잃으면, 왕을 살해하지는 않았지만 태양신에게 살아 있는 사람을 제물로 바쳤다.

그 제물은 젊은 남녀로, 두 사람은 수많은 돌계단을 거쳐 피라미드처럼 높은 제단에 올라 제사장의 지시에 따라 하늘에 경배를 드린 뒤, 성관계를 갖고 곧 가슴에 사제의 칼을 맞고 쓰러졌다. 피가 솟구치는 그들의 시신이 제물이었다.

그러나 차츰 제물을 바치는 의식에 변화가 생겼다. 신성한 처녀 한 명을

인간의 심장을 제물로 바치는 아즈텍인

제물로 바치거나 건장한 청년 한 명 또는 어린아이가 제물이 됐다. 사제들은 그들의 가슴에 칼을 찔러 피투성이 심장을 꺼내 그것을 하늘에 바쳤다.

그 뒤 전 세계 여러 부족들에서 하늘에 제사를 지내더라도 반드시 큰 변화가 일어나지 않는다는 것을 인식하게 되면서 대용물이 등장했다. 인체 대신 양, 염소 등을 죽여 제물로 바치거나 흙으로 풍만한 여인상을 만들어 그것을 산산조각 나게 깨뜨려 인체 제물을 대신했다. 하지만 여러 미개 부족들은 여전히 인체를 제물로 바치는 의식을 이어가고 있다.

요즘 '희생양(犧牲羊, Scapegoat)'이라는 말이 폭넓게 그리고 자주 쓰인다. 희생양은 사전적으로 '공동체 구성원들의 집단적인 불만 해소나 이익 추구 등을 목적으로 희생을 강요받거나 강자에게 이용되는 사람을 이르는 말'이다.

하늘에 제물로 바쳐진 사람들이야말로 어떤 의미에서 희생양이다. 또한 역사적으로 동서양을 가릴 것 없이 고대부터 오랜 시기에 걸쳐 순장(殉葬)이라는 풍습이 존재했다. 순장이란 왕이나 귀족 등 지배층의 인물이 죽었을 때 그를 섬기던 아내나 부하, 노예 등을 함께 묻는 더할 수 없이 비인간적인 장례풍습이다.

지체 높은 주인이 죽으면 그를 섬기던 피지배계층의 인물들이 자진해서 죽는 경우도 있지만 대개는 강제로 묻혀야 했으며, 산 채로 묻기보다는 죽여서 묻는 것이 일반적이었다고 한다. 그야말로 주인을 따라 억울하게 죽어야 했던 그들도 희생양이라고 할 수 있다.

원래 희생양은 고대 이스라엘에서 비롯됐다. 유대인들에게는 종교적으로 자신이 저지른 죄를 용서받을 수 있는 '속죄일(贖罪日)'이 있었다. 이날이 되면 유대인들은 양이나 염소를 제물로 사용했다. 양이나 염소를 잡아 그

아뉴스데이(하나님의 어린 양)_ 구약시대에 이스라엘 백성들은 하느님께 드리는 제물로 어린 양을 바쳤다.

피를 속죄판 위와 앞에 뿌린 뒤, 양이나 염소의 머리에 손을 얹고 자신이 지은 죄를 고백한다. 그다음 피를 흘리는 양이나 염소를 넓은 들판(황야)으로 내보냄으로써 자신이 지은 모든 죄가 황야로 사라진다고 믿었던 것이 희생양의 유래라고 할 수 있다.

 요즘 희생양은 심리적 메커니즘으로 이용되고 있다. 국가와 사회적으로 문제가 있어 대중들의 불만과 갈등과 대립이 팽배해지면 지배층에서는 어떤 특정한 대상을 희생양으로 만들어 그것을 집중적으로 증오하고 공격하게 함으로써 불만과 갈등의 원인이 된 원래의 상황을 잊게 하는 정치적 수단으로 이용되는 경우가 적지 않다.

미인계

———✳———

3000여 년 전, 고대 중국은 완전한 부계사회가 구축되면서 남자들의 성적 횡포가 갈수록 심해졌다. 본능적인 욕구인 성욕을 해소하기 위해서라면 주저함이 없었다. 농경의 잉여생산에서 비롯된 재력을 바탕으로 지배층이나 부유층은 여러 명의 아내를 두고, 그것도 모자라서 가난한 여성들이나 노예를 성적 노리 개로 삼았다.

능력 있는 남자들은 권력이나 재력을 이용해서 자신이 원하면 얼마든지 여자들을 손에 넣을 수 있었다. 그러다 보니 성적 대상으로 어떤 여자를 고를 것인지, 선택의 필요성이 생겼는데 그 기준이 미인, 미녀였다.

그렇다면 어떠한 여자가 미인인가? 그 기준은 무엇인가? 이때부터 생겨난 중국 남자들의 미인관은 시대의 흐름에 따라 여성의 신체 각 부위마다 세분화되고 복잡다단해졌지만, 대체적으로 얼굴의 이목구비가 뚜렷하여 예쁘고 몸매가 날씬하면서도 가슴과 엉덩이가 풍만하며, 검은 머리, 검은 눈동자에 피부가 백옥같이 흰 젊은 여성이 미인으로 평가받았다.

모든 것은 상대적이다. 남자들이 예쁜 여자 선택에 열을 올리자 여자들도 화장을 하고 화려하게 치장해서 자신을 돋보이려고 했다. 여자들이 그처럼 가꾸고 꾸미자, 당대에는 다시 보기 어려울 것 같은 절세미인(絶世美人)들이 나타나기 시작했다.

절대적인 권력자와 재력이 풍부한 남자들이 그러한 절세미인을 노렸다. 절세미인을 차지하면 자신의 능력을 과시할 수 있고 성적 욕망을 충족할 수 있을 뿐 아니라, 절세미인을 이용해서 상당한 이익을 얻을 수 있기 때문이다. 재력가들은 미녀를 이용해서 거래와 흥정 또는 면죄(免罪)에 이르기까지 원하는 이익을 얻을 수 있었다. 더욱이 국가와 국가 간에도 미인을 이용해서 전략적 이익을 얻을 수 있었고, 전쟁에서도 손쉽게 이길 수 있었다.

병법(兵法)에 이른바 '미인계(美人計)'가 등장한 것이 이때였다. 그 기원은 정확히 알 수 없으나 중국의 전통적인 병법인 '36계'의 서른한 번째 계략이 미인계이다.

고대 중국 최초의 국가인 하(夏)나라의 17대 왕인 걸왕(桀王)은 성정이 포악해서 수많은 사람들을 죽였는가 하면 폭정과 음란한 생활로 백성들에게 큰 원성을 샀다. 그는 정복군주로서 닥치는 대로 제후국으로 쳐들어가 온갖 약탈을 자행했다.

그가 산둥성 유시(有施)를 공격해서 양민들을 마구 죽이고 약탈할 때였다. 견디다 못한 유시 사람들은 그에게 매희(妹喜 또는 말희)라는 미녀를 진상했다. 그녀가 워낙 빼어난 미녀인지라 걸왕이 먼저 요구했다는 얘기도 있다. 아무튼 매희를 얻고 크게 만족한 걸왕은 왕비가 있었지만 매희에게 빠져 정사를 외면하고 사치와 방탕을 일삼는 세월을 보내기

창을 든 채 두 하녀의 등에 앉아 있는 걸왕

시작했다.

그러나 매희는 도통 즐거워하는 기색이 없었다. 그녀가 매사에 심드 렁하자 걸왕은 그녀를 위해 궁궐을 지어주었는데, 얼마나 높이 지었는지 쳐다보다가 뒤로 자빠질 정도였다고 한다. 그래서 궁 이름도 경궁(傾宮)이 었다. 그러나 매희의 반응은 여전히 심드렁했다. 그런데 어느 날 매희가 비 단 찢는 소리가 좋다고 말하는 것이 아닌가. 이에 걸왕은 귀하고 값비싼 비 단을 마구 사들여 끊임없이 찢도록 했다. 마침내 국가 재정은 바닥나고 백 성들은 도탄에 빠졌는데 걸왕은 여전히 사리분별을 하지 못했다.

제후들의 대표 격인 탕(湯)이 걸왕에게 진언을 했지만 오히려 죽임을 당 할 위기에 몰리자 미녀를 진상하고 위기를 모면한 뒤 반란을 일으켜 걸왕 을 살해했다. 또 다른 결말도 있다. 도주한 걸왕이 정처 없이 유랑하며 구 걸까지 했지만 아무도 밥을 주지 않아 굶어죽었다는 것이다. 매희도 붙잡 혀 깊은 산으로 추방되어 그곳에서 생을 마쳤다고 한다.

걸왕은 유시 사람들의 미인계에 넘어가 완전히 나라를 망쳤고 하나라 는 그렇게 멸망했다. 이때부터 절세미인을 '경국지색(傾國之色)'의 미인이라 고도 했다. 임금이 혹하여 나라가 기울어져도 모를 정도의 미인이라는 뜻 이다.

하나라를 쓰러뜨린 탕은 기원전 1600년경에 상(商)나라를 세우고 선정 을 베풀었으며, 이때부터는 중국사에 정확히 기록되어 있다. 상나라는 뒤 에 은(殷)나라로 이름이 바뀐다.

은나라에도 매희를 능가하는 경국지색의 미녀가 있다. 중국 역사상 가 장 섹시한 미녀 중 한 명인 달기(妲己)가 그녀다. 지금까지도 중국에서는 음 탕한 여자를 가리켜 '달기 같은 년'이라고 한다. 달기는 미모는 빼어났지만

악녀, 엽기적 행각, 요녀의 대명사가 되고
있다.

주왕과 달기

달기는 은나라 주왕(紂王) 때 제후 소호
의 딸로 용모와 몸매가 뛰어난 절세미인
이었다. 제후 소호는 주왕의 폭정을 견
디다 못해 반란을 일으켰으나 실패하자
딸인 달기를 바치며 목숨을 구걸해서 간
신히 살아났다. 주왕은 달기를 보자마자
그녀의 매력에 빠져들고 말았다. 달기가
얼마나 아름다웠는지 옛 문헌에서는 이
렇게 표현하고 있다.

구름처럼 검게 늘어진 머리카락, 살구 같은 얼굴, 복숭아 같은 뺨, 산처럼
옅고 가는 눈썹, 가을 파도처럼 둥근 눈동자, 풍만한 가슴, 가냘픈 허리, 풍
성한 엉덩이, 늘씬한 다리. 햇빛에 취한 해당화나 비에 젖은 배꽃보다 아름
다워라.

물론 이러한 달기에 대한 묘사는 중국 명나라 때의 장편소설인 《봉신연
의封神演義》에 나오는 내용이어서, 3000여 년 전의 미인관이라기보다 수
백 년 전인 명나라 때의 미인관일 확률이 높다. 하지만 여러 사서에 달기에
관한 기록이 있는 것을 보면 경국지색의 미녀였음은 틀림없는 듯하다.

주왕이 중국 신화의 창세 여신인 '여와'를 모시는 궁을 참배할 때, 여와
의 모습에 성욕을 느끼고 음란한 마음을 품자 여와는 몹시 화가 났다. 그
리하여 주왕을 유혹해서 파멸시키려고, 수레에 실려 아버지의 진상품으로

궁궐로 향하고 있는 달기에게 남자를 유혹하는 비법을 머리에 심어줬다는 신화적인 요소도 있다.

아무튼 주왕은 달기를 보자마자 성욕이 솟구쳐 당장 성관계를 갖는데 달기가 워낙 성적 기교가 뛰어나 그녀에게서 헤어나지를 못했다. 달기는 주왕의 황후인 강(姜)씨를 살해하도록 사주하고 자신이 왕비가 된다.

그녀는 대단히 음탕했으며 잔인한 것을 좋아해서 갖가지 형벌을 고안해 냈다. 그리고 완전히 발가벗겨진 사람이 더할 수 없이 고통스럽게 죽어가는 모습을 보고 성욕을 느끼며 그때마다 주왕을 침실로 끌어들였다. 엽기적이었고 요즘으로 표현하면 사디스트였다.

주왕은 달기의 요청으로 못을 파 술을 채우고 숲의 나뭇가지에 고기를 걸어 연일 음란한 연회를 열었다. 여기서 '주지육림(酒池肉林)'이라는 고사성어가 나왔다.

우리 고조선을 기자조선으로 바꿨다는 기자(箕子)는 그러한 망국의 행태를 보며 나라가 망할 것을 예측했으며, 그리 되면 자신의 처지가 위태로울 것을 깨닫고 은나라를 떠날 채비를 서둘렀다고 한다.

주왕은 구후라는 신하의 딸이 달기에 필적할 만한 미녀라는 얘기를 듣고 그녀를 강제로 데려다가 달기와 나체를 비교하며 흡족해했다. 그리고 그녀도 왕비로 삼아 달기가 질투하고 분노하게 했다. 하지만 그녀가 지나치게 음란한 주왕의 행동에 적응을 하지 못하자 죽이려 하니, 달기가 기뻐하며 처형을 맡았다. 달기가 그녀를 발가벗겨 침대에 '큰 대(大)'자로 묶어 놓고 그녀의 음부 앞에다가 미꾸라지들을 쏟아놓자 수많은 미꾸라지들이 그녀의 음부로 기어들어가 그녀는 처참하게 죽었다.

백성들이 도탄에 허덕이자 충신 희창(姬昌)이 비밀리에 군사를 훈련시켜 주왕을 없앨 계획을 세웠지만 들통나서 처참하게 죽임을 당했다. 그러나 기원전 1057년 희창의 아들 희발(姬發)이 군사(軍師) 강지아와 함께 반란을 일으켰다. 대세가 기운 것을 안 주왕은 재보를 모아두던 녹대(鹿臺)에서 불구덩이에 뛰어들어 자살했다.

달기도 붙잡혔다. 강지아는 여전히 큰소리치는 달기를 참수하도록 명을 내렸다. 그러나 달기의 요염한 미소에 망나니가 칼을 떨어뜨리자 강지아가 화살을 뽑아 세 발을 연속으로 그녀의 가슴을 맞혀 최후를 맞았다. 어떤 기록에는 희발이 달기를 취해 시녀로 삼았다고도 한다. 주왕의 자살과 함께 은나라는 멸망하고 반란에 성공한 희발이 주(周)나라를 세우니, 그가 곧 무왕(武王)이다.

이러한 달기 일화는 훗날 명나라 때의 괴기소설 《봉신연의》에 상당 부분 의거했기 때문에 가공된 부분도 많고 신화적인 요소들이 많이 가미되었을 것이다. 사실, 달기에 대한 뚜렷하고 자세한 기록은 없다.

일부 학자들은 은나라를 멸망시킨 세력이 자신들의 권력을 정당화하기 위해 적잖이 과장했을 것이라고 한다. 가공되거나 과장됐을 것을 감안하면 매희의 얘기와 매우 비슷하다.

은나라의 뒤를 이은 주나라도 결국 경국지색의 미녀가 원인이 되어 큰 수난을 겪게 된다. 그 미녀의 이름은 널리 알려진 포사(褒姒)다.

포사라는 절세의 미녀가 등장하기까지는 은나라의 마지막 걸왕 때부터 시작되는 약 1000년간의 신화가 있다. 한 궁녀가 느닷없이 임신을 하게 되자 왕이 외간남자와 간통한 죄로 그녀를 옥에 가두었는데 궁녀는 감옥에 40년이나 갇혀 있다가 딸을 출산을 했다. 임금은 그 갓난아이를 괴물이라 생각해서 물속에 던져버리라고 했다.

그런데 어느 날 포나라의 화살장수가 강가에서 떠내려오는 거적을 발견

주나라 유왕이 사랑했던 포사

하고 들춰보니 갓난아이가 있었다. 화살 장수는 그 아이를 데려가 포나라의 제후에게 맡겼고, 그 아이는 절세미녀로 성장했다. 그녀가 포사다. '포'는 포나라를 말하는 것이고 '사'는 성이다.

그 무렵이 주나라 12대 유왕(幽王) 때였다. 그는 포악하고 방탕해서 전국각지에서 미녀들을 차출해 매일같이 음란한 유희를 즐겼다. 그 때문에 나라가 어지러워지자 제후국인 포나라의 포향이 유왕에게 진언을 했지만, 오히려 미움을 사서 감옥에 갇히게 됐다. 포향의 아들 포홍덕이 아버지를 구출하려고 했지만 방법이 없었다. 갖가지 궁리를 하던 그의 머리에 은나라 걸왕과 매희의 일화가 떠올라, 절세미녀 포사를 유왕에게 바쳐 아버지를 구출할 수 있었다.

유왕은 포사의 빼어난 미색에 빠져 정신을 못 차렸다. 포사는 아들까지 낳았지만 한 가지 문제가 있다면 도무지 웃지를 않는 것이었다. 유왕은 포사를 웃기려고 온갖 방법을 동원했지만 모두 허사였다.

그러던 어느 날, 갑자기 주나라에 위급한 상황이 발생해서 산봉우리마다 봉화를 올려야 했다. 도처에서 제후들이 군사를 이끌고 황급히 달려왔지만 대수롭지 않은 일이어서 모두 허탈해했다. 그런데 포사가 제후들의 망연자실한 모습을 보고 소리 내어 웃는 것이었다.

유왕은 포사가 웃자 너무도 기뻤다. 이에 유왕은 제후국 신(申)나라 출신의 왕비를 폐위하고 그녀가 낳은 태자까지 폐위시키고는 포사를 왕비로, 포사가 낳은 아들을 태자로 책봉했다. 그리고 툭하면 거짓 봉화를 올려 포사가 웃도록 했다. 그때마다 군사를 이끌고 달려왔던 제후들은 허탈하게 돌아가야만 했다.

한편 포사 때문에 폐위된 왕비의 아버지는 분개했다. 그는 그들이 오랑캐라고 부르는 북쪽의 견융(犬戎)족과 비밀리에 결탁해 신나라 군사와 견융족 1만 5000명을 이끌고 주나라를 공격했다. 기원전 771년이었다. 유왕은 급히 봉화를 올렸지만 제후들은 또 거짓 봉화인 줄 알고 단 한 명도 그를 도우러 나타나지 않았다.

결국 도망치던 유왕과 태자인 포사의 아들은 살해당하고 포사도 붙잡혔다. 견융족 우두머리가 그녀의 미색에 반해 살려주고 자신의 아내로 삼았다는 얘기도 있고 자결했다는 얘기도 있다. 아무튼 포사는 오랑캐 종족에게 잡혀간 중국 최초의 왕비로 기록됐다. 주나라의 일부 세력이 동쪽 지방으로 이주해서 다시 주나라를 부흥하는데, 유왕으로 패망하기까지를 서주(西周), 그 이후를 동주(東周)라고 한다.

매희, 달기, 포사는 모두 나라를 기울게 한 경국지색들이었으며 이야기 구조는 매우 흡사하다. 세월이 흐르면서 전해지는 이야기들이 많이 변형되었을 수도 있다. 그녀들은 절세의 미녀로서 결과적으로 미인계에 동원된 여성들이기도 하다.

중국 역사에서 미인계는 끝없이 등장한다. '오월동주(吳越同舟)' '와신상담(臥薪嘗膽)' 등의 고사성어로 잘 알려진 춘추전국시대 오나라와 월나라의 오랜 전쟁에도 미인계가 큰 역할을 한다.

월나라 왕 구천(句踐)은 오나라와의 전쟁에서 크게 패하고 포로가 돼서 오나라 왕 부차(夫差)에게 굴욕적인 박해를 당하며 그의 노예나 다름없는 생활을 하게 된다. 그럴 때 월나라에서는 서시(西施)라는 절세미녀를 오나

월나라의 미녀 서시

라 왕 부차에게 바친다. 미인계를 쓴 것이다. 예상대로 부차가 서시에게 빠져 정사를 게을리할 때 구천은 와신상담하며 세력을 길러 마침내 오나라를 무너뜨린다.

잘 알려진 미인계가 또 있다.《삼국지》에 나오는 얘기다.

189년 후한의 12대 황제 영제(靈帝)가 병으로 죽자 영제의 장남 유변(劉辯)이 황위를 계승했다. 하지만 권신 동탁(董卓)이 양아들 여포(呂布)의 위세를 등에 업고 조정을 장악했다. 그러자 사도 벼슬에 있던 왕윤(王允)은 동탁과 여포가 모두 여자를 밝힌다는 점을 이용해서 동탁을 제거할 계획을 세웠다. 왕윤은 당대 최고의 미녀로 손꼽히는 자신의 애첩인 초선(貂嬋)을 여포에게 넘겨주겠다고 약속한다.

그리고 다시 동탁을 집으로 초대해서 초선의 미모에 넋을 잃고 있는 동탁에게도 그녀를 넘겨주겠다고 약속했다. 왕윤이 미인계를 쓴 것이다. 이때부터 초선은 교묘한 계략을 펼쳐 여포와 동탁을 이간질했고, 결국 여포는 양아버지 동탁을 죽인다. 왕윤의 기막힌 미인계가 성공한 것이다. 이 사건으로 정권의 공백 상태가 빚어졌고, 결과적으로 조조(曹操)가 중앙으로 진출하는 빌미를 제공하게 된다.

미인계는 미녀를 차지하고 싶은 남성의 욕망을 이용하는 것이다. 특히 권력이나 재력을 가진 남자들은 지위를 이용해서 미인을 손에 넣는 것을 자신의 역량으로 과시하려고 한다. 특히 미인에 대한 중국인의 집착은 대단하다. 미인이라면 사족을 못 쓰는 중국의 전통은 당나라, 명나라 등 중세에도 변함없이 이어졌다.

중국은 땅이 넓어 미인도 많다. 중국에는 이른바 '4대 미녀'가 있다. 앞에서 설명한 서시와 초선, 왕소군(王昭君), 양귀비(楊貴妃)가 그들이다. 이들은 모두 중국의 역사 변천에 큰 영향을 끼친, 그야말로 경국지색들이었다.

다만 서시, 왕소군, 양귀비는 역사적으로 실존인물이지만 초선은 소설 《삼국지연의》에 등장하는 가공인물이다. 물론 동탁과 여포가 한 여자를 놓고 서로 사통했다는 사실을 근거로 한 듯하다. 어찌 되었든 초선은 얼마나 예뻤던지 하늘에 떠 있는 달조차 구름으로 모습을 가렸다고 해서 '폐월(閉月)'이라는 별명까지 붙여졌다.

미(美)는 양(羊)과 깊은 관련이 있다. 중국연구소 신경진 연구원에 따르면, 한자 '美'는 양이 위에서 내려다보는 형상이라고 한다. 아래 '대(大)'자가 양의 허리 부분이라고 한다. 양은 고대 중국에서 신에게 바치는 살아 있는 제물이었다. 제물로 바치는 성숙한 양의 아름다움에서 미(美)가 나왔다는 것이다.

그래서일까? 앞에서 살펴보았듯이 미녀는 권력을 가진 남자들에게 바쳐졌고, 그녀들은 권력에 접근함으로써 역사의 변화에 적잖은 역할을 했다. 남자들을 치명적으로 유혹하는 팜므파탈이라고 할까? '남자는 세계를 지배하고 여자는 남자를 지배한다'는 말이 허튼말 같지 않다. 동서양의 역사에서 미녀들의 삶은 순탄치 못했다. 그래서 '미인박명(美人薄命)'이라는 말이 나왔을 것이다.

서양의 역사에서도 미인계는 아주 흔한 일이다. 서양에서 미인계의 대

1917년 체포될 당시의 마타 하리

표적인 인물이 유명한 마타 하리(Mata Hari)다. 프랑스 태생의 빼어난 미녀로 매혹적인 무희(舞姬)였던 그녀에게는 많은 애인들이 있었는데 대부분 장교들이었다.

제1차 세계대전 당시 그녀는 연인이었던 독일군 장교의 사주를 받아 애인들이었던 연합군 장교들을 통해 군사정보를 빼냈다. 독일군이 미인계를 쓴 것이다. 하지만 그녀는 독일군의 정보를 빼내 연합군에게 넘겨주는 이중 스파이로 활약해서 독일군과 연합군 모두 그녀를 신뢰하며 그녀의 첩보를 굳게 믿었다. 하지만 프랑스 정보부가 마침내 그녀가 이중 스파이라는 사실을 밝혀내 체포당한 뒤, 1917년 군사재판에서 사형을 선고받고 총살당했다.

병법에서 미인계는 '미녀를 이용해서 적을 대하는 것'으로 설명하고 있다. 미녀로 하여금 상대의 주요 인물을 유혹해서 기강을 무너뜨리거나 서로 이간질시키거나 중요한 정보를 빼내는 것이 미인계다. 그뿐 아니라 자신들에게 위협이 되는 국가나 대상에게 미녀를 헌납하는 정략결혼도 하나의 미인계라고 할 수 있다.

미인계가 큰 효과를 얻는 것은 남자들의 성적 판타지 때문이다. 남자들이 빼어난 미녀를 흠모하고 사랑하는 경우도 있기는 하지만, 그에 앞서는 것이 성적 욕구이다. 그래서 미인계에는 성 접대나 성관계가 필연적으로 따르기 마련이고, 또한 그래서 미인계에 이용된 미녀들은 대부분 불행하다.

더욱이 미인계가 성공하려면 아름다운 얼굴과 관능적인 몸매만으로는 어렵다. 남다른 지혜도 갖춰야 한다. 말하자면 미인계에 이용되는 미녀들은 재색(才色)을 겸비해야 한다. 결코 쉽지 않은 일이다. 그렇지만 오늘날에도 미인계는 세계 어느 곳에서나 다양한 분야에서 활용되고 있는 것이 사실이다.

아마조네스, 신화인가 실화인가

우리 귀에 익숙한 아마조네스(Amazones)는 그리스 신화에 나오는 전설적인 여전사들을 말한다. 그리스 신화에서 이들은 조화의 여신 하르모니아(Harmonia)와 전설적인 인간 영웅 카드모스(Cadmos) 사이에서 태어난 후손으로 여성 무인족인 아마존(Amazon) 부족을 말하는 것이다. 아마조네스는 아마존의 복수형이다. 일부에서는 Amazon에 여성을 가리키는 '−ness'를 붙여 Amazoness가 됐다는 주장을 펴기도 한다.

그런데 그들은 신화 속에 등장하는 전설적인 인물이 아니라 실제로 존재했던 부족이라는 견해가 꾸준히 제기돼왔으며 상당한 설득력이 있어 사실로 받아들여지고 있다.

고대 그리스의 역사가 헤로도토스(Herodotos)도 아마조네스는 스키타이(지금의 우크라이나) 국경 지역에 살았던 부족이라고 했다. 또 다른 역사학자들은 소아시아 지역과 리비아 등에 살았던 부족이라는 견해를 내놓고 있다.

어찌 됐든 한 가지 분명한 것은 이들이 여성 전사로만 이루어진 부족이라는 사실이다. 아마조네스가 어떤 이유로 여성으로만 이루어지게 됐는지 정확한 이유는 밝혀지지 않았다.

아마조네스는 대단히 용맹한 여성들이었다. 기마술이 뛰어나고 활을 잘 쏠 뿐 아니라 전투력이 막강해서 그리스나 로마 등 어떤 군대도 그들을 막아내지 못한 공포의 대상이었다.

《뉘른베르크 연대기》에 묘사된 아마존

그들은 전쟁에서 패하는 경우가 없었다. 실제로 아마조네스는 특히 소아시아, 흑해 남부, 중동 지역 등을 닥치는 대로 정복하며 그 지역에 대도시를 건설한 그야말로 전설적인 여성 부족이었다.

그들은 부족을 유지하려면 후손이 필요했다. 오직 여성들뿐이었으니까 후손을 늘려 종족을 보존하려면 당연히 남자가 필요했다. 하지만 그녀들에게도 대책이 있었다. 주변의 다른 부족을 침략해서 놀랍게도 그 부족의 남자들을 겁탈했다. 여자들이 남자를 겁탈한 것이다.

그리하여 여자아이가 태어나면 일찍부터 용맹한 전사가 될 수 있도록 혹독한 교육을 시켰고, 남자아이가 태어나면 다른 부족에게 보내거나 죽여 없앴다. 혹독한 전사교육을 받으며 성장한 여자아이들은 오른쪽 유방을 잘라버렸다. 활을 잘 쏘고 창을 잘 휘두를 수 있도록 하기 위해서였다.

그러면 아마조네스는 다른 부족의 남자들을 통해서만 후손을 얻었을까?

반드시 그런 것은 아니다. 신화와 역사적 사실 모두 그들이 종족을 보존할 수 있었던 이유를 설명하고 있다. 먼저 신화부터 살펴보자.

그리스 신화에서 여성들로만 이루어진 아마존 부족이 어떻게 종족을 보존할 수 있었는지 설명할 필요성에 따라 신화를 더욱 확장시켰다.

제우스의 아들인 헤라클레스는 강한 힘을 부여받았지만 그는 서자였다. 그 때문에 제우스의 아내인 헤라의 증오와 모략으로 거의 달성이 불가능한 12가지 과업을 수행해야만 했다. 그 가운데 하나가 아마존 부족의 여왕 히폴리테의 허리띠(또는 거들)를 훔쳐오는 것이었다.

감히 맞서기도 어려운 강력한 여전사들의 왕국에 들어가 여왕의 허리띠를 훔쳐오라는 것은 도저히 불가능한 일이며 그녀들과 싸우다 죽으라는 것과 다름없는 과업이었다. 그것뿐이 아니었다. 본 적도 없는 황금 양털을 구해오라는 과업도 있었다.

헤라클레스는 헤라의 악랄한 명령을 수행하기 위해 항해에 나서는데 이 모험에는 아테네의 전설적인 왕 테세우스도 동행했다. 그들은 항해 중에 아마존 왕국에 들어가게 돼 무척 경계했지만 뜻밖에 그녀들로부터 환대를 받는다.

그런 호의적인 분위기에서 아테네의 왕 테세우스가 아마존 왕국 여왕의 동생인 안타오페와 사랑에 빠져 결혼하면서 이들에 의해 아마존의 후손들이 늘어나게 됐다는 것이다. 하지만 그 때문에 아테네와 아마존이 큰 전쟁을 치르기도 한다.

그런가 하면 헤로도토스(Herodotos)는 저서 《역사》에서 아마존 부족이 종족을 보존할 수 있었던 이유로 다른 근거를 제시하고 있다.

아마존 부족은 스키타이 국경과 가까운 지역이 근거지였다. 하지만 스키타이족은 아마조네스의 존재를 제대로 알지 못했다. 그녀들이 어디서 왔는지 몰랐고 사용하는 언어도 달랐다.

그러나 아마조네스가 자주 국경을 침입하자 스키타이족은 전쟁을 피할 수가 없었는데, 갑옷과 투구로 무장한 아마조네스가 워낙 용맹해서 젊고 혈기왕성한 병사들인 줄 알았다. 그런데 전투 중에 죽은 아마조네스의 시신들을 살펴보니 모두 여자여서 깜짝 놀랐다.

당시의 부족들이 당면한 큰 과제는 영토와 인구를 늘리는 것이었다. 영토를 넓혀야 농경부족은 농사지을 땅을 늘릴 수 있고 유목부족은 사육하는 가축들에게 풀을 먹일 초지를 확보할 수 있다. 또 인구를 늘려야 노동력과 병력을 늘릴 수 있었기 때문에 고대의 부족들은 끊임없이 정복전쟁을 펼쳤다.

스키타이족은 아마조네스에게 큰 호감을 가졌다. 그녀들과 가까이하면 많은 후손을 얻을 수 있을 것으로 생각했다. 더욱이 기마부족인 스키타이족은 여자가 귀했다. 그래서 스키타이족의 왕은 병사들에게 아마존 부족의 진영 가까이에 진을 치되 맞서 싸우지 말고 그녀들이 공격해오면 후퇴하고 물러가면 다시 가까이 다가가서 진을 치도록 했다.

아마조네스와 스키타이 병사들(오토 반 벤)

그러는 사이, 아마조네스와 스키타이 병사들은 차츰 친숙해져서 서로 경계하지 않고 지내게 됐다. 하지만 서로 언어가 달라 소통이 안 되자 아마조네스가 먼저 스키타이족의 언어를 익혀 서로 의사소통이 가능해졌다.

　그러자 스키타이의 젊은 병사들이 저마다 아마조네스를 유혹했다.

　"우리는 고향에 부모도 있고 재산도 있소. 그러니 우리 고향으로 가서 결혼을 하고 함께 살도록 합시다. 절대로 당신을 배신하지 않을 거요. 다른 여자들은 거들떠보지도 않겠소."

　스키타이 병사들의 집요한 설득에 고심하던 아마조네스가 마침내 머리를 흔들었다.

　"안 되겠어요. 우리는 당신네 여인들과 생활방식이 전혀 달라요. 우리는 활을 쏘고 창을 던지고 말을 타는 것이 일상적인 생활이에요. 당신네 여인들처럼 집에서 살림하는 것은 전혀 배우지 못했어요. 당신네 여인들과 사이좋게 지내기 어려워요."

　"그러면 어떡하면 좋겠소?"

　"당신들이 꼭 우리들과 살고 싶다면 당신 부모에게서 당신 몫의 재산을 분배받아 오세요. 그리고 여기서 함께 살아요."

　용맹하고 강인한 아마조네스와 반드시 결혼을 하고 싶었던 스키타이 병사은 그녀들의 요구에 따라 부모로부터 자기 몫의 재산을 분배받고 다시 아마조네스에게 돌아왔다. 그랬더니 아마조네스가 그들에게 말했다.

　"우리는 큰 죄를 지었어요. 나는 당신들 부모에게서 자식을 빼앗았고 큰 피해를 입혔어요. 당신도 부모와 부족을 배신했어요. 또 나는 여인들만 있는 우리 부족을 배신했어요. 그 때문에 우리는 스키타이족과 함께 살 수 없어요."

　"그러면 또 어떡해야 되는 거요?"

"당신들이 우리를 아내로 삼고자 하니, 우리 함께 두 부족을 떠나 아주 먼 곳으로 가서 함께 살아요."

그리하여 그들은 두 부족의 경계인 타나이스강을 건너 엿새 동안 걸어서 도착한 곳에 새로운 삶의 터전을 마련하고 후손들을 낳았다. 이렇게 아마조네스와 스키타이족의 자손들은 사르마트 부족이 됐다고 한다.

이 혼혈 부족도 유목생활을 하는 기마부족이었으며, 여성들은 모계인 아마조네스의 혈통을 이어받아 남성들과 똑같은 복장으로 말을 타고 사냥을 했으며 전투에도 참가했다. 또한 미혼 여성은 적군의 남자를 적어도 한 명을 죽여야 결혼할 수 있었는데, 그 때문에 평생 결혼을 못해보고 죽은 여성들도 많았다고 한다.

다시 아마조네스로 돌아가보자.

어떤 기록에서는 아마조네스 전사들 대부분은 샤먼(shaman; 일종의 무당)들이었다고 한다. 따라서 앞을 내다보는 예지력이 뛰어나 전쟁을 할 때마다 이길 수 있었다는 것이다. 또한 그녀들은 전쟁을 할 때 갑옷 앞에 거울을 달았다고 한다. 그녀들과 마주한 적군은 거울이 햇빛에 반사돼 눈이 부셔 앞을 제대로 볼 수 없었으며, 아마조네스 여전사들이 더욱 신비롭게 보여 사기가 떨어져서 제대로 맞서 싸우지도 못했다고 한다.

그러한 아마조네스의 용맹성은 신화와 역사적 사실에서 수없이 드러난다. 하기는 어디까지가 신화이고 어디까지가 사실인지 정확하게 구분하기도 어렵다. 유명한 트로이 전쟁 때는 그리스의 영웅 아킬레우스가 아마조네스와도 싸웠다고 하며, 마케도니아의 알렉산드로스 대왕은 페르시아 원정길에 아마조네스를 만나 그녀들로부터 환대를 받았다고 한다. 로마 군대도 아마조네스와 전투를 벌였다는 기록이 있다.

검을 들고 있는 아마존과 고르곤 이미지가 새겨진 방패

더욱이 고대 그리스 역사가들의 기록에 따르면, 미리네 여왕 때의 아마조네스는 아프리카 북부의 리비아를 정복하고 그곳에서 사람과 마주치면 돌멩이로 만들어버린다는 괴물 고르곤(Gorgon)과도 싸워서 이겼다고 기술하고 있다.

신화와 역사적 사실의 구분이 어렵지만 아마조네스는 대략 기원전 3세기~서기 1세기 무렵까지 흑해에서 남부 유럽, 소아시아, 북아프리카에 이르는 넓은 지역에서 막강한 영향력을 발휘한 강인하고 용맹한 여전사들이었던 듯하다.

그리스 신화에는 신이든 인간이든 수많은 남성 영웅들이 등장한다. 그런데 이들 남성 영웅들은 거의 빠짐 없이 아마존과 만나고 전투를 벌이지만, 역시 대부분 남성 영웅들이 마침내 승리한다. 그렇다면 왜 그리스 신화에서 아마조네스를 그처럼 부각시켰을까?

아마조네스는 남성들의 판타지였다.

그리스 신화는 보편적으로 인류가 모계사회에서 남성 중심 사회로 변화하는 과도기를 배경으로 하고 있다. 그러니까 성 정체성에 혼란이 있던 시기였다.

인류가 정착생활을 시작한 이래 수많은 종족과 부족이 생겨나 치열하게 대립하면서 영토와 부족을 지키려면 강인하고 전투력이 우세한 남성들이 절대적으로 필요했다. 따라서 남성들이 여성보다 우월한 지위에서 주도적인 역할을 하게 됐다. 그와 함께 여성들은 차츰 남성들의 소유물로서 후손을 낳아 기르는 성적인 도구로 추락하기 시작했다.

남성들은 여성들을 단지 예쁘고 아름답고 아이를 잘 낳을 수 있는 빼어난 몸매로만 평가하고 배우자로 선택했다. 이러한 시기에 등장한 아마조네스에게는 두 가지 큰 의미가 있다.

첫째, 성적 지위의 변화에 따른 여성들의 반발이다. 거의 수백만 년을 이어온 모계사회에서는 여성들이 절대적으로 우월했으며 생산의 상징인 지모신으로 남성들의 존경을 받았다. 그러다가 남성 중심 사회로 변화하면서 여성들도 남성 못지않게 전투를 수행할 수 있다는 강인함을 과시하기 위해 아마조네스가 탄생한 것이다.

둘째, 그들의 탄생에 어떠한 의미가 있든 보편적인 여성성과 전혀 다른 강인하고 용맹한 아마조네스의 등장은 남성들에게 강한 호기심과 매력을 주기에 충분했으며 큰 충격이기도 했다.

더욱이 아마조네스 신화를 탄생시킨 고대 그리스나 고대 로마에서는 여전히 여성들이 상당한 지위를 확보하고 주도적으로 남성들을 통제했다. 예컨대, 고대 그리스 최고의 사상가로 손꼽히는 소크라테스의 아내 크산티페(Xanthippe)는 남편에게 욕을 일삼아 악처의 대명사가 되고 있지 않은가.

그리스 신화에서는 남성들을 제압하는 거칠고 강인한 아마조네스를 등장시켜 마침내 남성 영웅들로 하여금 그녀들을 무찌르고 굴복시키게 함으로써 여성들에게 함부로 설치지 말라는 경고를 하고 있다는 견해가 지배적이다.

그뿐 아니라 아마조네스의 등장에는 아무리 강인하고 능력이 뛰어난 여성이라 할지라도 기어이 굴복시키고 싶은 남성들의 판타지가 담겨 있다는 것이다. 다시 말하면 어떻하든 여성들의 우위에 서려는 남성들의 희망사항을 아마조네스 신화에 반영시켰다고 할 수 있다.

한 가지 덧붙이고자 한다. 세계에서 가장 크고 가장 많은 유역을 가졌으며 지구의 허파로 불리는 남미의 아마존강에 대한 얘기다. 어떻게 강 이름이 아마존이 됐을까?

여러 기록들에 따르면, 16세기 스페인의 탐험가 오레야나(Francisco de Orellana)가 이 지역을 탐험하다가 그곳의 토착 부족과 맞서게 됐는데 활을 겨냥하고 칼을 든 전사들이 뜻밖에도 모두 여전사들이었다는 것이다. 그리하여 훗날 오레야나는 서양에 이름이 알려지지 않은 그 강을 그리스 신화의 아마조네스를 떠올려 아마존강으로 부르게 됐다고 한다.

피그말리온, 그 참사랑의 신화

———✳———

피그말리온(Pygmalion)은 그리스 신화에 등장하는 키프로스의 조각가다. 그는 여자를 좋아했지만 키프로스의 여성들이 매춘행위를 하는 것을 보고 여성을 혐오했다. 그렇게 현실의 여성들에게 환멸을 느낀 그는 사랑과 다산의 여신인 아프로디테를 흠모했다. 아프로디테는 로마 신화에서는 베누스가 됐으며, 영어 발음으로 '비너스'다. 비너스는 오늘날에도 사랑과 여성미의 상징이다.

피그말리온은 아프로디테를 흠모했지만 그녀는 신이기 때문에 이루어질 수 없는 짝사랑이었다. 그리하여 피그말리온은 자신이 생각하는 이상적인 여인상을 상아로 조각했다. 마침내 조각을 끝내고 보니 너무나 아름다웠다.

그는 자신이 빚어낸 여인상에 완전히 빠져들었다. 여인상에 '갈라테아'라는 이름까지 붙여놓고, 그는 마치 살아 있는 여인처럼 갈라테아를 진정으로 사랑했다. 상아로 된 차갑고 움직일 수 없는 여인상이었지만, 그는 매일같이 갈라테아를 어루만지며 입을 맞추고 옷을 갈아입히면서 그녀에게 생명이 깃들기를 간절히 기도했다.

마침내 그의 간절한 기도는 아프로디테에게 전해졌고, 감동한 아프로디테는 갈라테아에게 생명을 불어넣었다. 따뜻한 체온과 함께 살아 움직이

피그말리온과 갈라테아(어니스트 노먼드)

는 갈라테아를 포옹한 피그말리온의 기쁨은 말로 표현할 수 없었다. 꿈 같았던 순수한 사랑이 결실을 맺어 그들은 결혼해서 아들을 낳고 행복하게 살았다.

피그말리온 신화는 그뿐이지만, 더없이 순수하고 아름다운 참사랑이 이루어진 행복한 결말은 긴 세월 동안 많은 사람들에게 큰 감동을 주며 사랑의 판타지가 됐다. 그와 함께 피그말리온과 관련된 여러 심리학 용어들이 탄생했다.

그 가운데 대표적인 것이 '피그말리온 효과(Pygmalion Effect)'다. 누군가 다른 사람이 나에게 관심을 기울이고 기대하면 그에 부응하기 위해 능률이 오르고 좋은 결과를 얻게 되는 것이 피그말리온 효과다. 이를테면 학교에서 선생님이 학생에게 큰 관심과 기대를 갖고 용기를 주면 그 학생의 성적이 크게 향상되는 효과를 말하는 것이다.

반면에 '피그말리오니즘(Pygmalionism)'도 있다. 현실세계에 고립돼 오직 자신의 간절한 소망이 투사된 어떤 가상의 이상적인 존재에 탐닉하는 것이 피그말리오니즘이다.

'피그말리온 콤플렉스(Pygmalion Complex)'라는 심리학 용어도 있다. 일반적으로 어떤 인형에 대한 애착이 지나친 것을 말하지만, 주변에서 자신에게 지나치게 큰 기대와 관심을 가질 때 오히려 그것이 부담이 되고 콤플렉스가 되어 행동이 엉뚱하게 바뀌는 경향을 말한다.

루시퍼, 위대한 여성은 어떻게 몰락했나

———— ✳ ————

루시퍼(Lucifer). 낯설게 느껴지지는 않을 것이다. 〈루시퍼〉라는 제목의 영화도 있었고 미국 드라마도 있었다. 하지만 루시퍼가 무엇을 뜻하는지 제대로 아는 사람은 많지 않을 것이다. 루시퍼는 라틴어에서 '빛'을 뜻하는 lux와 '가져오다'를 뜻하는 ferre의 합성어로 '빛을 가져오다'라고 해석할 수 있지만 금성(金星. venus)의 다른 이름이기도 하다.

그런데 루시퍼와 여성이 무슨 연관이 있을까? 여성들의 입장에서 보면 남성 중심의 가부장시대와 함께 여성의 몰락을 재촉한 무척 안타까운 역사적 사실이 있다.

수백만 년 전에 인류가 등장한 이래 불과 수천 년 전까지만 해도 여성이 주도하는 모계사회였다. 생산의 상징인 여성은 숭배됐으며 수많은 여신들이 탄생했다. 원시종교에서 최고의 신은 모두 여신들이었다.

하지만 그리스 신화에서 전지전능한 최고의 여신들이 차츰 분화되며 특정한 역할과 기능을 담당하는 권위가 크게 축소된 여러 여신들로 나눠지더니, 마침내 남신들과 남자 영웅들에게 패배하고 굴복하며 보잘것없는 존재, 괴물과 같은 존재로 추락하고 만다. 그것은 모계사회가 무너지고 남성 중심, 남성 우월의 가부장사회가 시작됐음을 의미하는 것이다.

그럼에도 불구하고 중동이나 근동을 비롯한 여러 지역에서는 여전히 여신을 숭배했으며, 그 가운데서도 고대 그리스의 아프로디테, 수메르의 인안나, 메소포타미아의 이슈타르 등은 사랑과 관능, 성애의 여신으로 그 권위는 절대적이었다. 더욱이 이러한 사랑의 여신들이 전쟁의 신이기도 한 것은 적어도 그들의 지역에서는 여성들이 남성들보다 우월하다는 것을 말해준다.

그리하여 절대적인 사랑의 여신들은 밤하늘에 가장 밝게 빛나는 금성(샛별)에 비유됐다. 그리스 신화에서 사랑의 여신인 아프로디테는 로마 신화의 베누스인데, 이를 영어식으로 발음하면 비너스이며 이는 곧 금성, 루시퍼를 뜻한다. 메소포타미아에서도 금성을 '이슈타르—인안나'로 부른 것을 보면 여러 지역에서 사랑의 여신이 절대적으로 숭배됐다는 것을 잘 알 수 있을 것이다.

그런데 차츰 남성 중심의 가부장사회가 정착되고 로마제국을 비롯한 유럽에서 기독교를 국교로 받아들이는 국가들이 늘어나면서 큰 문제가 생겼다. 기독교는 유일한 신인 하느님을 섬기는 종교다. 더욱이 하느님은 흔히 '하느님 아버지'로 표현되는 남성성을 지니고 있다.

하지만 지중해 연안, 중동, 근동 등에서는 다신교와 '사랑의 여신'을 절대적으로 숭배하고 있어서 갈등과 마찰을 피할 수 없었다. 그러자 갈수록 세력이 커져가던 기독교가 위압적이고 노골적으로 여신들을 폄훼하기 시작했다. 다신교 역시 대다수가 여신이 대표적인 신이기 때문에 여신 숭배만 타파하면 무너뜨릴 수 있다고 판단했다.

그러자면 여신들을 폄훼할 명분과 구실이 있어야 했다. 기독교는 여신들의 관능에 주목했다. 추앙받는 대부분의 여신들은 사랑, 성애, 관능, 성적 매력 등 당연히 여성성을 지니고 있기 마련이다. 특히 '관능'은 사전적으로 '성적 감각에 관련되어 육체적 쾌감을 일으키는 작용'을 말한다.

그렇지 않아도 기독교에서는 인간들의 성행위를 통한 육체적 쾌락 추구가 죄악의 근원으로 보고 금욕주의를 지향하면서 성적 욕구를 자극하는 여성의 관능을 경계한다. 기독교는 여신들의 관능을 집중적으로 공격하면서 참다운 사랑의 여신이 아니라 '창녀들의 여신'으로 매도했던 것이다.

이를테면 사랑의 여신 아프로디테는 크고 관능적인 엉덩이가 성적 매력이었다. 여신들은 그러한 관능으로 인간들을 유혹하고 타락시킨다고 주장하면서 고대사회에서 여신들과 관련된 갖가지 매춘행위들을 찾아내 널리 알렸다. 리처드 작스가 쓴 《발가벗기는 역사History Laid Bare》에 이런 대목이 있다.

고대 바빌로니아에는 모든 여자들이 일생에 적어도 한 번은 아프로디테 여신의 신전 앞뜰에 앉아 있다가 지나가는 남자와 성관계를 가져야 한다는 법이 있었다. 그에 따라 바빌로니아의 여자들은 신분에 관계없이 아프로디테 신전에 나가, 서로 일정한 거리를 두고 떨어져 앉아 있었으며 남자들은 여자들을 살펴보면서 자유롭게 선택할 수 있었다.

아프로디테 조각상

이윽고 남자가 마음에 드는 여자를 선택해서 그녀의 무릎에 동전을 던져주며 "밀리타(Mylitta) 여신의 이름으로 당신을 초대합니다."라고 말하면 여자는 무조건 그 남자를 따라 신전 밖으로 나가 성관계를 가져야 했다. '밀리타'는 아시리아어로 아프로디테 여신을 뜻한다.

여자는 자신을 선택한 남자가 전혀 마음에 들지 않더라도 거절할 수 없었다. 거절하면 불경죄로 엄중한 처벌을 받았다. 남자가 내놓는 돈의 액수는 문제가 되지 않았다. 성관계가 끝나면 여자는 남자에게 받은 돈을 액수와 상관없이 모두 신전에 바친 뒤 소망을 빌고 집으로 돌아갔다.

성관계를 하고 신전에 돈을 바친 여자는 어떤 남자라도 다시는 그 여자를 살 수 없었다. 얼굴이 예쁜 여자들은 빠른 시간에 매춘을 하고 집으로 돌아갈 수 있었지만, 못생긴 여자는 법을 지키기 위해 심하면 3~4년씩 매일같이 신전 앞뜰에 앉아 남자에게 선택되기를 기다려야 하는 경우도 있었다.

기독교는 이러한 여신들의 관능과 성애가 인간을 유혹해서 음란과 음욕을 자극하고 타락시킨다고 널리 알리면서, 샛별과 여신을 뜻하는 '루시퍼'를 악마라고 몰아붙였다. 그와 함께 유럽 등에서 기독교가 절대적인 영향력을 발휘하면서 자연스럽게 루시퍼는 악마를 뜻하는 말로 자리잡게 됐다.

그처럼 절대적이었던 여신들의 권위와 지위가 크게 추락하고 수모를 겪으면서, 여신뿐 아니라 여성들의 지위도 점점 나락으로 떨어져 남성들이 지배하는 남성 우위의 가부장사회에서 여성은 그저 '아이를 낳는 기계' '성적 도구'로 몰락하게 된 것이다.

하지만 오랜 전통과 역사성을 지닌 여신 숭배와 여신에 대한 환상은 쉽게 사라지지 않았다. 여신에 대한 선망이 꼭 성적인 환상과 결부되는 것은

장미의 성모(윌리엄 아돌프 부그로)

아니어서 더욱 그러했다. 남녀의 아름다운 사랑, 고귀하고 순결한 사랑, 운명적인 사랑은 인간의 판타지다. 그러한 판타지가 여신에 대한 환상을 좀처럼 버리지 못하게 했다.

기독교로서는 당황하지 않을 수 없었다. 하지만 그들은 물러서지 않았다. 추앙받는 모든 여신들의 관능을 제외하고 장점들만 모아서 새로운 여신을 창조해낸 것이다. 하염없이 사랑을 베풀지만 결코 성적이지 않으며, 사악한 유혹에 넘어가지 않고, 결혼했지만 영원한 처녀로 성령에 의해 신의 아들을 낳은 여인, 바로 '성모 마리아'다.

기독교는 근본적으로 남성성이 강하지만, 지금까지 없었던 전혀 새로운 이미지의 여신 성모 마리아를 창조하고 남성성의 하느님과 함께 신격화된 여인 성모 마리아를 섬기게 함으로써 전통적인 여신 숭배를 희석시키고 여신 숭배자들까지 끌어들일 수 있었다.

마침내 위대한 여신들은 역사에서 차츰 사라졌으며, 여신을 가장 이상적인 여성의 상징으로 흠모하던 남성들의 환상도 시들해졌다. 아울러 여성의 지위도 크게 추락했다. 그 뒤 현대에 이르기까지 남성이 절대적으로 우월한 세상이 이어지면서 여성은 남성의 그림자, 남성의 소유물, 남성의 종속적 존재로 숱한 희생을 감수해야만 했다.

더욱이 어머니는 여성이면서도 관능이 사라진, 남성도 여성도 아닌 '제3의 성'이나 다름없는 존재가 됐으며, 20세기 후반에 와서야 선구적 여성들의 끈질긴 노력으로 이른바 '여성의 해방'을 맞았다. 또한 여성들이 그처럼 염원하던 남녀평등을 이루어냈다.

미다스의 손, 거부할 수 없는 욕망

———✳———

'미다스의 손'은 CF의 카피로 이용될 정도로 우리에게 익숙한 용어이다. 흔히 손대는 것마다 대박을 터뜨리거나 추진하는 일마다 성공을 거두는 사람이나 기업을 가리킬 때 '미다스의 손'이라는 표현을 쓴다.

'미다스의 손'은 그리스 신화에 등장한다. 약 3000년 전 지금의 터키 영역인 아나톨리아반도의 중서부에 있던 작은 왕국 프리기아의 왕 미다스 (Midas)는 재산이 엄청나게 많으면서도 악착같이 더 많은 재산을 모으려는 탐욕스러운 인물이었다.

그래서 그는 술의 신인 디오니소스가 술에 취해 있는 틈을 타서 자기가 손을 대는 것마다 황금으로 변하게 해달라고 간청했다. 디오니소스는 술김에 그의 간청을 들어줬다. 미다스는 정말 자신이 손대는 것은 모두 황금으로 변하는지 시험해보기 위해 정원의 나무를 만졌더니 곧바로 황금으로 변하는 것이 아닌가. 신바람이 난 미다스가 주변의 장식물이며 가구며 닥치는 대로 손을 대기만 하면 모두 황금으로 변하는 것이었다.

미다스는 자신이 곧 이 세상 최고의 부자가 될 것이라고 크게 기뻐하며 식사를 하려고 했다. 그런데 이게 어찌 된 일인가. 음식이 담긴 접시를 끌어당겼더니 접시가 황금으로 변하고 포크가 황금으로 변하고 음식이 황금으로 변하고…. 손대는 것마다 모조리 황금으로 변해버려 식사를 할 수가

미다스 왕과 황금으로 변해버린 그의 딸
(월터 크레인)

없었다.

그때 그의 딸이 들어왔다. 그런데 미다스가 가까이 다가온 딸을 끌어안았더니 딸까지 황금으로 변해버리는 것이 아닌가. 미다스 왕은 너무나 당황했다. 식사도 할 수 없었고 아무것도 할 수 없었다. 더구나 딸마저 황금으로 변해버렸으니, 자신이 너무 욕심부린 것을 후회했다.

그는 당장 디오니소스에게 달려가 자신을 예전으로 되돌려달라고 애원했다. 다행히 디오니소스가 미다스의 하소연을 들어줬다. 팍톨로스강의 강물에 목욕하면 원래대로 돌아갈 수 있다고 했다. 미다스는 주저 없이 강으로 달려가서 강물에 뛰어들었다. 황금으로 변한 딸도 강물에 넣었더니 다시 인간으로 돌아왔다.

그런데 신화는 여기서 끝나지 않는다. 음악의 신이기도 한 아폴론(Apollon)과 나무의 신인 판(Pan)이 악기 연주 대결을 펼쳤는데, 미다스가 나무의 신을 편들었다가 아폴론의 노여움을 사서 두 귀가 당나귀 귀로 변한 것이다.

그리하여 미다스는 두 귀를 감추려고 모자를 깊숙이 눌러썼지만 항상 곁에 있는 신하들이 미다스의 비밀을 알게 됐다. 미다스는 자신의 비밀을 외부에 발설하면 처형하겠다고 엄포를 놓았다.

하지만 너무 가슴이 답답해서 견디지 못한 신하 한 명이 땅을 판 뒤 구

아폴론과 판의 연주 대결(야코프 데 바커)

덩이에 대고 "왕의 귀는 당나귀 귀다." 하고 외치고 흙으로 구덩이를 덮어
버렸다. 그런데 사람들이 그 근처를 지날 때마다 땅속에서 "왕의 귀는 당
나귀 귀다."라는 소리가 새어나와 온 백성이 알게 됐다는 것이다.

미다스 왕은 신화에 등장하는 인물이지만 실제로 약 3000년 전에 프
리기아의 왕이었다고 한다. 그의 귀가 당나귀 귀여서 "왕의 귀는 당나귀
귀다."라는 소문이 퍼졌다는 얘기는 우리나라 설화에도 있다.

신라 48대 임금 경문왕은 귀가 무척 컸는데 이런 사실을 숨겨왔지만 임
금이 머리에 쓰는 두건을 만드는 장인(匠人)은 모를 수가 없었다. 그는 차마
남들에게 임금의 비밀을 말하지 못하고 혼자 대숲에 들어가서 "임금님 귀
는 당나귀 귀다." 하고 외쳤다는 것이다.

그런데 바람만 불면 대숲에서 "임금님 귀는 당나귀 귀다." 하는 소리가
메아리처럼 퍼져 나왔다고 한다. 《삼국유사》에도 나오는 얘기다. 그런데
임금의 큰 귀를 소재로 한 설화는 세계 여러 곳에서 전해진다고 한다. 그
가운데 가장 오래된 것이 미다스 왕의 신화라고 한다.

‘미다스의 손’은 미다스 왕이 손으로 만지는 것마다 황금으로 변했다는 신화에서 유래한 말이다. 앞서 밝혔듯이 무엇이든 손대는 것마다 대박을 터뜨리거나 크게 성공하는 사람을 가리키는 말이다. 그와 비교해서 하는 일마다 번번이 실패하는 사람을 ‘마이너스의 손’이라고 하는 농담 섞인 표현도 있다.

미다스 왕에 대한 신화는 나름대로 짜임새가 있으며 뚜렷한 주제를 가지고 있다. 인간은 누구나 남들보다 더 많은 재물을 가지고 싶어 하는 소유욕과 욕망이 있으며 부자가 되고 싶은 환상이 있다.

그것은 거부할 수 없는 욕망과 환상이지만 그 정도가 지나쳐서 탐욕과 과욕이 되면 마침내 자신을 파멸시킨다는 것이 미다스 신화의 주제라고 할 수 있다. 그는 디오니소스의 선처로 다시 정상으로 돌아왔지만 귀가 당나귀 귀처럼 커진 징벌을 받은 셈이다.

영물과 괴물, 요괴

우리나라의 영물

❖

'영물(靈物)'이란 한 민족이나 문화권에서 그들의 영혼이 깃들어 있다고 믿어 신성시하는 영적인 존재를 말한다. 그 대상은 다양하다. 신비스런 산과 봉우리일 수도 있고 자연물이나 사물, 동물일 수도 있다. 인도의 힌두교에서는 소를 영물로 신성시하며 함부로 건드리지 않는다.

일반적으로 특정한 산이나 기암절벽, 고산준봉을 신성시하는 것은 그곳에 자신들이 숭배하는 신이 산다고 믿거나 조상들의 넋이 깃들어 있다고 여기기 때문이다. 아울러 그러한 영물에는 영험한 기운과 능력이 있다고 믿는다.

예컨대 우리나라 민속신앙에 '신령'이 있다. 산신령, 천지신령 등 자연 자체를 신격화해서 숭배하는 것도 특정한 자연을 영물로 여기기 때문이다. 그런가 하면 영혼이나 넋과는 관련도 없고 신성시하는 것도 아니지만 여우나 고양이처럼 지혜가 뛰어난 동물을 영물이라고 하는 경우도 있다.

당연히 우리나라, 우리 민족에게도 전통적으로 전해지는 여러 영물들이 있다. 동물로는 용, 호랑이, 까치, 거북이, 구미호 등 여러 동물이 있으며 그 가운데 가장 보편적인 것으로 삼족오(三足烏), 금와(金蛙), 구미호(九尾狐), 백토(白兎)를 '4대 영물'로 손꼽고 있다.

고구려 고분벽화에 그려진 삼족오(가운데)

'삼족오'는 태양 속에 산다는 세 발을 가진 까마귀다. 실제로 존재하는 세 발 달린 새가 아니라 우리의 상상 속에 존재하는 새다. 우리나라뿐 아니라 중국 등 예부터 동양의 신화에 자주 등장하는 영물로서 삼족오가 사는 곳은 태양이라고 한다. 따라서 태양을 상징하는 '일조(日鳥)'로 부르기도 한다.

동양의 신화나 여러 사서에 따르면, 삼족오는 태양에 살면서 하늘 위의 신들과 지상의 인간세계를 이어주는 신성한 새로서 태양의 사자(使者)이며 죽은 자의 영혼을 천상으로 인도하는 역할을 한다고 생각했다. 또한 삼족오는 왼쪽에는 용, 오른쪽에는 봉황을 거느리고 있는 더없이 신성한 새로 상상한 것이다.

여러 해 전 크게 호평을 받았던 인기 TV드라마〈주몽〉에 삼족오가 그려진 깃발이 고구려의 상징으로 등장한다. 옛 고조선 영토를 회복하려는 주몽의 의지가 담겨 있는 것이다. 그처럼 우리 역사에서 삼족오는 고조선시대부터 영물로 여겼다. 고조선에서 삼족오는 하늘의 사자, 군주, 천제(天帝)의 세 가지를 상징했다는 견해가 있다. 또한 삼족오의 세 발은 천지인(天地人)의 삼위일체를 뜻한다고도 한다.

삼족오가 중국이나 일본에서도 영물이기 때문에 그에 대한 상상의 그림들이 많이 남아 있다. 그런데 우리나라의 삼족오에 대한 상상의 모습은 중국이나 일본과 차이가 있다. 머리에는 공작새처럼 끄트머리가 둥근 벼슬이 있고, 세 발은 새의 발이 아니라 포유류의 발 모양을 하고 있는 것이 특징이다.

'금와'는 금빛 두꺼비(또는 개구리)를 뜻한다. 두꺼비가 100년 넘게 살면 피부가 금빛을 띤다고 한다. 이 금와는 우리의 신화와 설화 등에서 중요한 비중을 차지하고 있다. 고조선의 뒤를 이은 부여 그리고 고구려의 개국신화와도 밀접한 관계가 있어서 우리에게 잘 알려졌다.

부여 건국신화에 따르면, 기원전 1세기 무렵 지금의 중국 만주 지역에서 해모수(解慕漱)가 나라를 세우고 국호를 부여라고 했다. 해모수는 천제의 아들로 100여 명의 시종을 거느리고 하늘에서 내려와 인간세계를 다스렸다. 그가 어느 날 사냥을 나갔다가 압록강가에서 물의 신인 하백(河伯)의 딸 유화(柳花)를 우연히 만났는데 그녀의 아름다움에 정신을 빼앗겨 기어이 유혹해서 성관계를 갖는다.

그리고 해모수는 곧 하백을 찾아가 자신이 천제의 아들이라는 사실을 밝히고 유화와 정식으로 혼인한다. 하백은 자기 딸이 천제의 아들과 혼인하게 된 것은 기뻤지만 해모수가 딸을 버릴까 두려워서 자꾸 그를 시험하는 엉뚱한 행동을 했다. 이에 화가 난 해모수는 유화를 버리고 하늘로 올라가버렸다. 그러자 역시 크게 분노한 하백은 자기 몸을 지키지 못하고 해모수에게 농락당한 딸 유화를 내쫓아버린다. 그 뒤 해모수의 아들 해부루(解扶婁)가 왕위에 오른다.

어느 날 해부루가 수레를 타고 곤연이라는 곳에 이르렀는데 갑자기 수

레를 끄는 말이 큰 바위 앞에 멈춰서서 눈물을 흘리는 것이었다. 이상하다고 생각한 해부루 왕이 바위를 치우게 했더니 그 밑에 온몸이 금빛으로 빛나는 두꺼비 모양의 남자아이가 있었다.

그렇지 않아도 늙도록 아들이 없어서 하늘에 제사를 지내며 아들을 낳게 해달라고 기원했는데 남자아이가 나타나다니, 해부루는 크게 기뻐하며 "이것은 하늘이 내게 준 아이로다!" 하면서 양아들로 삼으니 그가 곧 금와였다. 금와는 해부루에 이어 왕위에 올라 금와왕(金蛙王)이 됐다.

그런가 하면 내용에 조금 차이가 있는 다른 신화도 있다. 어느 날, 금와왕이 태백산 남쪽으로 사냥을 나갔다가 우연히 유화를 만나게 된다. 유화는 해모수에게 쉽게 몸을 허락한 잘못으로 아버지 하백에게 버림받고 강가를 떠돌다가 어부에게 구출됐지만 여전히 정처 없는 생활을 하다가 금와왕과 조우하게 된 것이다.

금와왕은 유화를 데리고 가서 옥에 가뒀는데 그녀가 뜻밖에도 햇빛을 받고 무척 큰 알을 낳았다. 이 사실을 알게 된 금와왕은 상서롭지 못한 일이라며 알을 마굿간에 버리라고 했다. 하지만 말들이 그 알을 전혀 짓밟지 않아 다시 깊은 산속에 버리도록 했다. 그런데 산속의 온갖 짐승들도 그 알을 해치지 않고 오히려 보호하는 것이었다.

그리고 얼마 뒤 알을 깨고 남자아이가 태어났다. 그가 바로 주몽이다. 주몽은 용모가 준수하고 영특하며 재주가 많았다. 금와왕은 햇빛으로 알을 낳은 유화를 예사롭지 않은 여인으로 여겨 그녀를 후비(後妃)로 맞이하고 주몽을 자신의 아들로 받아들였다.

금와왕에게는 이미 맏아들 대소(帶素)를 비롯해서 여러 아들이 있었다. 태자 대소는 이복동생 주몽의 능력이 워낙 뛰어나서 자신의 태자 지위에 위협이 되는 것이 두려워 그를 죽이려고 했다. 이런 위험한 상황을 알게 된 유화부인은 아들 주몽에게 부여에서 탈출하도록 했다.

그리하여 대소의 추격을 뿌리치고 힘겹게 부여를 탈출한 주몽은 졸본에 이르러 그 지역에서 상당한 영향력을 발휘하던 여걸 소서노(召西奴)의 도움을 받아 고구려를 건국하고 동명성왕(東明聖王)이 된다.

이 신화에는 부여와 고구려의 신화가 뒤섞여 있다. 그 때문에 주몽의 태생도 혼란스럽다. 한쪽 신화에서는 유화부인이 해모수와 관계를 가졌으니 주몽은 해모수의 아들이다. 또 다른 신화에서는 유화부인이 금와왕의 후비가 됐고 주몽은 금와왕의 양아들이며 해모수는 금와왕의 할아버지다. 두 개의 신화가 뒤섞이며 야기된 혼란이다.

금와는 금와왕 신화에서 비롯된 이래 우리 민족의 전통적인 영물로 여겨져왔다. 민간 설화에는 금두꺼비가 은혜를 갚는 얘기도 있다. 자기를 길러준 처녀가 지네 요괴에게 바쳐지자 금두꺼비가 필사적으로 지네 요괴와 싸워 그를 죽이고 자기도 죽어 은혜를 갚았다는 얘기다.

중국의 고대철학인 음양오행설을 믿었던 우리의 선조들은 삼족오는 태양에 살기 때문에 '양'이며 금와는 '음'으로 달에 산다고 생각했다. 음양오행설은 우주 만물의 현상과 기(氣), 이치를 설명하는 세계관이다. 인간관계도 남녀의 정기가 결합해서 대를 잇고 우주, 자연과 조화를 이루며 살아간다는 것이다.

'구미호'는 꼬리가 아홉 개 달린 여우 요괴로 다양한 모습으로 둔갑한다. 하지만 영물로서의 구미호는 그와 다른 긍정적인 요소들을 지니고 있다. 여우가 천 년 이상 살면 구미호가 되고 신통력을 갖추고 선도(仙道)를 익혀 신의 경지에 이른다고 한다.

따라서 구미호는 천계에 올라갈 수 있으며 천계에서 옥황상제의 궁에

《산해경》에 묘사된 구미호

머문다고 한다. 용이 여의주를 지녔듯이 구미호는 푸른 구슬을 가지고 있는데 그 구슬을 통해 신통력을 발휘한다는 것이다. 우리나라 영화 〈구미호〉에서도 이 푸른 구슬을 통해 구미호가 진짜 인간이 되기 위해 몸부림치는 대목들이 있다.

여우는 죽을 때 머리를 자기가 태어난 쪽으로 향한다고 한다. 그래서 여우를 자기 근본을 잊지 않고 사는 동물로 신성시하면서, 비록 상상 속의 동물이지만 여우의 최상급인 구미호를 영물로 생각하게 됐는지 모른다.

'백토(白兎)'는 흰토끼를 말한다. 토끼는 집토끼와 산토끼(멧토끼)의 두 종류가 있으며 서식방법이 크게 다르다. 영물로서의 백토는 산토끼를 가리키는 듯하다. 그에 대한 기록은 거의 찾아볼 수 없지만 동남아시아와 일본 등의 설화에 흰토끼 이야기가 많다. 우리나라도 남쪽 지방에 흰토끼 설화가 있다.

토끼는 대개 꾀가 많고 지혜로운 동물로 그려진다. 우리 고전소설과 판소리 등으로 잘 알려진 〈별주부전〉을 보면, 용궁으로 끌려간 토끼가 자신의 간을 빼서 병을 고치려는 용왕에게 간을 집에 두고 왔다며 돌아가서 가지고 오겠다는 꾀를 내서 용궁을 빠져나온다. 그처럼 꾀가 많고 영리해서 영물 대우를 받게 됐을 것이다.

우리나라의 4대 영물 가운데 금와에 대한 신화와 설화는 그 의미가 사뭇 크다. 이들 신화에는 천강신화(天降神話)와 난생신화(卵生神話)가 함께 섞여 있다. 우리 신화에서 환웅, 해모수 등이 하늘에서 내려왔다는 천강신화는 우리 민족의 형성과 국가라는 공동체를 결성하는 과정에서 다른 문화를 가진 외부집단이 유입됐다는 것을 말해준다.

또한 난생신화는 자신들의 선조를 신격화하려는 농경집단에서 흔히 나타난다. 우리 민족 최초의 국가인 고조선, 부여, 고구려는 농경이 주업이었다. 삼족오도 태양을 숭배하는 데서 온 영물이며 태양숭배는 가뭄이나 홍수 등 기후 변화에 의해 농사가 좌우되는 농경집단의 전형적인 특징이다.

어느 민족, 어느 문화권에나 영물이 있는 것은 영물을 통해 그들의 정서와 인생관, 가치관을 나타낼 수 있기 때문이다. 영물을 통해서 자신들이 추구하는 삶의 가치와 선망하는 것, 판타지를 표출하는 것이다. 특히 우리 삶의 터전인 자연에 대한 경외심, 갖가지 재앙과 가난, 질병과 같은 불행을 막고자 하는 벽사(辟邪)의 염원이 담겨 있다.

물론 위에서 소개한 우리나라의 4대 영물이 반드시 정답은 아니다. 우리의 4대 영물은 기린·거북·봉황·용이라는 주장도 있고, 삼족오·금와·구미호·해태·봉황이 5대 영물이라는 주장도 있다. 모두 타당한 근거가 있다. 당연히 정답은 있을 수 없다.

우리나라의 요괴

⎯⎯⎯ ⸬ ⎯⎯⎯

조선 중기에 강원도 산골에 사는 중년의 선비가 과거를 보러 한양을 향해 먼 길을 떠났다. 오직 공부에만 매달렸던 선비는 여러 차례 낙방해서 집안 형편이 말이 아니었다. 그의 아내는 손바닥만 한 밭을 거의 혼자 도맡았고 삯바느질로 겨우 입에 풀칠하며 남편을 뒷바라지했다.

선비는 아내의 고생을 덜어주기 위해서도 올해는 꼭 과거에 합격해야 한다고 다짐하며 한양으로 향했다. 이윽고 날이 저물어 하룻밤 묵을 곳을 찾던 중에 다행히 외진 산길에 작은 주막집 호롱불이 보였다. 해마다 한양에 과거 보러 갈 때 지나던 산길이지만 처음 보는 주막집이었다.

선비가 아주 허름한 주막에 들어서자 주모가 나와 반갑게 맞이했다.

"이런 산골에 주막이 있다니 놀랍구려. 하룻밤 묵어가려는데 가능하겠소?"

"여부가 있겠습니까? 비록 누추하지만 편히 쉬었다 가십시오. 안으로 들어가시지요."

주모가 앞장서 방에 들어서며 이부자리를 깔았다. 그런데 불빛에 보이는 주모의 미색에 선비는 놀라움을 금치 못했다. 천하의 절색이라고 할 만큼 빼어난 미모에 깔끔한 옷차림의 자태는 선녀처럼 아름다웠다. 그뿐 아니라 갓 스물이나 됐을까? 더없이 젊은 여인이었다.

"헛참! 이런 외딴 산골에 주막이 있는 것도 신기하거니와 이렇게 젊고 아름다운 주모 또한 처음 봤소. 사대부 가문의 규수보다도 미모가 빼어난 것 같소."

"호호, 과찬의 말씀입니다. 나으리께서는 한양에 과거 보러 가시는 길인 것 같습니다만…?"

"맞소이다."

"꼭 장원급제하시기를 기원합니다."

"고맙소."

"저녁식사를 준비하겠습니다. 잠시 기다리십시오."

밥상이 제법 정갈했다. 선비는 들쭉술 반주를 곁들여 저녁식사를 하면서 젊은 주모에게서 눈을 떼지 못했다. 그녀의 아름다운 모습에 저절로 욕정이 솟구쳤다.

선비는 오랫동안 아내와 잠자리를 하지 못했다. 밤늦도록 공부에 매진하느라 잠자리에는 별 관심이 없었거니와 나이보다 훨씬 늙어 보이는 아내의 초라한 행색에 성욕이 미동도 하지 않았기 때문이다.

밤이 깊어 선비는 자리에 누웠지만 주모의 모습이 자꾸 눈앞에 아른거리고 아랫도리가 불끈거려 잠을 청할 수가 없었다.

그때였다. 조용히 방문이 열리더니 속살이 훤히 비치는 얇은 속옷 차림의 주모가 들어왔다. 흔들리는 촛불에 그녀의 몸매는 더욱 육감적으로 보였다. 선비는 깜짝 놀라 두 손으로 사타구니를 누르며 윗몸을 일으켰다.

"어쩐 일이시오, 주모?"

"나리, 피곤하시지요? 제가 객고를 풀어드리겠습니다."

아니, 세상에. 이런 행운이! 아리따운 여인이 자청해서 수청을 들겠다니! 선비는 크게 감동했다. 여인이 선비의 온몸을 주무르는데 그 솜씨가 대단했다. 온몸에 전율이 일고 솟구치는 욕정을 주체하기 어려웠다.

마침내 여인의 손길이 사타구니에 이르자 선비는 더 이상 견디지 못하고 여인을 눕혔다. 여인도 동침을 원하는 듯 선비의 목덜미를 힘껏 끌어안았다. 그런데 선비가 헐떡이며 방사를 시작하려 할 때 불현듯 아내의 모습이 떠오르는 것이었다. 오직 지아비를 위해 뙤약볕에 나가 고추를 다듬고, 밤늦도록 호롱불 밑에서 삯바느질하는 삶에 지쳐 찌들 대로 찌든 아내의 모습이 눈앞에 아른거리자 선비는 고개를 흔들었다. 그리고 여인의 몸 위에서 내려왔다.

"미안하오. 고생하는 아내를 생각하니 도저히 안 되겠소."

여인이 몸을 일으켰다.

"나리의 마음가짐이 올바르십니다. 이번 과거에서 틀림없이 장원급제하실 겁니다."

"미안하고 고맙소…."

그런데 이건 또 무슨 조화인가? 여인이 몸을 일으키는데 홀연히 어마어마하게 큰 지네로 변하더니 연기처럼 방을 빠져나가는 것이 아닌가? 그야말로 괴이한 일이었다. 뜬눈으로 밤을 새운 선비는 서둘러 주막을 떠났다.

그리고 여인의 말대로 선비는 과거에 장원급제하고 금의환향하며 산길 옆의 주막을 다시 찾았지만 그 자리에는 풀만 무성했다. 주막이 감쪽같이 사라진 것이다.

아리따운 여인은 지네가 변신해서 선비의 행실을 시험해본 것이다. 지네는 흉측하지만 재산과 재물을 가져다준다는 요괴다. 이런 요괴민담도 있다.

전라남도의 어느 외딴 섬, 어부였던 남편이 바다에 나갔다가 폭풍우를 만나 목숨을 잃는 바람에 젊은 나이에 과부가 된 여인이 있었다. 그녀는 홀몸으로 시부모를 부양해야 하는 궁핍한 생활이 무척 고달프기도 했지만, 그보다 독수공방의 외로움을 견디기 어려워 밤마다 솟구치는 욕정으로 몸부림쳤다.

그러던 어느 날, 그날 밤도 사타구니를 누르며 온몸을 비틀다가 잠이 들었는데 꿈속에서 아주 건장한 사내가 나타나 그녀를 희롱하고 방사를 거행하는데, 변강쇠 같은 그의 정력에 젊은 과부는 모처럼 얻게 된 운우지락으로 온몸이 땀으로 흠뻑 젖었다.

그녀는 잠결에도 꿈인지 생시인지 몽롱했지만 사내를 놓치지 않으려고 더욱 힘을 주어 그를 끌어안았다. 하지만 사내가 기어이 여인의 품에서 빠져나가려 하자 과부는 그의 다리를 붙잡고 발버둥치다가 잠이 깨고 말았다.

"으악!"

과부가 갑자기 비명을 질렀다. 그녀는 큰 구렁이를 붙잡고 있었던 것이다. 과부가 기겁을 했지만 구렁이는 닫혀 있는 문틈 사이로 연기처럼 빠져나갔다.

이런 민담은 전국적으로 매우 흔하다. 여러 민담에서 그 구렁이는 유명한 사찰의 큰스님이 죽은 뒤에 구렁이로 변신한 것으로 묘사된다. 젊은 과부의 안타까운 사연에 비록 세상을 떠났지만 큰스님이 자비심을 베푼 것이라는 얘기다.

'요괴(妖怪)'는 글자 그대로 풀이하면 요사스런 괴물이다. 봉준호 감독의 영화 〈괴물〉에서 보듯이 요괴가 엄청나게 크고 괴력을 지녔으면 그야말로

'괴물'이다. 하지만 요괴나 괴물의 실체를 본 사람은 없으며 전설이나 민담 등에 등장하는 가상의 생물이다.

요괴에 대한 전설이나 민담이 우리나라에만 있는 것은 아니다. 중국이나 일본에서도 수많은 요괴 민담들이 전해지고 있다. 특히 일본에서는 요괴에 대한 연구도 활발하다. 따라서 실체를 알 수 없고 볼 수 없는 요괴에 대해 나름대로 개념을 정의한 학자들도 적지 않다.

어떤 학자는 요괴를 '신비한, 기묘한, 이상한, 꺼림칙한… 등의 형용사가 붙는 모든 현상과 존재'라고 정의했으며, 또 어떤 전문가는 요괴와 유령의 차이를 이렇게 정의했다. 유령은 첫째, 본래 사람일 것. 둘째, 죽은 사람일 것. 셋째, 생전의 모습일 것. 이렇게 세 가지 조건을 갖춰야 하고 그렇지 않으면 요괴라는 것이다.

또한 인간이 죽은 후 인간의 형상을 하고 나타나면 유령이며, 인간이 아닌 것이나 혹은 원래 인간이었지만 인간 이외의 모습을 하고 나타나면 요괴라는 것이다. 그뿐 아니라 요괴와 귀신의 차이에 대한 정의도 있다. 요괴는 자연의 에너지가 특정한 사물이나 생물에 깃들면서 탄생하는 정괴(精傀)이고, 귀신은 어떤 인격체의 영혼에서 발현되는 자연을 뛰어넘는 존재라고 차이점을 지적하고 있다.

아무튼 요괴는 인간의 능력이나 상식으로는 도저히 이해할 수 없는 뜻밖의 현상들을 설명하기 위해 인간이 상상해낸 요사스럽고 괴상하고 기묘한 존재라고 할 수 있다. 이러한 요괴는 대개 동물이나 자연의 사물로 발현되는데 대부분 인간에게 해를 끼치는 부정적인 이미지를 갖고 있지만 반드시 그렇지는 않다.

앞의 민담들에서 봤듯이 인간에게 도움을 주는 긍정적인 이미지의 요괴도 있다. 또 시간적으로 밤이나 어둠 속에서만 활동하는 요괴도 있다. 요괴는 인간이 상상해낸 기괴한 존재다. 그리하여 요괴를 쫓아내는 방법까지 만들어냈다. 그래서 나쁜 요괴, 부정적인 요괴들은 그것을 물리치는 특정한 방법이 있다는 것도 특징이다.

중국은 워낙 땅이 넓고 다민족 국가여서 다양한 문화가 존재한다. 따라서 민족마다 지역마다 요괴와 관련된 전설이나 민담들이 많아 그 이름이나 숫자를 헤아리기도 어렵다. 또한 요괴 전설에 대한 역사도 오래되어 누가 뭐래도 요괴 전설의 시조라고 해도 과언이 아니다.

중국의 요괴에 대해 쉽게 알 수 있는 것이 명나라 때 오승은(吳承恩)이 쓴 중국 4대 기서의 하나로 손꼽히는 《서유기》다. 이 책에 등장하는 존재들 중 삼장법사를 빼놓고 손오공, 저팔계, 사오정, 우마왕, 머리가 아홉 개 달린 구두부마(九頭駙馬) 등이 모두 요괴들이다. 삼장법사도 공주로 변신한 요괴와 혼인할 뻔한다.

중국의 요괴들은 새, 거북, 벌레, 괴물 등의 다양한 형태를 지니고 있는데 특히 각종 조류가 많고, 그들 요괴들은 생식과 관련된 경우가 많다. 이를테면 여자로 변신해서 성관계를 갖고 아이를 낳거나 남자의 몸에 깃들어 성적 욕구를 자극한다.

중국은 지역마다 기후가 다르고, 13억이 넘는 인구와 여러 민족들이 혼재하기 때문에 문화도 다양하다. 그 때문에 온갖 기이한 현상들이 생겨나고 기담이나 괴담들이 넘쳐난다.

삼장법사와 손오공, 저팔계, 사오정 등 《서유기》에 등장하는 인물들

이러한 환경이 고대부터 오늘날까지 헤아릴 수 없이 수많은 요괴들을 탄생시켰으며 지금도 영화와 드라마로 제작된 중국의 시대극에는 무협 영화와 함께 요괴 영화가 판을 친다. 중국의 전통극인 경극(京劇)에도 요괴가 등장하는 작품들이 무척 많다.

일본 역시 중국에 못지않게 갖가지 요괴가 일본인들의 삶 속에 깊숙이 자리잡은 지 오래다. 섬나라 사람들의 기질 탓인지 그들은 요괴 얘기를 좋아해서 일찍이 고전문학에서 요괴 얘기를 다루어왔으며 요즘도 만화, 애니메이션, 대중소설 등에 요괴가 빠지지 않는다. 미술관이나 박물관 등에서 각종 요괴 전시회가 자주 열릴 정도로 어엿한 대중문화로 자리잡고 있다.

일본에는 그들의 말로 '요마' 또는 '요카이'라고 부르는 요괴들이 수없이 많다. 그 가운데 전통적으로 전해지는 대표적인 4대 요괴가 있다. 오니, 덴구, 갓빠, 바케모노가 그것이다.

'오니[鬼]'는 일본의 대표적인 요괴이자 향토신앙이기도 하며 풍속의 상징이기도 하다. 머리에 뿔이 있으며 쇠방망이를 들고 다니는 그 모습은 치우 또는 우리나라의 도깨비 비슷하다. 오니 형상을 넣은 일본의 토산품들도 많다. 오니는 악한 요괴지만 일본인들에게는 매우 친숙해서 '오니 상'이라고도 부른다. 일본말의 '상(樣)'은 이름 뒤에 붙이는 경칭으로 우리의 '씨(氏)'와 같다.

'덴구[天狗]'는 산속에 살면서 하늘을 마음대로 날아다니는 초자연적이고 초능력적인 요괴다. 얼굴이 붉은색이고 코가 크다. 역시 일본인들에게 익숙한 요괴로 신통력이 있어서 그들이 좋아하는 요괴이기도 하다. 일본에는 '덴구마이[天狗舞]'라는 브랜드의 유명한 전통주(사케)도 있다.

강이나 늪에 산다는 작은 요괴 갓빠(이와세문고 컬렉션), 비행 중인 덴구를 잡은 코끼리(우타가와 구니요시)

'갓빠[河童]'는 강이나 늪에 산다는 서양의 요정과 같은 작은 요괴다. 장난끼가 있어서 특히 어린이들이 좋아하는 요괴이기도 하다. 어린아이와 같은 작은 몸에 짙은 황갈색이며 원숭이 비슷한 모습이지만, 온몸은 비늘로 덮여 있고 거북이 같은 등딱지가 있으며 주로 오이를 먹고 산다. 아주 영리한 요괴여서 놀랄 만한 신통술을 발휘하는 물의 요정이다.

'바케모노[化け物]'도 다른 요괴들과는 다른 특이한 요괴로서 괴물이다. 변화무쌍해서 일본의 만화나 애니메이션 등의 단골 소재가 되고 있다. 〈바케모노 가타리〉라는 유명한 애니메이션 시리즈도 있다. '가타리[物語]'는 이야기, 스토리(story)와 같은 뜻이다.

일본에는 갖가지 요괴도 많고 그들의 전통과 삶에서 보편화돼 있는 대중문화여서 요괴를 연구하는 민속학자나 전문가들의 활동도 활발하다. 우리의 도깨비처럼 그들에게 요괴는 두려움을 주는 존재라기보다 매우 친숙한 존재여서 빼놓을 수 없는 특징적인 문화로 자리잡고 있다.

우리나라에도 그 이름조차 익숙하지 않고 오히려 낯선 요괴들이 무척 많다. 더욱이 우리는 요괴와 귀신을 별다른 구별 없이 사용하기도 한다. 이를테면 달걀귀신, 몽땅귀신, 독각귀 등은 귀신이라기보다 요괴라고 할 수 있다. '불가사리'와 같은 괴물도 요괴다. 우리의 요괴들은 갖가지 동물들이 인간으로 둔갑한 경우가 많다. 여우를 비롯한 이무기·구렁이·지네 따위의 동물, 괴목·괴석 등의 자연물, 빗자루·멍석·돗자리·부지깽이·방망이와 같은 생활용품이 요괴로 둔갑하는 경우도 적잖다.

구렁이나 지네는 생김새가 흉측하고 거부감을 주는 동물들이다. 그것도 실제의 크기보다 엄청나게 큰 괴물의 모습으로 나타나는 것이 특징이다. 이무기는 용이 되지 못하고 물속에 산다는 상상의 동물이다. 요괴라기보다 괴물의 모습으로 나타난다.

구렁이가 1000년 동안 차가운 물속에서 수련하면 용이 되어 여의주를 물고 굉음과 폭풍우를 불러 하늘로 날아오른다는 전설이 많다. 이러한 토네이도와 같은 현상을 '용오름'이라고 한다.

그러나 뭐니뭐니 해도 우리나라의 대표적인 요괴는 일본의 '오니'처럼 서민들의 삶과 풍속에 넓게 자리잡고 있는 도깨비다. 따라서 도깨비에 대한 전설, 설화, 민담, 전래동화 등이 헤아릴 수 없이 많다. 전래동화 가운데 '혹부리 영감'이 가장 잘 알려져 있다. 대략 이런 내용이다.

옛날 어느 산골마을에 마음씨 착한 혹부리 영감이 살고 있었다. 어느 날 혹부리 영감이 약초를 찾아 산속을 헤매다가 그만 날이 저물고 말았다. 그는 하룻밤 머물 곳을 찾다가 산속의 외딴 오두막을 발견했다.

다행히 빈집이어서 혹부리 영감은 그곳에서 하룻밤을 묵기로 했는데, 밤이 깊어지자 코앞도 보이지 않을 만큼 깜깜하고 끊임없이 사나운 짐승들의 울음소리가 들려와 몹시 겁이 났다. 혹부리 영감은 두려움을 잊으려고 노래를 부르기 시작했다.

그때였다. 갑자기 '펑' 소리가 들리더니 눈앞에 도깨비가 나타났다.

"아휴, 도깨비님. 목숨만 살려주십시오."

"놀랄 것 없다. 너의 노랫소리가 듣기 좋구나. 그 소리가 어디서 나오는 거냐?"

"아, 네에… 제 목에 달린 큰 혹에서 나옵니다."

혹부리 영감은 얼떨결에 그렇게 대답했다.

"음, 그 혹을 내가 가져가겠다. 그 대신 내가 너에게 금은보화를 주마."

그러자 갑자기 영감의 혹이 감쪽같이 사라지고 도깨비도 사라졌다. 도깨비가 혹을 떼어가지고 사라진 것이다. 다음 날 마을에 돌아온 영감은 크게 기뻐하며 마을 사람들에게 자신의 혹이 사라진 사연을 자랑스럽게 얘기했다. 그뿐 아니라 그는 도깨비가 준 금은보화로 하루아침에 부자가 됐다.

그 마을에는 놀부처럼 성질이 사납고 욕심스러우며 아주 포악한 혹부리 영감이 또 한 명 있었다. 그는 마음씨 착한 혹부리 영감의 얘기를 듣고, 그날 밤에 당장 그 오두막을 찾아가 큰 소리로 노래를 불렀다. 그러자 아니나 다를까, '펑' 소리와 함께 도깨비가 나타났다.

"아휴, 오셨군요? 도깨비님, 기다리고 있었습니다."

"너의 그 노랫소리는 어디서 나오는 것이냐?"

"제 목에 달린 이 큰 혹에서 나옵니다. 부디 제 혹을 가져가시고 금은보화를 주십시오."

"예끼, 이놈! 내가 한 번 속지 두 번 속을 줄 아느냐? 내가 혹 하나를 더 붙여주마."

그리하여 그의 목에는 혹 하나가 더 붙게 됐고, 혹 떼려다 혹 붙인 영감이 되고 말았다.

도깨비 얘기는 수없이 많지만 도깨비의 실체를 직접 본 사람은 있을 리 없다. 우리는 어떤 엉뚱한 상황, 뜻밖의 상황, 기상천외의 놀랄 만한 상황이 벌어졌을 때 흔히 "이게 무슨 도깨비 짓이냐?" "이건 도깨비 장난이다." 와 같은 말을 지금도 입버릇처럼 자주 쓰고 있다.

도깨비는 '도채비' '독각귀' 등 지역에 따라 여러 이름이 있다. 제주도에서는 '영감'이라고 부르기도 한다. 몸이 검고 산발한 머리에는 뿔이 있으며, 키가 사람보다 큰 것도 있고 다리가 하나여서 껑충껑충 뛰어다닌다고 한다. 그러면서도 걸음이 빨라 사방을 순식간에 건너뛰는 초능력을 지니고 있다.

그야말로 신출귀몰하는 능력이 있고 변화무쌍해서 그 형체도 일정하지 않고 지역마다 차이가 있다. 또한 때로는 어린아이, 처녀, 총각, 거인 등 인간의 모습으로 둔갑하는 도깨비 민담이 전해지는 지역도 있다.

우리 풍속사에서 이미 삼국시대부터 등장하는 도깨비는 틀림없이 요괴이며 부정적인 면과 긍정적인 면을 모두 지니고 있지만 악독한 악귀는 아니다. 오히려 우리에게 친숙할 만큼 긍정적인 면을 더 많이 지니고 있다. 착한 사람, 정직한 사람, 올바른 사람, 가난한 사람을 도와주고 성품이 못된 사람을 혼낸다.

재미있는 것은 오히려 혹부리 영감의 경우처럼 인간의 꾀에 넘어가 자신의 초능력을 이용당하는 등 다소 어리석기도 하다는 것이다. 또한 초능력을 지녔지만 다리가 하나밖에 없어서 인간과 씨름하면 곧잘 지기도 한다. 인간의 성(姓)도 '김 서방'밖에 모른다. 그래서 도깨비를 '김 서방'이라고 부르는 지역도 있다.

그뿐 아니라 도깨비가 사람에게 돈을 빌리는 민담도 있다. 빌린 돈은 어김없이 갚는다. 하지만 도깨비는 건망증이 있어서 빌린 돈을 갚고도 안 갚은 줄 알고 매일같이 돈을 갖다줘서 돈을 빌려준 사람이 졸지에 부자가 됐다는 얘기도 있다. 그래서 대부분의 도깨비는 밉지 않다.

도깨비의 부정적인 면도 사람을 죽이거나 크게 해치지 않고, 심술을 부리거나 심하게 장난을 쳐서 당황스럽게 하는 정도다. 그런가 하면 노래와 춤을 즐기는 것을 보면 매우 인간적이다.

대부분의 민담에서 도깨비가 사는 곳은 일정치 않으며 산길, 폐가, 덤불, 숲속 등 상황에 따라 어디서든 나타난다. 특징은 도깨비는 거의 대부분 어두운 곳이나 밤에 나타나고 비가 오는 궂은날에 나타난다는 것이다. 아무튼 도깨비는 밤을 좋아하기 때문에 새벽을 알리는 닭이 울면 사라지는 특성이 있다.

서양이나 중국의 요괴들에는 악귀, 즉 인간을 죽이거나 큰 피해를 주는 악한 요괴들이 많다. 하지만 우리나라의 요괴들은 거의 대부분 그렇지 않다. 그 형체가 어떻든, 어떤 모습으로 변신하든 우리나라 요괴들은 인간과 큰 차이가 없는 사고와 행동을 한다. 다시 말하면 한국인의 사유(思惟), 즉 민족의 의식세계를 반영하고 있다는 것이다.

우리 민족은 온갖 고난을 극복하며 힘겹게 살아왔다. 끊임없이 이어지는 외세의 침략에 시달렸으며 좀처럼 가난에서 벗어나지 못했다. 그래서 한(恨)이 많고 이루어지기 바라는 소원이 많다. 하지만 현실적으로 성취하기 어려운 간절한 소망들을 상상의 형체인 요괴를 통해 표출한 것이다.

따라서 우리나라 요괴들은 어떤 모습으로 변신하든 우리 민족의 심리적, 물질적 욕구 충족을 대변하는 경우가 많다. 성적 결핍에 고통받는 젊은 과부에게 잠시나마 성적 만족을 주고, 가난하지만 마음씨 착한 혹부리 영감의 혹을 떼어주고 금은보화를 줘서 부자가 되게 한다.

그런가 하면 성정이 옳지 못한 나쁜 인간에게는 벌을 준다. 혹 떼러 갔다가 혹을 더 붙인 혹부리 영감처럼 성질이 고약하고 욕심 많은 인간은 큰 벌을 받는다. 아내의 희생을 잊지 않고 성적 유혹을 뿌리친 선비가 과거에 장원급제하도록 돕는다. 요괴들이 인간의 도리인 권선징악을 대리하는 것이다.

다시 말하면 가난하고 힘들게 살아오면서 한과 소망이 많은 우리 민족에게 요괴가 상상 속에서라도 대리만족과 욕구 충족의 기회를 가져다주는 것이다. 하지만 그러한 욕구에 지나치게 집착하면서 인간의 도리를 저버린 자들에게는 가차없이 벌을 줌으로써 올바른 삶, 정직한 삶을 살아가도록 경고하는 것이다. 그처럼 우리 요괴들에는 우리 민족의 의식세계와 인생관 등이 꾸밈없이 제 모습 그대로 담겨 있다.

불가사리

'불가사리'라고 하면 바닷가에서 흔히 볼 수 있는 별 모양의 바닷속 생물을 먼저 떠올릴 것이다. 별처럼 생겨서 영어로도 starfish다. 하지만 여기서 말하려는 것은 우리 전설과 민담 등에서 쇠를 먹는다는 상상의 괴물 불가사리다.

그 어원에 대해 여러 견해가 있지만 절대로 죽이지 못한다는 불가살(不可殺) 또는 불(火)로써만 죽일 수 있다는 불가살(火可殺)에 의존명사 '이'를 붙여 불가살이→불가사리가 됐다는 견해가 설득력을 얻고 있다.

우리 역사에서 불가사리에 대한 전설이나 민담이 처음 나타난 것은 고려 말기라고 한다. 고려는 수많은 격변을 겪었다. 중엽에는 무신정권이 들어서 세상을 어지럽게 하더니 수차례 몽골 원(元)나라의 침입을 받아 결국 말엽에는 그들의 지배를 받아야 했다. 그러다가 원나라가 쇠퇴할 무렵인 공민왕 때는 승려 신돈(辛旽)이 권력을 휘어잡고 전횡을 일삼는 바람에 백성들은 끊임없이 도탄에 빠져 큰 고통을 겪어야 했다.

불가사리

불가사리 민담은 이러한 시기에 생겨났다. 그 내용은 대략 다음과 같다.

고려의 도읍인 개경의 송악산 기슭에 한 과부가 살고 있었다. 그녀는 삯바느질로 생계를 이어가며 독수공방의 외로움을 달래고 있었는데, 어느 날 밤늦도록 바느질을 하고 있을 때 불현듯이 솟구치는 욕정으로 혼자 옷깃을 풀어헤치고 음부를 손으로 누르며 몸부림쳤다. 그때 느닷없이 몸속에서 작은 벌레 한 마리가 스멀스멀 기어나오더니, 그녀가 바느질하던 옷감으로 기어올라가 바늘을 씹어 먹는 것이었다.

"아니, 세상에!"

그녀가 너무 놀라서 잠시 당황하는 사이에 벌레가 바늘을 완전히 씹어 먹더니, 바늘을 꽂아놓은 바늘꽂이로 다가가 바늘 여러 개를 몽땅 씹어 먹고 무쇠로 만든 문고리까지 먹어버렸다. 그러더니 벌레의 몸집이 점점 커지는 것이었다.

그녀는 겁에 질려 어찌 할 바를 몰랐는데 매우 커진 벌레는 부엌으로 가서 무쇠솥은 물론 부엌칼까지 모조리 먹어버리고 헛간으로 가서 호미, 쇠스랑 등 농기구까지 집 안에 있는 쇠붙이는 남김없이 먹어치웠다. 하지만 그게 끝이 아니었다. 어마어마하게 커진 괴물은 집 밖으로 나가더니 날이 새도록 마을의 모든 쇠붙이를 모조리 먹어치웠다.

"괴물이야! 괴물이 나타났다!"

몹시 놀란 마을 주민들은 비명을 지르며 도망쳤다. 그럴 때 누군가가 관군에 이 사실을 알려서 군사들이 무기를 들고 허겁지겁 달려왔다. 군사들은 곧 거대한 괴물을 발견하고 창과 칼로 찌르려고 했지만, 괴물은 서슴없이 무기를 빼앗아 먹어버렸다. 그 누구도 어떤 무기로도 거대한 괴물을 막을 수 없었다. 그러나 괴물은 제멋대로 돌아다니면서도 힘없는 백성들은 해치지 않았다. 이때부터 사람들은 그 괴물을 불가사리라고 불렀다고 한다.

어느 전설에서는 불가사리가 스스로 바닷속으로 들어갔다고도 한다. 또한 요동 정벌에 나섰던 이성계가 위화도에서 군사를 되돌려 개경(송도)을 공격했을 때, 개경을 지키는 고려 군사들의 무기를 불가사리가 모두 먹어버려 손쉽게 쿠데타를 성공시키고 조선을 세울 수 있었다는 전설도 있다. 이러한 괴담은 고려가 멸망한 뒤 개경 일대에 널리 퍼졌다고 한다.

전해 내려오는 불가사리에 대한 전설, 민담, 설화는 20여 가지나 된다. 그러다 보니 내용이 조금씩 다르다. 불가사리라는 상상의 괴물이 생겨나게 된 계기로, 앞서 소개한 전설에서는 과부의 몸속에서 벌레가 기어나와 쇠붙이를 먹기 시작했다고 했지만 그것과 조금씩 다른 것들도 여러 개 있다.

과부가 밥풀을 뭉쳐 쇠를 먹는 벌레를 만들었다는 민담도 있고, 요승 신돈이 먹다가 남은 밥알을 뭉쳐 만들었다는 민담도 있는가 하면, 탁발승이 밥알을 뭉쳐서 인형을 만들어 집주인에게 선물로 준 것이 불가사리가 됐다는 전설도 있다.

끊임없는 외세의 침략에 시달리고 걷잡을 수 없는 사회의 혼란으로 생계마저 위협을 받으며 도탄에 빠져 있는 고려 백성들 사이에서 자연발생적으로 태어난 불가사리에 대한 민담과 괴담들이 서로 뒤섞이며 불가사리의 형태도 차츰 가다듬어졌다.

전설들에 따르면, 불가사리의 몸통은 곰, 코는 코끼리, 눈은 코뿔소, 이빨은 쇠톱 같고 꼬리는 황소, 발은 호랑이 발을 닮았고 털은 바늘처럼 날카롭고 뾰족하다고 한다. 인간이 함부로 다가갈 수 없고 인간보다 훨씬 힘이

센 여러 동물들의 부위를 합쳐 괴력을 지닌 형체로 상상했던 것이다.

고려 말, 백성들 사이에서 불가사리를 상상한 발상의 근거에도 두 가지 견해가 있다. 하나는 고대 중국의 '맥(貘)'에서 기원했다는 주장이다. '맥'의 생김새에 대한 특별한 묘사는 없지만, 조선시대의 민속화 등에는 몸집은 곰과 비슷하고 코끼리 코를 가진 모습으로 등장한다. 다만 '맥'은 정의를 추구하며 쇠를 먹었다는 고대 중국의 전설을 바탕으로 만들어냈을 것이라는 주장이다.

또 하나는 《삼국사기》에도 기술돼 있는 '이수약우(異獸若牛)'가 발상의 근거가 됐다는 견해다. 통일신라 소성왕(昭成王) 때, 황소와 비슷하게 생긴 이상한 짐승이 나타났는데 몸통이 크고 길며, 꼬리의 길이가 석 자나 되고, 코가 무척 크고 긴 짐승을 봤다고 임금에게 보고한 기록을 근거로 한 것이다.

짐작건대 '이수약우'는 그 당시 인도에서 들여온 코끼리를 처음 보고 괴물로 여겨 임금에게 보고한 것이 아닌가 추측해볼 수 있다. 또 불가사리와 이수약우의 확실한 연관성도 없다. 하지만 고려시대와 시기적으로 가까운 통일신라시대여서 불가사리 발상의 근거가 될 만한 이유는 충분하다.

아무튼 전설에 따르면, 불가사리가 개경을 휘젓고 다니자 나라에서는 온갖 방법으로 잡으려 했지만 도저히 당해낼 수가 없었다. 그럼에도 마침내 불가사리는 죽는 것으로 전설들은 끝을 맺고 있다.

이를테면 불가(佛家)에서 나온 것으로 짐작되지만, 어떤 도승이 지팡이를 휘둘러 불가사리를 꾸짖자 쇠붙이들을 모두 쏟아놓고 사라졌다는 전설이 있는가 하면, 스님의 설법을 들으면 불가사리가 죽는다는 전설도 있고, 부적을 붙여 불가사리를 쫓아냈다는 전설도 있다.

하지만 불가사리가 머물고 있는 집에 불을 질러 녹아내리게 해서 죽였다는 전설이 가장 많다. 쇠는 불에 약하기 때문이다. 그러나 불가사리는 물의 기운도 있어서 오히려 불을 끌 수 있다는 주장도 있다. 그런 이유로 화재를 예방하기 위해 불가사리를 새긴 오래된 전각들이 적잖다는 것이다.

불가사리를 소재로 한 영화도 있다. 1962년에 개봉한 〈송도 말년의 불가사리〉라는 제목의 우리나라 영화도 있고, 북한에 납치됐던 신상옥 감독이 고려의 민담에 기초해서 역시 같은 제목의 블록버스터 영화를 만들기도 했다.

고려 말기 백성들의 삶은 더할 수 없이 힘겹고 고통스러웠다. 나라는 큰 혼란에 빠져 백성들을 거들떠보지도 않았다. 지배층은 부패했다. 조정은 쇠락해가는 원나라와 새로 태동한 명(明)나라를 두고 어느 쪽에 붙어야 할지 눈치 보기에 급급했다. 원나라는 고려를 지배하며 백성들의 자유를 여지없이 억눌렀다.

하지만 고려 백성들에게 가장 큰 고통을 준 것은 무엇보다 끊임없는 전쟁이었다. 고려 초기부터 북쪽에서는 거란족이, 남쪽에서는 왜구가 쉴 새 없이 침입했다. 중기에는 몽골과 수십 년 동안 전쟁을 치러야 했으며, 말기에는 중국의 홍건적이 수만 명의 병력으로 두 차례나 침입했다.

전쟁이 일어나면 백성들의 삶은 완전히 무너졌다. 국토가 전쟁터로 변해 잿더미가 되고 농사를 지을 꿈도 꿀 수 없었으며 남자들은 전쟁터에 나가 목숨을 걸어야 했다. 남자가 전쟁터에서 목숨을 잃으면 가정이 무너지고 가족이 붕괴되는 슬픔을 겪을 수밖에 없었다.

고려 백성들의 간절한 소망은 평화였다. 배가 고프더라도 가정을 지킬수 있고 평화롭기만 하다면 더 바랄 것이 없었다. 불가사리는 그러한 고려 백성들의 평화로운 세상에 대한 염원이 만들어낸 것이다.

어떤 전쟁이든 무기 없이 맨손으로 싸울 수는 없다. 예전의 전쟁은 창, 칼, 화살촉, 방패 등 거의 대부분 단단한 쇠붙이로 만든 무기로 적과 맞서 싸웠다. 따라서 쇠붙이만 없다면 무기를 만들 수 없고, 무기가 없으면 전쟁도 없을 것이다. 그렇게 생각한 고려 백성들은 쇠붙이를 먹어 치우는 상상의 괴물 불가사리를 생각해냈을 것이다.

그뿐 아니라 고려 백성들이 만들어낸 불가사리는 무기를 가진 관군들을 혼내면서 민심을 달래주고 속시원하게 스트레스를 풀어준다. 다시 말하면 불가사리는 흉흉한 민심을 형상화한 것일 수 있다. 또한 어지럽고 혼란스런 난세에 백성들을 구원해줄 영웅을 기다리듯, 불가사리는 영웅의 상징일 수도 있다.

하지만 아무도, 그 무엇으로도 죽일 수 없는 불가사리 같은 괴물이 영원히 살아 있다면 마침내 백성들에게도 두렵고 무서운 존재가 될 수 있다. 그리하여 불가사리로 하여금 자신의 역할을 끝낸 뒤 죽음을 맞이하게 한 것이다.

동서양의 역사를 통해 전쟁이 없던 시대는 없었다. 전쟁은 집단적 탐욕과 욕망에서 비롯되기 때문에 끊임없이 되풀이된다. 우리에게도 전쟁은 고려시대만 있었던 것이 아니다. 조선시대에도 임진왜란과 병자호란과 같은 큰 전쟁을 치렀고, 현대에도 동족상잔의 비극이었던 6·25전쟁을 치르면서 남북이 갈라져 서로 오가지 못한 지 어언 70년 가까이 흘렀다.

그렇지만 전쟁이 완전히 끝난 것이 아니라 정전 상태에서 여전히 남북이 대치하고 있다. 평화는 오늘날의 우리에게도 간절한 소망이다. 한반도에 평화가 정착되면 민족의 염원인 통일도 실현될 수 있을 것이다.

서양 최고의 괴물, 메두사

———— ✤ ————

어느 민족, 어느 지역이든 대부분의 고대신화에는 신, 괴물, 인간이 등장한다. 특히 서양의 신화들이 더욱 그러하다. 신이 괴물이 되기도 하고 인간이 괴물이 되기도 한다. 그런가 하면 신이 괴물과 싸우고 인간이 괴물과 싸우기도 한다. 대개의 경우 신화에 등장하는 괴물들은 그들이 지닌 초능력이 신과 인간의 중간에 위치한다.

따라서 신화에 등장하는 괴물들은 감히 신과 맞서지는 못하지만 인간에게 매우 위협적인 존재가 된다. 거의 모든 괴물들은 인간의 생명을 빼앗거나 괴롭히고 큰 고통을 주는 악행을 멈추지 않는데, 그 가운데서도 여성인 메두사(Medusa)는 서양 최고의 괴물이자 최고의 악녀로 손꼽힌다. 그 때문에 오늘날에 이르기까지 메두사는 악녀의 상징으로 문학이나 영화를 비롯한 많은 예술작품들의 소재가 되고 있다.

초기 그리스 신화에 등장하는 고르곤(Gorgon)은 본디 혼자서 지하세계에 사는 괴물이었다. 그런데 후기 그리스 신화에는 고르곤 세 자매가 등장한다. 스테노(Stheno), 에우리알레(Euryale) 그리고 막내 메두사가 그들이다.

사실 이들의 실체는 좀 모호하다. 신은 아니지만 메두사를 제외한 두 언니는 영원히 죽지 않는 어느 정도 신적 능력을 지녔으며, 괴물이면서도 얼굴이 몹시 흉측하고 혐오스러운 인간 여성으로 묘사된다. 특히 메두사는 두 언니와는 다르게 생명에 한계가 있는 인간으로 그려지고 있다.

메두사는 원래 완벽할 정도로 아름답고 빼어난 미녀였으며, 아테나 신전에서 아테나(Athena) 여신을 모시는 무녀였다. 아테나는 순결한 처녀 여신으로 전쟁의 신이자 지혜의 신이며 그리스의 수호신으로 가장 추앙받는 여신이다. 고대 그리스의 대표적인 도시국가였으며 지금도 그리스 수도인 아테네가 그녀의 이름에서 비롯됐다는 것을 보면 잘 알 수 있을 것이다. 아테나는 로마 신화에서는 우리에게 익숙한 미네르바(Minerva)다.

아테나 여신이 순결한 처녀였기에 신전에서 그녀를 모시는 메두사도 처녀였으며 평생 결혼할 수도 없고 혼자 살아야 할 운명이었다. 하지만 미모가 빼어났던 메두사는 자부심이 있었다. 자신의 미모와 머리카락이 아테나보다 더 아름답다는 자부심이 있었으며 이를 항상 자랑했다. 그런데 뜻밖에 그녀의 운명을 송두리째 뒤바꾸는 놀라운 상황이 벌어진다.

바다의 신 포세이돈(Poseidon)은 최고의 신인 제우스 신과 형제로 용모가 준수하고 건장한 체격을 가진 제2의 신이었는데 아테나 여신이 그를 흠모하며 짝사랑한 것이다. 하지만 포세이돈은 아테나를 별로 좋아하지 않았다.

그럼에도 아테나가 적극적으로 접근하자 포세이돈은 그녀를 떼어내려고 아테나 신전에서 메두사를 유혹해서 성관계를 가진 것이다. 일부 신화와 전설에서는 포세이돈이 빼어난 미모의 메두사를 우연히 보는 순간, 욕정이 솟구쳐 갑자기 달려들어 겁탈했다고도 한다.

아테나로서는 더할 수 없는 수치였으며 굴욕이었다. 자존심을 크게 상한 아테나는 분노를 견딜 수 없었다. 자신에게 큰 모욕을 준 포세이돈에게 저주를 내리고 싶었지만 그는 제2의 신이었기에 그럴 수 없자, 자신이 사

메두사(페테르 파울 루벤스)

랑하는 남자를 빼앗고 자기가 여신보다 더 아름답다고 자랑하는 교만한 메두사에게 저주를 내린 것이다.

아테나의 저주는 끔찍했다. 인간의 한계를 넘어설 만큼 완벽한 미녀였던 메두사, 그녀가 자랑하던 아름다운 머리카락을 모조리 뱀으로 바꿔버려 머리에는 수많은 뱀들이 꿈틀거리게 했으며, 멧돼지 같은 몸통에 짐승처럼 날카로운 이빨, 멧돼지의 어금니, 튀어나온 눈, 사자코, 입에서 빠져나와 길게 늘어진 혀, 청동의 손, 가랑이를 벌리고 누우면 말 암컷의 하반신이 되기도 하는 끔찍하고 흉악하고 더없이 혐오스러운 모습의 괴물로 만든 것이다.

하루아침에 최고의 미녀에서 최악의 괴물로 변해버린 메두사는 아테나 신전에서도 쫓겨나고, 큰 충격과 극심한 좌절감에 빠져 정처 없이 떠돌지만 그럴수록 점점 커지는 울분을 견디지 못하고 닥치는 대로 분풀이를 하기 시작한다.

그처럼 흉측하고 무섭고 혐오스런 괴물의 모습으로 어디에서든 불쑥 나타나 인간들을 공포에 떨게 하고, 느닷없이 인간들을 궁지로 몰아 위기에 빠뜨리는가 하면, 자신의 모습을 똑바로 쳐다보는 사람은 돌로 변하게 한다. 언제 어느 곳에 나타날지 모르고 불행하게도 메두사와 마주쳐 쳐다만 봐도 돌멩이로 변해버리니 얼마나 두렵겠는가.

당연히 메두사는 인간들에게 최악의 괴물이었고 공포의 대상이었으며 최고의 악녀였다. 하지만 아테나 신의 저주로 괴물이 된 그녀와 맞서서 물리칠 인간은 아무도 없었다. 메두사의 악행과 횡포는 갈수록 심해져, 온 세상이 공포감에 빠져 벌벌 떨 수밖에 없었다.

그럴 무렵, 세리포스의 왕 폴리덱테스(Polydectes)는 다나에(Danae)라는 여인을 사랑하고 있었다. 미모가 빼어난 다나에는 아르고스의 공주였는데 최고의 신인 제우스가 황금 비로 변해 몰래 접근하여 성관계를 가져 아들 페르세우스(Perseus)를 낳았다. 오스트리아의 세계적인 화가 구스타프 클림트의 대표작 〈다나에〉가 바로 그녀와 제우스의 만남을 그린 것이다.

처녀인 다나에가 아이를 낳자 아버지인 아르고스의 왕 아크리시우스는 분노해서 그녀와 아들을 함께 나무상자에 넣어 강물에 버렸는데, 어부였던 폴리덱테스의 동생이 그들을 발견하고 집으로 데려와 오랫동안 정성껏 보살피고 있었던 것이다.

폴리덱테스는 다나에와 결혼하고 싶었지만 그녀의 아들 페르세우스가

다나에(구스타프 클림트)_ 제우스가 황금 비로 변해 다나에를 탐하는 장면을 묘사한 그림이다.

걸림돌이었다. 그는 페르세우스를 없애버리기로 마음먹고 궁리 끝에 페르세우스에게 메두사의 목을 베어오라는 명령을 내렸다. 메두사는 그 누구도 물리칠 수 없는 괴물이기 때문에 메두사와 맞서다가 돌이 되거나 죽으라는 명령이나 다름없었다.

그러나 페르세우스는 아테나를 비롯한 신들의 도움을 받아, 마침내 악명 높은 괴물이자 악녀인 메두사의 목을 베는 데 성공한다. 메두사는 그렇게 비참한 최후를 맞은 것이다.

그런데 페르세우스가 메두사의 목을 자를 때 뿜어나오는 피를 본 포세이돈이 한때 자신이 좋아했던 여인의 최후가 측은하여 그 붉은 핏방울을 날개 돋친 하얀 말로 바꿔 페가수스(Pegasus)라는 천마(天馬)가 탄생한다. 어떤 신화와 전설에서는 포세이돈과 메두사 사이에서 페가수스와 크리사오르(Chrysaor)라는 두 아들이 태어났다고 한다.

페르세우스는 메두사의 목을 폴리덱테스에게 가져가지 않고 아테나 여신에게 바치고 천하무적의 괴물을 물리친 영웅이 됐다. 아테나 여신은 메두사의 목을 자신의 방패로 삼는다. 그 뒤로 아테네 군사들의 방패에는 괴물 메두사의 얼굴을 새겨넣어 적들이 겁을 먹게 했다고 한다.

고대신화에 등장하는 신이나 괴물들은 상상 속의 존재지만 그 당시의 시대 상황이나 그 시대를 살았던 선조들의 의식과 사고방식이 담겨 있다. 예컨대 아테나 여신이 메두사의 손을 청동으로 변하게 했다는 것은 그 시

메두사의 머리를 들고 있는 페르세우스(왼쪽, 벤베누토 첼리니)와 메두사의 머리를 방패에 박은 아테나(오른쪽, 뤼카스 판레이던)

대가 청동기시대였음을 나타내며, 메두사의 목에서 쏟아진 핏방을을 포세이돈이 하얀 천마로 탄생시킨 것은 그 무렵 그리스나 지중해 연안에 기마부족들이 크게 진출했음을 알려준다는 것이다.

그처럼 고대신화에 수많은 괴물들이 등장하는 것도 상당한 의미가 있다. 괴물들은 감히 신의 영역과 능력에는 범접하지 못하지만 인간과 비교할 수 없는 우월한 초자연적 능력을 지니고 있다. 하지만 마침내 인간의 영웅들에게 패배함으로써 이 세상의 주인공은 인간이라는 것을 말하고 있는 것이다.

또한 메두사는 인간으로서는 더할 수 없는 완벽한 미녀였지만 자신의 미모가 여신보다 아름답다고 뽐내다가 아테나 여신의 질투와 저주를 받아 가장 흉측하고 혐오스런 괴물이 된다. 아름답고 빼어난 미모를 지니고 싶어 하는 것은 여성들의 판타지지만, 자신의 미모가 빼어나다고 해서 그것을 스스로 과시하거나 교만해지면 오히려 그 때문에 불행해질 수 있다는 것을 암시하고 있다.

키메라, 그리고 하늘을 날고 싶은 인간의 욕망

인간은 지적인 존재이기 때문에 갖가지 욕망을 충족시키고 싶어 하지만 그 가운데서도 하늘을 날고 싶은 욕망만큼 큰 욕망은 없을 것이다. 고대의 인간들도 하늘을 쳐다보며 저 하늘의 끝은 어디일까? 과연 하늘 끝에는 무엇이 있을까? 내가 하늘을 날아다닐 수 있다면 하늘 끝까지 가볼 수 있을 텐데. 이런 환상을 가졌다.

그리하여 인간은 하늘을 나는 판타지를 실현하기 위해 끊임없이 연구하고 노력해 마침내 비행기를 발명했고 첨단 망원경을 개발해 우주의 끝을 살펴보고 있으며, 수많은 우주선들이 우주의 여러 행성들을 탐사하기에 이르렀다.

고대 그리스의 신화와 전설에서 벨레로폰(Bellerophon)이라는 영웅이 과감하게 하늘에 도전했다. 하지만 그를 설명하려면 키메라(Chimera)라는 괴물을 먼저 설명해야 한다.

키메라(또는 키마이라)는 지금의 터키 남서부 지방인 리키아에 살았다는 상상의 괴물로 여성성을 지니고 있다. 이 지역 전설에 따르면 키메라는 머리와 얼굴은 사자, 몸통은 염소, 꼬리는 뱀으로 입에서 불을 내뿜는다. 성질이 포악해서 제멋대로 사람이나 짐승을 죽이고 숲과 농작물을 불태워버리는 매우 흉악한 괴물이었다.

키메라(야코포 리고치)

키메라가 온갖 악행을 저질러 그 지역 사람들이 함부로 돌아다니지도 못할 즈음, 코린토스에 벨레로폰이라는 용감한 영웅이 있었다. 그는 코린토스 왕의 아들로 감히 대적할 자가 없을 만큼 힘이 뛰어나 못하는 것이 없었다. 그러한 그에게 한 가지 꼭 해보고 싶은 것이 있다면 하늘을 마음대로 날아다니는 것이었다.

벨레로폰은 하늘을 날아다니는 페가수스를 알고 있었다. 페가수스는 괴물 메두사가 목이 잘려 죽을 때 쏟아진 핏방울에서 태어난 천마다. 하지만 페가수스는 날개를 펄럭이며 하늘을 날아다니기 때문에 아무도 잡을 수가 없었다.

벨레로폰은 유명한 예언가이자 점술가인 폴리이도스를 찾아가 어떡하면 페가수스를 타고 하늘을 날아다닐 수 있겠냐고 물었다. 벨레로폰이 왕자이며 영웅이었기에 점술가는 그 방법을 알려줬다.

"아테나 신전에 가보면 황금 재갈과 황소 한 마리가 있을 것이오. 어떡해서든 그것을 구해서 황소는 페가수스를 탄생시킨 바다의 신 포세이돈에게 바치고, 페가수스에게는 황금 재갈을 물리시오. 그러면 페가수스를 타고 하늘을 날 수 있을 것이오."

벨레로폰이 아테나 신전으로 갔더니 과연 황소 한 마리와 황금 재갈이 있었다. 어렵지 않게 원하는 것을 얻은 벨레로폰은 황소를 포세이돈에게 바치며 제사를 지냈다. 그랬더니 페가수스도 얌전해져서 쉽게 황금 재갈을 물릴 수 있었다.

드디어 하늘을 나는 천마를 얻은 벨레로폰은 온 세상이 자기 것이 된 듯했다. 그는 교만해지고 거만해져서 거드름을 피우다가 마침내 사람을 죽이는 죄를 짓고 말았다. 그 때문에 코린토스에서 쫓겨난 그는 이웃 나라인 아르고스로 피신해 자신의 죄를 씻으려 했다.

벨레로폰은 영웅답게 당당한 체격의 미남이었다. 아르고스의 왕비가 그를 보자마자 성적 충동을 느끼고 유혹했다. 하지만 죄를 씻으려는 벨레로폰으로서는 왕비의 유혹을 거절할 수밖에 없었다. 그러자 화가 난 왕비는 남편인 왕에게 벨레로폰이 자기를 농락했다고 거짓말을 했다.

아르고스의 왕은 아내의 말을 듣고 격노했지만 영웅으로 알려진 벨레로폰을 자기 손으로 죽이고 싶지는 않았다. 그래서 리키아에 사는 장인에게 벨레로폰을 보내면서 그를 죽이라는 비밀편지를 함께 보냈다. 하지만 왕의 장인도 벨레로폰이 죽이기 아까운 비범한 인물임을 알아보고, 리키아에서 주민들을 괴롭히고 있는 악명 높은 괴물인 키메라를 없애달라고 부탁한다.

페가수스를 타고 키메라의 목을 찌르는 벨레로폰(아우구스트 페르디난트 호르가르텐)

키메라를 찾아나선 벨레로폰은 곧 입에서 불을 내뿜고 있는 괴물을 발견했다. 직접 맞서면 불리하다고 판단한 그는 페가수스를 타고 하늘을 날며 활을 쏴서 키메라의 머리에 명중시켰다. 벨레로폰이 리키아를 온통 공포에 몰아넣었던 괴물 키메라를 물리친 것이다.

아르고스 왕의 장인은 크게 기뻐하며 벨레로폰에게 리키아를 괴롭히는 침입자들을 물리쳐달라고 다시 부탁했고, 그는 페가수스를 타고 침입자들의 머리 위로 날아다니며 모두 물리친다. 왕의 장인은 감동해서 그를 죽이기는커녕 자기 딸까지 준다.

하늘을 나는 페가수스 덕분에 더욱 유명한 영웅이 되고 아내까지 얻은 벨레로폰은 또다시 거만해지고 교만해져 온갖 위세를 떨면서 더 큰 욕심을 드러낸다. 페가수스를 타고 하늘 높은 곳까지 날아오르고 싶었던 것이다. 그리고 지상에는 자기와 맞설 자가 아무도 없으니 하늘의 신들과 맞서서 그들을 이기고 싶었다.

벨레로폰은 곧 자신의 허황된 욕망을 실천에 옮겼다. 페가수스를 타고 하염없이 하늘로 높이 올라갔다. 그러자 최고의 신 제우스가 벨레로폰을 지켜보며 그의 교만함에 크게 격노했다. 제우스는 등에를 내려보내 천마 페가수스를 찌르게 했다.

갑자기 독침에 찔린 페가수스가 고통스러워 몸통을 뒤흔드는 바람에 등에 타고 있던 벨레로폰은 드높은 하늘에서 땅으로 곤두박질쳤고, 눈이 멀고 절름발이가 되어 평생 부랑자처럼 이곳저곳을 떠돌며 비참하게 살아야 했다. 하지만 천마 페가수스는 천상의 여신들 곁에서 살았으며, 제우스 신이 일으키는 번개를 지상으로 나르는 일을 했다고도 한다.

괴물 키메라에 대한 신화와 전설은 리키아 지역에 있는 화산과 관련이 있다고 한다. 흔히 '키메라산'으로 불리는 이 산은 지금도 천연가스가 분출돼 불이 꺼지지 않고 있다. 괴물 키메라가 입으로 불을 뿜는 것은 그 까닭이라는 것이다.

또한 이 산의 꼭대기 부분은 화산의 영향으로 따뜻해서 사자가 서식하고 있으며, 산중턱의 목초지는 염소를 키우기에 좋고, 산 전체에는 독사를 비롯한 뱀들이 많다고 한다. 그것에 기인해서 괴물 키메라의 머리는 사자, 몸통은 염소, 꼬리는 뱀의 형상으로 그려졌다는 견해가 지배적이다.

괴물 키메라가 널리 알려지다 보니 '키메라 현상'이라는 생물학 용어도 있다. 한 개체 안에 서로 다른 두 개의 유전형질을 가진 동종의 조직이 함께 존재하는 현상이다. 괴물 키메라가 하나의 생명체이면서도 사자, 염소, 뱀의 서로 다른 형질을 지니고 있는 것에서 비롯된 듯하다.

또 '키메라 증후군'도 있다. 일명 '쌍둥이 실종 증후군'이라고도 하는데 여성이 자궁에 쌍둥이를 잉태한 것이 확인됐는데 어느 순간 쌍둥이 가운데 한 명이 사라져버리는 현상을 말한다.

그러나 우리는 괴물 키메라보다 키메라를 물리친 벨레로폰을 더 주목할 필요가 있다. 그는 영웅이었지만 천마 페가수스를 얻고 나서 교만하고 오만방자해져 하늘을 마음껏 날아다니고 천상의 신들과도 맞서보겠다는 탐욕과 야심을 가졌다. 그 때문에 그는 결국 제우스 신의 노여움을 사서 하늘에서 땅으로 떨어져 눈이 멀고 절름발이가 됐다.

하늘을 날고 싶은 것은 인간의 가장 큰 환상이어서 벨레로폰뿐 아니라 여러 신화에서 인간이 하늘을 나는 환상을 실현시켜 주고 있다. 최고의 괴물 메두사의 목을 자른 영웅 페르세우스도 메두사를 죽인 뒤에 하늘을 날아다닐 수 있는 신발을 신고 그곳을 빠져나왔다.

다이달로스와 이카로스(프레더릭 레이턴)

특히 그리스 신화에 등장하는 이카로스(Icaros)는 인간의 탐욕이 가져오는 비극을 더욱 잘 설명해주고 있다. 이카로스의 아버지 다이달로스(Daedalos)는 정치적인 이유로 그리스 남부 크레타섬의 미궁에 갇혀 있었다.

그는 그곳에서 탈출할 계획을 세우고 새의 날개 깃털을 모아 실로 엮고 밀랍을 발라 날개를 만들었다. 그리고 함께 갇혀 있던 아들 이카로스에게 탈출할 때의 주의사항을 자세하게 일러줬다.

"너무 높이 날면 태양열에 밀랍이 녹아서 떨어지니까 너무 높게 날지 마라. 또 너무 낮게 날면 바닷물의 습기가 날개를 무겁게 하니 너무 낮게 날지도 말고 하늘과 바다 중간쯤을 날아야 한다. 내 말을 결코 잊지 마라."

마침내 두 사람은 날개를 달고 미궁에서 탈출하고자 하늘로 날아올랐다. 그런데 이카로스는 자유롭게 하늘을 날아다닐 수 있다는 것이 너무 기뻐, 아버지의 주의를 깜빡 잊고 점점 더 높이 날기 시작했다. 그럴수록 신바람이 난 이카로스는 더욱더 높이 날다가 날개를 붙인 밀랍이 태양열에 녹는 바람에 바다로 떨어져 죽고 말았다.

피닉스와 스핑크스

피닉스(Phoenix)와 스핑크스(Sphinx)는 모르는 사람이 없을 정도로 매우 익숙한 말이다. 피닉스는 불멸·불패의 상징으로 각종 스포츠 팀들이 즐겨 쓰는 명칭이 되고 있고, 스핑크스는 피라미드와 함께 이집트를 대표하는 고대 유적으로 잘 알려져 있다. 하지만 그 근원과 유래에 대해 깊이 알고 있는 사람은 드물다.

기원전 6000년경에 찬란한 문명을 이룩한 고대 이집트인들은 아침이면 어김없이 태양이 떠오르고 저녁이면 저물었다가 그다음 날이 되면 어김없이 다시 떠오르는 태양을 바라보며 영원히 죽지 않는 불멸과 영생을 생각했다. 그리하여 그들은 태양을 숭배했다.

흔히 불사조 또는 영조(靈鳥)로 불리는 피닉스는 상상 속의 동물로 이집트의 태양숭배, 즉 태양신과 깊은 관계가 있다. 비록 상상이지만 크기는 독수리만 하고 아름다운 주홍빛과 황금빛 깃털을 갖고 있으며 머리 위에는 곧게 선 두 개의 가는 깃털이 있다. 얼핏 공작새와 비슷해 보인다.

이집트 신화에서 피닉스가 우는 소리는 음악과 같다고 하며 오직 이슬만 먹고 산다고 한다. 피닉스는 원래 아라비아 사막에 살며 이집트에는 항상 한 마리만 나타나고 평소에는 모습을 잘 드러내지 않는다고 한다.

불길에서 솟아오르는 피닉스(하트만 셰델)

수명이 무척 길어서 500년 이상을 사는데 죽을 때가 되면 향기로운 나뭇가지로 둥지를 만들고 들어앉아 둥지를 태양열에 발화시켜 스스로 불에 타 죽는다. 그러면 그 재 속에서 새로운 피닉스가 태어난다.

이 젊은 피닉스가 조그만 알을 낳아 그 속의 물질들을 모두 꺼내버린 뒤, 죽은 어미새의 잔재로 채워 입에 물고 이집트에서 태양의 도시로 불리는 헬리오폴리스로 가져가서 태양신의 제단에 바친다. 그러면 사제들이 화려한 의식을 치르고 죽은 어미 피닉스의 잔재를 매장하고 새로운 피닉스 시대를 맞는다.

그리하여 언제나 태양을 향해서 날아가는 피닉스는 우아함, 순결함과 함께 인간의 꿈같은 환상인 불멸·불사·영생·부활의 상징이 됐으며, 이집트의 파라오들은 태양과 피닉스 같은 부활과 영생을 믿었다. 그에 따라 파라오들의 내세를 위해 거대한 피라미드가 세워진 것이다. 또한 부활과 내세관은 새로 등장한 그리스도교에 흡수되기도 했다는 것이다.

'스핑크스'라고 하면 누구나 이집트의 피라미드 곁에 있는 스핑크스를 먼저 떠올리지만, 원래 그리스 신화에 등장하는 괴물로 이집트뿐만 아니라 그리스, 중동, 메소포타미아의 여러 고대국가들에 존재했다.
일반적으로 스핑크스는 인간 여자의 얼굴에 사자의 몸, 새의 날개, 꼬리는 뱀인 괴물이다. 하지만 그것도 나라마다 약간의 차이가 있어서 몸통이 황소인 지역도 있으며 이집트의 스핑크스 얼굴은 이집트 왕의 초상이다. 또한 여성 얼굴의 스핑크스들은 대부분 한쪽 발을 들고 웅크려 앉은 자세지만 이집트의 스핑크스는 얼굴을 들고 길게 엎드려 있는 자세다.

그리스의 신화와 전설에서 여성의 얼굴, 사자의 몸, 독수리 날개를 단 스핑크스는 테베의 바위들이 가득 찬 산에 있었는데 지나가는 행인들에게 수수께끼를 내어 풀지 못하면 잡아먹어서 테베 사람들을 공포에 떨게 한 괴물이었다.

그가 낸 수수께끼는 "목소리는 하나인데 다리가 네 개였다가 두 개가 되고 다시 세 개가 되는 것이 무엇이냐?" 하는 문제였다. 그런데 아무도 이 수수께끼를 풀지 못하고 스핑크스의 먹이가 됐다.

그럴 즈음 테베의 왕 오이디푸스(Oedipus)가 그곳을 지나가게 되었고, 스핑크스는 어김없이 그에게도 똑같은 수수께끼를 냈다. 잠시 생각하던 오이디푸스는 "그것은 사람이다."라고 자신있게 대답했다. 정답을 맞힌 것이다. 그러자 스핑크스는 산에서 뛰어내려 자살했다고 한다.

지금 생각하면 매우 유치한 수수께끼다. 사람은 어렸을 때는 네 발로 기어다니고, 성장하면 두 발로 걷고, 늙으면 지팡이를 짚고 다녀 세 발이라는 수준 낮은 문제였지만 수천 년 전에는 무척 흥미롭고 어려운 수수께끼였던 것 같다.

고대국가들에 존재했던 스핑크스는 다양하고 수없이 많았지만 대부분 크기가 작았는데, 약 4500년 전에

오이디푸스에게 수수께끼를 내는 스핑크스
(도미니크 앵그르)

이집트 기자의 대스핑크스

만들어진 이집트의 스핑크스는 그 크기가 엄청나서 길이가 약 73m, 높이가 약 20m, 얼굴 크기도 4m나 되는 초대형이다. 길게 엎드려 얼굴을 들고 있는 이 스핑크스의 얼굴은 이집트 4왕조의 카프레(Khafre)왕의 초상으로 알려졌으며, 머리에는 고대 이집트의 전통적인 두건인 네메스를 쓴 모습이다.

하지만 이 거대한 스핑크스가 카프레왕 때 만들어졌는지 그 이후인지, 또 누가 만들었는지는 아직까지도 정확히 밝혀지지 않았다. 스핑크스의 코와 턱수염이 떨어져 나간 모습인데 그 이유에 대해서도 여러 견해들이 있다. 수천 년을 그 곳에 서 있으면서 자연의 풍화작용으로 떨어져 나갔다는 견해도 있고, 전쟁 때 파괴된 것이라는 주장도 있다.

학자들은 이 거대한 스핑크스를 만드는 데 약 30년이 걸렸을 것으로 추정하고 있다. 제작방법도 아직까지 정설이 없는데, 한 가지 분명한 것은 동시에 조각을 한 것이 아니라 30년이라는 긴 세월을 두고 머리, 몸통, 뒷부분이 차례로 만들어졌을 것으로 보고 있다.

중요한 것은 이집트, 그리스, 중동, 근동 지역의 고대국가들에서 왜 스핑크스가 만들어졌는가 하는 것이다. 여기에도 역시 여러 견해들이 있다. 동물의 왕인 사자에 대한 숭배가 스핑크스를 만들게 했다는 주장이 있는 가 하면, 사자와 독수리가 모두 맹수인 만큼 신전이나 사찰을 지키는 보호 기능을 했다는 주장도 있다. 이집트의 스핑크스는 피라미드를 수호하기 위해 만들어졌을지도 모른다.

히드라와 켄타우로스

서양의 괴물을 언급할 때 결코 히드라(Hydra)와 켄타우로스(Centauros)를 빼놓을 수 없다. 특히 신(神)들과 두 괴물 그리고 인간이 서로 뒤엉키면서 사랑과 질투로 격렬하게 맞서는 과정은 큰 흥미를 자아낸다. 그야말로 신화와 전설이 우리에게 전해주는 의미와 가치를 이 두 괴물을 통해 충분히 얻어낼 수 있다.

그리스 신화의 히드라는 머리가 아홉 개나 달린 천하무적의 괴물 뱀이다. 히드라라는 그리스어가 '물뱀'을 뜻한다고 한다. 아홉 개의 머리 가운데 여덟 개의 머리는 죽일 수 있지만 가운데 있는 머리 한 개는 절대로 죽일 수 없을 뿐 아니라 다른 머리들을 잘라내면 그 두 배의 머리가 새로 생겨난다는 것이다.

더욱이 히드라의 호흡과 피부에서 스며나오는 점액에는 맹렬한 독성이 있어서, 그의 입김을 들이마시거나 몸에 닿기만 해도 순식간에 몸이 썩어버려 생명을 잃기 때문에 신들조차 감히 히드라를 건드리지 못했다.

켄타우로스라는 괴물은 상반신은 인간이고 하반신은 네 발 달린 반인반수의 종족으로, 괴물이라기보다 복수(複數)의 개념으로 일반적으로 켄타우로스족(族)으로 지칭된다. 반인반수의 종족이지만 인간들과도 가까이 지낸다. 짐작건대 신화시대 그리스에 유입된 기마부족을 상징하는 것 같다.

몽둥이를 들고 있는 켄타우로스

그리스의 중동부 테살리아에 익시온(Ixion)이라는 왕이 있었는데 올림포스 신들의 잔치에 초대를 받았다. 그런데 익시온이 제우스의 아내이자 누이인 헤라(Hera)를 보고 첫눈에 반해 은근히 접근했다. 하지만 제우스가 그 낌새를 채고 구름을 헤라의 모습으로 바꿔 익시온에게 보낸다. 익시온은 구름을 헤라로 착각하고 성관계를 가졌는데 그 사이에서 태어난 괴물이 켄타우로스로 반인반수 종족의 시조가 됐다.

초원에서 무리 지어 사는 켄타우로스는 그들의 하반신인 말처럼 성질이 거칠고 난폭하고 야만적이었으며 동물적인 본능으로 섹스를 무척 좋아하는 음란하고 저속한 괴물들로 묘사됐다. 심지어 그들은 '먹고 자고 배설하고 섹스하는 것'이 전부라는 혹평을 들었다. 또한 그들은 술을 무척 좋아해서, 라피타이 부족의 왕 페이리토스(Peirithos)의 결혼식에 참석해서 술에 취해 추태를 부리다가 인간들과 큰 다툼이 벌어진 뒤부터 인간들과는 거리가 생겼다고 한다.

히드라, 켄타우로스와 함께 매우 중요한 인물이 등장한다. 바로 영웅 헤라클레스(Heracles)다. 그는 천성이 바람둥이인 제우스가 유부녀인 알크메네(Alcmene)를 건드려 낳은 아들이다. 그녀의 남편이 전쟁터에 나간 사이,

제우스가 남편의 모습으로 변신하고 접근해서 성관계를 가졌던 것이다.

하지만 제우스는 헤라클레스를 무척 아끼며 그에게 강한 힘을 갖게 하고 앞으로 왕으로 만들기 위해 적극적으로 지원했다. 그런데 이 사실을 안 제우스의 아내 헤라가 분노와 질투심에 불타서 가만있지 않았다.

남편이 다른 여자와 바람을 피워 낳은 헤라클레스를 심하게 학대하며 그가 큰 고통을 받거나 죽게 하려고 그 누구라도 도저히 해낼 수 없는 온갖 위험한 모험을 끊임없이 강요했는데 그 종류가 무려 12가지나 됐다. 그래서 이것을 '헤라클레스의 12가지 과업'이라고 부른다. 바로 그 12가지 과업 가운데 하나가 천하무적의 괴물 히드라를 죽이는 것이었다.

헤라클레스는 자신을 자기 아버지보다 좋아하는 조카이자 영웅인 이올라오스(Iolaos)와 함께 히드라를 찾아나섰다. 괴물 히드라는 그리스 남부 아르고스 근처에 있는 늪에 살고 있었다. 헤라클레스는 히드라가 사는 동굴 앞에 불을 피워 연기를 굴 안으로 들어가게 해서 히드라가 밖으로 나오자

히드라와 대결하는 헤라클레스
(안토니오 델 폴라이올로)

달려들어 히드라의 머리를 하나씩 잘라버렸다.

하지만 그럴 때마다 두 배의 머리가 더 생겨났다. 그러자 조카가 머리가 잘린 부분을 횃불로 지져버렸다. 하지만 결코 죽일 수 없다는 한가운데 있는 머리는 칼로 자를 수가 없었다. 세상에서 가장 힘이 센 헤라클레스는 거대한 바윗돌을 집어던져 히드라의 가운데 머리를 깔아버렸다. 헤라클레스와 조카 이올라오스가 마

침내 히드라를 죽인 것이다.

질투심에 불타는 제우스의 아내 헤라는 헤라클레스를 죽이려고 히드라와 같은 늪지에 사는 괴물 게[蟹] 카르키노스에게 헤라클레스의 아킬레스건을 물어서 잘라버리라고 했다. 하지만 헤라클레스는 히드라와 정신없이 싸우면서도 자기에게 다가온 카르키노스를 밟아 죽였다. 헤라클레스는 히드라에게서 얻은 맹독을 자신의 화살촉에 발라 그 뒤 어떤 싸움에서도 이길 수 있었다.

그럴 즈음 켄타우로스의 뱃사공인 네소스(Nessos)가 헤라클레스의 아내 데이아네이라(Dēianeira)를 끈질기게 유혹하는 일이 벌어졌다. 이 사실을 알고 격노한 헤라클레스가 켄타우로스의 근거지를 찾아가 독화살로 네소스를 죽였다.

그런데 네소스가 죽으면서 헤라클레스의 아내 데이아네이라에게 자신의 피를 잘 보관하라면서, 그 피는 사랑의 묘약이라며 그 피를 묻히면 멀어졌던 사랑도 다시 돌아온다고 했다. 그렇지 않아도 헤라클레스가 이올레라는 여자를 좋아하고 있다는 사실을 알고 남편을 이올레에게 빼앗길까 봐 걱정하던 터라 데이아네이라는 네소스의 피를 받아 보관했다.

무척 안타까운 일도 있었다. 헤라클레스가 네소스를 죽이려고 독화살을 잇달아 쏘다가 뜻하지 않게 케이론(Cheiron)도 독화살을 맞아 죽고 말았다. 케이론은 켄타우로스의 가장 뛰어난 현자(賢者)로 죽은 사람도 소생시킨다는 의술은 물론 사냥, 음악, 예언 등 모든 것이 뛰어나서 수많은 영웅들의 스승이었다. 헤라클레스와 트로이 전쟁의 영웅 아킬레우스도 그의 제자였다. 헤라클레스는 뜻하지 않게 자신의 스승을 죽인 것이다.

아킬레우스에게 리라를 가르치는 케이론

 그 때문에 큰 충격을 받은 헤라클레스는 연인 이올레를 만나 마음을 달래려고 했다. 이런 사실을 눈치챈 아내 데이아네이라가 남편의 사랑이 자신에게 돌아오기를 기대하며 헤라클레스에게 네소스의 피를 묻힌 옷을 입혔다. 그런데 엉뚱하게도 영웅 헤라클레스가 쓰러져 죽고 말았다. 괴물 히드라의 맹독을 묻힌 독화살을 맞은 네소스의 피에도 히드라의 맹독이 스며든 것이다. 결국 네소스가 헤라클레스에게 복수를 한 것이다.

 몇 가지 덧붙일 것들이 있다. 로마 전설에 따르면, 로마 황제였던 네로가 괴물 히드라를 찾았다고 한다. 히드라의 가운데 머리는 영원히 죽지 않는데 바윗돌에 깔려 죽었다는 것은 말이 되지 않는다며, 어딘가 살아 있을 것으로 믿고 대대적으로 수색했다는 것이다.
 또한 그리스 사람들은 히드라를 죽인 헤라클레스와 그를 따라간 조카 이올라오스는 서로 사랑하는 동성애 관계였다고 믿고 있다는 것이다. 그에 따라 그리스 테베에 있는 헤라클레스의 사당은 동성애자들이 찾아와 사랑을 맹세하는 장소가 됐다고 한다.

한 가지 흥미로운 것은 이 대목에 등장한 괴물들이 죽고 나서 모두 별자리가 됐다는 것이다. 히드라는 물뱀자리, 헤라클레스의 아킬레스건을 물려다가 밟혀 죽은 괴물 게 카르키노스는 게자리, 켄타우로스는 켄타우루스자리가 됐다고 한다.

신화와 전설에는 그 당시의 시대상황이 직간접으로 담겨 있다. 상반신은 인간이고 하반신은 말인 켄타우로스는 농경생활을 하던 그리스에 기마부족인 유목민족이 대규모로 진출해서 서로 대립하고 갈등을 빚었다는 사실을 말해준다.

히드라는 완전한 괴물이고 켄타우로스는 반인반수, 헤라클레스는 제우스의 아들이지만 영적인 인간으로 볼 수 있다. 초능력을 지닌 괴물 또는 특수한 기량을 지닌 반인반수는 마침내 인간 영웅에게 굴복한다. 인간이 세상의 주인인 것이다. 그러나 인간의 본성인 질투와 시기심은 영웅적인 인간마저 파멸시킬 수 있음을 보여준다.

동양의 용과 서양의 용

———✛———

　용(龍)은 실체를 알 수 없는 상상의 동물로 우리나라를 비롯한 동양에서는 영물로 여긴다. 우리에게는 마치 실체가 있는 것처럼 느껴질 만큼 매우 친숙하다. 더욱이 용은 뛰어남, 빼어남, 초능력을 지녔다는 상징성 때문에 특히 우리나라에서는 사람의 이름이나 지명에 많이 쓰였다.

　물론 서양에도 용이 있다. 하지만 신성하게 여기는 동양의 용과는 사뭇 다르다. 그들에게 용은 대부분 사악한 괴물이거나 악마의 상징과도 같은 존재다. 영물과 괴물이니 그 차이가 매우 크다. 동양과 서양은 왜 이렇게 용에 대한 인식과 관념이 정반대일까?

　동양 어느 곳이든 용이 존재한다. 동남아시아는 일찍부터 중국인들이 많이 진출해서 문화권을 형성한 까닭에 그들의 용은 중국과 비슷하다. 다만 용이 지니고 있는 상징성이나 상상하는 형체 등은 지역에 따라 차이가

고구려시대의 강서대묘 〈사신도〉 중 청룡(왼쪽), 18세기 일본 에도시대의 용(가운데, 소가 쇼하쿠),
청나라 건륭제 때 제작한 백자에 묘사된 용(오른쪽)

있다.

중국, 일본, 한국에서는 고대부터 용이 하늘의 뜻을 실행하고 비를 내리게 하는 등 초자연·초능력의 존재다. 또한 풍요와 미래를 상징하는 유익하고 긍정적인 존재로 인식되고 있으며 봉황과 함께 제왕의 상징이기도 했다.

동양에서 용의 형상은 역시 상상의 동물이기 때문에 나라마다 시대마다 차이가 있었지만, 그 역사가 매우 긴 만큼 오랜 세월을 거치면서 상당히 구체화되고 차츰 서로 비슷한 형상이 되었다.

중국의 고대 문헌과 전문가들에 따르면, 동양에서 용의 형상은 중국 한나라 이후에 구체화되어 대체적으로 용의 각 부위마다 낙타, 사슴, 토끼, 소, 뱀, 조개, 잉어, 매, 호랑이 등 아홉 가지 동물이 합쳐진 형상이다. 머리 한가운데는 척수라는 융기된 부분이 있는데 그 때문에 하늘을 자유롭게 날아다닐 수 있으며 입가에는 긴 수염이 있다.

용의 등에는 모두 81개의 비늘이 있고 하나의 아주 큰 비늘을 중심으로 반대 방향에 49개의 비늘이 있다고 한다. 이것을 역린(逆鱗)이라고 한다. 용은 이 부분을 건드리면 고통을 느껴 크게 분노하면서 그 비늘을 건드린 자를 물어 죽인다고 한다. 그래서 역린은 임금의 노여움을 이르는 말로 쓰인다.

용의 형상과 관련해 빼놓을 수 없는 것은 용의 턱 아래에 있는 여의주(如意珠)이다. 말뜻 그대로 원하는 것을 이루게 해주는 구슬이다. 그래서 용의 여의주는 만사형통의 상징이기도 하다.

중국 역사에서 상상의 동물인 용이 처음으로 등장한 것은 약 3500년 전인 상(商)나라 때다. 상나라는 신화적인 요소와 실제로 존재했다는 견해가

용의 모습을 형상화한 갑골문자

양립하고 있는 중국 최초의 국가다. 한자 '용(龍)'자도 상나라 때의 갑골문자에 등장했는데 신화나 전설 속에 나타난 용의 모습을 형상화한 것이라고 한다. 당시의 용에 대한 전설에 따르면, 그 무렵에 실제로 존재했던 대형 파충류의 일종이었을 것이라는 주장도 있다.

아무튼 상나라 시대에 용에게 비가 내리게 해달라고 기원하는 갑골문자가 있었듯이, 춘추전국시대에 이르러서는 용이 차츰 신화화되면서 비와 구름을 자유자재로 불러낼 수 있는 초능력·초자연의 존재로 부각되기 시작했다는 것이다. 가뭄이 들어 기우제를 지낼 때는 의례적으로 용의 형상을 만들어놓고 춤을 추는 등 의식을 거행했다는 기록들이 있다.

그 때문인지 차츰 용은 동양에서 만물의 생존에 꼭 필요한 물을 지배하는 수신(水神)으로 추앙을 받았으며, 종교에도 스며들어 불교에서는 용을 불법(佛法)을 수호하는 존재로 여겼다. 또한 민간에서는 풍요를 가져다주는 신성한 존재, 무엇이든 이룰 수 있게 해주는 존재로 신격화되고, 으뜸 또는 최고의 상징으로 자리를 굳히면서 용과 관련된 숱한 전설과 설화들이 등장했다.

이처럼 용이 초자연·초능력의 존재로 신격화되는 등 갖가지 긍정적이고 바람직한 이미지를 갖게 되자, 중국의 역대 제왕들이 봉황과 함께 용을 자신들의 상징으로 이용했다. 이에 건축물, 기념물, 기물, 의상에 이르기까지 봉황보다 용이 더 많이 쓰이면서 군주의 상징이 됐다.

그에 따라 임금이 입는 정복은 곤룡포(袞龍袍) 또는 용포라고 했고, 임금의 얼굴을 용안, 임금이 앉는 의자는 용상이라고 하는 등 제왕과 관련이 있는 모든 것들에 '용'자를 넣어 임금이 곧 용이라는 이미지를 부각시키게 됐다.

　우리나라에서도 역사적으로 매우 일찍부터 용이 등장했다. 이미 기원전부터 용이 등장했지만 군주의 상징이라기보다 평민계층에서 풍요와 만사형통의 상징, 홍수나 가뭄을 해소해주는 수호신이나 물의 신, 으뜸·뛰어남·빼어남의 상징으로 숭배됐다.

　특히 조선시대에는 중국처럼 군주의 상징으로 용의 형상이 본격적으로 사용되기 시작했다. 역시 중국의 영향을 받았을 것이다. 더욱이 세종대왕 때부터는 중국의 황제들이 조선의 임금들에게 곤룡포 등의 의상을 만들어 보냈으며 이는 조선 말기까지 이어졌다.

　세종대왕 때는 처음으로 한글을 이용해서 성군의 공덕을 칭송하는 노래를 만들었는데 잘 알려진 《용비어천가龍飛御天歌》가 그것이다. 이 노래의 첫머리를 요즘의 우리말로 옮기면 "해동 육룡(六龍)이 나시어서 일마다 천복(天福)이시니…"로 시작한다. 곡목에도 용이 등장하고 가사에도 용이 등장한다. 용과 같은 성군이 나서 백성들이 큰 복을 누린다는 것이다.

　그러나 우리나라에서의 용은 제왕의 상징보다 평민계층에서 숭배되고 민간신앙을 통해 신격화됐으며 만사형통과 부귀영화, 가내 평안, 횡재, 인생역전 등 소원성취의 상징이 됐다. 또한 가장 뛰어난 인물, 남들이 인정하는 탁월한 능력, 큰뜻을 이루는 성공, 으뜸을 상징하는 대명사가 됐다.

　민간신앙의 용은 인간을 비롯한 만물의 생명에 결코 없어서는 안 될 물을 지배하는 수신으로서 이미 삼국시대부터 숭배됐다. 홍수와 가뭄 등의 자연재해가 닥쳤을 때 용에게 제사를 올렸고, 어부나 뱃사람들은 바다에서 안전하게 항해하기를 용에게 빌었다. 마을에서는 명절 등 특별한 날에

농악대가 마을을 돌며 풍요와 안녕을 비는 풍속이 있는데 반드시 마을의 공동우물을 찾아가 샘물이 잘 나오게 해주기를 용에게 기원했다.

하지만 무엇보다도 보통 사람들에게 용은 빼어난 인물, 가장 뛰어난 인물이 되는 것, 인생역전하는 것, 크게 성공하는 것에 대한 상징성이 훨씬 컸다. 따라서 보통 사람이 그러한 엄청난 결과를 얻었을 때 '개천에서 용났다'는 표현을 자주 썼으며, 어느 분야에서 뛰어난 능력을 보일 때 '용하다'고 했다. 가령 병을 잘 고치는 의사를 '용한 의사'라고 했다. 그뿐 아니라 소망이 이루어지기를 간절히 바랄 때 '용꿈'을 꾸고 싶어한다.

이러한 용에 대한 환상은 마침내 '용왕(龍王)'을 탄생시켰다. 우리의 민담, 전설, 설화 등에 자주 등장하는 용왕은 용의 기능을 지니고 있지만 모든 용들의 왕은 아니다. 용왕도 초자연·초능력의 존재지만 용과는 다른 성격을 가지고 있다.

민담이나 전설들에서 용왕은 바닷속 궁궐에 산다. 신하도 있고 궁녀들도 있다. 궁궐은 지상에서 임금이 거처하고 정사를 돌보는 보편적인 궁궐

인간의 모습을 한 용왕

과 다름없다. 용왕의 형상도 대부분 용의 모습이 아니라 인간의 모습이다. 말하자면 전지전능한 용의 기능을 지니고 있는 신격화된 존재인 동시에 인격을 함께 지닌 상상의 존재라고 할 수 있다. 그래서 지상의 임금님처럼 '용왕님'이라고 부른다.

국내외 대부분의 설화들에서 용왕은 바다를 지배하고 물을 지배

한다. 홍수나 가뭄, 바다의 풍랑을 잠재우고 해산물을 많이 잡게 해달라는 갖가지 제사는 용에게 기원하기보다 좀더 구체적 대상인 용왕에게 기원한다. 이를테면 용왕굿, 용신제, 기우제, 풍어제 등에서 소원을 들어주는 대상은 용왕이다.

중국에서도 바다는 용왕이 지켜준다고 믿었다. 그들은 동서남북 사방의 바다에 저마다 다른 용왕이 있다고 상상했다. 동해는 청룡, 남해는 적룡, 서해는 백룡, 북해는 흑룡이 지배한다고 상상하여 그들을 사해용왕(四海龍王)이라고 했다. 중국 각지에는 용왕을 모신 사당도 있다. 용왕은 불교와도 관련이 있어서 불교에서 민간으로 전승됐다는 견해가 있다.

판소리 열두 마당의 하나인 〈수궁가〉에도 용왕이 등장한다. 용왕이 병이 들었는데 토끼의 간이 그 병의 특효약이라는 사실을 알고 자라를 뭍으로 보내 토끼를 유혹해서 수궁으로 데려온다. 하지만 토끼가 꾀를 내서 간을 집에 두고 왔다면서 간을 가져와야 한다는 구실로 다시 뭍으로 빠져나온다는 내용이다.

그보다 더 잘 알려진 것이 〈심청전〉이다. 앞 못 보는 아버지 심학규를 모시고 사는 효녀 심청은 아버지 눈을 뜨게 하기 위해 공양미 300석에 뱃사람들에게 팔려간다. 모진 풍랑에 크게 위협을 받고 있는 뱃사람들은 인당수에 심청을 던져 용왕에게 바친다.

하지만 용왕은 심청의 지극한 효성에 감동해서 커다란 연꽃에 태워 다시 지상으로 돌려보낸다. 죽은 줄 알았던 심청이 다시 살아서 돌아온 것이다. 어느 날 임금이 우연히 돋보이게 크고 아름다운 연꽃을 보고 신하들에게 가져오라고 했더니 그 연꽃에 심청이 있는 것이었다. 임금은 심청을 귀한 여인으로 여겨 왕비로 삼는다.

용왕의 은혜로 죽었다가 다시 살아나고 왕비까지 된 심청은 아버지 심학규를 보고 싶어서 전국의 맹인들을 궁궐로 초대해서 연회를 연다. 심청은 맹인들을 꼼꼼히 살펴보다가 마침내 아버지 심학규를 발견한다. 너무 반가워서 아버지의 품에 안기며 "아버지, 저 청이에요." 하고 울음을 터뜨리자, 죽은 줄 알았던 딸 청이가 살아 있다니 너무 놀란 심학규가 "아니, 이게 꿈이냐, 생시냐?" 하면서 갑자기 두 눈을 번쩍 뜨게 됐다는 얘기다.

이미 삼국시대부터 여러 역사서에도 용과 관련된 내용들이 자주 나타나는데 그 가운데 하나가 고려를 건국한 태조 왕건(王建)의 일화다. 서쪽 바다의 용왕이 왕건의 할아버지인 작제건(作帝建)에게 "동방의 왕이 되려면 '세울 건(建)'자를 붙인 이름으로 손자까지 3대를 거쳐야 한다."는 계시를 받았다는 것이다.

그에 따라 작제건은 아들의 이름을 용건(龍建)으로 지었고, 용건도 아들 이름을 건(建)이라고 지었다. 왕건의 할아버지 이름이 작제건이듯 그 당시 뚜렷한 성(姓)이 없다가 왕건이 중국의 성씨인 왕(王)씨를 빌려와, 아버지를 고려의 시조로 모시고자 이름을 왕륭(王隆)으로 바꿨다는 일화도 있다.

왕건의 할아버지 작제건과 관련한 설화가 있다.

작제건은 중국 당나라 7대 황제인 숙종(肅宗)의 아들인데 아버지를 찾으러 당나라로 가던 길에 요괴에게 위협당하고 있는 용왕을 발견하고 요괴와 싸워 물리친다. 용왕은 목숨을 구해준 고마움에 보답하고자 자신의 딸을 작제건과 결혼시켜 용건을 낳았고 용건이 고려 태조 왕건을 낳았다는 설화다.

어디까지나 상상의 존재인 용왕은 물과 바다를 다스리는 수신으로서 신격화됐는가 하면, 은혜에 보답할 줄 알고 인간의 도리를 저버리지 않는, 인간과 다를 바 없는 밀접하고 친근한 인격적 존재로 우리 곁에 있어왔다. 또 한편으로는 인간의 미래를 암시하고 점지하는 기능을 갖춘 존재로 숭배의 대상이었다.

이름에 '용'자를 많이 쓰는 것도 앞으로 잘되기를 바라는 기대감 때문일 것이다. 사람은 누구나 앞날이 자신이 원하는 대로 잘 풀려나가 모든 것을 성취하고 행복하고 싶어한다. 어쩌면 용왕은 그러한 인간의 소망, 용꿈을 꾸게 하는 미래에 대한 기대감의 상징일지도 모른다.

그와는 다르게 서양의 용은 동양과 큰 차이가 있다. 용은 영어로 드래곤 (dragon)이다. 이 어휘는 그리스어에서 유래했다고 하는데 원래 의미는 '큰 바다뱀'이라고 한다. 따라서 서양의 용은 거의 대부분 뱀의 형태가 기본이 며 동양과는 달리 박쥐와 같은 날개를 가지고 있다. 어느 경우에는 날개 달 린 공룡이나 대형 파충류의 모습으로 묘사되기도 한다.

또한 다리가 네 개이며 비늘은 칼로 벨 수 없을 정도로 매우 딱딱하고, 꼬리에는 가시가 달려 있는 모습이다. 동양의 용처럼 입에서 불을 뿜어내 기도 하지만, 대부분의 경우 전체적인 이미지는 몹시 큰 뱀의 형체를 지닌 흉측한 괴물의 모습이다.

서양에서 뱀은 인간에게 해를 끼 치는 사악한 동물의 상징이다. 거기 에 흉측한 괴물의 모습까지 더해져 일찍이 신화시대부터 반드시 퇴치해 야 할 사악한 괴물이었다. 그리스 신 화에서 제우스 신이 물리친 거대한 뱀 형상의 괴물 티포에우스(티폰), 역 시 머리가 아홉 개인 뱀 형상의 히드 라를 비롯해서 여러 괴물들이 등장

서양의 용_ 서양에서 용은 흔히 악마로 묘사된다.

용의 이빨을 땅에 뿌리는 카드모스
(맥스필드 패리시)

하는데 이들도 서양의 용이다. 히타이트, 수메르, 이집트의 신화에도 사악한 괴물인 용이 나온다.

영웅 카드모스(Cadmos)의 신화와 전설도 용과 얽혀 있다. 그는 지중해 연안의 강국인 페니키아의 왕자였는데 제우스에게 납치된 여동생 에우로페(Europe)를 구해오라는 부왕의 명령을 받고 고국을 떠난다. 그러나 동생은 찾지 못했고 에게해 북부에 있는 한 섬에 정착해 도시를 건설하고자 한다. 그곳에서 카드모스는 괴물 용과 맞서 싸워 용을 죽인다. 그는 죽은 용의 이빨에서 솟아오른 병사 다섯 명과 힘을 합쳐 고대 그리스 최초의 강력한 도시국가인 테베를 건국한다.

이후 서양에서 용이라는 사악한 괴물에 대한 증오는 기독교가 탄생하면서 용을 3대 적(敵)그리스도의 하나로 지적하면서 더욱 악마와 같은 존재, 악의 상징으로 자리를 굳히게 됐다. 《구약성서》〈창세기〉에서 아담과 하와가 하느님의 계시를 외면하고 선악과를 따먹어 원죄를 저질러 쫓겨나게 된 것이 뱀의 유혹 때문이었다.

따라서 뱀을 괴물로 형상화한 용은 증오와 저주의 대상이었다. 그와 함께 기독교에서 지적하는 이단 종교, 다신(多神)을 숭배하는 종교, 거짓된 선지자, 우상숭배자, 하느님을 믿지 않는 무신론자 등이 모두 타도해야 할 용과 같은 괴물이며 악마들이었다. 기독교가 유럽을 지배하면서 전쟁터에 나가 적과 맞서는 병사들의 방패에는 적군에게 겁을 주기 위해 갖가지 괴물 용들을 그려넣었다.

유럽의 신화들에서 괴물인 용은 마침내 대다수가 인간 남성인 영웅들에 의해 제거된다. 이것은 뱀이 여성의 상징인 것과 관련이 있다. 어머니 중심이었던 모계사회가 가부장인 남성 중심 사회로 바뀌게 되었음을 의미하는 것이다. 어떤 학자는 신화들에 괴물이 등장하는 것은 세상이 결코 선하지 않다는 것을 말해주는 것이라고 했다.

기독교 역시 신화들의 영향을 받았을 것이다. 그에 따라 유일신인 하느님과 맞서는 적그리스도를 짐승, 특히 괴물로 보고 그 상징으로 뱀을 괴물화한 용을 적으로 규정했을 것이다. 기독교에서 용은 성인(聖人)이나 순교자들에게 항상 굴복한다.

하지만 동양과 서양의 용에 대한 정반대의 인식 차는 신에 대한 관념의 차이와 깊은 관련이 있다는 생각이다. 서양에서 신의 위치는 거의 절대적이다. 유럽은 물론 중동과 인도에 이르기까지 신이 그들의 생활을 지배한다. 따라서 신과 맞서는 존재는 모두 괴물이 되고 악마가 되며, 그 괴물 또는 악마는 용으로 상징되는 것이 대표적이다. 그리하여 온갖 괴물과 용은 마침내 신의 형상을 닮은 인간에 의해 제거된다.

동양의 신화들에도 당연히 신이 등장하지만 신의 역할은 대부분 천지와 만물을 창조하고 소멸된다. 지상에도 신이 있지만 천계의 신과는 달리 역할과 기능이 제한적이고 분화돼 있다. 그리고 인간이 세상을 이끌어간다.

그러나 인간의 능력에는 한계가 있기 때문에 때로는 어느 특정한 부분에서 초능력을 지닌 괴물이 등장하기도 하지만 서양의 괴물만큼 악독하지는 않다. 오히려 능력에 한계가 있는 인간들에게 도움을 주는 경우가 더 많다. 동양에서 용은 인간의 부족한 능력을 극복해주는, 괴물이 아니라 영물로서 환상을 지닌 상상의 존재이다.

빅풋과 예티는 과연 존재할까

—— ✤ ——

국내 위성방송의 다큐멘터리 채널인 '디스커버리'에서 헌터들이 '빅풋'을 추적하는 프로그램을 시청한 적이 있다. 호기심을 자극하고 흥미로운 주제여서 많은 사람들이 시청했을 것이다.

이제 설명하려는 빅풋이나 예티는 상상 속의 괴물은 아니다. 수백 년 전부터 봤다는 사람들은 많은데 아직까지도 실체가 확인되지 않은 미스터리한 미확인 괴물이다. 글쎄? 괴물이라는 표현이 맞는지 그것조차 의문이다.

빅풋은 미국, 캐나다 등 북미 지역에서만 목격된 것으로 알려진 거대한 유인원이라는 것이 일반적인 통설이다. 19세기 중반 미국의 서부개척시대에 집중적으로 목격됐다는 빅풋, 그 실체를 봤다는 사람들의 주장을 정리해보면, 온몸은 검은색 또는 흑갈색의 털로 뒤덮여 있고 키는 2~3m로 매우 크며 몸무게도 150~450kg에 달하는 것으로 알려졌다.

하지만 실체를 증명할 수 있는 자료는 아직까지 없고, 발자국만 자주 발견됐는데 길이 약 60cm, 폭 약 20cm로 엄청나게 컸다. 그래서 이 미확인 괴물의 이름이 빅풋(Bigfoot)으로 붙여졌다. 어떤 빅풋 연구가는 40년에 걸쳐 500여 개의 빅풋 발자국을 수집해서 연구했다고 한다.

그의 연구에 따르면 가장 작은 발자국과 가장 큰 발자국 사이의 중간 크기 발자국이 가장 많이 발견된 것으로 미루어 그 정도의 크기는 동물들의 세계에서 흔히 나타날 수 있는 현상이라며, 빅풋이 실제로 존재하는 동물이라는 견해를 제시했다. 미국 원주민인 인디언들은 빅풋을 새스콰치(Sasquatch)라고 부르는데 그들의 언어로 '털이 많은 거인'이라는 뜻이라고 한다. 그런 점으로 미루어보면 빅풋이 실

목격담을 바탕으로 그린 빅풋의 모습

존하는 동물이라는 견해가 설득력을 얻고 있다.

우연히 빅풋을 목격했다는 사람들도 많아서 수백 명에 이른다. 빅풋에게 살해됐다는 사람도 있고, 집에서 빅풋의 습격을 받았다고 주장하는 사람도 있으며, 숲에서 갑자기 빅풋과 마주쳐 총을 쐈더니 도망쳤다고 주장하는 사람도 있다. 그런가 하면 온 가족이 빅풋에게 납치됐다가 간신히 탈출했다는 사람도 있다.

그들이 주장하는 빅풋의 행태도 저마다 다르다. 숲속에서 길을 잃은 아이를 돌려보내주는 온순한 성격이라는 주장도 있고, 매우 거칠고 사나워서 사람을 잡아먹기도 한다는 주장이 있는가 하면, 성질이 난폭해서 인간을 보면 맹렬하게 공격한다는 주장도 있다.

하지만 목격자들의 주장 대부분은 착각이거나 꾸며진 것이 많으며 오히려 빅풋은 인간을 보면 피해버린다는 주장이 설득력을 얻고 있다. 우연히 빅풋을 발견하고 그를 뒤따르며 찍었다는 사진을 전문가들이 분석했지만 끝내 진위를 가려내지 못했다.

결과적으로 아직까지 소문만 무성할 뿐 빅풋의 실체는 찾아내지 못했지만, 여러 전문가들도 빅풋이라는 동물이 실제로 존재하는 것으로 추측하고 있다. 따라서 비록 추측이지만 빅풋의 실체에 대한 다양한 견해가 제시되고 있다.

거대한 유인원일 것이라는 견해가 우세하지만 오스트랄로피테쿠스나 네안데르탈 등 현생인류의 먼 조상과 관련 있는 원인(猿人)이라는 견해도 만만치 않다. 그와 함께 곰이나 말처럼 몸집이 큰 동물의 변종일 것이라는 견해도 꾸준히 제기되고 있다.

알려진 자료들에 따르면, 2012년 영국 옥스퍼드 대학의 브라이언 사익스 교수와 연구팀이 빅풋의 것으로 추정되는 30여 개의 털 샘플의 DNA를 분석해보니 모두 곰, 말, 늑대의 털로 밝혀졌다고 한다. 미국의 호기심 많은 탐험가들이 지금도 열심히 빅풋의 실체를 찾고 있지만 과연 그 실체가 밝혀질지는 여전히 미지수다.

예티(Yeti)는 빅풋과는 달리 주로 네팔, 티베트, 부탄 등 히말라야 인접 국가들에 목격자가 집중돼 있는 거대한 미확인 동물이다. 한자권에서는 설

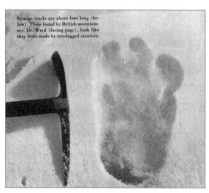

예티의 것으로 추정되는 발자국_ 1951년 에베레스트 원정대가 발견했다.(에릭 시프턴 촬영)

인(雪人)으로 불린다. 목격자들의 주장을 종합해보면, 예티의 키는 2~3m, 몸무게는 약 200kg, 발 크기는 약 43cm로 빅풋처럼 거대한 동물이자 괴물이다. 온몸이 흰색 털로 덮여 있고 무척 영리하며 인간과 접촉하기를 꺼려 인간의 모습이 보이면 재빨리 사라

진다고 한다.

그 지역의 전설에서는 예티가 갈색 털로 덮여 있다고 하는데 목격자들이 흰색 털이라고 주장하는 것은 히말라야가 만년설로 뒤덮인 산악지대여서 온몸에 흰눈이 쌓여 설인이라는 이름에 걸맞게 흰색 털로 보였는지도 모른다. 그 때문에 예티가 눈곰이라는 주장도 있다.

아무튼 예티도 빅풋처럼 아직까지 실체를 찾아내지 못하고 있다. 그 지역 목격자들의 주장도 서로 조금씩 달라 몸집이 큰 짐승을 보고 착각했거나 얼떨결에 목격했다는 것이어서 사실 여부조차 확인하지 못한 게 현실이다.

예티의 머리 가죽이라고 주장하는 가죽을 학자들이 분석해보니 산에 사는 염소의 가죽이었다. 벨기에의 한 대학교수는 예티의 발자국이라는 흔적에서 털을 찾아내 DNA를 분석했더니 뜻밖에 말의 유전자와 비슷하다는 분석 결과를 내놓기도 했다.

지난 2007년 중국은 백두산에서 설인을 발견했다고 발표해 세상을 깜짝 놀라게 했다. 중국의 한 등반가가 찍었다는 동영상 속 괴물은 키가 약 2.5m로 온몸이 털로 덮여 있었으며 사람처럼 똑바로 서서 두 발로 걸었다고 했다. 하지만 학자들은 동영상이 조작됐을 가능성이 있으며 곰처럼 몸집이 큰 짐승을 착각했을 것으로 판단했다.

여러 학자들은 전설적인 예티를 부정하고 있다. 20년 동안 티베트의 산악지대를 조사한 중국 정부는 1998년 공식적으로 예티는 존재하지 않는다는 결론을 내렸다고 한다. 아울러 목격자들의 주장을 과학적으로 분석한 결과, 모두 야생동물들을 착각한 것이라고 했다.

그럼에도 일부 학자들은 예티가 실제로 존재할 가능성이 있을 것으로 판단하고 있다. 그리고 만일 존재한다면 유인원이 인류로 진화하는 과정에서 갈라져 나온 다른 종류의 거대한 유인원일 가능성이 높다고 보고 있다.

또 일부 학자들은 빅풋의 경우처럼 인류가 되기 직전의 원인(猿人)이었던 오스트랄로피테쿠스의 아주 먼 후손 또는 네안데르탈의 먼 후손이 깊고 험준한 히말라야 산속에 고립돼, 더 이상 진화하지 못하고 그곳의 환경에 적응한 원인의 한 종(種)으로 추측하기도 한다. 하지만 대부분의 과학자들은 아직 실체조차 확인되지 않은 괴물을 원시인류의 한 종으로 보는 것은 적절하지 못하다는 견해를 내놓고 있다.

빅풋이나 예티는 지금도 많은 모험가와 탐험가들에게 관심의 대상이지만 과학이 눈부시게 발전한 지금까지 전혀 밝혀내지 못하는 것을 보면 애초에 존재하지 않았을 가능성이 더 높아 보인다.

인간에게는 생존을 위한 본능적인 모험심이 있으며, 자신의 능력을 넘어서는 어떤 한계상황이나 대상과 맞서 그것을 극복했을 때 큰 자부심을 갖는다. 옛 신화들로부터 지금까지 변함없이 이어지는 갖가지 무용담들이 그러한 인간의 본능을 말해주는 것이며, 인간이 자신의 능력보다 훨씬 강해지고 싶은 판타지이기도 하다.

마귀의 정체는 무엇인가

———— ❖ ————

'마귀'는 국어사전에서는 '요사스런 잡귀를 통틀어 이르는 말'이라고 풀이하고 있다. 무속에서도 온갖 잡다한 귀신들을 싸잡아서 말할 때 마귀라고 한다. 하지만 마귀라는 표현이 가장 많이 쓰이는 곳은 기독교다. 기독교 신자들에게는 무척 익숙할 것이다. 그런데 성경을 우리말로 옮기는 과정에서 '악마(Devil, Demon)'를 '마귀'로 번역한 것을 지금까지 그대로 사용하고 있다고 한다.

흔히 말하는 잡다한 귀신들에는 악한 귀신이나 나쁜 귀신이 많지만 그렇지 않은 귀신들도 많다. 악마는 그 가운데서도 악한 귀신, 사악한 귀신, 인간에게 해를 끼치는 나쁜 귀신들을 일컫는 말이다. 그래서 악마는 모든 사악한 마귀들의 우두머리라고 말하기도 한다. 그러면 악마의 정체는 과연 무엇일까?

고대부터 이어져온 악마의 역사는 사뭇 길다. 그 때문에 기독교뿐 아니라 이슬람교, 불교 등 대부분의 전통적인 종교의 교리에도 악마가 등장한다. 따라서 악마를 단순하게 정의하기는 쉽지 않지만, 일반적으로 인간에게 재앙을 가져오거나 나쁜 길로 유혹하는 마귀를 악마라고 하는 것 같다.

그리스도를 유혹하는 악마
(펠릭스-조제프 바리아스)

다시 말하면 인간을 증오하고 온갖 죄악을 저지르도록 유혹해서 파멸시키는 사악한 존재, 악의 화신이 악마라고 할 수 있다. 인간이 정착생활을 시작한 이래 공동체의 질서 유지를 위해 선(善)이 가장 중요한 덕목이 되면서, 그와 반대 개념인 악(惡)이 부각됐고 권선징악이 최고의 가치를 지니게 됐다. 그에 따라 최악의 상징이자 구체적인 대상이 필요해져서 악마가 탄생했다고 볼 수 있다.

하지만 기독교에서 악마의 개념은 다소 차이가 있다. 유일한 신인 하느님을 숭배하는 기독교는 하느님에 대항하는 악한 존재, 하느님이나 천사와 대비되는 타락한 천사를 악마로 정의했다. 본래는 천사였는데 끊임없이 죄악을 저질러 추락하고, 회복할 수 없을 만큼 사악하고 완전히 타락한 천사를 악마로 정의한 것이다.

그에 따라 악마는 신과 인간을 증오하고 인간에게 숱한 고통을 주면서 구원을 방해하는, 반드시 물리쳐야 할 존재로 취급되었다. 일부 극단적인 기독교 원리주의자들은 타락한 천사로서의 악마뿐 아니라, 그들의 하느님이 아닌 모든 신, 잡신들, 무속, 미신 등도 모두 악마의 영역에 포함시켜 다른 종교와 분쟁을 일으키기도 했다.

그러나 인간 사회든 종교든 근본적으로 선과 악의 대결 구조나 권선징악에는 큰 차이가 없었다. 다만 권선징악을 강조하려면 악의 상징이자 화신인 악마의 구체적인 형상화가 필요했다. 그리하여 갖가지 악마의 형상들이 만들어졌는데, 초기에는 유럽 여러 나라들의 신화에 등장하는 나쁜 괴물들의 모습으로 형상화함으로써 악에 대한 혐오감과 증오심을 갖게 했다.

세월이 흐르면서 악마는 차츰 인간을 닮은 모습으로 변화했다. 하지만 유럽에서 지배적인 종교였던 기독교의 영향으로 악마는 천국에서 떨어졌기 때문에 다리를 절거나 불구자로 형상화됐는가 하면, 뿔이나 꼬리가 달리기도 하고, 동물의 발에 발굽이 있고, 귀나 눈이 지나치게 큰 기형의 인간이나 동물을 닮은 모습으로 형상화되기도 했다.

그뿐 아니라 선과 악은 인간의 타고난 천성이기도 해서 권선징악을 주제로 하는 문학작품들에서는 빼놓을 수 없는 소재이기도 하다. 더욱이 고전작품들은 거의 모두 권선징악이 주제이며 악을 표현하는 과정에서 악마를 등장시키는 경우가 많았다.

예컨대 단테의 〈신곡〉, 밀턴의 〈실낙원〉, 괴테의 〈파우스트〉 등 빼어난 문학작품들에 악마가 등장한다. 붉은 몸통에 뿔이 났거나 검은 빛깔의 박쥐 날개가 달리기도 하고, 동물처럼 발굽이 있는 발과 꼬리가 있는 등 몹시 추한 고 괴물 비슷하다. 또한 동물과 인간이 교접해서 태어난 반인반수의 괴물도 있다.

문학작품에서 악마를 이렇게 형상화한 것은 타락한 인간은 인간이라고 부를 수 없는 동물에 불과한 존재이기 때문에, 이를 형상화하여 사람들에게 혐오감과 두려움을 주어 경각심을 갖게 하려는 의도로 풀이할 수 있다. 그러나 기독교의 성경이나 이슬람교의 코란에서는 악마의 존재를 강조하고 있지만 악마의 모습을 구체적으로 형상화하지는 않았다.

무리 지어 살고 있는 마족(魔族)도 있으며 악마에도 등급이 있다. 하급의

체스 게임을 하고 있는 파우스트와 악마 메피스토펠레스

악마는 상급 악마의 위세에 눌려 꼼짝도 못한다. 상급 악마는 위력이 대단해서 퇴마의식에서도 좀처럼 빙의된 몸에서 빠져나오지 않아 퇴마사들이 애를 먹는다.

서양에서 악마를 지칭하는 표현으로 Devil과 Demon이 있다. 데몬은 일반적으로 정령을 말하며 때로는 신과 인간을 연결하는 역할을 하기도 한다. 데블로 지칭되는 악마보다 상위에 있어서 데블을 통솔한다.

이처럼 문학작품에서 악마를 괴물이나 동물의 형상, 기형적 인간으로 형상화하던 경향은 18세기 유럽에서 이성을 내세우는 계몽주의가 대두하면서 변화를 겪었다. 악마는 실제로 존재하거나 어떤 형상이 있는 것이 아니라 상상의 존재로서 인간 개개인의 마음속에 있다는 합리적인 인식이 확산하면서 차츰 큰 관심을 끌지 못하게 됐다.

그러나 전통적인 종교의 경우는 달랐다. 신앙의 차원에서 악마를 활용했다. 특히 유대교와 기독교는 모든 악마들의 우두머리를 '사탄(Satan)'으로 지칭하며 신앙심을 한층 두텁게 하는 수단으로 적극 강조했다. 기독교에서 사탄이라는 개념이 정리된 것은 구약과 신약 사이, 그러니까 약 3000년 전으로 알려졌다.

사탄은 천사였는데 감히 하느님에게 맞서 하느님의 지위와 권능을 빼앗으려는 교만함과 불복종으로 하늘에서 떨어진 타락한 천사다. 《신약성서》에는 예수 그리스도가 하늘에서 사탄이 번갯불처럼 떨어지는 것을 봤다는 구절이 있다.

하늘에서 쫓겨난 사탄은 하느님을 증오하면서 복수심에 불타 하느님의 권능을 끊임없이 방해한다. 그뿐 아니라 자신이 거느리는 마귀(귀신)들을 인간의 몸속에 침투시켜 고통을 주거나 병들게 하며, 인간을 유혹해서 하느님의 구원을 거부하게 하고 죽음과 파멸의 길로 이끈다. 따라서 기독교는 사탄이야말로 하느님의 적이며 악의 근원이자 악의 본질임을 강조한다.

사탄에게는 왕국도 있다. 사탄은 자신의 왕국에서 그리스도인이 아닌 사람들을 다스리며 하느님의 말씀(복음)을 반대하고 악한 행동을 부추겨 죄를 짓게 한다. 또한 자신의 백성들을 자연재해와 정신적·육체적 질병 등으로 파멸시키고 죽음으로 몰아넣는다.

기독교는 그처럼 사악한 사탄을 쫓아내기 위해 예수 그리스도가 이 세상에 나타났다고 한다. 그뿐 아니라 예수는 사탄의 술책으로

천국에서 추락하는 사탄(귀스타브 도레)

죽음을 맞았지만 다시 부활함으로써 마침내 사탄을 이긴다. 이는 어디까지나 종교의 신앙적 논리로 이해하면 된다. 굳이 분석할 일은 아니다.

마귀·악마·사탄은 종교나 민간신앙 등이 권선징악을 위해 만들어낸 상상 속 악의 화신이다. 실체가 있을 수 없다. 인간이 착하게 살고 선행을 하도록 상상 속의 악마를 내세워 선악의 대결구조를 만든 것은 충분한 당위성이 있다.

그러나 상상의 존재가 아닌 실제 인간 악마가 없는 것은 아니다. 이를테면 제2차 세계대전 당시 무려 600만 명의 유대인을 학살한 히틀러는 악마 그 이상이다. 성폭력 가해자는 반드시 단죄해야 할 악마다. 그러한 인간 악마들이 우리 사회에 얼마든지 존재한다.

PART

③

괴담과 기담

늑대인간은 늑대인가, 인간인가

———— ✤ ————

우리나라에 호랑이와 여우와 관련된 전설과 민담이 많듯 유럽을 비롯한 서양에는 늑대와 관련된 신화와 전설, 민담이 매우 많다. 특히 유럽 대부분의 지역이 늑대의 서식지여서 밀접한 관계가 있기 때문이다.

또한 인간의 애완용이 된 개의 먼 조상이 늑대인 것도 늑대와 인간을 결부시키는 데 영향을 미쳤을 것이다. 더욱이 고대 유목사회에서는 여자가 적었기 때문에 사람과 동물이 교접하는 수간(獸姦)도 드문 일은 아니었으니까, 사람들 가까이 사는 늑대와 인간의 밀접한 관계는 결코 놀라운 일이 아니었을 것이다.

그 때문인지 일찍부터 수많은 문학작품에서 늑대와 인간 또는 늑대인간을 다뤄왔고, 영화와 만화와 애니메이션 등에서도 끊임없이 주인공으로 등장한다. 그 가운데서도 늑대인간은 아니지만 늑대의 젖을 먹고 성장한 소년의 이야기를 다룬 러디어드 키플링의 《정글 북》은 '늑대소년'으로 가장 잘 알려져 있다.

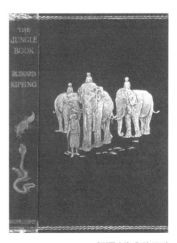

《정글 북》 초판 표지

로물루스와 레무스에게 젖을 먹이는 암늑대

이탈리아 건국신화는 늑대와 인간의 밀접한 관계를 말해주고 있다.

쌍둥이 형제인 로물루스(Romulus)와 레무스(Remus)는 왕손이면서도 권력암투로 말미암아 태어나자마자 죽음의 위기를 맞는다. 하지만 신하들이 갓난아이들을 차마 죽일 수 없어서 광주리에 담아 테베레강에 버린다. 다행히 떠내려가던 광주리가 강기슭에 닿았고, 마침 그곳을 지나던 어미 늑대가 배가 고파 우는 갓난아이들을 발견하고 젖을 먹인 뒤 늑대 굴로 데리고 가서 키운다.

어느 날 양치기가 테베레 강가를 거닐다가 늑대가 키우는 두 아이를 발견한다. 양치기는 늑대가 잠시 자리를 비운 틈을 타 쌍둥이를 훔쳐내 집으로 데려가 자신의 아들로 키운다. 로물루스와 레무스 쌍둥이 형제는 훌륭하고 건장한 젊은이로 성장했으며, 마침내 형인 로물루스가 로마를 세워 왕이 되었다.

물론《정글 북》의 늑대소년 모글리나 로물루스와 레무스 형제를 늑대인간이라고 할 수는 없다. 그들은 늑대의 젖을 먹고 자랐을 뿐이며 늑대와 인간의 밀접한 관계를 말해줄 뿐이다. 하지만 서양에서는 이미 신화시대부터 늑대인간에 대한 신화와 전설과 민담이 수없이 전해지고 있다.

신화와 전설에 따르면 늑대인간(Werewolf)은 낮에는 인간이지만 밤에는 늑대로 변한다. 늑대로 변하면 날카로운 송곳니와 발톱이 돋고 야생동물의 본성이 되살아나 포악해지고 통제불능 상태가 돼서 사람이나 동물을 해치고 잡아먹는다. 그러다가 날이 밝아오면 다시 인간으로 되돌아온다.

늘대인간이 되는 경우도 한 가지가 아니다. 어떤 늑대인간은 자신의 의지로 늑대인간으로 변하지만, 평범한 인간이 늑대인간에게 물려 감염이 돼서 늑대인간이 되는 경우도 있다. 이런 경우에는 자신의 의지와 상관없이 보름달이 뜨면 늑대인간으로 변한다. 그리고 늑대로 변했을 때 상처가 생겼다면 인간으로 되돌아와도 그 상처가 그대로 있어서 정체가 드러나게 된다고 한다.

늑대인간의 공격(루카스 크라나흐)

늑대인간을 주인공으로 한 전설이나 민담은 여러 나라에 널리 퍼져 있으며, 그들 나라에서 실제로 늑대인간이 존재한다고 믿는 사람들이 많다. 프랑스를 비롯한 유럽에서는 중세에도 늑대인간이 나타났다는 소문이 널리 퍼져 있었다고 한다. 그런데 한 가지 흥미롭고 궁금한 점이 있다. 늑대인간은 과연 늑대일까, 인간일까?

늑대가 낮에는 인간으로 둔갑하고 밤에는 다시 늑대가 되는 것인지, 아니면 원래 인간인데 알 수 없는 이유로 밤이 되면 늑대로 변하는 것인지 의문이다. 마치 닭이 먼저냐, 달걀이 먼저냐 하는 문제만큼 아리송하다.

이 의문을 풀어보기에 앞서 우리나라를 비롯한 동양의 전설에서 여우가 여인으로 변하는 구미호와 비교해볼 필요가 있다. 구미호는 대부분 어떤 의도를 가지고 둔갑하지만 늑대인간은 특별한 의도가 없다는 것이 크게 다르다.

그 실체가 늑대든 인간이든 자의든 타의든, 늑대인간이 되면 특별한 의도나 목적 없이 낮에는 인간의 본성을 지니고 밤에는 야생동물의 본성을 드러내는 이중성을 주목하면 앞서 제시한 의문의 해답에 접근할 수 있을 듯하다.

유럽에서는 늑대인간을 물리치는 방법도 알려주고 있는데 은촛대나 은수저 등 은으로 된 물건을 내밀면 늑대인간을 퇴치할 수 있다는 것이다. 우리가 잘 알고 있는 드라큘라와 뱀파이어 등의 흡혈귀를 퇴치하는 방법과 비슷하다. 이것 역시 의문을 푸는 데 도움을 준다.

그러나 늑대인간은 괴담일 뿐 실체가 없다. 생물학적으로도 늑대인간은 절대 불가능하다. 그럼에도 고대부터 늑대인간에 대한 괴담이 끊임없이 이어져온 것은, 인간들이 어두운 밤에 시야가 희미한 상태에서 움직이는 물체를 보고 괴물이라 착각하면서 공포감이 더해져 괴담으로 정착되었기 때문일 것이다. 고대의 밤을 상상해보라. 그야말로 칠흑같이 깜깜한 밤에 민가도 없고 오가는 사람조차 거의 없는 외진 길을 걷다가 앞에 정체를 알 수 없는 움직이는 검은 물체가 나타났다고 상상해보라.

물론 늑대인간과 관련된 과학적이며 합리적인 근거들도 있다.

예컨대 스스로 늑대인간이라고 믿는 정신질환이 있다. '수화광(獸化狂)' 또는 '수화망상'이라고 하는 정신병이다. 고대나 중세에도 늑대인간이 실제로 존재한다고 믿는 사람들이 많았기 때문에 정신착란이 생겼을 때 자신이 늑대인간이라는 망상에 빠진 사람들이 있었을 것이다.

일부 학자들은 늑대인간은 광견병과 관련 있다는 견해를 내놓고 있다.

광견병은 사람도 광견병에 걸린 개에게 물리면 감염되는 무서운 전염병이다. 광견병에 걸린 개도 며칠 안에 죽지만 사람도 재빨리 치료하지 않으면 며칠 안에 죽는다.

광견병에 걸리면 심한 발작과 흥분상태가 지속되고 매우 거칠어지는가 하면 신경계통이 마비된다. 성대근이 마비되면 말을 못하고 마치 짐승이 짖는 듯한 특이한 소리를 낸다고 한다. 또한 물을 삼키려면 심한 통증이 오기 때문에 물을 두려워하고, 물을 보기만 해도 경련을 일으켜 공수병(恐水病)이라고도 한다.

온갖 미신이 만연하고 의술이 없던 시대에 광견병에 걸려 갑자기 발작을 일으키고, 온순하던 사람이 사납고 거칠어져 아무에게나 마구 달려들어 물어뜯으며 짐승처럼 울부짖는다면 쉽게 늑대를 떠올릴 것이다. 그리고 그 사람을 늑대인간이라며 두려워했을 것이다.

정상에 비해 털의 밀도가 높거나 지나치게 길게 자라는 현상을 늑대인간 증후군(Werewolf Syndrome)이라고 한다. 유전이거나 돌연변이에 의한 일종의 질환이라고 할 수 있다. 여러 해 전 중국에서는 온몸이 빈틈없이 긴 털로 뒤덮여 마치 유인원과 같은 남자가 발견돼 큰 화제가 되기도 했다.

판도라, 최초의 인간

———— ✛ ————

판도라(Pandora)라는 말을 자주 들었을 것이다. 판도라의 상자(Pandora's Box)라고 하면 더욱 친숙하게 느껴질 것이다. 실제로 각종 매스컴에서도 자주 쓰이고, 영화나 문학을 비롯한 예술작품들에 지금도 자주 쓰이는 소재다.

하지만 판도라나 판도라의 상자가 어떤 의미를 가지고 있는지 제대로 알고 있는 사람은 의외로 많지 않다. 더욱이 판도라의 상자가 무엇을 의미하는지는 알지만 오히려 판도라를 모르는 사람들도 적지 않다. 우리는 판도라를 통해 두 가지의 중요한 사실을 살펴볼 수 있다. 하나는 최초의 인간에 대한 것이며, 또 하나는 '판도라의 상자'가 우리 인간에게 전해주는 삶의 의지가 그것이다.

어느 민족, 어느 문화권에도 그들 나름의 천지창조를 상상하는 창세신화가 있다. 우리가 살고 있는 세상은 어떻게 열렸고 어떻게 만들어졌으며, 최초의 인간은 어떻게 태어났는지 그들 민족이나 문화권의 사유와 정서에 맞게 이야기를 만들어, 먼 옛날부터 전해 내려오고 있는 신화나 전설을 창세신화라고 할 수 있다.

특히 그들의 조상이라고 할 수 있는 최초의 인간이 탄생하는 과정이 무척 흥미롭다. 이를테면 수천 년 전 특정한 민족이나 문화권이 제대로 형성되기 전이었는데도 상당한 공통점을 지니고 있다는 사실이 더한층 흥미롭다.

인류의 역사에서 가장 먼저 문명을 이룩했던 바빌로니아의 창세신화에서는 신들이 자신들의 힘든 노역을 떠맡기기 위해 인간을 창조하기로 결정하고 신 한 명을 희생시킨다. 그리고 그의 피와 살을 점토에 섞어 인간을 만들어낸다. 이집트 창세신화에서는 이집트인들의 젖줄인 나일강의 신 크눔(Khnum)이 진흙과 짚을 섞어 물레를 돌려 아주 정교하게 인간을 만들어낸다.

《구약성서》〈창세기〉에서는 하느님이 자신의 형상을 닮은 최초의 인간 아담을 흙으로 빚고 코에 숨결을 불어넣어 최초의 인간을 탄생시켰다. 그리고 아담은 자신의 갈비뼈 하나를 뽑아 하와를 탄생시켰다.

아담은 '남자'라기보다 히브리어로 인간 전체를 뜻하는 '사람'이다. 따라서 성서에서도 하느님이 남자와 여자를 동시에 창조했다고 한다. 또한 아다마(Adamah; 흙, 땅, 지구)에 생기를 불어넣어 인간을 만들고 '아담'이라고 명명함으로써 인간의 근본은 흙이라는 사실을 말해주고 있다.

중국의 신화와 전설에서 최초의 인간이 탄생하는 과정은 매우 다양하다. 하지만 가장 일반적인 것은 창조의 여신 '여와'가 최초의 인간을 탄생시켰다는 것이다. 여와는 황토로 최초의 인간을 빚었는데 너무

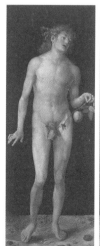

아담과 이브(알브레히트 뒤러)

시간이 많이 걸려 황토더미를 끈으로 휘둘렀더니 황토가 사방으로 흩어지며 수많은 인간이 태어났다고 한다. 역시 흙으로 최초의 인간을 만들어냈다. 몽골의 신화에서도 천상의 신 '울겐'이 땅으로 내려와 최초의 인간과 동물을 진흙으로 빚어서 만들어냈다.

판도라는 그리스 신화에 나오는 인류 최초의 여성이다. 최고의 신 제우스가 불과 대장간의 신 헤파이스토스(Hephaestos)에게 흙으로 여자를 빚게 해서 생명을 불어넣어 지상으로 내려보냈다.

이처럼 종족과 민족과 문화권은 달라도 동서양 대부분의 지역에서 최초의 인간은 흙으로 빚어 탄생했다는 공통점을 지니고 있다. 왜 하필 흙으로 최초의 인간을 창조했을까? 그 까닭은 지모신과 깊은 관련이 있을 것이다.

인류는 1만여 년 전 이동생활을 끝내고 혁명적인 농경을 시작했다. 그와 함께 정착생활을 하게 되면서 땅의 소중함을 처음으로 인식하게 됐다. 땅(흙)은 모든 생명체를 만들어내는 생산의 원천으로 자녀를 생산하는 어머니와 다름없었다.

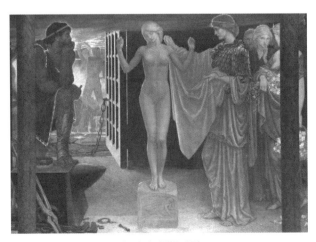

판도라의 탄생(존 배튼)

따라서 최초의 인간도 흙의 산물로 상상한 것은 결코 무리가 아니다. 인간은 하늘이 아니라 흙 위에서 살아가며 죽어서도 육신은 흙으로 돌아간다. 고대인들에게 흙처럼 소중하고 큰 가치를 지닌 것은 없었을 것이다. 흙은 그들에게 영원한 선망의 대상이었을 것이다.

판도라의 상자는 인류 최초의 여성 그 자체와는 큰 관계가 없다. 판도라가 선물받은 상자였기 때문에 '판도라의 상자'라고 부르는 것이며 상자에 큰 의미가 있다. 원래는 상자가 아니라 항아리 또는 단지였는데 번역하는 과정에서 상자(box)가 됐다고 한다.

그리스 신화에 나오는 티탄족의 영웅 프로메테우스(Prometheus)는 제우스가 감춰놓은 불을 훔쳐 인간세상에 전해준다. 그 때문에 몹시 화가 난 제우스는 프로메테우스에게 영원히 고통을 겪어야 할 가혹한 형벌을 내리고, 불을 얻음으로써 큰 축복을 누리게 된 인간에게도 보복하려고 한다.

그리하여 흙으로 인류 최초의 여성인 판도라를 탄생시켜 지상으로 내려보내려고 한다. 그러자 모든 신들이 그녀에게 선물을 준다. 아프로디테는 빼어난 미모·교태·욕망 등을 선물하고, 아테나는 옷과 함께 옷감 짜는 기술을 선물한다. 헤르메스(Hermes)는 재치, 교활함, 말솜씨, 호기심 등을 선물한다.

그리고 제우스도 상자 한 개를 선물하면서 절대로 열어보면 안 된다고 단단히 당부한 뒤, 지상의 에피메테우스(Epimetheus)에게 내려보낸다. 그는 프로메테우스의 동생이다. 재미있는 것은 형 프로메테우스는 그 이름이 '앞서 생각하는 사람' '지혜로운 사람'이라는 뜻이며, 동생 에피메테우스는 '뒤늦게 깨달은 사람' '지혜가 부족한 사람'을 뜻한다.

이들 형제는 지상의 모든 생명체에 생존에 필요한 재능과 능력을 부여

하는 역할을 맡았다고 한다. 그런데 지혜가 부족한 동생이 마구 나눠주다 보니 가장 늦게 만들어진 인간에게 부여할 것이 남아 있지 않았다. 그래서 형 프로메테우스에게 하소연을 하자 형이 제우스가 감춰놓은 불을 훔쳐다가 인간에게 주었다는 것이다. 불은 인간에게 더할 수 없이 큰 축복으로, 불을 사용할 줄 알게 되면서 인간이 만물의 영장으로 번성할 수 있었다는 것이다.

에피메테우스는 제우스가 보낸 선물 상자를 들고 자신을 찾아온 판도라의 아름다움에 첫눈에 반한다. 그러자 예지력과 지혜가 뛰어난 형 프로메테우스는 동생에게 그 여자를 조심해야 한다고 경고했지만 에피메테우스는 형의 경고를 무시하고 판도라와 당장 결혼한다.

판도라는 제우스가 선물한 상자에 무엇이 들어 있는지 점점 호기심이 커져서 견딜 수가 없었다. 결국 그녀는 더 이상 참지 못하고 상자의 뚜껑을 열었다. 그러자 그 안에서 질병, 가난, 전쟁, 증오, 시기, 질투 등 인간을 불행하게 하는 온갖 것들이 쏟아져 나왔다. 크게 놀란 판도라가 당황한 나머지 상자 뚜껑을 닫아 그 안에는 '희망'만이 남게 되었다고 한다. 제우스가 불을 사용할 줄 알게 된 인간에게 복수한 것이다.

당황하여 상자 뚜껑을 닫는 판도라
(프레더릭 스튜어트 처치)

이것이 판도라의 상자다. 이를 두고 갖가지 해석이 뒤따랐다. 일부에서는 판도라의 상자 안에 인간의 삶에 큰 도움을 줄 온갖 축복들이 들어 있었는데 상자 뚜껑을 여는 바람에 모두 날아가버리고 '희망'만 남은 것이라고 했다.

하지만 상자 안에 인간의 모든 불행과 죄악과 고통이 들어 있었으며 제우스가 의도적으로 맨 밑바닥에 '희망'을 넣었다는 견해가 지배적이다. 그때문에 인간들이 힘들게 살아가며 온갖 수난과 시련과 고통에 시달리게 됐다는 것이다. 그렇지만 모든 불행을 견디고 극복하면 마침내 보다 나은 내일이 올 것이라는 희망을 잃지 않고 살아간다는 것이다.

어찌 되었든 이처럼 상반된 두 가지 견해로 판도라의 상자가 주는 의미도 서로 상반되는 경우가 적잖다. 판도라의 상자는 아직 실행되지 않은 어떤 상황이 마침내 실현되면 크게 기대할 만한 희망이 있다는 긍정적 의미가 될 수도 있고, 도저히 이루어질 수 없는 헛된 희망을 말하는 부정적 의미가 될 수도 있는 것이다.

이처럼 판도라의 상자는 인간의 삶이 결코 순조롭고 순탄하며 축복과 행복만 있을 수 없다는 것을 말해준다. 어쩌면 인간은 고통스런 삶과 불행을 숙명으로 여길지라도 그것을 이겨낼 수 있다는 희망으로 살아가고 있는지 모른다.

아킬레우스와 아킬레스건

-------♦-------

'트로이의 목마'로 우리에게도 잘 알려진 트로이 전쟁은 무려 10년 가까이 이어졌던 대전쟁이었다. 그런데 이 전쟁의 발단이 스파르타의 왕 메넬라오스(Menelaos)의 아내 헬레네(Helene) 때문이라는 사실이 무척 흥미롭다. 그뿐 아니라 트로이 전쟁을 전후해서 그리스와 트로이에서 펼쳐지는 신과 영웅들이 얽힌 다양하고 풍부한 얘기들이 넘쳐난다.

고대 그리스의 시인 호메로스(Homeros)가 트로이 전쟁을 핵심 내용으로 다룬 〈일리아스〉와 〈오디세이아〉는 서양 문학의 효시라고 할 만큼 뛰어난 작품성을 지니고 있다. 일리아스(Ilias)와 오디세이아(Odysseia)는 영어로는 일리아드(Iliad)와 오디세이(Odyssey)다.

트로이 전쟁과 관련해서 인간 영웅 아킬레우스도 빼놓을 수 없다. 우리에게는 그의 영웅담보다는 '아킬레스건(腱)'이라는 의학용어로 더 잘 알려져 있다. 어쩌면 잘 알려진 전설적 얘기지만 흥미 넘치는 트로이 전쟁과 아킬레우스는 뛰어난 주제성과 판타지까지 갖추고 있어서 다시 한번 살펴봐도 아무런 손색이 없다.

고대 그리스 미케네의 왕 아가멤논(Agamemnon)은 복잡하게 얽힌 정치적 격변과 모략, 복수에 휘말려 아이기스토스(Aegisthos)에게 왕위를 찬탈당하

아프로디테에게 황금사과를 건네는 파리스(프랑수아 그자비에 파브르)

고 동생 메넬라오스와 함께 스파르타로 도피한다. 그들을 따뜻하게 맞이한 스파르타의 왕 틴다레오스(Tyndareos)는 자신의 두 딸 클리타임네스트라(Clytaemnestra)와 헬레네를 그들과 결혼시킨다. 훗날 격동의 여주인공이 될 헬레네는 메넬라오스의 아내가 된 것이다.

한편 바다의 여신 테티스(Thétis)가 우여곡절 끝에 인간 영웅 펠레우스(Peleus)와 결혼식을 하게 됐고, 거의 모든 신들이 초대받았다. 그런데 싸움의 여신 에리스(Eris)는 초대를 받지 못했다. 그 때문에 몹시 화가 난 에리스는 혼인 잔치에 찾아가 '가장 아름다운 여신에게'라고 쓴 황금사과를 놓고 나왔다.

그러자 미모로는 둘째 가라면 서러운 아테나, 헤라, 아프로디테가 서로 그 황금사과가 자기 것이라며 심하게 다투었다. 뭇 남신들이 어느 쪽도 편들지 못하자 제우스는 트로이의 왕자 파리스(Paris)에게 판단하도록 했다. 이에 파리스는 서슴없이 아프로디테가 황금사과의 주인이라고 판결을 내렸다.

파리스에게는 그럴 만한 이유가 있었다. 아프로디테는 여신들과 미모를 다투게 되자 파리스에게 자기를 선택해주면 이 세상에서 가장 아름다운 여인을 아내로 맞게 해주겠다고 미리 약속을 했던 것이다. 최고의 미모를 뽐내게 된 아프로디테는 약속을 지켜, 파리스에게 스파르타의 왕비 헬레네의 사랑을 얻을 수 있게 해줬다.

헬레네는 스파르타의 왕 틴다레오스의 딸로 아가멤논의 동생 메넬라오스의 아내였으며 메넬라오스가 스파르타의 왕위에 올라 왕비가 됐다. 틴다레오스가 죽고 왕자들도 일찍 죽어 메넬라오스가 왕위를 계승했던 것이다. 하지만 트로이의 왕자 파리스는 그런 건 개의치 않고 이 세상 최고의 미녀 헬레네를 납치했다. 일단 납치하면 아프로디테의 도움을 받아 자신을 사랑하게 될 것이라고 확신했기 때문이다.

당연히 스파르타는 난리가 났다. 더욱이 메넬라오스는 아내를 빼앗겼으니 권위가 말이 아니었고 그런 굴욕이 없었다. 그는 당장 형 아가멤논에게 이 사실을 알렸고, 아가멤논도 격분해서 헬레네를 되찾아오고 트로이에 보복하기 위해 전쟁을 결심했다. 이것이 10년 가까이 계속된 트로이 전쟁의 발단이었다.

아가멤논은 그리스 전역의 도시국가 왕들을 찾아다니며 그리스 연합군 결성을 제의했다. 다행히 좋은 반응을 얻어 그리스 연합군이 결성됐으며 아가멤논이 총사령관으로 추대됐다. 이 그리스 연합군에 아킬레우스가 있었다. 그는 아가멤논의 군대에서 가장 잘생긴 미남이었으며 가장 뛰어난 전사이자 전투에서 결코 물러서지 않는 맹장(猛將)이었다.

아킬레우스는 인간 영웅인 펠레우스와 바다의 여신 테티스 사이에서 태어났다. 그는 왕자였으며 영웅의 아들이자 어머니가 여신이니 신의 아들이었다. 그가 태어난 뒤에 아버지 펠레우스는 아킬레우스가 트로이 전쟁에서 전사할 것이라는 신탁을 받았다.

이에 펠레우스는 아킬레우스를 멀리 떨어져 있는 별궁으로 보내 여자 옷을 입히고 공주들과 함께 성장하도록 했다. 전설에

아킬레우스를 스틱스 강물에 담그는 테티스(앙투안 보렐)

따르면 그의 어머니 테티스도 어린 아킬레우스를 결코 죽지 않는 불사신으로 만들기 위해 스틱스 강물에 신통력을 불어넣었다. 아킬레우스의 온몸을 강물에 담그면 죽지 않는 몸이 되는 것이다.

테티스는 어린 아킬레우스의 발목을 잡아들고 거꾸로 강물에 깊숙이 넣었다가 꺼냈다. 그것으로써 아킬레우스는 불사신이 됐지만, 테티스가 손으로 잡고 있던 발뒤꿈치는 강물에 젖지 않았다. 뒤꿈치에는 종아리 근육과 뼈를 연결하는 힘줄이 있어서 똑바로 서고 걷고 뛸 수 있다. 이 발뒤꿈치 힘줄이 끊어지거나 손상을 입으면 일어설 수도 없다. 이 발뒤꿈치 힘줄이 바로 의학용어로 아킬레스건(Achilles tendon)이다. 전설 속의 영웅 아킬레우스에서 비롯된 것이다. 어머니 테티스의 순간적인 실수로 아킬레우스는 치명적인 약점을 갖게 됐다.

아가멤논이 트로이와 전쟁을 결심하고 그리스 연합군을 결성할 때, 당시 그리스의 유명한 점성가가 아킬레우스가 있어야 트로이를 함락시킬 수 있다고 예언했다. 그리스인들이 나서서 사방을 수소문한 끝에 여자 행세를 하며 숨어 살던 아킬레우스를 찾아냈고 아가멤논의 연합군에 참가할 수 있게 된 것이다.

드디어 아가멤논이 이끄는 그리스 연합군은 모든 준비를 마치고 전함

100여 척에 몸을 싣고 트로이 원정에 나섰다. 트로이는 유럽과 아시아에 걸쳐 있는 터키의 소아시아 지역에 있는 강력한 도시국가였다. 그리스에서 트로이를 공격하려면 바다를 건너야 한다.

그런데 출항을 앞두고 악천후가 계속돼서 전선들을 움직일 수가 없었다. 그러자 아가멤논이 동물과 사냥의 여신으로 추앙받는 아르테미스(Artemis)의 심기를 건드렸기 때문에 계속해서 날씨가 나쁘다는 소문이 나돌았다. 아가멤논이 사슴을 사냥한 적이 있었기 때문이다. 결국 트로이 원정이 시급한 아가멤논이 자기 딸을 제물로 바쳐 아르테미스를 달래자 날씨가 좋아졌고 바다도 잔잔해졌다.

마침내 트로이 원정에 나선 그리스 연합군은 트로이를 고립시키기 위해 주변 지역부터 공략했다. 아킬레우스의 맹활약으로 연합군은 모든 전투에서 승리했다. 무려 9년 동안이나 계속된 이 전쟁에서 아킬레우스가 이끄는 그리스 연합군은 승승장구하며 트로이 주변 지역들을 완전히 점령함으로써 이제 트로이만 남겨놓게 됐다.

승리의 대가로 얻은 전리품도 상당했다. 그 가운데 태양의 신 아폴론(Apollon)을 모시는 제사장의 딸인 크리세이스를 아가멤논이 차지했고, 능력이 매우 뛰어난 여인 브리세이스는 아킬레우스가 차지해서 자신을 수행하며 곁에서 보살피는 노예로 만들었다.

어느덧 전쟁이 10년째 접어들었고 본격적인 트로이 공격만 남겨놓고 있을 때 그리스 연합군에 뜻하지 않은 문제가 생겼다. 갑자기 전염병이 돌아 걷잡을 수 없이 병사들이 잇달아 죽었다. 한 예언가는 아폴론을 모시는 제사장의 딸을 전리품으로 삼았기 때문에 전염병이 돌게 된 것이라고 말했다.

그 예언가의 말이 맞다고 생각한 아킬레우스는 아가멤논에게 제사장의 딸 크리세이스를 돌려주자고 했다. 아가멤논은 아깝지만 크리세이스를 돌려주지 않을 수 없었다. 하지만 자신의 전리품인 크리세이스를 내놓은 대신 아킬레우스가 아끼는 노예 브리세이스를 빼앗았다.

그 때문에 몹시 화가 난 아킬레우스는 아가멤논에게 더 이상 전쟁에 참가하지 않겠다고 선언했다. 그런데 아킬레우스가 전쟁에서 빠지자 그리스 연합군은 트로이를 눈앞에 두고도 잇달아 패배하면서 위기를 맞았다. 연합군은 크게 동요하며 그 책임이 아킬레우스에게 있다고 비난했다.

아킬레우스도 그리스 연합군이 잇달아 패배하는 모습을 그냥 보고만 있을 수 없어, 사촌이자 절친한 친구인 파트로클로스에게 자신의 갑옷을 입혀 아킬레우스로 위장하고 전투에 나서게 했다. 하지만 파트로클로스가 트로이의 왕 프리아모스(Priamos)의 아들인 헥토르(Hector)에게 죽임을 당하자 아킬레우스도 더 이상 가만히 있을 수 없었다.

아킬레우스는 제우스와 헤라의 아들이지만 버림받은 불과 대장간의 신

헤파이스토스로부터 아킬레우스의 갑옷을 받은 테티스(안토니 반 다이크)

헤파이스토스에게 갑옷을 얻어 다시 전투에 나서 헥토르를 죽였다. 헥토르는 트로이 왕 프리아모스가 누구보다 아끼던 아들이었다. 프리아모스는 그리스 연합군에 막대한 배상금을 주고 헥토르의 시체를 돌려받았다. 아킬레우스가 프리아모스의 뜨거운 부성애에 감동을 받고 시체를 돌려주도록 했던 것이다.

헥토르가 죽자 그리스 연합군은 사기충천해서 당장이라도 트로이를 공략할 태세를 갖추게 됐다. 하지만 운명의 장난이랄까, 여신 아프로디테가 자신을 최고의 미녀로 뽑아준 프리아모스의 둘째 아들 파리스를 돕기 위해 또다시 나선 것이다.

아프로디테는 아킬레우스가 트로이의 공주 폴릭세네와 사랑에 빠지게 했다. 트로이 함락을 눈앞에 두고 있는데 그리스 연합군의 선봉장 아킬레우스가 트로이의 공주와 사랑에 빠지다니, 있을 수 없는 일이었다.

그러나 아킬레우스는 폴릭세네에게 완전히 빠져, 아폴론 신전에서 궁지에 몰려 있는 트로이의 왕 프리아모스와 담판을 가졌다. 아킬레우스는 프리아모스에게 딸 폴릭세네를 자신에게 주면 그리스 연합군을 철수시키겠다고 제안했다. 바로 그때 몸을 숨기고 있던 트로이 왕자 파리스가 아킬레우스를 향해 활을 쏘았다.

아킬레우스는 불사신이다. 가슴에 화살을 맞아도 죽지 않는다. 하지만 아폴론이 화살을 아킬레우스의 발목 쪽으로 유도했다. 영웅 아킬레우스는 그의 유일한 약점인 발목(아킬레스건)에 파리스의 화살을 맞고 허망하게 죽고 말았다.

트로이와의 10년 전쟁에서 승리를 목전에 두고 있던 그리스 연합군은 전투마다 승리로 이끌었던 영웅 아킬레우스가 죽자 큰 충격에 빠졌다. 총사령관 아가멤논도 당황했다. 그때 또 한 명의 영웅 오디세우스(Odysseus)가 등장한다. 그는 한때 헬레네에게 구혼했던 인물들 가운데 한 명이며, 훗날 호메로스가 쓴 대서사시 〈오디세이아〉의 주인공이기도 하다.

지혜와 지략이 뛰어났던 오디세우스는 일부러 이런저런 핑계를 대며 트로이 전쟁에 참가하지 않았다. 그런데 아킬레우스가 죽자 스파르타의 왕이자 아가멤논의 동생인 메넬라오스가 궁지에 몰린 형을 돕기 위해 오디세우스에게 사신을 보내 도움을 요청했다. 오디세우스는 미친 척하면서 회피하려고 했지만 거짓이 들통나서 어쩔 수 없이 뒤늦게 트로이로 향했다.

오디세우스는 실력이 뛰어난 건축가들을 시켜 대형 목마를 만들게 했다. 누구나 다 알고 있는 바로 '트로이의 목마'다. 목마가 완성되자 오디세우스와 정예의 그리스 병사들이 목마의 텅 빈 몸통 안에 숨었고 그리스 연합군은 철수했다.

그리스 연합군이 철수하는 모습을 본 트로이 병사들은 환호했다. 아킬레우스를 잃은 연합군이 전투에서 이길 수 없다고 판단하고 철수한 것으로 판단했다. 그렇다면 자신들이 이 기나긴 전쟁에서 승리한 것이다.

코린트식 아리발로스(고대 그리스 용기의 일종)에 묘사된 트로이의 목마

그들은 그리스 연합군이 버리고 간 목마를 전리품으로 챙겨 성안에 들여놓았다. 그리고 전쟁이 끝난 것을 기뻐하며 밤새도록 술을 마시며 승리감에 도취됐다. 그 틈을 이용해서 목마 안에 숨어 있던 오디세우스와 그리스 병사들이 빠져나와 굳게 닫혀 있던 성문을 활짝 열어놓았고, 철수하는 척하며 매복해 있던 그리스 연합군이 밀려들어 파죽지세로 트로이를 함락시켰다.

10년 동안의 긴 전쟁에서 완전히 패배한 트로이는 비참했다. 늙은 프리아모스는 두 명의 아내와 수많은 자녀를 두었는데 전쟁 마지막 해에 무려 13명의 아들을 잃었다. 그뿐 아니라 그도 아버지에 대한 복수심에 불타는 아킬레우스의 아들 네오프톨레모스에게 무참히 난자당해 죽었다.

절세의 미녀 헬레네를 납치해 트로이 전쟁이 일어나게 했고, 아폴론의 도움으로 영웅 아킬레우스의 발뒤꿈치를 화살로 쏘아 죽인 파리스도 그리스 연합군 저격수의 화살에 맞아 치명상을 입고 죽었다.

또한 프리아모스의 딸 카산드라는 아가멤논이 차지했다. 동서양을 막론하고 전쟁에서는 승전국의 왕이나 승리로 이끈 장수가 패전국의 왕비와 공주 등을 전리품으로 데려가 아내나 후궁으로 삼아 승리감을 즐기고 성적 만족감을 얻는 것이 관습이었다.

그러나 아가멤논과 메넬라오스 형제를 몰아내고 미케네의 왕이 된 아이기스토스가 아가멤논이 여러 해 동안 전쟁터에 나가 있는 틈을 이용해서 아가멤논의 아내 클리타임네스트라를 유혹했다. 그녀 역시 동생 헬레네 못지않은 미인이었다. 그런데 아가멤논이 전쟁에서 이기고 귀향하고 있다는 소식을 듣자 기습을 감행해서 아가멤논과 카산드라까지 살해했다.

또 다른 전설에는 클리타임네스트라가 아이기스토스에게 남편 아가멤논을 죽이도록 사주했다고도 한다. 하지만 뒤에 아가멤논의 아들 오레스테스(Orestes)가 아버지를 배신한 어머니와 정부 아이기스토스를 죽여 아버지의 원수를 갚았다.

한편 스파르타 왕 메넬라오스는 자신의 아내였다가 트로이의 왕자 파리스의 아내가 됨으로써 트로이 전쟁의 발단이 됐던 헬레네를 죽이려고 했지만 10년 만에 다시 봐도 변함없이 아름다운 헬레네를 차마 죽일 수 없어 스파르타로 데려와 함께 살았다.

트로이 전쟁은 어떤 뛰어난 문학작품 못지않게 수많은 신과 영웅들 그리고 숱한 사건들이 어우러진 대서사시다.

물론 이 다채로운 이야기의 대부분은 신화와 전설에 근거한 호메로스의 〈일리아스〉와 〈오디세이아〉에 실려 있는 얘기들이다. 역사가들에 따르면 이 신화와 전설들은 기원전 13~12세기를 배경으로 호메로스가 기원전 8세기에 쓴 것이라고 한다. 근세의 일부 역사가들은 오랜 탐사 끝에 트로이의 유적들을 찾아내면서 상당 부분이 역사적 사실이라는 견해를 내놓기도 했다.

하지만 이 스펙터클한 신화와 전설에 등장하는 신이나 영웅들은 거의 모두 실체를 알 수 없는 상상과 가공의 존재들이다. 그렇더라도 우리는 이 신화와 전설들을 통해 그 시대를 살았던 선조들의 사유와 의식세계를 충분히 유추해낼 수 있다.

이를테면 그 가운데 한 가지가 미녀에 대한 집착이다. 아름다운 여신들의 미모 경쟁, 인간으로서 더 이상 예쁠 수 없다는 헬레네는 그 때문에 큰 전쟁의 발단이 됐으며, 영웅 아킬레우스도 트로이의 공주 폴릭세네를 사랑했다가 죽음을 피하지 못했다. 아가멤논도 미모의 아내 클리타임네스트라의 정부 아이기스토스에게 죽임을 당했다.

　어떻게 보면 영웅 아킬레우스, 트로이 전쟁 등 그 시대를 대표하는 신화와 전설들은 모두 미녀가 주인공이자 핵심인물이며 그 숱한 사건들은 그녀들 때문에 반전에 반전을 거듭한다. 더욱이 최고의 미녀 헬레네는 모든 사건들의 근원이 된 핵심인물이다. 하지만 그녀는 끝내 죽지 않고 어떠한 불이익도 당하지 않는다.

　인류가 모계사회에서 남성 중심 사회로 바뀌면서 여성들은 성적 대상으로 사물화되고, 남성의 소유물로 상품화되는 과정에서 아름다움은 여성이 지닌 최고의 가치이자 남성들의 판타지가 됐다는 사실을 여지없이 말해주고 있는 것이다.

　아킬레우스와 아킬레스건 또한 우리에게 많은 것을 암시해주고 있다. 아무리 뛰어난 영웅이라도 약점과 단점은 있기 마련이라는 것이다. 이 세상에 완벽한 인간은 없다는 것이다. 99퍼센트의 장점이 있더라도 단 1퍼센트의 약점 때문에 파멸할 수도 있다는 사실을 일깨워주며 인간의 오만과 교만을 경계하고 있다.

카이사르의 동전

———— ✦ ————

동전은 주로 잔돈을 처리하는 데 쓰인다. 우리나라는 물가 상승과 함께 화폐단위가 점점 높아지면서 동전의 가치가 크게 떨어져서 거의 쓸모가 없는 처지가 됐다. 현재 1원, 5원, 10원, 50원, 100원, 500원 등 여섯 종의 동전이 발행되지만 100원짜리 동전 아래는 찾아보기도 어렵다.

그나마 100원짜리와 500원짜리 동전이 유통되고 있지만 쓰임새가 무척 제한적이다. 솔직히 동전 500원으로 살 수 있는 상품이 과연 몇 가지나 있는지 좀처럼 머리에 떠오르지 않는다. 다만 우리나라 (주)풍산에서 생산하는 소전(素錢)은 세계 1위다. 소전은 금액, 문양, 발행국가 등의 표시가 없는 동전 제조의 소재를 말한다.

현재 풍산에서는 세계 약 50개국에 소전을 수출하고 있으며 수출량은 전 세계 소전 유통량의 절반이 넘는다. 세계 각국이 우리나라에서 생산하는 소전을 수입해서 동전으로 제조하는 것이다.

동전(銅錢)은 글자 그대로 풀이하면 '구리로 만든 돈'이지만 반드시 구리로만 만드는 것은 아니며, 쇠붙이로 만든 작은 원형의 돈을 통틀어 일컫는 말이다. 동전은 일찍이 금이나 은으로도 만들었으며 일반적으로 무게와 내구성 등을 감안해서 구리나 은에 니켈 등의 금속을 혼합해서 만든다.

동전은 기원전 600년경에 소아시아의 리디아 왕국에서 최초로 사용

기원전 2세기경의 리디아 주화

했다고 한다. 하지만 오늘날의 동전 모양이 아니라 금이나 은이 들어 있는 광석 중 일정한 크기의 덩어리를 표준으로 정해 상거래에 사용한 것이다.

그로부터 100여 년 뒤 페르시아에서 이러한 일정한 크기의 가치 있는 광물이 거래수단으로 활성화되면서 본격적으로 금화, 은화, 동전 등으로 발전했다. 고대 로마시대에 와서는 동전이 화폐로서 본격적으로 유통됐는데 모두 금화와 은화였다고 한다. 그런데 재미있는 것은 액면가와 금이나 은의 무게가 똑같았다고 한다. 금과 은의 가치와 액면가가 똑같았으니 당연히 위조품이 나올 수 없었을 것이다.

하지만 고대 로마가 쇠퇴할 무렵에는 금화와 은화의 액면가가 실제 들어 있는 금과 은 가치(값) 10배쯤 됐다고 한다. 액면가보다 훨씬 적은 양의 금과 은이 들어간 것이다.

그러자 위조품이 등장하게 되고, 그것을 막기 위해 금화와 은화 앞뒷면에 더욱 정교한 무늬나 글자나 인물을 새겼지만, 화폐에 대한 불신이 팽배해지고 화폐를 통한 상거래를 거부하는 등 큰 혼란이 일어났다고 한다.

동전이 차츰 화폐로서 가치를 지니고 유통되면서 여러 일화들이 생겨났는데 그 가운데 알렉산드로스(Alexandros) 대왕의 일화가 널리 알려져 있다. 기원전 4세기경 마케도니아의 알렉산드로스 대왕은 젊은 나이에 왕위에 올라 세계를 정복해 대제국을 건설하겠다는 웅대한 꿈을 품었던 인물로 유명하다.

실제로 알렉산드로스 대왕은 수많은 전쟁에서 모두 승리하며 칭기즈 칸 못지않게 많은 지역을 정복했다. 그가 한 전쟁에 나섰을 때였다. 적군의 병력이 알렉산드로스의 병력보다 10배가 더 많았다. 병사들이 겁을 먹고 몹시 위축돼 사기가 크게 떨어졌다. 숱한 전투에서 한 번도 패한 적이 없는 알렉산드로스였지만 상황이 크게 불리하다는 것을 잘 알고 있었다.

그러나 그는 앞장서서 말없이 행군하다가 우연히 작은 신전을 발견하고 승리를 위해 기도하겠다며 혼자 들어갔다. 얼마 후 기도를 마치고 나온 알렉산드로스 대왕은 손에 동전 한 개를 쥐고 있었다. 그는 병사들 앞에 서서 동전을 보여주며 이렇게 말했다.

"방금 기도를 끝냈는데 신께서 계시를 주셨다. 이 동전을 던져서 우리 운명을 예측해보라는 계시였다. 내가 동전을 던져 앞면이 나오면 우리가 이 대전투에서 승리할 것이고, 뒷면이 나오면 우리는 패배할 것이다."

알렉산드로스 대왕이 동전을 던졌다. 이윽고 바닥에 떨어진 동전을 살펴보니 앞면이었다. 일제히 환호성을 올리고 사기가 충천했다. 그리고 예측대로 더없이 불리했던 전투에서 크게 이겼다. 나중에 알려진 사실이지만 알렉산드로스 대왕이 신의 계시라며 던졌던 동전은 양면이 똑같이 앞면만 있는 것이었다.

그처럼 화폐의 가치보다 병사들의 사기 진작용으로 쓰였던 알렉산드로스 대왕의 동전은 일시적으로 사용한 것이지만, 율리우스 카이사르(Julius Caesar)의 동전은 보통 사람들이 꽤 오랫동안 널리 사용했던 동전이다. 물론 알렉산드로스의 동전처럼 화폐로 사용된 것이 아니다.

기원전 1세기 카이사르는 유럽의 거의 전역을 점령한 로마의 빼어난 정복자였으며 최고의 권력자였다. 그는 야심만만했고 술수가 뛰어났으며, 사생활에 문제가 많았지만 탁월한 정치력으로 권력을 장악했을 뿐 아니라 로마 시민의 절대적인 지지와 존경을 받았다. 그런 카이사르가 권력의 정상에 있을 때 앞면에 자신의 얼굴을 새긴 동전을 발행했다.

고대 로마인들은 그들의 삶에서 일어나는 모든 중요한 일은 신이 결정한다고 믿었다. 신이 허락하는 행동이 옳은 결정이고 신이 허락하지 않는 행동은 하지 말아야 했다. 그런데 신의 판단을 알아내는 방법이 문제였다. '좋다' '나쁘다' '기다' '아니다' 즉 신의 찬성과 반대, 둘 중 어느 쪽이 신의 결정인지 쉽게 알아낼 방법이 없었다.

바로 그럴 무렵 카이사르의 동전이 나온 것이다. 절대적으로 그를 지지하고 존경하는 로마 시민은 무릎을 쳤다. 그 동전을 던져서 카이사르의 초상이 새겨진 앞면이 나오면 카이사르가 허락하는 것이라고 생각했다. 카이사르의 결정은 곧 신의 결정과 다름없다고 믿었던 것이다.

그리하여 로마 시민들은 적어도 기원전 44년 카이사르가 정적들의 사주를 받은 브루투스(Marcus Junius Brutus)에게 암살당할 때까지 카이사르의 초상이 새겨진 동전을 사업이나 결혼처럼 중요한 인생사의 가부(可否)를 결정하는 도구로 사용했다고 한다. 정적들의 편에 서서 카이사르를 암살한 브루투스의 어머니는 카이사르의 정부(情婦)였다.

지금도 축구를 비롯한 스포츠 경기에서 어느 팀이 먼저 공격할지 결정

클레오파트라(왼쪽)와 안토니우스(오른쪽)의 얼굴이 새겨진 주화

할 때 주심이 동전을 던진다. 물론 화폐로서의 동전이 아니라 오직 경기용으로만 사용되는 양면이 다른 동전이다.

카이사르와 이집트의 여왕 클레오파트라(Cleopatra)의 사랑 이야기는 영화로도 수없이 만들어질 만큼 유명하다. 클레오파트라의 초상이 새겨진 동전도 있다. 카이사르에 이어서 그녀를 사랑했던 로마의 집정관 안토니우스(Marcus Antonius)가 특별히 그녀를 위해 만들도록 한 것이다. 그런데 그녀가 절세의 미인이었다는 통설과는 달리, 동전에 새겨진 그녀의 얼굴은 오동통하고 둥근 얼굴에 매부리코로 결코 미인이 아니어서 화제가 되기도 했다.

황후의 매춘

———✠———

　고대 로마제국의 황후가 매춘을 하다니, 과연 그런 일이 있었을까? 그 것도 이름 없는 작은 나라의 황후가 아니라 로마제국의 황후가 밤이면 매 춘을 했다니, 믿어지지 않겠지만 엄연한 역사적 사실이다.

　고대 로마제국의 초기는 황제들의 실정(失政)과 끊임없는 암살, 근친혼 등으로 매우 혼란스러웠다. 3대 황제 칼리굴라(Caligula)는 즉위 초기에는 선정을 베풀어 호평을 받았지만 즉위한 지 7개월쯤 되었을 때 심하게 병을 앓고 나서 완전히 성격이 바뀌었다.

　갑자기 난폭하고 걷잡을 수 없이 변덕을 부리는 등 감정의 기복과 낭비 가 심해지고 느닷없이 귀족들의 재물과 영지를 빼앗는가 하면, 노골적으 로 변태성욕을 드러내 자신의 누나와 누이들까지 겁탈했다. 그 때문에 칼 리굴라가 병을 앓고 나서 미쳤다느니, 간질로 발작이 심해졌다느니 온갖 소문이 나돌았다.

　결국 칼리굴라는 자신을 호위하던 근위대에게 암살당하고 아내와 딸도 살해됐다. 권력을 잡은 근위대 등은 다음 황제로 자신들이 마음대로 조종 할 수 있는 클라우디우스(Claudius)를 4대 황제로 추대했다.

　클라우디우스는 칼리굴라의 숙부로 황위를 계승할 자격은 있지만 선 천적인 소아마비로 한쪽 다리를 심하게 절었으며 고개가 한쪽으로 기울

근위대에 의해 황제로 추대되는 클라우디우스(로렌스 알마타데마)

고 계속 침을 흘리는가 하면, 왼손을 제대로 쓰지 못하는 뇌성마비 장애자였다.

따라서 본인 스스로 권력과 정치에는 관심이 없었으며 집권층에서도 그를 전혀 경계하지 않았다. 하지만 그러한 단점 때문에 오히려 어부지리로 황제가 될 수 있었다. 그러나 그는 몸이 불편해서 한눈팔지 않고 학문에만 몰두한 덕분에 지식이 풍부하고 똑똑했으며 뜻밖에 정치도 잘했다.

다만 문제가 있다면 여자와 관련된 문제였다. 그는 정략결혼으로 아내를 맞았지만 신체적으로 장애가 있는 그를 성적(性的)으로 무시하고 외도를 일삼아 결국 이혼했다. 그리고 두 번째 아내가 정해졌지만 공교롭게도 갑자기 죽고 말았다.

그리하여 세 번째 맞이한 아내가 메살리나(Messalina)였다. 그녀도 황족이었으며 로마제국 5대 황제인 네로(Nero)와는 사촌 간이었다. 그들이 결혼할 때 클라우디우스는 48세, 메살리나는 불과 21세로 스물일곱 살이나 차이가 있었다. 그들이 결혼할 당시 메살리나가 16세였다는 기록도 있다. 그렇다면 무려 서른두 살의 큰 차이였다.

그들이 결혼한 뒤에 3대 황제 칼리굴라가 암살당하고 클라우디우스가 4대 황제로 즉위하면서 메살리나는 정식으로 황후가 됐다. 그리고 1남 1녀를 낳았다. 하지만 이들의 부부관계는 원만하기가 어려웠다.

황제 클라우디우스의 치명적인 약점은 선천적으로 장애가 있다는 것과 황후보다 나이가 너무 많다는 것이었다. 황제는 50대에 들어섰고 황후는 한창 피어나는 20대 초반이었다. 신체적으로나 나이로나 황제는 황후 메살리나를 성적으로 도저히 만족시킬 수 없었다. 더욱이 메살리나는 성적 욕구가 무척 강한 여자였다. 황제는 성적으로 부담스러운 그녀를 차라리 외면했다.

그러자 메살리나는 온갖 허영으로 욕구불만을 해소하는가 하면 차츰 권력을 휘두르기 시작했으며, 욕정을 견디지 못해 귀족과 평민을 가리지 않고 궁전에 드나드는 남자들과 서슴없이 불륜을 저질렀고, 그녀의 성적 요구를 거부하는 남자들은 가차없이 죽였다. 그리고 불륜행위로도 넘치는 성욕을 채우지 못하자 어처구니없게 매춘에 나섰던 것이다.

그녀는 밤이 되면 황제의 침실에 시녀를 들여보낸 뒤 하녀 한 명만 데리고 궁전을 빠져나와 사창가로 향했다. 그리고 검은 머리카락을 금발 가발로 감추고 '루이키스카'라는 가명으로 금빛으로 칠한 젖꼭지를 흔들며 호객행위에 나섰다. 그곳에 마련된 그녀의 방에는 남근(男根) 모양의 문고리가 달려 있었다.

그녀는 어떤 창녀보다 열심히 몸을 팔았으며 화대를 꼬박꼬박 모았다. 그러다가 날이 밝으면 아쉬운 듯 마지못해 궁전으로 돌아갔다. 매춘업소에서는 그녀가 황후 메살리나라는 사실은 몰랐지만 그녀의 성욕은 정평이 날 정도였다.

어느 날, 역시 성욕이 강하다고 소문난 고참 창녀와 누가 더 오랫동안 쉬지 않고 계속해서 섹스를 할 수 있는지 내기를 했는데, 메살리나가 무려 25번이나 쉬지 않고 섹스를 해서 이겼다고 한다. 25번 모두 다른 남자였는지는 알려지지 않았지만 적어도 10명 이상의 남자와 잇달아 섹스를 했을 것이다.

　더욱이 낮시간에는 섹스를 못하는 것이 아쉬웠는지, 황제가 외국을 방문하는 틈을 이용해서 평소 은밀하게 정을 통해온 원로원 의원이자 집정관인 가이우스 실리우스(Gaius Sillius)와 당당하게 결혼식을 올렸다. 황후가 다른 남자와 결혼하다니, 이중 결혼이었으며 도저히 있을 수 없는 불법이자 범죄행위였다. 그런데도 그녀는 실리우스와 함께 남편인 클라우디우스 황제를 폐위시키려는 음모를 꾸미고 실행에 들어갔다.

　하지만 그것은 무모한 과욕이었다. 반역 음모가 드러나 실리우스는 처형됐지만 어찌 된 일인지 황제는 그녀의 처형을 자꾸 뒤로 미루는 것이었다. 어쩌면 두 자녀 때문인지도 모른다. 그러나 황제의 측근들이 가만있지 않았다. 기어이 메살리나를 살해했다. 그녀는 여전히 20대 초반이었다.

황제의 측근에게 살해당하는 메살리나(조르주 앙투안 로슈그로스)

지나친 성욕 때문에 비참한 최후를 맞은 것이다.

클라우디우스 황제는 율리아 아그리피나를 네 번째 아내로 맞는다. 그런데 아그리피나는 초혼이 아니었다. 이미 한 차례 결혼해서 아들이 있었는데 그가 폭군으로 유명한 네로였다. 클라우디우스 황제는 네로를 양아들로 받아들였으며, 뒤에 자신과 메살리나 사이에서 낳은 딸 옥타비아와 결혼까지 시켰다.

아그리피나는 아들 네로를 황제로 만들려고 했다. 하지만 클라우디우스 황제에게는 네로보다 세 살 어린 친아들 브리타니쿠스가 있어 그가 황위 계승 1순위였다. 따라서 권력 다툼이 치열했는데 평소 버섯요리를 좋아하던 클라우디우스가 독버섯을 먹고 갑자기 사망하는 일이 발생했다. 그 때문에 황후 아그리피나가 황제에게 몰래 독버섯을 먹여 살해했다는 소문이 널리 퍼졌지만 그녀의 끈질긴 노력으로 마침내 네로가 5대 황제로 등극했다.

네로는 집권 초기에는 세네카의 보좌로 선정을 베풀었고 예술 활동에 열정을 보였다. 그러나 여전히 일부 세력에 의해 황제 추대 움직임이 있는 이복동생 브리타니쿠스를 죽였고, 양아버지인 클라우디우스 황제를 독살한 것으로 의심받는 어머니도 죽였으며, 자기 아내이자 클라우디우스 황제의 딸인 옥타비아까지 죽였다. 로마 거의 전체를 불태운 큰 화재가 발생하자 불을 지른 세력이 기독교도들이라며 노골적으로 기독교를 박해함으로써 역사에 지울 수 없는 악명을 남겼다. 스승인 세네카에게는 자살 명령을 내렸다.

네로도 자기 수명을 다하지 못했다. 그가 그리스에 간 사이에 반란이 일어나고 원로원으로부터 '국가의 적'으로 선고받아 궁지에 몰리게 되자 자신을 항상 수행하는 노예에게 자기를 죽이게 함으로써 최후를 맞았다. 그 때문에 네로가 자살했다고도 한다.

라스푸틴의 성기

20세기 초 제정 러시아는 가파르게 쇠락하고 있었다. 황제 니콜라이 2세는 무능했으며 부패하고 타락한 귀족들은 탐욕과 향락에 빠져 있었다. 농민과 노동자들은 가난에 시달리며 더없이 고통스런 삶에 허덕였다. 도무지 희망이 없는 암울하고 비참한 세상이었다.

니콜라이 2세는 정치가 체질에 맞지 않아 통치력을 발휘하는 데 별 관심이 없었다. 매우 가정적이었던 그는 황후와 다섯 자녀와 함께 사치스럽고 안락한 궁전 생활에 만족하는 것 같았다. 그들 황가에 한 가지 큰 걱정이 있다면 황태자이자 외아들인 알렉세이 니콜라예비치가 조그만 상처에도 피가 멈추지 않는 혈우병을 앓고 있는 것이었다. 어머니에게서 물려받은 유전병으로 당시의 의술로는 치료가 어려워 황실의 큰 걱정거리였다.

니콜라이 2세 부처와 다섯 자녀

그럴 즈음 황실에 자주 드나들던 귀족 부인이 황후 알렉산드라에게 한 수도사를 추천했다. 갖가지 고질병을 기적적으로 완치시킨다고 소문이 자자한 수도사였다. 그가 바로 그리고리 라스푸틴(Grigorii Efimovich Rasputin)이었다.

'라스푸틴'은 그의 본명이 아니었다. 시베리아의 농민 가정에서 태어난 그는 농사에는 전혀 관심이 없었고 학생 시절에 학습태도가 불량하고 방탕해서 러시아어로 '방탕한 인간'을 뜻하는 '라스푸틴'이라는 이름이 붙여졌는데 그 뒤 그 이름을 본명처럼 사용했다고 한다.

학교에서 버림받은 그는 18세부터 집을 나와 떠돌이 생활을 했는데 마땅한 거처가 없어 수도원을 드나든 것이 그가 수도사로 자처한 계기였다. 그는 수도원을 드나들며 어깨너머로 익힌 심령술과 최면술 그리고 뛰어난 말솜씨를 바탕으로 신비스런 수도사로 행세했다.

그런데 운 좋게도 그의 심령치료로 치유되는 환자들이 늘어나면서 더욱 신비스런 성직자, 기적의 치료사로 평민들 사이에서 소문이 났고 마침내 귀족들에게도 알려졌던 것이다. 그는 자신을 더한층 신비스럽게 느껴지도록 머리를 길게 기르고 특이한 복장을 하는 등, 요즘으로 말하면 사이비종교의 교주처럼 행세했다.

한편 귀족 부인으로부터 라스푸틴을 추천받은 황후 알렉산드라는 물에 빠진 사람이 지푸라기라도 잡는 심정으로 그를 궁전으로 불러들였다. 그를 본 황후는 첫눈에 그의 신비스러움에 빠져 황태자의 혈우병을 설명하며 기도를 부탁했다. 그러자 라스푸틴은 자기를 믿어주면 황태자의 고질병을 고칠 수 있다며 자신만만하게 말했다.

어떡해서든 황태자의 병을 고쳐 황위를 잇게 하려는 황후에게 그처럼 반가운 말이 어디 있겠는가? 황후는 당장 그에게 궁전에 머무르면서 아들의 혈우병을 치료해달라고 간곡하게 부탁했다. 곁에 있던 맏딸 올가 니콜라예브나가 의심스럽다며 믿지 말라고 황후의 귀에 대고 속삭였지만 황후는 장녀의 걱정을 들은 척도 안 하고 라스푸틴에게 매달렸다. 그런데 역시 라스푸틴이 운이 좋았는지 아니면 그의 심령술과 최면술이 정말 효과가 있었는지, 황태자의 병세가 차츰 호전되더니 마침내 완쾌가 된 것이었다.

황후는 물론 크게 감동했고, 그의 신비스러움과 놀라운 능력에 완전히 빠져버렸다. 그녀는 남편인 황제에게도 라스푸틴을 소개하며 하늘이 보내준 성스러운 사람이라며 치켜세웠다. 더욱이 황후는 정치에 관심 없는 황제를 대신해서 거의 정치를 도맡다시피했는데 모든 정사를 라스푸틴과 의논하고 그가 하라는 대로 했다.

이때부터 라스푸틴은 제정 러시아의 최고 실세로 발돋움하게 된 것이다. 황후를 설득해서 자기 주변 인물들을 끌어들여 요직에 앉히고 평민들에게 과도한 세금을 부과해서 수탈하는 등 전횡을 일삼기 시작했다.

그뿐 아니라 차츰 본색을 드러내기 시작했다. 궁전 밖으로 나가면 평소 눈여겨봤던 귀족 부인들을 유혹해서 성관계를 가졌고, 심지어 수녀들까지 닥치는 대로 농락했다. 청소년 시절부터 그랬듯이 그는 타고난 색광이었으며 색마였다.

그럴 무렵에 제1차 세계대전이 일어났다. 무리하게 참전한 러시아군이 잇달아 패하자 니콜라이 2세는 나랏일은 황후에게 맡기고 총사령관으로서 군대를 이끌고 전쟁터로 나갔다. 그러자 황후는 다시 라스푸틴에게 정치를 완전히 맡겼다.

라스푸틴의 손아귀에 놀아나는 황제 니콜라이 2세와 황후를 풍자한 캐리커처

라스푸틴에게는 더없이 좋은 기회였다. 그는 전쟁터에 나간 황제에게 신의 계시를 받았다면서 작전 지시까지 내리는가 하면 자신에게 흠뻑 빠진 황후와 마음 놓고 부적절한 관계를 이어갔다. 그러자 러시아 사교계에 묘한 긴장감이 소용돌이쳤다. 그와 성관계를 가졌던 귀족 부인들이 노골적으로 질투심을 드러내며 그를 황후에게 빼앗기지 않으려고 저마다 온갖 수단방법을 가리지 않았던 것이다.

대체 어찌 된 일일까? 라스푸틴과 간통한 사실을 꼭꼭 숨겨도 행여 들통날까 봐 가슴을 졸여야 할 귀족 부인들이 왜 그를 차지하려고 대놓고 다툼을 벌이는 것일까? 거기에는 그럴 만한 까닭이 있었다. 라스푸틴의 조작된 신비스러움도 귀족 부인들을 사로잡았지만, 무엇보다도 그는 정력과 성적 테크닉이 뛰어났을 뿐 아니라 엄청나게 큰 성기를 가지고 있었다. 기록에 따르면 평소에 그의 성기 길이는 약 30cm, 발기하면 약 50cm였다고 한다.

남성들이 본능적으로 여성의 큰 유방과 엉덩이에 대한 판타지를 갖고 있듯이, 여성들은 남자의 크고 굵은 음경에 대한 판타지를 갖고 있다. 그 때문에 라스푸틴과 성관계를 가진 귀족 부인들은 그 꿈같은 경험을 잊지 못하고 한 번이라도 더 기회를 갖고 싶어 애간장을 태웠던 것이다.

지나친 것은 부족한 것보다 못하다. 귀족 부인들의 질투가 노골적인 다툼을 일으키자 라스푸틴의 음란한 생활이 황족과 귀족들에게도 알려졌다. 그들은 분노했다. 온갖 폭정과 전횡, 무능한 인물들을 요직에 앉혀 나라를 엉망으로 만들어 평민들이 도탄에 빠져 허덕이는데 음란과 방종으로 성적 욕구 충족에만 탐닉하고 있는 라스푸틴에게 분개한 것이다.

더욱이 귀족들은 자신들의 아내와도 간통했다는 사실을 알고 울분을 참지 못했다. 그들은 라스푸틴을 살해하기로 합의했다. 황실에서 가장 현명하고 통찰력이 뛰어나다는 평가를 받고 있는 니콜라이 2세의 장녀 올가까지 가세했다.

그들은 그럴듯한 구실로 파티를 열고 라스푸틴을 초대했다. 그리고 파티가 무르익을 즈음 치사량의 네 배가 넘는 청산가리를 탄 와인을 라스푸틴에게 먹였다. 그런데 라스푸틴은 청산가리 와인을 마시고도 끄떡없이 흥겹게 춤을 추는 것이었다. 당황한 귀족들은 라스푸틴을 향해 권총을 쐈다. 무려 네 발이 명중했지만 이번에도 죽지 않았다. 그러자 쇠지팡이로 마구 두들겨 패 실신시킨 뒤 카펫으로 둘둘 말아 강물에 던져버렸다.

결국 라스푸틴은 그처럼 무참히 살해됐지만 그의 사망 원인을 놓고 뒷말이 많았다. 그의 시신을 부검한 결과 사인은 익사였다는 것이다. 청산가리로도 죽지 않고, 권총 네 발을 맞고도 죽지 않고, 기절한 채 강물에 빠졌기 때문에 죽었다는 것이다. 그런가 하면 익사했다는 것은 터무니없는 주장이며 총상으로 죽었다는 둥 오랫동안 온갖 추측이 난무했다.

귀족들은 라스푸틴의 시신을 강물에서 건져내 죽었다는 것을 확인했는데, 그 가운데 누군가 분노가 풀리지 않았는지 귀족 부인들이 선망하던 그의 우람한 성기를 칼로 잘라버렸다. 그런데 은근히 라스푸틴을 흠모하던 그의 하녀가 잘려나간 성기를 재빨리 주워서 몰래 보관했다.

하지만 라스푸틴의 정력과 큰 성기에 대해 이미 널리 소문이 난 터라 세간에서 잘려나간 그 성기의 행방을 놓고 비상한 관심을 보이자 하녀는 어쩔 수 없이 경매에 내놓았다. 그리고 치열한 경쟁 끝에 한 의사가 낙찰받아 박물관에 기증했다.

그 덕분에 러시아 상트페테르부

이마에 총상 흔적이 선명한 라스푸틴의 시신

르크 자연사박물관에 가면 지금도 라스푸틴의 성기를 볼 수 있다. 포르말린을 채운 화학실험용 유리병에 담겨 있는 그의 성기는 여자의 팔뚝 길이만큼 엄청나게 크다. 하기는 실물이 아니라는 일부의 주장도 있기는 하다. 비정상적으로 커서 그런 주장이 나왔는지 모른다.

실속도 없는 제1차 세계대전에 끼어들었던 제정 러시아는 그 때문에 대규모 병력을 동원해야 했으며 수많은 병사들과 민간인들이 희생됐다. 그뿐 아니라 엄청난 전쟁물자를 조달하느라 경제가 완전히 파탄날 지경에 이르렀다. 그렇지 않아도 식량 부족에 허덕이던 농민과 노동자들의 봉기가 잇달았다.

그런 혼란 속에서 라스푸틴이 살해된 다음 해인 1917년 러시아의 사회주의 사상가이자 혁명가인 블라디미르 레닌(Vladimir Lenin)이 이끄는 볼셰비키가 혁명을 일으켰다. 세계 최초의 공산주의 혁명이었으며 흔히 '붉은 혁명'이라고 부른다.

황제 니콜라이 2세와 황후 알렉산드라 그리고 다섯 자녀는 그들에게 체포돼 이리저리 끌려다니다가 어느 외진 지하실에서 혁명군에 의해 일가족 모두 사살당하고 암매장되었다. 그로써 1918년 제정 러시아는 붕괴됐으며 수백 년을 이어 온 로마노프 왕조도 막을 내렸다. 레닌은 그해 7월 러시아 공산당을 창설하면서 러시아는 본격적으로 공산국가의 길을 걷기 시작했다.

황제 부처와 딸 세 명의 유해는 예카테린부르크 근처의 집단매장지에서 1991년에 발굴되었고, 알렉세이 황태자와 나머지 딸 한 명의 유해는 2007년에 발견되었다.

여성의 피임, 그 기묘한 변천

인류는 임신과 출산의 메커니즘을 17세기에 이르러서야 정확하게 파악했다. 지능이 뛰어난 인류가 그처럼 뒤늦게 원초적인 생리현상을 알아냈다는 것은 믿기지 않을 만큼 놀라운 일이다.

물론 수컷과 암컷이 교미를 해야 새끼가 태어나는 동물들처럼 원시인류도 남녀가 교접해야 임신이 되고 아기가 태어난다는 것을 본능적으로 인식했을 것이다. 하지만 남녀가 교접하면 왜 여자가 임신하게 되는지는 전혀 알 수 없었다.

상당한 세월이 흐른 뒤에야 남자가 성기를 통해 점액질의 액체를 여자의 생식기에 주입해야 임신하게 된다는 사실을 깨달았지만, 그 액체가 정자가 들어 있는 정액이라는 사실을 알지 못했고, 더구나 여자의 난자에 대해서는 상상조차 하지 못했다.

중세에 와서야 정자의 존재를 알아냈지만 남자의 정액 속에 아주 '작은 인간(tiny people)'이 들어 있다고 생각했다. 그 아주 작은 인간이 남자를 통해 여자의 자궁에 들어가 점점 자라서

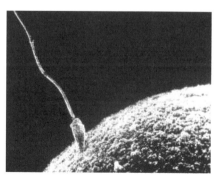
정자와 난자의 수정

마침내 아기가 태어난다고 생각했던 것이다. 지금 생각하면 실소를 금할 수 없지만 그나마 대단한 성과였다. 그 때문에 좀더 발전적인 여성의 피임법을 고안할 수 있게 됐으니 말이다.

여성의 피임은 어찌 보면 자연의 섭리를 거스르는, 오직 인류만의 이율배반적이고 빗나간 행위라고 할 수 있다. 애당초 남녀가 교접을 하지 않았으면 임신의 걱정이 없을 텐데 성행위를 하고 나서 피임을 걱정하니까 이율배반적 행위이며, 자연의 이치를 거스르니 빗나간 행위라는 것이다.

그렇다면 인간들이 임신의 가능성을 뻔히 알면서도 왜 남녀가 성관계를 멈추지 못하게 됐을까? 더욱이 여성의 피임을 위한 노력은 이미 고대부터 있어왔다. 임신과 출산의 메커니즘을 전혀 모르는 상태에서 여성들의 피임을 위한 노력은 그 방법들이 기괴하고 끔찍했으며 더없이 고통스러웠다.

수백만 년 전, 아직 인류가 유인원과 다름없었을 때 여성들에게 동물과 마찬가지로 일정한 기간의 발정기가 있었으며 발정기에 교접을 해야만 임신할 수 있었다. 그런데 인류가 두 발로 서서 똑바로 걷기 시작하면서 신체에 놀라운 변화가 일어났다. 무엇보다 똑바로 선 신체를 지탱하기 위해 골반뼈가 커지고, 머리통을 지탱하기 위해 척추가 곧게 펴졌다. 특히 골반뼈가 커진 것은 여성들에게 큰 장애가 됐다. 커진 골반뼈 때문에 산도(産道)가 좁아진 것이다.

동물들은 새끼를 낳으면 매우 빠르게 성장해서 활발하게 움직이며 스스로 먹이를 찾는다. 발굽 달린 동물들은 태어나자마자 거의 곧바로 일어서서 움직이고 한 시간쯤 지나면 뜀박질까지 할 수 있다. 고등동물의 새끼도 1년 정도만 지나면 대개 성체가 된다. 이미 어미의 몸속에서 곧 혼자 생존

인류의 진화

할 수 있도록 성장해서 태어나는 것이다.

그 무렵 여성도 대략 20개월이 넘는 임신기간을 거쳐 아기를 낳았다. 그런데 직립보행을 하게 되면서 산도가 좁아져 머리통이 커진 아기를 출산하기가 너무 어렵게 된 것이다. 그 때문에 난산의 엄청난 고통을 겪어야 했으며 그 과정에서 수많은 산모와 아기가 목숨을 잃었다.

그리하여 여성은 머리통이 작은 아기를 낳기 위해 차츰 임신기간을 줄이는 쪽으로 진화했다. 그에 따라 임신기간이 16개월까지 줄어들었다가 약 200만 년 전에 이르러서는 10개월쯤으로 짧아지게 됐다. 그러한 진화의 혜택으로 머리통 크기가 성인의 3분의 1정도밖에 안 되는 아기를 순산하게 됐지만 더 큰 문제가 생겼다. 머리통이 몹시 작은 미숙아를 낳게 된 것이다. 따라서 어미의 양육기간이 아주 짧은 동물들과는 다르게 인류는 아기를 자립할 수 있을 때까지 키우는 데 10년 가까운 엄청난 기간이 필요하게 됐다.

그동안 어머니는 아기를 키우느라 먹거리 구하는 활동을 제대로 할 수 없었다. 다른 유인원은 온몸에 털이 많기 때문에 새끼가 어미의 털을 붙잡고 매달릴 수 있어서 비교적 자유롭게 활동하지만 인간의 아기는 오랫동안 거의 꼼짝도 못하기 때문에 어머니가 거의 온종일 아기 곁에 붙어서 젖을 먹이고 보살펴야 했다.

원시인류의 어머니들은 무엇보다 아기를 보살피느라고 자신의 먹거리를 제대로 구하지 못하는 것이 가장 큰 고통이었다. 아기의 젖을 만들자면 고기를 먹어야 했고, 고기를 구하려면 사냥하는 남자가 필요했다.

그러면 어떻게 남자가 항상 고기를 구해다 주고 자기 곁에 있도록 할 수 있을까? 그러자면 무엇인가 남자에게 보상을 해줘야 한다. 그 보상이 바로 섹스였다. 태생적으로 현명한 여자들은 발정기를 감추는 쪽으로 진화했다.

여성들은 자신의 배란기를 자신도 모를 정도로 은밀하게 감출 수 있게 진화했으며 그에 따라 발정기에만 교미하는 동물들과는 달리, 인류는 항상 아무 때나 섹스를 할 수 있게 되면서 여자는 남자를 자기 곁에 붙잡아 놓을 수 있게 됐다.

여성의 진화가 결혼의 기원이며 가족 형성의 기원이라고 말하는 학자들도 있지만, 그것보다 인류는 일상적인 섹스를 경험하면서 놀라운 사실을 깨닫게 됐다. 바로 '쾌감'이었다. 섹스를 통해 절정의 쾌감을 얻게 되자 임신의 걱정쯤은 뒤로 밀려나고, 쾌감을 얻으려는 욕구를 거부할 수 없게 된 것이다. 따라서 섹스는 갈수록 활성화됐으며, 그만큼 여성들은 더욱더 임신을 피할 수 없게 됐다.

고대에는 다산(多産)이 여성의 미덕이었지만 환경과 여건이 원만하지 못한 상황에서 아이를 많이 낳는 것은 여성에게 큰 고통이자 부담이었다. 무엇보다 임신과 출산은 여성의 활동을 크게 위축시킨다. 그 때문에 오늘날 저출산이 문제가 되고 있지만 고대에도 크게 다르지 않아서 먼 옛날 여성들도 자연스럽게 피임을 생각하지 않을 수 없었다.

임신과 출산의 메커니즘을 전혀 모르는 상태에서 피임을 하는 것은 여간 어려운 일이 아니었다. 당연히 온갖 비과학적이고 미신적인 피임법들이 생겨날 수밖에 없었는데 한결같이 기괴하고 끔찍한 방법들이었다.

《구약성서》〈창세기〉에 유다의 둘째 아들 오난(Onan)에 대한 구절들이 있다. 그의 형이 젊은 나이에 자식 없이 죽자 아버지 유다가 오난에게 형수와 잠자리를 가져 대를 이을 아들을 낳으라고 명령한다. 형이 죽으면 동생이 형수를 취해 후손을 잇게 하는 형사취수(兄死娶嫂)의 관습에 따른 것이다. 그런데 문제는 형수와 교접해서 낳은 아들은 자기 아들이 아니라 죽은 형의 아들이 되기 때문에 오난은 달갑지 않았다.

하지만 아버지의 명령을 거부할 수 없어 형수 다말(Tamar)과 동침을 하는데 오난은 다말의 몸속이 아니라 방바닥에 사정한다. 이 행위에 대해 성경에서는 오난이 자위행위를 한 것으로 보는 것 같다. 그 때문에 남자의 자위행위를 오나니즘(onanism)이라고도 한다. 일본에서도 '오나니'라고 한다. 그런데 오난이 자위행위를 한 것이 아니라 질외사정을 한 것으로 해석하는 학자들도 적지 않다.

아무튼 그 때문에 오난은 하느님에게 죽음의 벌을 받았다. 그러나 여기서 그것이 중요한 것은 아니다. 《구약성서》는 이스라엘의 역사로 6000~7000년 전부터 이어져온 역사다. 그 가운데서도 〈창세기〉는 가

유다와 다말(아르트 데 헬데르)

장 오랜 역사다. 이미 그 시대에 남자가 여자의 몸속에 사정하지 않으면 임신이 되지 않는다는 것을 인지하고 있었다는 것이다.

그렇지만 오난이 형수와 교접하면서 쾌감이 고조되고 있는 상태에서 질외사정을 할 수 있었는지는 의문이다. 어쩌면 자위행위를 했다는 성경의 주장이 맞을지도 모른다. 사실 오늘날에도 남자의 질외사정은 쉽지 않다. 어쨌든 절정의 쾌감을 주는 성행위를 멀리하기도 어렵고 질외사정도 힘들다면 임신하지 않는 방법은 여성의 피임밖에 없었다.

그에 따라 문화권마다 나름대로 갖가지 피임법들을 고안해냈다. 고대 중국에서는 수은을 기름에 데워 임신부에게 삼키도록 했다. 하지만 수은의 치명적인 독성 때문에 목숨을 잃는 임신부들이 많았다고 한다. 고대 이집트에서는 성행위를 하기 직전 여성의 질 속에 악어의 똥과 꿀을 섞은 혼합물을 넣었다고 한다. 악어의 배설물은 산성이 매우 강해서 실제로 여성의 질 속에 들어온 정자를 죽일 수 있다고 한다. 고대 이집트인들이 그런 사실을 알았는지 모르지만 어느 정도 피임의 효과는 있었던 듯하다.

그런가 하면 고대 이집트의 남자들도 피임을 위해 노력했다. 가장 확실한 방법은 성행위를 안 하는 것이지만, 어쩔 수 없이 성행위를 할 때는 사정 직전에 성기의 뒷부분을 세게 눌러 사정하려는 정액을 다시 자기 몸속으로 역류시키는 방법이었다. 과연 정액의 역류가 가능했는지는 알 수 없다. 요도 끝까지 내려왔던 정액이 제자리로 되돌아가다니, 거의 불가능하고 원시적인 방법이다.

기원전 6세기경에는 오늘날의 페서리(pessary) 같은 피임 기구가 등장했다. 그리스에서 고안된 이 피임법은 석류나 레몬을 반으로 잘라 안쪽을 파내 질 속에 깊숙이 넣는 것이다. 그런대로 석류나 레몬 껍질이 요즘 페서리의 고무뚜껑 같은 기능을 해서 정액의 자궁 유입을 막았고, 산성이 강한 과즙은 정자를 죽이는 살정제 기능을 했을 것이다.

아랍인들은 사막을 건너는 중에 낙타가 임신하는 것을 막기 위해 낙타의 질 속에 작은 돌멩이를 넣었다고 한다. 여기서 힌트를 얻어 남녀가 교접하기 전에 여성의 질 속에 유리구슬이나 옥구슬, 작은 원형의 금속, 단추, 은 등을 삽입했다고 한다. 그 방법 자체는 이해가 되지만 얼마나 피임 효과가 있었는지는 역시 알 수 없다.

기원후 2~3세기 고대 로마는 성적으로 무척 개방적이어서 더욱 피임의 필요성이 대두됐다고 한다. 그 무렵에는 전문적인 의사도 등장했는데 그들은 피임과 낙태(유산)를 구분할 줄 알았다고 한다. 사실 그 전까지의 피임법들은 피임과 낙태에 대한 구별이 없었다고 할 수 있다. 따라서 출산 경험이 없는 여성이나 임신부를 가리지 않고 오직 아이를 낳지 않기 위해 온갖 방법을 쓴 것인데 그것을 한꺼번에 피임법이라고 말하고 있는 것이다.

하지만 그만큼 임신과 출산에 대한 지식이 향상됐음에도 고대 로마의 의사들은 임신을 방지하려면 여성이 성교 직후에 크게 기침을 하거나 재채기를 하거나 뜀뛰기를 하면 질 속으로 들어온 정자를 방출할 수 있다고 적극 권장했다니 웃음이 나온다.

중동 지역에서는 여성의 질 속에 이물질을 삽입하는 피임법 외에도 살정제가 널리 성행했다고 한다. 질 속으로 들어오는 정자(정자의 개념은 정확히 몰랐지만)를 죽이기 위해 알코올, 식초, 키니네, 요오드, 석탄산 용액 등을 솜에 담궜다가 성교 직전에 질 속에 넣었다고 한다.

지금까지 설명한 기상천외한 피임법들은 고대 인간들의 지적 수준으로는 그런대로 과학적인 방법들이었다. 무지했던 대다수의 서민들은 피임은 생각하지도 못했고, 전혀 원치 않는 임신을 했을 때 아이를 낳지 않기 위해 온갖 방법과 수단을 찾았는데 대부분 무속과 미신에 의존했다.

주술사나 점쟁이들은 임신부에게 갖가지 고통을 주며 주술로 낙태를 유도하거나 여러 도구를 이용해서 임신부의 아랫배를 압박해서 유산을 시키려고 했다. 그뿐 아니라 임신부를 심하게 때리거나 크게 놀라게 하거나 큰 충격을 주기도 했고, 그래도 유산의 기미가 보이지 않으면 정체를 알 수 없는 독초를 먹였다고 한다. 그 때문에 유산은 됐을지라도 임신부까지 죽는 경우가 많았다는 것이다.

오늘날까지 가장 효과적인 피임 수단으로 사용하는 것이 남성용 콘돔이다. 중세에 들어와 유럽 여러 나라의 의사들은 오늘날의 콘돔과 유사하거나 비슷한 기능을 하는 기구들을 고안해냈다. 하지만 오랫동안 그것은 피임을 위한 것이 아니라 성병을 예방하기 위한 것이었다.

중세에는 임질, 매독 등 성병이 창궐해서 공포의 대상이었다. 이렇다 할 치료법이 없어서 의사들이 온갖 궁리 끝에 남성의 음경에 덧씌워 정액의 유출을 방지할 생각을 했던 것이다. 하지만 그 음경 덮개를 만들 소재가 문제였다.

처음에는 얇은 헝겊 따위로 만들었는데 두껍고 투박할 뿐 아니라 남성들이 성적 쾌감을 얻는 데 방해가 돼서 차츰 외면당했다. 그러다가 동물의 방광이나 창자에 기름을 바른 음경 덮개가 등장했지만 역시 두껍고 밀착감이 크게 떨어졌다. 더욱이 사용 중에 자주 찢어져 크게 환영받지 못했다.

이후 동물의 창자나 어류의 막 등을 이용한 음경 덮개가 나왔지만 역시 두꺼웠고, 지금처럼 일회용이 아니라 반복해서 사용했기 때문에 불결하고 훼손되는 경우가 많았다. 그럴 무렵에 한 의과대학의 해부학 교수가 음경 전체가 아니라 귀두에만 씌우고 고정시킬 수 있는 덮개를 개발했는데 비교적 정교하고 의약 처리된 것이어서 널리 쓰였다. 겉에 입는 외투라고 해서 '오버코트(overcoat)'라는 별칭을 얻었다.

17세기 중엽, 영국의 왕 찰스 2세는 소문난 바람둥이였다. 그는 수많은 정부를 거느리고 있어서 항상 성병을 두려워했다. 그 때문에 그는 주치의인 콘돔(Condom) 박사에게 성병을 예방할 수 있는 방안을 찾으라고 지시했다.

그리하여 콘돔 박사는 꾸준한 연구 끝에 양의 창자를 바짝 말리고 기술적으로 얇게 늘려 기름을 바른 음경 덮개를 개발했다. 착용감이나 밀착감이 뛰어나 그때까지 전혀 없었던 획기적인 신제품이었다. 찰스 2세도 만족해서 그에게 작위까지 수여했다. 성병 방지용이었지만 그때부터 개발자인 콘돔 박사의 이름을 따서 그러한 남성 피임용 기구를 '콘돔'이라고 부르게 됐다고 한다.

전 세계 여성을 임신의 공포로부터 해방시킨 결정적인 계기는 20세기가 되어서야 찾아왔다. 그리고 그 중심에는 선구적인 여성해방운동가인 미국의 마거릿 생어(Margaret Sanger)가 있다. 1960~1970년대 우리나라에서도 활발하게 전개됐던 '산아제한' '가족계획' 등도 그녀가 창안한 것이다.

마거릿 생어는 가난한 집에서 무려 11명의 자녀 가운데 여섯째로 태어났다. 그녀의 어머니는 반복되는 임신과 출산, 양육으로 아무것도 할 수 없었고 건강도 갈수록 악화됐는가 하면 더욱더 가난에 쪼들려야 했다. 생어 역시 수많은 형제자매들 틈에서 아무런 존재감도 없이 힘겨운 어린 시절을 보내야 했다.

그녀는 간호사가 됐다. 병원의 실정도 크게 다르지 않았다. 원치 않는 임신을 했거나 임신 후 갖가지 질환에 시달리는 임신부들이 수없이 병원을 찾아와 낙태와 인공유산 등을 호소했다. 그녀는 임신으로부터 여성을 해방시켜야 한다고 결심했다.

마거릿 생어가 펴낸《산아제한 평론》

'여자는 아이를 낳는 기계가 아니다' '여성에게는 어머니가 되지 않을 권리가 있다' 등의 과감한 구호를 내걸고 여성해방운동에 발벗고 나섰다. 그 첫 번째 구체적인 방안은 당연히 여성의 피임이었다. 그녀는 1914년 《산아제한 평론》이라는 정기간행물을 출간하며 여성의 피임을 적극 권장하는 캠페인을 펼쳤다.

하지만 곧 난관에 부딪히고 말았다. 거부감을 줄이기 위해 '피임'이라는 용어 대신 '산아제한'이라는 우회적인 표현을 썼지만, 여성들에게 피임을 홍보하려면 어쩔 수 없이 여성의 신체와 생식기의 구조, 임신과 출산의 메커니즘을 구체적으로 설명하지 않을 수 없었다. 당시 보수적인 미국에서 그것이 문제가 되어 정기간행물이 풍기문란 혐의로 폐간당한 것이다.

그녀는 물러서지 않았다. 발로 뛰어다니며 피임의 필요성과 피임법 등을 홍보했다. 그러자 당국에서는 피임법 광고나 정보 제공 등을 외설로 규정하는 이른바 '콤스톡법(Comstock Act)'을 통과시켰다.

마거릿 생어는 그에 맞서 뉴욕의 브루클린에 '가족계획 진료소'를 열었다. 당국에서도 가만있지 않고 그녀를 공공질서 방해죄로 체포해서 구금했다. 하지만 그녀의 끈질긴 투쟁으로 피임의 필요성이 사회적 공감을 얻게 되면서 1921년에는 '미국산아제한연맹'이 결성됐고 곧 '국제산아제한기구'가 결성되며 세계적인 캠페인으로 발전했다.

이러한 산아제한 캠페인의 확산에 가장 민감하게 반응한 것이 제약업계였다. 그들은 본격적으로 피임약 개발을 서둘렀다. 마거릿 생어는 이들을 적극 지원하고 격려했다. 그러나 피임 효과가 확실하고 여성의 신체에 전혀 해롭지 않고 사용이 편리한 피임약 개발은 쉽지 않았다.

꽤 오랜 시간이 흘러 마침내 1960년 세계 최초로 경구용 피임약이 개발됐다. 그해에 미국식품의약국(FDA)으로부터 안전성을 인증받았으며 입에 넣어 삼키면 되는 알약이어서 간단하고 매우 편리했다. 그야말로 전 세계 여성들을 임신의 공포로부터 해방시켜 새로운 시대를 여는 대혁명과 다름없는 성과였다.

실제 경구용 피임약의 개발은 세계 역사를 바꾼 대사건의 하나로 기록되었으며 마거릿 생어는 여성해방의 선구자로 역사에 자취를 남겼다. 그러나 그로 말미암아 성개방 풍조가 만연하게 된 것은 별개의 문제로 봐야할 것이다.

저주받은 다이아몬드

.

———✦———

무리 지어 사는 동물의 본능인 서열의식이 잠재돼 있는 인간에게는 무엇이든 남보다 우월하고 돋보이고 싶은 강렬한 욕구가 있다. 그 가운데 하나가 보석에 대한 애착과 집착이다.

'보석'은 사전적으로 '아름다운 빛깔과 광택을 지니며 쉽게 변하지 않는 단단하고 희귀한 비금속 광물'이라고 풀이하고 있다.

지구상에는 2000여 종의 광물이 있는데 그 가운데 100여 종만 보석으로 분류되고, 100여 종에서도 단지 16종만 보석으로서의 가치를 지닌다고 한다. 따라서 보석은 희귀성과 희소성이 가치의 기준이 되고, 빛깔이나 광채 등의 아름다움과 견고성과 불변성을 지녀야 보석으로 인정받는다.

일찍이 남성 중심 사회가 되면서 여성은 남편의 지위와 신분에 종속될 수밖에 없었으므로, 여성이 보석을 지닌다는 것은 신분을 과시하는 더없이 중요한 수단이었다. 따라서 보석은 수천 년 전부터 오늘날에 이르기까지 여성들이 반드시 소유하고 싶은 욕망이자 판타지였다. 보석 가운데서도 으뜸은 보석의 황제, 보석의 왕으로 불리는 다이아몬드(diamond)로 여성들에게는 영원한 선망의 대상이다.

다이아몬드라는 단어는 라틴어 '아다마스(Adamas)'에서 유래한 것으로

'정복될 수 없다'는 뜻이라고 한다. 다이아몬드는 워낙 단단해서 가공할 수도 없고, 깨지지도 않고, 불에 타지도 않아서 이런 이름을 갖게 됐다고 한다. 우리나라에서는 다이아몬드를 금강석(金剛石)으로 부르기도 한다.

다이아몬드가 처음 등장한 것은 인도였다. 인도에서는 이미 5000여 년 전에 다이아몬드를 최고의 보석으로 인식했다. 2700~2800년 전 인도의 드라비다족이 다이아몬드에 큰 관심을 갖고 본격적으로 채굴했지만 그 양이 매우 적고 채굴이 워낙 어려워 보석으로서 더욱 큰 가치를 지니게 됐다고 한다.

그 당시에는 인도에서만 다이아몬드가 발견되고 채굴돼 원산지로 각광받았으며, 기원전 3세기경에는 인도의 가장 중요한 교역품이 됐다. 워낙 희귀하고 광채가 뛰어난 보석이어서 매우 비싼 가격에 거래되었으므로 보석에 관심이 컸던 유럽에서도 황제나 왕, 왕실에서나 소유할 수 있었으며 왕관의 장식품으로만 사용할 정도였다. 여성들은 15세기에 이르도록 다이아몬드를 만져보기는커녕 구경조차 하지 못했다.

중세에 와서 다이아몬드의 유일한 원산지였던 인도에 큰 변화가 생긴다. 인도의 다이아몬드 광산이 고갈돼가던 상황에서 남아프리카, 러시아, 브라질 등지에서 대규모 다이아몬드 광산이 발견된 것이다.

그와 함께 다이아몬드를 가공하고 유통판매하는 전문기업이 생겨나고 더없이 까다로운 연마기술이 개발되면서 다이아몬드는 활발하게 유통되기 시작했다. 15세기까지 여성들은 소유할 수 없었던 다이아몬드를 여성들도 가질 수 있게 됐다. 프랑스의 왕 샤를 7세가 그의 연인이자 정부인 아그네스 소렐(Agnès Sorel)에게 다이아몬드를 선물함으로써 여성 최초로 다이아몬드를 소유하게 된 것이다.

1477년에는 훗날 신성로마제국의 황제가 된 오스트리아의 막시밀리안

(Maximilian) 대공이 프랑스 부르고뉴 공국의 공주에게 청혼하며 다이아몬드 반지를 준 것이 결혼식에서 다이아몬드 반지를 예물로 준 시초였다고 한다. 공주의 아버지도 다이아몬드 수집광이었다고 하니 결혼이 이루어진 것은 떼어놓은 당상이었다.

하지만 희귀하고 값비싸고 유명한 다이아몬드를 갖고 있다고 해서 모두 행복한 것은 아니다. 뜻밖에 저주받은 다이아몬드도 적잖다. 다이아몬드를 소유함으로써 오히려 불행해지는 경우가 있는 것이다. 서양에서 널리 알려진 대표적인 저주받은 다이아몬드 몇 가지만 살펴보자.

'상시 다이아몬드(Sancy Diamond)'는 복숭아 씨앗처럼 생긴 55캐럿짜리 다이아몬드로, 이것만큼 숱한 우여곡절과 파란만장한 역사를 지닌 다이아몬드도 드물 것이다. 1570년경 터키 주재 프랑스 대사인 니콜라 드 아를레 상시(Nicolas de Harlay Sancy)가 콘스탄티노플에서 구입하면서 '상시 다이아몬드'라는 이름을 갖게 됐다. 어떤 인물이 상시 대사에게 팔았는지는 정확히 알려지지 않았다.

이 크고 귀한 다이아몬드를 구입한 상시 대사는 고국으로 돌아가 프랑스의 왕 앙리 3세에게 보여주었고, 앙리 3세는 감탄하면서 대사에게 빌려달라고 했다. 그리하여 다이아몬드를 대여받은 앙리 3세는 자신이 쓰는 모자의 장식품으로 사용했으며, 그다음 왕위를 계승한 앙리 4세도 계속 사용했다.

이후 상시는 영국 대사로 부임하면서 영국의 여왕 엘리자베스 1세에게 이 다이아몬드를 팔았다. 이런 경로로 상시 다이아몬드는 영국 왕실의 소유가 됐는데 이때부터 저주가 시작된다. 엘리자베스 1세에서 제임스 1세를 거쳐 찰스 1세가 통치할 때 올리버 크롬웰(Oliver Cromwell)이 주도하는 청교도혁명이 일어나 찰스 1세가 처형당한 것이다. 이어서 찰스 2세를 거쳐 제임스 2세가 통치할 때는 명예혁명이 일어나 영국의 정치체제가 입헌군주제로 바뀌면서 왕위에서 쫓겨난 제임스 2세는 1688년 프랑스로 망명한다. 이때 그는 상시 다이아몬드도 가지고 간다.

왕권을 되찾기 위해 절치부심하던 제임스 2세는 프랑스의 왕 루이 14세의 지원을 받아 고국인 영국과 전쟁을 벌였지만 크게 패하면서 1690년 전사하고 말았다. 상시 다이아몬드가 영국 왕실 소유가 되면서 두 차례나 혁명이 일어나고, 영국인들끼리 전쟁을 벌였으며, 두 명의 왕이 비참하게 죽은 것이다. 대단한 저주가 아닐 수 없다.

제임스 2세가 전사하는 혼란스런 상황에서 상시 다이아몬드는 프랑스 왕실 소유가 됐고 루이 15세는 그것으로 자신의 왕관을 장식했다. 이어서 루이 16세가 즉위했는데 왕비는 마리 앙투아네트(Marie Antoinette). 사치와 허영이 남달랐던 그녀가 그 유명한 상시 다이아몬드를 외면할 수 있었겠는가.

화려한 파티를 즐긴 마리 앙투아네트가 파티에 참석한 귀족 부인들에게

처형장으로 끌려가는 마리 앙투아네트(윌리엄 해밀턴)

상시 다이아몬드를 과시하며 애지중지하고 있을 때 프랑스 혁명이 일어났다. 그로 말미암아 루이 16세가 처형당하고 국외로 도주하려던 마리 앙투아네트도 시민군에 붙잡혀 단두대에서 처형됐다. 그리고 상시 다이아몬드는 혼란의 와중에 도난당했다. 행방이 묘연했던 상시 다이아몬드는 30여 년이 지난 뒤에야 다시 모습을 드러냈다. 그러자 제정 러시아 황실에서 재빨리 매입했다.

그런데 얼마 뒤인 1825년 제정 러시아에서 혁명적인 '데카브리스트의 난'이 일어난다. 이 반란은 러시아의 청년 장교들이 농노제 폐지와 입헌정치 실현을 요구하며 조직적으로 일으킨 봉기였다. '데카브리스트(dekabrist)'는 러시아어로 12월을 가리키는 말에서 유래한 것으로, 1825년 12월에 러시아에서 최초의 근대적 혁명을 꾀하였던 자유주의자들을 일컫는 말이다. 달리 '12월당원'이라고도 한다.

데카브리스트의 난은 실패했다. 주모자들은 처형되고 수많은 청년 장교들이 시베리아로 유배됐는데 그들의 젊은 아내들이 화제가 됐다. 제정 러시아의 황제 니콜라이 1세는 그녀들에게 귀족의 지위 유지와 재혼할 수 있는 기회를 줬지만 그녀들은 이를 거부하고 남편을 따라 다시는 돌아올 수 없는 불모지 시베리아로 향했던 것이다. 훗날 그녀들의 사랑과 열정, 강인함은 수많은 영화의 소재가 됐다.

이 반란은 실패로 끝났지만 러시아 로마노프 왕조의 몰락을 재촉하고 뒤따라 일어나게 될 러시아 혁명의 전주곡이 됐다. 러시아 혁명 때 로마노프 왕가는 대부분 처형되는 비운을 맞아야 했다.

그로부터 수십 년 뒤 상시 다이아몬드가 프랑스 파리의 한 전시장에 등장했다. 한 재력가가 매입해 아들에게 결혼선물로 주었고, 아들이 소유하고 있다가 죽자 그의 아내가 루브르 박물관에 대여해서 일반인들에게도 공개됐다. 영국은 이 상시 다이아몬드를 영국의 국보로 지정했지만 여전히 루브르 박물관에 전시되고 있는데 프랑스 정부가 매입했다는 얘기도 있다.

손에 넣은 나라마다 혁명이 일어나 정치체제가 뒤바뀌는 대변혁을 불러온 상시 다이아몬드의 저주는 이제 멈춘 걸까?

'리전트 다이아몬드(Regent Diamond)'도 유럽에서 저주의 다이아몬드로 불린다. 피트(Pitt) 다이아몬드로 불리는 이 다이아몬드는 140.5캐럿으로 유럽에서 가장 큰 다이아몬드이기도 하다.

리전트 다이아몬드는 1701년 인도의 한 광산에서 일하던 노예가 발견했다. 발견 당시 원석의 무게는 무려 410캐럿이었다. 뜻밖에 엄청난 횡재를 한 노예는 인생역전을 꿈꾸며 이 원석을 가지고 도망칠 기회를 노렸다. 온갖 궁리 끝에 사고로 위장해서 자기 다리에 일부러 큰 상처를 내고 그곳에 원석을 숨겨 붕대로 감았다.

그리고 인도를 벗어나기 위해 선박을 구하려고 했지만 노예를 멀리 데려다줄 선박은 없었다. 노예는 어쩔 수 없이 한 선장에게 다이아몬드 원석을 보여주며, 자신을 태워주면 이 원석을 팔아 절반을 주겠노라고 제안해 마침내 선박을 구할 수 있었다.

노예는 드디어 배를 타고 그곳을 떠났지만 뜻밖의 상황이 벌어진다. 다이아몬드가 너무 탐이 난 선장이 항해 도중에 노예를 살해한 것이다. 원석을 독차지한 선장은 그것을 팔아 어마어마하게 큰돈을 손에 쥐었다. 그러나 돈을 흥청망청 쓰며 호화롭고 방탕한 생활을 하다가 얼마 못 가서 모두 탕진하고 말았다. 그는 허탈감과 노예를 죽인 죄책감으로 악몽에 시달리다가 정신착란을 일으켜 자살했다.

선장에게서 원석을 매입한 인도 동남부 마드라스(지금의 첸나이)의 영국인 총독 토머스 피트(Thomas Pitt)는 영국의 보석상에 커팅을 맡겨 유럽에서 가장 크고 아름다운 140.5캐럿짜리 다이아몬드로 만들었다. 그래서 '피트 다이아몬드'라는 이름이 붙었으며 유럽의 왕실이나 귀족들이 가장 탐내는 다이아몬드가 됐다.

특히 보석 수집에 열을 올리는 프랑스 왕실이 큰 관심을 보여, 1717년 나이 어린 루이 15세를 대신해서 섭정하던 오를레앙 공 루이 필리프 2세가 무려 50만 달러라는 당시로서는 엄청난 거액에 매입했다. 이후 리전트 다이아몬드는 1722년 루이 15세가 정식으로 왕위에 오를 때 대관식용 왕관에 장식으로 쓰인 데 이어 그의 뒤를 이은 루이 16세의 왕관에도 쓰였다. 루이 16세의 왕비 마리 앙투아네트는 자신의 벨벳 모자를 이 다이아몬드로 장식하고 과시했다.

이로써 리전트 다이아몬드는 프랑스 왕실의 대표적인 보석으로 자리잡게 됐으나 1792년 프랑스 대혁명의 혼란이 이어질 때 수많은 보석과 함께 도난당하는 수난을 겪었다. 다행히 15개월 후에 극적으로 되찾았지만 프랑스 대혁명으로 집권한 세력이 운영자금이 모자라자 독일과 네덜란드의 은행가에게 다이아몬드를 담보로 거액을 차용하면서 떠돌아다녀야 했다.

리전트 다이아몬드는 나폴레옹이 집권하면서 차용금을 모두 지불함으로써 다시 프랑스 왕실의 품으로 돌아왔다. 나폴레옹은 이 리전트 다이아몬드를 저주가 아니라 액을 막아주는 부적으로 여기고 자신의 칼자루 끝에 장식했다.

리전트 다이아몬드는 1887년 이후 프랑스 국보로 지정되고 루브르 박물관으로 넘겨져 지금까지 전시되고 있다. 하지만 이 다이아몬드를 처음 발견한 노예가 살해되고, 노예를 죽이고 강탈한 선장은 자살했으며, 이 보석을 과시하던 루이 16세와 마리 앙투아네트가 처형되면서 저주의 다이아몬드로 자리매김하게 됐다.

'피렌체 다이아몬드(Florentine Diamond)'는 황금빛을 띠는 132.27캐럿의 영롱한 다이아몬드다. 정확한 연대는 알 수 없으나 14세기 인도에서 채굴된 뒤 포르투갈 군대에 빼앗겨 유럽으로 건너왔으며, 부르고뉴 공국의 샤를 1세 드 부르고뉴 공작의 손에 들어갔다.

그러나 그가 부르고뉴 전쟁에서 전사하면서 영국, 스페인 왕실 등 여러 차례 주인이 바뀌는 수난을 겪다가, 1736년 프란츠 1세가 오스트리아 합스부르크가의 마리아 테레지아와 결혼하게 됐을 때 마리아 테레지아가 피렌체 다이아몬드를 무척 갖고 싶어한다는 것을 알고 이 보석을 매입해서 선물했다.

그녀는 크게 기뻐하며 남편의 영지인 피렌체에서 이름을 따서 '피렌체 다이아몬드'라고 명명했다. 마리아 테레지아가 오스트리아 여왕으로 재위하고 있을 때 딸 마리 앙투아네트가 프랑스의 루이 16세와 결혼하게 되자 피렌체 다이아몬드를 딸에게 선물했다.

루이 16세와 마리 앙투아네트는 프랑스 대혁명 때 처형당했으며 피렌체 다이아몬드는 나폴레옹을 거쳐 그의 아내 마리 루이즈의 소유가 됐다. 그런데 결혼한 지 불과 4년 뒤 나폴레옹은 실각하고 세인트헬레나섬으로 유배돼 그곳에서 사망한다.

우여곡절 끝에 다시 오스트리아로 돌아온 피렌체 다이아몬드는 오스트리아·헝가리 제국의 엘리자베트 폰 비텔스바흐 황후의 목걸이에 장식됐는데 그 뒤 갖가지 불행이 이어졌다. 아들이 자살하고 황후 자신도 거식증과 우울증 등으로 시달리다가 스위스 제네바로 여행 도중 이탈리아의 무정부주의자가 휘두른 송곳에 찔려 숨졌다. 이 비극의 다이아몬드는 오스트리아 금고에 보관되었다.

1914년 오스트리아의 황태자 부부가 사라예보를 방문했다가 세르비아의 민족주의자가 쏜 총탄에 맞아 사망하는 엄청난 사태가 벌어졌다. 이에 오스트리아·헝가리 제국이 세르비아에 선전포고를 하면서 제1차 세계대전이 일어났다. 이 대전쟁에서 오스트리아·헝가리 제국은 패배하고 몰락하게 됐다.

그런데 1918년부터 오스트리아 빈 박물관에 전시돼 있던 피렌체 다이아몬드가 1922년 감쪽같이 사라지는 놀라운 일이 발생했다. 그 때문에 이 보석의 행방을 놓고 온갖 추측과 소문이 끊임없이 쏟아졌으나 아직까지도 찾아내지 못한 채 행방이 묘연한 상태에 있다.

또 하나의 저주받은 다이아몬드는 '블루호프 다이아몬드(Blue-Hope Diamond)'다. 이 보석에는 수많은 일화들이 얽혀 있어 책으로 나올 정도다. 서로 비슷하고 다른 것들도 많아서 어떤 것이 진실인지 가늠하기 어렵지만 대략 간추려보면 다음과 같다.

이 다이아몬드는 1642년 인도의 무굴제국에서 발견됐는데 처음에는 100캐럿이 넘는 매우 큰 다이아몬드였다. 프랑스의 보석상이자 여행가인 장 바티스트 타베르니에(Jean Baptiste Tavernier)가 정글을 탐험하다가 우연히 외딴곳에 있는 작은 힌두교 신전을 발견하고 들어가보니, 힌두 신 석상의 두 눈에 푸른색 광채가 나는 보석이 박혀 있었다. 다가가서 살펴보니 놀랍게도 사파이어처럼 푸른빛을 띤 희귀한 다이아몬드였다.

타베르니에는 보석상이었으니 얼마나 탐이 났겠는가? 마침 주변에 아무도 없었다. 그는 그 블루 다이아몬드를 훔치기로 마음먹고 석상에 다가가 한쪽 눈의 다이아몬드를 빼냈다. 이어 다른 쪽 눈의 다이아몬드를 빼내려 할 때 인기척이 들리자 황급히 한쪽 눈의 다이아몬드만 품에 넣고 그대로 도망쳤다.

다른 일화에 따르면, 타베르니에가 무척 정직한 사람이어서 힌두교 승려가 훔친 것을 돈을 주고 매입했다고 한다. 아무튼 1645년 프랑스로 돌아온 타베르니에는 보석 수집광인 루이 14세의 부름을 받고 궁전

동양 의상을 입은 장 바티스트 타베르니에(니콜라 드 라르질리에르)

에 가서, 여러 개의 작은 다이아몬드를 팔면서 인도에서 손에 넣은 100캐럿이 넘는 푸른색의 다이아몬드를 보여줬다.

그러자 홀딱 반한 루이 14세가 자신이 당장 사겠다고 했다. 타베르니에는 황제에게 제값을 받기가 거북했는지 22만 프랑이라는 비교적 저렴한 가격에 팔았다. 이에 감동한 루이 14세는 그에게 작위까지 내려주었다.

그러나 얼마 지나지 않아 루이 14세는 괴저병으로 세상을 떠났다. 일설에는 천연두로 죽었다고도 한다. 또한 이 엄청난 보석을 처음 손에 넣었던 타베르니에도 조카에게 전 재산을 빼앗기고 인도의 사막에서 비참하게 죽었다는 설도 있고, 초원을 여행 중에 들개 떼의 공격을 받아 온몸이 찢기는 처참한 죽음을 맞았다는 얘기도 있다. 그런가 하면 모스크바에서 행복한 여생을 보내다가 죽었다는 얘기도 있어서 어느 것이 맞는지 알 수 없다.

루이 14세가 죽고 블루 다이아몬드는 루이 15세의 소유가 되었다가 다시 루이 16세가 물려받았으나, 그와 그의 왕비 마리 앙투아네트는 모두 처

형당하는 비극을 맞았다. 그리고 프랑스 대혁명의 혼란스런 틈을 타 조직적인 도둑들이 왕실의 보물창고를 찾아내 6일에 걸쳐 거의 모든 보물들을 훔쳐갔는데 그 가운데 블루 다이아몬드도 포함돼 있었다. 도둑들은 끝내 잡히지 않았다.

그러다가 20여 년이 지난 1812년에 런던의 보석상이 블루 다이아몬드보다 훨씬 작은 약 45캐럿짜리 다이아몬드 두 개를 매입했는데, 여러 방법으로 자세히 살펴본 결과 블루 다이아몬드가 틀림없었다. 아마 도둑들이 원래의 상태로는 팔 수 없으니까 두 개로 쪼개서 팔았을 것이다.

1830년 이 다이아몬드를 영국의 은행가인 헨리 필립 호프(Henry Philip Hope)가 보석상에서 9만 달러에 매입했다. 현재의 가치로 따지면 엄청난 거액이었다. 그때부터 호프가 소유하면서 '블루호프 다이아몬드'라는 이름을 갖게 됐다고 한다.

자식이 없었던 호프가 조카 토머스 호프에게 전 재산을 상속하면서 블루호프 다이아몬드도 그의 손에 들어갔는데, 그가 갑자기 죽어 다음 순위의 상속자인 프랜시스 호프에게 넘어갔다. 큰 재산을 거머쥔 그는 영국에서 공연 중이던 미국의 가수 메이 요이에게 청혼하면서 블루호프 다이아몬드를 선물했다.

메이 요이는 사생활이 무척 복잡한 여자였다. 요즘으로 말하면 쉴 새 없이 스캔들을 뿌리는 가수였다. 더욱이 프랜시스 호프도 낭비벽이 심하고 도박에 빠져 결혼 1년 만에 파산하자 메이 요이도 그를 떠났다. 일설에는 메이 요이가 다른 남자와 눈이 맞아 도망쳤다고도 한다. 하지만 블루호프 다이아몬드는 프랜시스 호프의 손에 있었다. 생활이 쪼들린 그는 그 다이아몬드를 보석상에 14만 달러에 팔았다. 요즘 가치로 약 200만 달러라고 한다.

그의 아내였던 메이 요이는 미국에서 '블루 다이아몬드'라는 이름의 호텔을 짓고 사업을 시작했지만 호텔에 큰 화재가 발생해서 다 타버리는 바람에 빈털터리가 돼서 정부보조금으로 연명하다가 쓸쓸하게 죽었다고 한다. 그녀는 항상 블루 다이아몬드 목걸이를 착용했는데 진품이 아니라 모조품이었다.

그 뒤 블루호프 다이아몬드는 여러 곳의 보석상을 거쳐 금광 재벌의 딸인 이블린 매클레인의 소유가 되었다. 그러나 그녀가 이 보석을 소유하자 남편이 알코올중독으로 정신병원에서 죽었고, 아홉 살된 아들은 갑작스런 교통사고로 죽었다. 그뿐 아니라 20대의 외동딸도 알코올중독으로 자살했고, 그 1년 뒤에는 이블린도 죽었다.

그 후 뉴욕의 유명한 보석상이 블루호프 다이아몬드를 100만 달러에 매입해서 미국 전역의 순회전시를 거쳐 1958년 워싱턴 DC에 있는 스미소니언 박물관에 기증해서 누구나 그 아름다운 모습을 볼 수 있게 됐다.

지금까지 설명한 네 개의 유명한 다이아몬드를 '세계 4대 저주받은 다이아몬드'라고 한다. 이 다이아몬드를 소유한 사람들 대부분이 불행하게 죽었으며, 소유한 왕실은 큰 격변과 혁명이 일어나 몰락했으니 저주받은 다이아몬드라는 악명이 붙을 만하다. 물론 반드시 다이아몬드 때문은 아니겠지만 공교롭게도 그 다이아몬드를 소유하면 그러한 불행과 비극이 일어났으니까 부정하기도 어렵다.

흥미로운 사실은 이 저주받은 네 개의 다이아몬드가 프랑스 왕 루이 16세의 왕비였던 마리 앙투아네트와 모두 관련돼 있다는 것이다. 지나칠 정도로 사치와 허영이 심해 프랑스 국민들로부터 지탄을 받았던 그녀가 마침내 단두대에서 처형됐다는 사실도 저주받은 다이아몬드와 관련지으면 의미가 있다.

단두대는 말 그대로 사형수의 목을 자르는 대(臺)로, 처형대에 설치된 기계에 결박당한 죄수가 엎드리면 위에서 무거운 칼날이 떨어지듯 내려와 목을 자르는 끔찍한 처형방식이다. 사형수가 죽을 때의 고통을 최소화하기 위해 고안됐다고 하지만, 공개처형으로 단두대 주변에 수많은 군중이 운집해서 지켜보니까 죄수는 더욱 심한 수치심을 느꼈을 것이다.

'호사다마(好事多魔)'라는 말이 있다. 좋은 일에는 시샘하듯이 좋지 않은 일들이 많이 따른다는 뜻이다. 형편과 조건만 된다면 보석 가운데서도 으뜸인 다이아몬드, 그것도 크고 유명한 다이아몬드를 갖고 싶은 환상은 우리 인간의 욕망이기도 하다. 하지만 지나친 욕망의 그늘에는 불행과 저주가 도사리고 있을 수 있다.

'과유불급(過猶不及)'이라는 말도 있다. 지나친 것은 모자람만 못하다는 뜻이다. 지나치게 욕심을 부리다가는 반드시 탈이 나기 마련이다.

마법은 실제로 존재할까

━━━✦━━━

몇 해 전, 영국의 작가 조앤 롤링(Joanne Rowling)의 《해리포터》가 세계적인 베스트셀러가 되면서 '마법'이 남녀노소 모두에게 큰 관심사가 됐었다. 《해리포터》에는 빗자루를 타고 날아다니고, 지팡이가 마법을 부리고, 마법을 가르치는 학교도 있다. 과연 그처럼 신기한 마법이 실제로 있는 걸까?

'마법'이란 사전적으로 '사람의 힘을 뛰어넘는 이상한 힘으로 신기한 일을 행하는 신기한 술법' 또는 '불가사의한 현상을 일으키는 힘이나 방법' 등으로 풀이하고 있다. 다시 말하면 인간의 능력으로는 도저히 불가능한 초능력적, 초자연적 현상을 만들어내는 능력이나 기술이 마법이라고 할 수 있다.

마법(wizardry)과 우리가 흔히 볼 수 있는 마술(magic)은 개념과 차원이 다르다. 넓은 의미에서 마술도 마법에 포함될 수는 있겠지만 마술은 대부분 교묘한 눈속임일 뿐이다. 또한 서양의 마법과 동양의 마법에도 차이가 있다.

일반적으로 동양에서는 셔먼(무당)·주술사·심령술사 등의 주술이나 어느 경지에 이른 도인들의 도술 등을 마법이라고 하지만, 서양에서는 주술·변신술이나 불사약 제조 외에도 물체에 에너지를 불어넣어 저절로 움직이게 하거나 어떤 기능을 하게 하는 것 등이 모두 마법에 포함된다.

마법이 처음 등장한 것은 그리스 신화다.

이올코스 왕국의 왕자였던 이아손(Iason)은 나이가 너무 어려 왕위에 오르지 못하고 숙부 펠리아스(Pelias)가 왕좌에 오른다. 그 대신 이아손이 성장하면 왕위를 내준다는 조건이었다. 하지만 이아손이 장성하여 나타나자 숙부는 먼 나라인 콜키스 왕국에 가서 그 나라의 보물인 황금 양털을 훔쳐 오면 왕좌를 내주겠다고 했다. 사실 그것은 거의 불가능한 일이었다.

그러나 이아손은 오랜 항해 끝에 콜키스 왕국을 찾아갔고, 콜키스의 공주 메데이아(Medeia)는 그에게 반해버린다. 그녀는 이아손에게 황금 양털을 훔쳐다 주는가 하면, 조국을 배신하고 이아손과 함께 도망쳐 결혼하고 두 아들까지 낳는다.

그런데 이아손은 권력을 잡기 위해 메데이아를 배신하고 코린토스의 왕 크레온의 딸과 정략결혼을 한다. 그러자 크게 배신감을 느낀 메데이아가 마법을 부리기 시작한다. 값비싼 옷에 주술을 걸어 공주에게 선물하는데 이 옷을 입은 공주와 크레온까지 불에 타 죽는다. 메데이아는 그것으로도 모자라 자신과 이아손 사이에 낳은 두 아들까지 죽인다. 그리하여 메데이아는 마녀 또는 악녀로서 많은 사람들로부터 저주를 받게 됐다는 것이다.

황금 양털을 가지고 돌아오는 이아손

이처럼 서양에서 마법에 대한 신화와 전설은 수천 년 전부터 전해오지만 마법이 크게 부각되기 시작한 것은 기독교가 등장하면서부터였다. 오직 하느님만을 유일신으로 섬기며 다른 신은 모두 우상이라고 배척하는 기독교는 역시 하느님만이 전지전능하며 기적을 일으킬 수 있다고 믿는다.

따라서 마법은 있을 수 없으며 모두 거짓이므로 부질없는 환상에 불과하다는 것을 적극적으로 강조했다. 사실 성경에도 마녀(예언하는 무당)가 자주 등장하고 이들의 행태는 모두 거짓과 속임수라며 경계해야 한다는 내용들이 있다. 그 때문에 교회법에서도 하느님 이외의 어떤 것도 섬겨서는 안 된다고 명시하고 있는 것이다.

그리하여 기독교의 사제들은 끊임없이 마법행위는 속임수에 불과하므로 믿어서는 안 된다고 강조했지만 그것이 오히려 뜻밖의 역효과를 가져오기도 했다. 이를테면 기독교가 적극적으로 나서서 마법은 거짓이라고 강조하는 것은 실제로 마법이 있다는 증거가 아니냐는 의혹을 불러일으킨 것이다.

기독교에서 전지전능한 유일신 하느님과 대립하는 존재는 악마다. 다시 말하면 온갖 마법행위는 악마들의 소행이라는 것이다. 하지만 뒤집어 생각하면 악마가 하느님 못지않은 능력을 지닐 수 있다는 역설이 대두되어 악마의 존재를 믿고 숭배하는 자들이 크게 늘어났다. 기독교로서는 여간 당혹스런 일이 아니었다.

서양에서 마법을 행사하는 남자를 마법사(wizard), 여자를 마녀(witch)라고 부른다. 악마숭배지들이 크게 늘어나고 마법이 존재한다고 믿는 사람들이 갈수록 늘어나자 기독교는 가만있을 수 없었다.

더욱이 중세 유럽은 기독교가 완전히 지배하는 시대였다. 그들은 마법행위에 대한 노골적인 탄압에 나섰는데 거기에는 몇 가지 그럴 만한 이유가 있었다. 무엇보다 기독교가 모든 권력을 독점함으로써 타락하고 부패했다는 비난이 들끓고 있어 이를 잠재울 필요가 있었으며, 상업적인 목적도 있었다. 또한 긴 세월 동안 지속된 십자군전쟁의 패배로 혼란과 분열과 불만이 극심해서 희생양이 필요했다. 그에 따라 기독교는 그렇지 않아도 눈엣가시였던 마법행위를 희생양으로 삼았던 것이다.

그 당시 기독교가 마법행위를 한다고 지목한 마녀와 마법사들은 주술을 통해 예언을 하거나 길흉을 점치는 주술사나 심령술사들로, 요즘으로 말하면 무속인들이 대부분이었다. 또는 임신부의 출산을 돕는 산파, 전통적인 민간요법으로 질병을 치료하는 의료행위로 영험하고 신비스런 능력이 있다고 인정받는 사람들이었지 사악한 악마는 아니었다.

하지만 기독교는 그들이 하느님을 믿지 않고 대립하는 악마로 몰아 철저하게 탄압했으며, 그 과정에 역사적으로 유명한 이른바 '마녀재판(witch trial)'이 등장했다. 재판이라고 하지만 너무나 일방적인 종교재판이어서 '마녀사냥(witch hunt)'으로 더 널리 알려졌다.

명칭이 마녀재판이어서 그 희생양이 모두 여자들라고 착각하기 쉽지만 남자 마법사들도 있었다. 하지만 절대다수가 여자들이었으며, 처음에는 하느님을 섬기지 않는 마녀와 마법사들이 대상이었지만 차츰 그 범위가 넓어져 무신론자들이 무조건 희생양이 돼야 했다.

그뿐 아니라 부유한 과부나 가족이 없고 재산이 많은 여성들도 희생됐다. 그녀들은 가족이 없으니까 마녀가 아니라고 증언해줄 증인이 없었고 재산이 많기 때문에 수탈하기 좋은 존재들이었다. 나중에는 이혼한 여성, 간통행위를 한 여성, 음란한 여성들까지 억울한 누명을 쓰고 마녀사냥의 사냥감이 됐다.

14세기에서 17세기에 이르기까지 이 어처구니없는 마녀사냥으로 수십

1655년 영국에서 마녀로 몰려 교수형을 당하는 여성들

만 명의 여성들이 희생됐으며, 프랑스의 영웅이자 구국소녀로 널리 알려진 잔다르크도 주술을 외운다는 이유로 마녀로 몰려 화형당했다. 마녀재판의 일방적인 판결은 거의 대부분 사형이었고 처형 방법은 화형이었다. 지역에 따라서는 마녀로 몰린 여성을 산 채로 발가벗겨 장작더미 위에 묶어놓고 불을 질렀는데 남자들에게는 대단한 구경거리였다.

그런데 마녀사냥과 관련해서 정말 웃지 못할 기막힌 사실이 있었다. 기독교에 의해 마녀 혐의를 받게 된 여성은 자신의 재판에 들어가는 비용까지 부담해야만 했다는 사실이다. 기독교가 마녀재판을 통해 돈을 벌려는 의도를 노골적으로 드러낸 것이다.

일단 마녀로 낙인찍히면 혹독한 고문을 당하기 때문에 아무리 죄가 없어도 자신이 마녀라고 자백할 수밖에 없었으며, 고문기구, 고문기술자의 인건비, 판사의 인건비를 비롯한 재판진행비까지 모두 마녀가 부담해야했다. 심지어 자신을 화형하는 데 들어가는 땔감 비용, 형집행관의 인건비, 화형집행비까지 부담해야 했다. 그뿐 아니라 화형을 당한 뒤에는 전재산을 교회에 몰수당했다.

그처럼 중세의 기독교는 종교의 절대성을 악용한 권력 남용, 횡포, 부패, 비리가 만연했으며, 한걸음 더 나아가 실제 죄를 지은 죄인들에게 면죄부까지 팔아먹는 타락과 부패로 마침내 마르틴 루터(Martin Luther)가 종교개혁을 부르짖게 된 빌미를 제공했던 것이다.

오랜 세월에 걸쳐 수많은 학자들의 연구에 따르면 마법은 존재하지 않는다는 것이 지배적인 견해다. 하지만 문명이나 경제 발전이 뒤떨어진 나라들, 오지에 사는 미개한 부족들의 사회에서는 지금도 마법이 존재한다고 굳게 믿고 있으며 무당, 마법사, 마녀, 주술사 등이 큰 영향력을 행사하고 있다. 그 때문에 많은 인류학자들이 여전히 마법의 실체에 대해 연구를 계속하고 있다.

마법은 인간의 능력을 넘어서는 불가사의한 현상이 일어나는 것을 말한다. 그것이 실제로 존재하든 그렇지 않든 오늘날까지 마법에 대한 관심이 사라지지 않는 것은 인간이 초능력이나 초자연적인 능력을 갖고 싶어하는 환상 때문일 것이다.

믿기 어려운 사실들

신탁, 역사를 흔들다

———— ✤ ————

 '신탁(信託)'은 신이 기도자의 요청을 듣고 사람을 매개자로 해서 그의 뜻을 전달하거나 물음에 응답하는 것이다. 고대사회에서는 국가 운영, 전쟁의 승패, 인간의 운명 등을 신의 이름으로 예언함으로써 결정적인 영향력을 지니고 역사를 흔들었던 것이 신탁이다.

 고대 그리스, 로마, 이집트, 바빌로니아, 소아시아 등에서는 신탁이 관행적으로 이루어졌다. 특히 유럽에서는 신탁이 관습이어서 신화와 전설, 역사적 사실로서 많은 일화들이 전해오고 있다. 신의 예언이라지만 결국 앞날을 점치는 것이다. 그러나 신탁은 당시의 샤먼이나 점술가, 주술사 등이 이곳저곳을 떠돌며 보통 사람들의 운명을 예언하던 것과는 사뭇 다르다.

 신탁은 반드시 특정한 신을 모신 신전에서 엄숙하고 경건한 절차에 따라 거행됐다. 신탁의 대상도 왕과 왕비, 왕족, 귀족 등 지배층이었으며 이들이 반드시 거쳐야 할 만큼 거의 관습적이고 관행적이었다. 예언의 내용도 국가의 운명, 전쟁의 결정과 승패, 왕과 왕족의 운명 등 역사에 큰 영향을 미칠 예언들이어서 그 의미가 무척 컸다.

 고대 그리스만 하더라도 여러 개의 신전이 있었다. 이들 신전에 각기 모시는 신이 있었고, 모두 신탁을 수행하는 신탁소가 있었으며, 신전마다 나름대로 정해진 신탁 방식이 있었다.

예컨대 제비뽑기로 중대한 결정의 가부(可否)를 가리기도 했고, 나뭇잎 흔들리는 소리나 종소리 등으로 신의 응답을 얻어내기도 했다. 하지만 신의 뜻을 묻고자 하는 사람이 신전에서 잠을 자면서 꿈속에서 신의 응답을 얻는 방법이 가장 흔한 신탁의 방식이었다고 한다. 신전에서 잠을 잘 때는 완전히 발가벗고 자거나 흙구덩이 안에서 잠을 잤다고 한다.

이러한 신전들 가운데서 '세상의 중심' 또는 '대지의 배꼽'인 옴파로스(Omphalos)가 있는 그리스 중부 파르나소스산의 델포이 신전이 가장 유명했다. 이 신전은 아폴론을 모시는 신전으로 예언의 적중률이 가장 높아 그리스 여러 도시국가의 왕과 왕족들이 많이 찾는 곳이었다.

이곳에서 내려지는 신탁을 델포이 신탁 또는 아폴론 신탁이라고 했으며 신탁의 방식이나 의식도 다른 신전들과는 차이가 있었다. 영감을 얻거나 중대한 결정을 내리거나 태어난 아이의 운명 등을 알고자 하는 사람이 신전을 찾아와 신에게 직접 궁금한 점들을 묻는 방식이었다. 그러면 매개자인 영매(靈媒)나 무녀가 신의 응답을 알 수 없는 말로 중얼거리면 사제가 그것을 풀어서 설명해주는 방식이었다.

신탁의 절차도 무척 까다로웠다. 아무 때나 신탁을 행하는 것이 아니라 정해진 날짜가 있었다. 신탁을 구하려는 사람은 먼저 빵과 가축(양) 등 일정한 제물을 바친 뒤에 매우 복잡한 의식 절차를 따라야 했다.

델포이 신전에서 신탁 의식을 주관하는 영매나 무녀를 '피티아(Pythia)'라고 하는데, 50세가 넘은 여성으로 남편과 떨어져 신전에서 거주하며 항상 처녀의 옷을 입고 여사제의 위용을 갖췄다고 한다. 신탁 의식을 거행하기

전에 신탁을 구하는 사람과 피티아는 그곳에 있는 샘에서 목욕을 해야 한다. 몸을 정결하게 하는 것이다.

아폴론과 피티아(콘스탄틴 한센)

몸을 정결히 한 피티아는 그곳에 있는 성스러운 샘물을 마신 뒤 신전으로 들어간다. 신탁을 구하는 장소는 신전의 지하에 있었으며 피티아는 그곳의 성스러운 삼각 의자에 앉는다. 의자는 정식 의자가 아니라 삼발이 솥이라고도 한다.

이어 피티아는 아폴론의 성스러운 나무인 월계수 잎을 씹는다. 지하 골방의 바닥에서는 훗날 메탄가스 또는 유황가스로 밝혀진 연기가 스멀스멀 솟아오른다. 말하자면 피티아가 스스로 환각상태의 무아지경에 빠져드는 것이다.

이어서 신탁을 구하려는 사람이 신탁을 얻고자 하는 사항들을 석판 같은 것에 써서 전달하면, 피티아가 알아듣기 어렵거나 알아들을 수 없는 말을 중얼거리듯 신의 응답을 말해준다. 그러면 대기하고 있던 사제가 그 말을 받아 적은 뒤에 신탁을 구하는 사람에게 해석해줬는데 그 뜻이 매우 모호한 경우가 많았다고 한다. '모호한'이라는 뜻의 영어 delphic이 여기서 유래했다고 한다.

델포이 신전에서 신탁을 구하는 사람은 거의 대부분 왕이나 왕족, 귀족 또는 법을 제정하려는 입법가 등이었으며 국가 통치와 관련된 정치행위, 전쟁의 계획과 실행 등이 신탁의 주요대상이었다. 물론 그들의 운명과 태어난 아이의 운명에 대한 예언도 빠지지 않았다.

이러한 신탁은 아폴론과 같은 신이 예언하는 격식을 취하고 있지만 엄밀히 말해 실제로는 피티아가 예언하는 것이다. 따라서 피티아들은 대단한 명성을 누렸으며, 특히 고대 그리스인들은 아폴론 신을 대신하는 델포이 신전의 피티아가 최고의 예언 능력을 지녔다고 믿었다.

피티아의 명성과 위용은 그야말로 신을 대신할 만큼 높았기 때문에 선발 과정도 몹시 까다로웠다. 피티아는 무엇보다 서녀(첩의 딸)나 혼외 자녀가 아닌 합법적인 출생자여야 하며 가난한 집안에서 태어난 검소한 여성이어야 했다. 그래야만 세상사에 무지해서 신의 예언을 가감없이 그대로 전할 수 있다고 믿었다.

2세기 초에 델포이 신전의 사제였던 플루타르코스(Ploutarchos)는 그 당시 피티아의 자격을 구체적으로 밝힌 바 있다. 피티아는 정직하고 가장 존경받는 집안의 출신으로, 조금도 흠잡을 것이 없는 삶을 살아왔으며 예언을 할 때 어떤 기술이나 그 이외의 지식을 전혀 지니고 있지 않아야 하고, 오직 처녀의 영혼으로만 신에게 다가갈 수 있어야 한다는 것이 중요 내용이었다고 한다.

그에 따라 순결의 상징으로 젊은 처녀를 피티아로 뽑는 전통이 있었지만 뒤에는 결혼 여부와 나이에 상관없이 정절을 지키는 여성들이 선택됐다. 하지만 결혼했더라도 남편과 떨어져서 신전에서 살아야 했다. 그 대신 상당한 권한과 보상이 주어졌으며 영향력이 대단했다. 델포이 신전에는 신탁을 구하는 사람들이 많아서 세 명의 피티아가 있었다고 한다. 두 명은 정식 피티아이고 한 명은 보조 피티아였다.

역사적으로 피티아의 신탁이 적중한 것들도 적잖다.

기원전 6세기경 소아시아(지금의 터키 서부 지역) 리디아 왕국의 왕 크로이소스(Kroisos)는 어느 신전의 신탁이 정확하게 맞히는지 시험하기 위해 델포이 신전을 비롯해서 일곱 개의 신전을 선정하고 그곳에 신하들을 보냈다. 그리고 "왕을 대신해서 묻습니다. 몇월 며칠에 나는 무엇을 하고 있었습니까?" 하고, 특정한 날짜를 제시하며 물었다.

그러자 델포이 신전의 피티아는 이렇게 말했다고 한다.

"나는 해변의 모래알을 세어 바다를 측량한다. 나는 벙어리의 말을 이해하며 벙어리의 말을 듣는다. 솥과 뚜껑이 모두 청동으로 만들어진 냄비 속에서 등딱지가 단단한 거북이가 양의 살코기와 함께 부글부글 거품을 일으키며 끓고 있는 냄새가 난다."

임금이 양과 거북이 고기로 음식을 만들고 있다는 것이 말이 안 되지만 실제로 그 특정한 날짜에 크로이소스가 그와 같은 일을 했다는 것이다. 왕이 선정한 일곱 개의 신전 가운데 델포이 신전의 피티아만 정확하게 맞혔던 것이다. 크게 감탄한 크로이소스는 델포이 신전에 금괴를 비롯한 수많은 금 제품들을 보냈다고 한다.

팀브라 전투(월터 허친슨)_ 이 전투에서 리디아의 왕 크로이소스는 페르시아의 키루스 2세에게 패하고 리디아는 멸망했다.

그리고 얼마 뒤, 크로이소스는 페르시아와 전쟁을 치르기에 앞서, 과연 페르시아를 공격해야 하는지 델포이 신전에 신탁을 구했다. 이에 피티아는 역사적으로 길이 남을 유명한 신탁을 전했다.

"그가 만약 페르시아로 진격한다면 강력한 제국 하나를 멸망시킬 것이다."

피티아에게서 신의 응답을 들은 크로이소스는 '강력한 제국'을 페르시아로 판단하고 크게 기뻐하며 자신감에 넘쳐 페르시아를 공격했지만 처참하게 패배하고 리디아 왕국은 멸망했다.

그러면 델포이 신전 피티아의 신탁이 틀린 것일까? 이에 대해 고대 그리스의 유명한 역사가 헤로도토스는 "페르시아를 공격할 경우 리디아가 멸망할 것이라는 피티아의 말을 크로이소스가 잘못 해석한 것이다."라고 했다.

그뿐 아니라 크로이소스는 그 전에도 신탁을 잘못 해석한 적이 있었다. 그는 리디아가 어느 나라와 동맹을 맺는 것이 좋은지 신탁을 구했고, 피티아는 '그리스의 가장 강한 나라'라는 신의 응답을 전했다. 그에 따라 크로이소스는 스파르타를 그리스에서 가장 강한 나라로 판단했지만 잘못 해석한 것이다. 그 당시 그리스에서 가장 강한 나라는 아테네였다.

또한 자신이 왕권을 계속해서 유지할 수 있는지 신탁을 구하자 델포이 신전의 피티아는 "노새가 메디아(지금의 이란 북서부에 있었던 고대 왕국)의 왕이 되고자 하면 약하기 때문에 쫓겨날 것이다."라는 신의 응답을 전했다. 그것 또한 페르시아에 의해 왕위에서 쫓겨날 것을 예언한 것으로 적중했다. 크로이소스가 몇 차례나 신탁을 잘못 해석한 것은 신탁에는 역시 너무 모호한 표현들이 많았던 까닭도 있을 것이다.

트로이 전쟁의 영웅 아킬레우스도 태어나자마자 신탁을 받았다. 트로이 전쟁에서 전사한다는 신탁이었다. 그의 어머니 테티스는 '불멸의 강'이라는 스틱스강에 아킬레우스를 목욕시켜 불사신으로 만들려고 했다.

하지만 어린 아킬레우스를 강물에 담글 때 붙잡고 있던 발꿈치가 물에 젖지 않았고, 결국 그는 운명적으로 트로이 전쟁에 참전해서 숱한 전공을 세웠지만 트로이의 왕자 파리스가 쏜 화살에 발꿈치를 맞고 숨졌다. 역시 예언이 맞은 것이다.

그보다 훨씬 뒤인 기원전 5세기 말, 최후의 300명 전사들로 유명한 스파르타와 페르시아 전쟁에서도 전쟁에 앞서 델포이 신전의 신탁이 있었으며, 마케도니아의 알렉산드로스 대왕이 동양 정복에 나섰을 때도 신탁이 있었다. 다만 모호한 신탁의 내용을 두고 갖가지 해석이 뒤따라 전쟁의 실행 여부를 놓고 혼란이 있었다고 한다.

알려진 것처럼 테르모필레 전투에서 스파르타 최후의 300명 전사들은 페르시아 군대와 그야말로 결사전을 펼쳤지만, 그 지역에 사는 한 촌부가 숨겨진 사잇길을 페르시아군에게 알려줘 앞뒤로 공격을 받아 모두 장렬하게 전사했고, 스파르타의 왕 레오니다스(Leonidas)도 그들과 함께 최후를 맞았다. 그의 죽음은 신탁에서 예언한 죽음이었다.

하지만 가장 흥미로운 신탁은 고대 그리스의 철학자 소크라테스의 신탁이라고 할 수 있다. 소크라테스를 흠모하던 제자가 델포이 신전에서 신탁을 구했다. 그는 "이 세상에 소크라테스보다 현명한 사람이 있는가?" 하고 물었다. 그러자 피티아가 주저없이 "없다."고 간단히 말했다는 것이다.

그 때문인지 소크라테스는 피티아를 적극 옹호하면서 이런 말을 남겼다.

"가장 큰 축복은 하늘이 내린 진정한 광기(狂氣)를 통해서 나온다. 광기야말로 하늘이 내린 특별한 재능이며 인간세상에서 가장 선망하는 재능이다. 예언 능력도 일종의 광기이며 델포이 신전의 피티아는 광기에 젖어 있을 때 공과 사를 가리지 않고 그리스에 큰 도움을 주었지만 정상적일 때는 거의 도움을 주지 못한다. 정상적 상태의 정신은 단지 인간의 능력일 뿐이지만 광기는 신이 내린 능력이다."

델포이 신전의 피티아가 환각상태의 무아지경에서 말하는 것을 광기로 본 것이다. 소크라테스의 제자인 플라톤도 스승을 따라 피티아를 추종했다. 전문가들은 델포이 신탁이 소크라테스 철학의 실질적 출발점이 됐다고 지적한다.

한 가지 궁금한 것은 피티아의 광기는 어디서 나오느냐 하는 것이다. 19세기부터 이미 폐허가 된 신전을 탐사하기 시작한 학자들은 피티아가 머물렀던 방과 그곳에 놓여 있던 옴파로스를 주목했다고 한다.

그리고 오랫동안 조사를 거듭한 끝에 당시 피티아는 지하의 밑바닥, 즉 땅속에서 올라오는 증기를 흡입했고, 이 증기에는 환각작용을 일으키는 에틸렌 성분이 들어 있다는 것이다. 그에 대해 끊임없이 논란이 있었지만 사실이라면 피티아는 정말 환각상태의 무아지경에서 예언을 했으며, 영매로서의 염력을 발휘해 어느 정도 정확한 예언을 했을지도 모른다.

델포이 신전의 피티아(존 콜리어)_ 피티아가 월계수 잎을 들고 삼각 의자에 앉아 있고, 바닥의 갈라진 틈으로는 증기가 솟아오르고 있다.

신탁의 전성기는 기원전 6세기에서 기원전 4세기였다고 한다. 그 뒤 끊임없는 전쟁과 지배층의 부패, 로마의 약탈 등으로 신탁이 갈수록 쇠락하다가 로마제국의 테오도시우스(Theodosius) 1세가 기독교를 국교로 정하고 신탁금지령을 내리면서 차츰 사라지게 됐다고 한다.

마침내 델포이 신전도 폐쇄됐는데, 마지막 신탁은 4세기 중엽 로마제국의 율리아누스(Julianus) 황제가 받은 다음과 같은 신탁이라고 한다.

"나의 궁전이 땅으로 추락했다고 황제에게 전하라. 포이보스(아폴론의 별칭)는 더 이상 그의 집에도, 예언의 샘에도, 예언의 월계수에도 기거하지 않노라. 물은 이미 말라버렸노라."

고대 로마의 뛰어난 웅변가이자 정치가인 키케로(Marcus Tullius Cicero)도 "어떻게 하면 큰 명성을 얻을 수 있겠는가?" 하고 신탁을 구하자, 피티아는 "당신의 천성대로 살아야지, 다른 사람들에게 휘둘려서는 안된다."라고 했다고 한다.

델포이 신전 입구에는 '너 자신을 알라'라고 쓰인 현판이 있었다고 한다. 소크라테스가 남긴 명언으로 알고 있는 이 말이 그보다 먼저 신전 입구에 쓰여 있었는지, 아니면 소크라테스의 말을 써놓은 것인지는 모르겠지만, 키케로의 신탁과 함께 우리에게 많은 것을 말해준다.

오이디푸스 콤플렉스

———— ✤ ————

'오이디푸스 콤플렉스'는 오스트리아의 정신분석학자 지그문트 프로이트(Sigmund Freud)가 만들어낸 정신분석 용어지만 앞의 항목에서 설명했던 신탁과도 깊은 관련이 있다.

오이디푸스(Oedipus)는 고대 그리스의 강력한 도시국가인 테베의 왕 라이오스(Laius)의 아들로 태어났다. 라이오스는 "아들이 아버지를 죽이고 어머니와 동침할 것이다."라는 놀라운 신탁을 듣게 된다. 크게 당황한 라이오스는 갓 태어난 아들의 두 발에 한꺼번에 못을 박아 움직이지 못하게 해서 산에다 버린다.

그러나 다행히 목동에게 발견돼 목숨을 구할 수 있었다. 목동은 그 아이를 마침 아들이 없던 코린토스의 왕에게 바쳤고, 왕은 그를 양자로 삼고 오이디푸스라는 이름을 지어줬다. 오이디푸스는 '부은 발'이라는 뜻이라고 한다. 못이 박혔던 갓난아이의 발이 크게 부풀어 있어서 그런 이름을 갖게 된 것이다. 또 다른 전설에는 목동 부부가 오이디푸스를 키웠다고도 한다.

청년이 된 오이디푸스도 델포이 신전을 찾아가 신탁을 구했다. 그런데 놀랍게도 아들이 아버지를 죽이고 어머니와 동침할 것이라는 신탁을 받는다. 그의 친아버지인 라이오스가 받은 신탁과 같은 예언이었다. 크게 충격을 받은 오이디푸스는 그의 부모가 있는 코린토스로 돌아가지 않고 방랑길에 나서 정처없이 떠돌다가 테베에 이르렀다.

그런데 테베에는 괴물 스핑크스가 지나가는 사람들에게 수수께끼를 내어 풀지 못하면 잡아먹는다는 괴소문이 나돌고, 아직까지 아무도 스핑크스의 수수께끼를 풀지 못해 수많은 사람들이 목숨을 잃을까 봐 공포에 떨고 있었다.

오이디푸스도 겁을 먹고 행여 스핑크스와 마주칠까 봐 조심스럽게 걷고 있을 때 앞에서 마차 한 대가 다가오고 있었다. 어찌 된 일인지 마차는 마주 오는 오이디푸스를 보고도 속도를 줄이지 않고 그대로 달려왔다. 급히 몸을 피했지만 하마터면 큰 부상을 당할 뻔한 오이디푸스가 몹시 화가 나서 마차를 몰던 사람과 다투다가 싸움이 벌어졌고, 오이디푸스는 우발적으로 그를 죽이고 말았다.

마차를 몰던 사람은 그의 친아버지 라이오스였다. 예언대로 오이디푸스가 아버지를 죽인 것이다. 물론 갓난아이 때 코린토스의 왕에게 입양된 오

아버지 라이오스를 살해하는 오이디푸스(조제프 블랑)

이디푸스는 라이오스가 친아버지라는 사실을 전혀 몰랐던 것이다.

라이오스는 신탁에 따라 갓난 아들을 산에 내버린 뒤, 또 아들이 태어날까 봐 왕비 이오카스테(Iocaste)와 잠자리를 멀리하면서 드러내놓고 바람을 피웠다. 왕비는 그렇지 않아도 첫아들을 산에 버린 것 때문에 괴로운 나날을 보내고 있는 터에 남편이 노골적으로 바람까지 피우니 부부 사이가 좋을 리 없었다.

그러자 올림포스 최고의 여신이자 결혼과 출산을 관장하는 가정생활의 수호신인 헤라가 분노했다. 헤라도 남편 제우스의 끊임없는 바람둥이 행각에 몹시 화가 난 터라 이오카스테의 심정을 충분히 이해했다. 이에 헤라는 라이오스를 응징하기로 결심하고 괴물 스핑크스를 테베로 보내 재앙을 준 것이다.

한편 졸지에 왕을 잃은 테베는 왕비 이오카스테의 오빠 크레온(Creon)이 임시로 통치하면서, 테베 시민들을 공포에 떨게 하는 괴물 스핑크스를 물리치는 영웅에게 미망인이 된 왕비와 짝을 맺어주고 비어 있는 왕위를 물려주겠다고 선언했다.

그럴 즈음에 자기가 친아버지를 죽인 줄도 모르는 오이디푸스는 테베를 떠돌다가 우연히 스핑크스와 마주치고 말았다. 스핑크스는 예상대로 오이디푸스에게 수수께끼를 내며 답을 못 맞히면 잡아먹겠다고 했다. 앞에서 소개했듯 그의 수수께끼는 "아침에는 발이 네 개, 낮에는 두 개, 저녁에는 발이 세 개인게 뭐게?"였다.

오이디푸스는 대뜸 '사람'이라고 대답했다. 사람은 어린아이일 때는 기어다니니까 발이 네 개, 젊어서는 걸어다니니까 두 개, 늙으면 지팡이를 짚고 다니니까 발이 세 개라는 것이다. 지금은 별것 없는 싱거운 개그에 불과하지만 당시에는 제법 어려운 수수께끼였던 모양이다. 어찌 됐든 오이디푸스가 처음으로 정답을 맞히자 괴물 스핑크스는 그 자리에서 자살했다.

그리하여 오이디푸스는 테베의 왕이 되고 라이오스의 아내였던 이오카스테와 결혼하게 됐다. 이오카스테는 당연히 오이디푸스보다 나이가 훨씬 많았지만 불과 대장간의 신 헤파이스토스가 만들어준 신비의 목걸이를 지니고 있어 미모와 젊음을 유지할 수 있었다고 한다.

오이디푸스와 이오카스테는 서로 사랑하며 행복하게 살았다. 그들은 네 명의 자녀까지 낳았다. 그 무렵에 테베에 갑자기 전염병이 돌았다. 오이디푸스는 이오카스테의 오빠 크레온에게 신탁을 받아오라고 했다.

마침내 크레온이 받아온 신탁은 "테베의 전염병을 막으려면 선왕 라이오스를 죽인 자를 처형하거나 추방하면 된다."는 것이었다. 오이디푸스는 범인을 찾아내려고 테베에서 가장 유명한 예언가를 불러들였는데 그는 거침없이 "왕께서 찾고 있는 선왕을 죽인 범인은 바로 오이디푸스 왕 자신입니다."라고 하는 것이었다.

오이디푸스는 너무 어처구니가 없어서 예언가의 말을 믿지 않으려고 했지만, 그동안의 여러 정황들을 맞춰보니 자신이 선왕 라이오스를 죽인 것이 맞았다. 더욱이 선왕 라이오스가 친아버지라는 사실을 알게 됐고 왕비인 이오카스테가 친어머니라는 사실까지 알게 돼 큰 충격에 휩싸였다. 아버지를 죽이고 어머니와 동침할 것이라는 신탁이 맞았던 것이다.

큰 충격을 받은 것은 이오카스테도 마찬가지였다. 남편을 죽인 아들의 아내가 되어 네 명의 자녀까지 낳았다니! 그녀는 충격을 견디지 못하고 스스로 목숨을 끊었다. 그 소식을 듣고 오이디푸스도 스스로 자기 눈을 찔러 눈이 멀었고 두 딸을 데리고 정처없이 방랑하다가 죽었다고 한다. 어떤 전설에는 그런 비극을 겪으면서도 오이디푸스는 끝까지 테베를 통치했다고도 한다.

신에게 자식들을 부탁하는 눈먼 오이디푸스(베니뉴 가네로)

패륜과 근친상간으로 얼룩진 이 충격적인 전설은 고대 그리스의 비극 작가들에 의해 극화돼 그리스 최대의 비극으로 오늘날까지 전해지고 있다. 그뿐 아니라 정신분석학자 프로이트는 이것을 근거로 '오이디푸스 콤플렉스'의 개념을 창안했다.

오이디푸스 콤플렉스는 아들이 어머니에게 애정이 담긴 감정을 느끼면서, 어머니를 독점하고 있는 아버지에 대해서는 심한 질투심과 혐오감을 갖게 되는 경향을 말한다. 대개 서너 살 유아의 남근기에 나타나는 현상으로 그 시기가 지나면 대부분 소멸된다고 한다.

하지만 오이디푸스 콤플렉스라는 용어나 개념은 실제 오이디푸스의 성격이나 끔찍한 비극을 초래한 행동의 동기나 감정과는 별로 관련이 없는 듯하다. 이 정신분석 용어가 오랫동안 이어져 오면서, 요즘은 젊은 남성이 자신보다 훨씬 나이가 많아 어머니 또는 큰누이처럼 느껴지는 연상녀를 사랑하는 것도 오이디푸스 콤플렉스라고 말한다.

오이디푸스 콤플렉스와 반대되는 개념으로 '엘렉트라 콤플렉스'가 있다. 엘렉트라(Electra)는 미케네의 왕 아가멤논과 클리타임네스트라 사이에서 태어난 딸이다. 아가멤논은 그리스 연합군 총사령관으로 트로이 전쟁을 승리로 이끈 영웅이다.

그가 전쟁터에 있는 동안 왕비 클리타임네스트라는 아가멤논을 몰아내고 미케네를 통치하고 있던 아이기스토스와 깊은 불륜관계를 이어간다. 엘렉트라는 이 사실을 알았지만 어찌 하지 못하고 분노에 가득 차 있었다.

아가멤논이 무려 10년 동안 계속된 트로이 전쟁을 승리로 이끌고 미케네로 돌아오자 불륜에 빠져 있는 클리타임네스트라와 아이기스토스는 아가멤논을 처참하게 살해한다. 엘렉트라는 분노와 두려움에 몸을 떨며, 그들이 어린 남동생 오레스테스도 살해하려는 것을 알자 급히 피신시킨다. 다른 전설에는 보모가 오레스테스를 보호했다고도 한다.

다른 나라에서 사촌이자 친구인 필라데스(Pylades)와 함께 성장한 오레스테스는 7년 뒤 성인이 됐을 때 아버지 아가멤논의 억울한 죽음을 알고 울분을 참지 못한다. 그는 델포이의 아폴론 신전을 찾아가 아버지의 원수를 갚으라는 신탁을 받았다.

복수심에 불탄 오레스테스는 먼저 아버지 아가멤논의 묘소를 찾았다가 그곳에서 누이 엘렉트라와 다시 만나게 되고 뜻을 모은다. 그들은 곧바로 궁전으로 어머니와 그녀의 정부를 찾아간다. 그리고 오레스테스는 어머니 클리타임네스트라에게 "오레스테스가 죽었다는 소식을 전하러 온 전령입니다."라고 거짓말을 한다.

오랫동안 오레스테스를 보지 못한 클리타임네스트라는 아들을 알아보지 못하고 정말 전령인 줄 알고 크게 기뻐하며 아이기스토스에게 데려간다. 아들이 죽었다는 소식을 듣고 기뻐하는 어머니를 보며 오레스테스

엘렉트라와 오레스테스

는 더욱 분노한다. 그리고 아이기스토스를 보자마자 칼로 찔러 살해한다.

깜짝 놀란 클리타임네스트라가 도망치지만 오레스테스가 뒤쫓아가고, 궁지에 몰린 그녀는 가슴을 열어 보이며 오레스테스에게 "네가 이 젖을 먹고 컸다."고 하소연하지만, 그는 어머니마저 칼로 찔러 죽이고 아버지의 복수를 끝낸다.

하지만 복수의 여신들이 아들이 어머니를 죽인 것에 크게 분노하며 오레스테스를 고발하면서 신들의 재판이 열리게 된다. 이 재판에는 12명의 신들이 참석했는데 결과는 6:6이었다. 그러자 재판장인 지혜의 여신 아테나가 무죄를 선고한다. 그리하여 오레스테스는 미케네의 왕이 되고 엘렉트라는 사촌이자 남동생의 친구인 필라데스와 결혼한다.

엘렉트라 콤플렉스는 오이디푸스 콤플렉스와 반대로, 딸이 아버지에게 이성적인 애정을 느끼면서 아버지를 독차지하고 있는 어머니를 경쟁자로 인식하고 반감과 질투를 느끼는 심리적 경향을 말한다.

하지만 역시 엘렉트라의 전설과는 그 성격이나 행동의 동기가 매우 다르다. 엘렉트라는 남동생 오레스테스와 힘을 합쳐 아버지를 배신한 어머니와 정부에게 복수함으로써 정의를 실현한 것이다.

　신화 속 엘렉트라 이야기는 매우 매력적인 소재여서 고대 그리스의 3대 비극 시인으로 꼽히는 소포클레스, 에우리피데스, 아이스킬로스 모두 엘렉트라를 소재로 한 작품을 남겼다. 그뿐 아니라 근대와 현대에 와서도 수많은 작가들이 엘렉트라를 소재로 연극·영화·오페라 등을 남겼으며, 20세기 미국 최고의 극작가로 손꼽히는 유진 오닐(Eugene O'Neill)도 〈상복이 어울리는 엘렉트라〉라는 명작을 남겼다.

고르디우스의 매듭

---- ❖ ----

기원전 4세기경 그리스 북쪽의 마케도니아는 잠시 큰 혼란을 겪었다. 수많은 정복전쟁을 승리로 이끌었던 필리포스(Philippos) 2세가 딸의 결혼식에 참석했다가 자신의 친위대장에게 암살당한 것이다. 친위대장은 곧 왕자의 친구들에게 피살됐지만 혼란을 피할 수 없었다. 하지만 필리포스 2세에게는 웅대한 꿈을 가진 아들인 알렉산드로스가 있었다.

알렉산드로스는 아버지가 끊임없는 정복전쟁으로 영토를 넓힐 때마다 그다지 달가워하지 않았다. 측근들이 의아하게 생각하며 그 까닭을 묻자, 알렉산더는 이렇게 대답했다.

"아무리 세계가 넓다 해도 한계가 있는 거야. 아버지는 아들을 위해 정복할 땅을 하나도 남기지 않을 모양이야…."

자신이 세계를 정복해서 대제국을 건설해야 하는데 부왕이 닥치는 대로 정복해버리면 자신이 정복할 땅이 없지 않느냐는 투정이었다. 그만큼 웅대한 꿈을 가진 알렉산드로스는 졸지에 암살당한 아버지의 뒤를 이어 왕위에 올랐다. 그의 나이 불과 20세였다.

그는 왕위에 오르자마자 혼란에 휩싸여 있던 마케도니아를 안정시키고, 꿈꿔왔던 정복전쟁에 나섰다. 먼저 나태와 안일에 빠져 있던 그리스를 정복했다. 이어서 소아시아로 진출했다. 거침없이 전투를 승리로 이끌면서 소아시아 중서부에 있는 프리기아를 함락시켰다. 프리기아는 강력한 왕국이었으며 숱한 전설을 지니고 있는 나라였다.

기원전 8세기경의 일이다. 고르디우스(Gordius)라는 농부가 밭을 갈고 있는데 독수리 한 마리가 그의 쟁기자루에 앉아 하루 종일 떠나지 않는 것이었다. 기이하게 생각한 고르디우스가 근처의 마을에 갔다가 우연히 그 얘기를 꺼냈더니, 한 처녀가 그 독수리를 제우스 신전에 제물로 바치라고 했다. 고르디우스는 그 처녀의 얘기를 따랐으며 그녀와 결혼했다. 그들 사이에 태어난 아들이 만지는 것마다 황금으로 변한다는 '미다스의 손'의 주인공 미다스(Midas)다.

그 무렵 프리기아는 내란이 그치지 않아 더없이 혼란스럽고 백성들의 근심걱정이 심각해지자 나라의 운세를 점치는 천관(天官)이 신전으로 가서 신탁을 구했고, 이륜마차를 타고 오는 첫 번째 사람이 나라를 구하고 왕이 될 것이라는 신탁을 받았다.

그럴 때 마침 고르디우스가 아내와 아들을 이륜마차에 태우고 프리기아에 들어섰다. 과연 마차를 타고 들어서는 첫 번째 인물이 누구일지, 가슴 졸이며 기다리던 천관과 사제들이 반갑게 그를 맞았는데 뜻밖에 허름한 농부여서 크게 실망했지만 신탁을 거역할 수는 없었다.

아무것도 모르고 마차를 몰던 고르디우스는 천관과 많은 사람들이 자신을 크게 환영하자 당혹스러웠다. 그때 천관이 다가와 "이 나라의 왕이 되시겠습니까?" 하고 묻자 더욱 당황했지만, 천관이 다시 "당신이 이 나라의 왕이 된다는 신탁이 있었습니다."라고 하자 고르디우스가 "그러면 그렇게 하겠소."라고 대답했다.

보잘것없는 농부가 신탁으로 하루아침에 프리기아의 왕이 된 것이다.

하지만 그는 중동의 고대사에서 손꼽히는 현명한 왕이었으며 그의 뒤를 이은 미다스도 프리기아를 경제대국으로 만들어 번영을 누렸다.

고르디우스는 왕위에 오르는 데 결정적인 역할을 한 마차를 프리기아의 제우스 신전에 바쳤다. 그런데 이 마차의 멍에에는 도저히 풀 수 없는 몹시 복잡한 매듭이 있었다. 그와 함께 "이 매듭을 푸는 자가 아시아의 왕이 될 것이다."라는 신탁이 쓰여 있었다.

이것이 산수유나무 껍질로 꼰 밧줄을 교묘하고 복잡하게 엮어서 만든 유명한 '고르디우스의 매듭'이다. 무려 수백 년 동안 아무도 이 매듭을 풀지 못한 채 그대로 놓여 있었던 것이다. 이 매듭은 고르디우스가 만들었다는 얘기도 있고, 어떤 농부가 만들었다는 얘기도 있다. 고르디우스가 농부였으니까 모두 맞는지도 모른다.

프리기아를 함락시킨 알렉산드로스는 이 왕국의 수도 고르디움에 입성해서 제우스 신전에 갔다가 고르디우스의 매듭을 발견했다. 그는 잠시 매듭을 응시하더니 갑자기 칼을 뽑아 매듭을 내리쳤다. 당연히 밧줄들이 잘려나가며 매듭이 풀렸다. 그러자 알렉산드로스가 칼을 높이 들고 외쳤다. "나는 아시아의 왕이다!"

그런데 알렉산드로스의 친구이자 부하인 아리스토불루스는 "알렉산드로스는 마차의 멍에를 붙들어맨 못 한 개를 뽑아버린 뒤, 그 멍에를 밑에서 잡아당겨 쉽게 풀었다."고 했다. 어느 말이 맞는지 우리는 알 수 없지만 역사에서는 알렉산드로스가 매듭을 칼로 잘라버렸다는 것이 정설로 전해지고 있다.

하지만 우리에게 '플루타르크 영웅전'으로 잘 알려진 고대 그리스의 역사가 플루타르코스는 1세기 무렵 쓴 《영웅전》에서 두 가지 주장을 모두 기

고르디우스의 매듭을 칼로 잘라버리는 알렉산드로스

록해놓았다.

그 뒤 알렉산드로스는 페르시아 정복을 실행하기에 앞서 관습대로 델포이 신전을 찾아가 신탁을 구하려고 했다. 그런데 그가 델포이에 도착한 날이 공교롭게도 신탁이 열리지 않는 날이어서 문이 굳게 닫혀 있었다. 그러자 알렉산드로스는 신탁을 주관하는 피티아를 강제로 끌어내 신전으로 이끌었다.

피티아는 기가 막혀 알렉산드로스에게 "당신은 절대로 지지 않을 사람이군요."라고 했다. 이 말을 들은 알렉산드로스는 "됐다. 이제 신탁은 필요없다. 방금 그 말이 내가 바라던 신탁이다."라고 했다는 것이다.

그는 수년에 걸친 원정 끝에 마침내 페르시아를 정복했다. '고르디우스 매듭'의 신탁처럼 아시아의 왕이 된 것이다. 하지만 인도 정복이 남아 있었다. 알렉산드로스는 기어이 인도 정복에 나섰지만 길고 긴 원정에 지친 병사들이 강력하게 반발했다. 눈물을 삼키며 어쩔 수 없이 회군하게 된 알렉산드로스는 바빌론에 이르러 갑작스런 열병으로 앓아누워 열흘 만에 숨졌다. 그의 나이 33세로 한창 때였다.

'고르디우스의 매듭'을 풀어 신탁대로 아시아의 왕까지 됐는지 모르지만, 매듭을 푼 것이 아니라 칼로 잘라냈기 때문에 웅대한 꿈을 완성하지 못하고 갑작스런 죽음으로 잘려버리고 말았다는 얘기도 있다. 그의 갑작스런 죽음에 대해서는 독살당했다는 견해가 설득력을 얻고 있다.

'고르디우스의 매듭'과 비슷한 사례로 '콜럼버스의 달걀'이 있다.

최초로 신대륙을 발견한 콜럼버스(Christopher Columbus)는 이탈리아에서 태어났으나 어머니가 스페인계 유대인이어서 스페인에서 항해 활동을 해왔다. 1492년, 콜럼버스는 스페인 이사벨(Isabel) 1세의 적극적인 지원으로 오랜 항해 끝에 신대륙을 발견하고 돌아왔을 때 대단한 환영을 받았다.

수많은 환영 연회에 잇달아 참석하던 콜럼버스가 어느 연회에서 신대륙 발견에 대해 연설하자 한 참석자가 빈정거리듯이 입을 열었다.

"대서양의 서쪽으로 계속해서 항해하다가 새로운 섬을 발견했다는 것

달걀을 깨뜨려 세우는 콜럼버스(윌리엄 호가스)

이 뭐 그렇게 대단한 일입니까? 당신이 아니라 누구라도 할 수 있는 일이에요."

그러자 콜럼버스가 탁자 위에 놓여 있던 달걀 한 개를 집어들고 물었다.

"이 달걀을 탁자 위에 똑바로 세울 수 있는 분 있습니까?"

여러 사람이 나서서 달걀을 세워보려고 했지만 둥글고 갸름한 달걀을 아무도 세울 수 없었다. 그런 모습을 지켜본 콜럼버스가 달걀의 갸름한 부분을 탁자에 대고 깨뜨려 똑바로 세웠다.

"에이, 그렇게 달걀을 깨뜨려서 세우는 걸 누군 못해!"

참석자들이 실망한 듯 저마다 투덜거리자 콜럼버스가 다시 말했다.

"그렇습니다. 누구나 남들이 하는 것을 따라 하기는 쉽습니다. 하지만 달걀을 깨뜨려서 세울 생각을 처음으로 해내기는 쉽지 않습니다. 나의 탐험도 마찬가지입니다."

참석자들은 더 이상 아무런 불평도 하지 못했다.

엄지 척, 세계 공통의 손짓신호

———— ❖ ————

인간의 손가락은 한쪽 손에 다섯 개씩이다. 손가락 길이는 다섯 개가 서로 다르다. 특히 엄지손가락은 손바닥 쪽으로 구부러져 마주 볼 수 있다. 유인원을 비롯한 일부 영장류만 인간과 비슷한 엄지손가락을 지니고 있다. 어찌 보면 별것도 아닌 손가락의 형태와 구조가 인류의 진화에 엄청나게 기여했다.

인간의 다른 손가락보다 굵고 길이가 훨씬 짧은 엄지손가락은 다른 네 개의 손가락과 분리돼서 손가락들을 모으고 펴고 굽히고 구부리고, 안쪽과 바깥쪽으로 자유롭게 움직이면서 놀랄 만큼 많은 일을 해낸다. 엄지손가락이 손이 하는 일의 약 45퍼센트를 해낸다는 연구 결과도 있다. 만유인력을 발견한 영국의 과학자 아이작 뉴턴도 "엄지손가락 하나만으로도 신의 존재를 믿을 수 있다."고 감탄했다고 한다.

인류가 진화 과정에서 똑바로 일어서서 두 발로 걸을 수 있게 된 것도 네 발 달린 동물들에게는 앞발에 해당하는 손을 자유롭게 쓸 수 있었기 때문이다. 손과 손가락의 빼어난 기능으로 도구를 사용하고 끊임없이 새로운 도구들을 만들어낼 수 있었기에 획기적인 진화가 가능했다.

손을 이용한 도구의 사용과 새로운 도구의 개발로 인류의 뇌 용량은 빠르게 늘어나 다른 유인원은 도저히 따라올 수 없을 만큼 지능이 발달했다.

또한 손을 이용해서 먹거리를 먼 곳까지 운반할 수 있었으며 저장할 수 있어서 꾸준한 영양 섭취로 체력이 크게 강화되었다.

심지어 손을 오므리면 작은 그릇의 기능을 할 수 있어, 깊은 곳의 물도 떠서 마시고 물을 두 손에 담아 몸을 씻을 수 있었으며 어린아이나 다른 사람의 몸도 씻어줄 수 있어 청결하고 건강한 생활에 기여했다. 이러한 손의 혜택으로 인류는 가혹한 빙하기에도 발상지인 아프리카를 떠나 지구의 전 지역으로 이동할 수 있었다.

다섯 손가락의 길이가 제각기 다른 것도 진화의 산물이었다. 손가락 길이가 저마다 다른 것은 도구를 사용하고 제작하는 데 손이라는 한 개의 공구만 있는 것이 아니라 다섯 가지의 공구를 가지고 있는 것과 같다. 서로 쓰임새가 다르고 기능과 역할이 다르다.

가운데의 세 손가락이 긴 것은 인류가 아직 유인원과 다름없던 시절, 나무 위에서 생활할 때 나무를 붙잡고 매달리기에 편리했으며, 엄지손가락이 굵고 짧고 다른 손가락과 분리돼 있는 것은 물건을 편안하고 안전하게 잡을 수 있게 했다. 만일에 다섯 손가락의 길이가 똑같았다면 도구를 사용하고 만들고 붙잡고 옮기기에 얼마나 불편한지 상상해보라.

인류학자들은 만일 다섯 개 손가락의 길이가 모두 똑같았다면 인류의 손 재주가 발달할 수 없었고 그에 따라 지능의 발달도 크게 떨어졌을 것이라고 말하고 있다. 길이가 서로 다른 다섯 손가락의 효용가치가 인류의 발전을 촉진시킨 것이다.

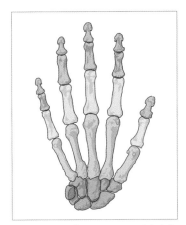

인간의 손가락뼈(마리아나 루이스 비야레알)_
가운데 세 손가락이 길다.

다만 한 가지, 여전한 미스터리는 오른손과 왼손의 사용빈도에 대한 것이다. 보편적으로 인간은 양손을 모두 자유롭게 사용하지만 사람에 따라 사용빈도가 훨씬 높은 손이 있다. 평균적으로 오른손을 훨씬 많이 사용하는 사람과 왼손을 절대적으로 더 많이 사용하는 사람이 있는 것이다. 그에 따라 '오른손잡이'와 '왼손잡이'로 나누어진다.

그 비율로는 오른손잡이가 절대다수이며 왼손잡이는 5~10퍼센트에 불과하다. 그 때문에 오른손잡이라는 말은 거의 쓰이지 않고 왼손잡이만 부각되면서 편견과 차별을 받아야 했다. 그에 따라 예전에는 오른손은 '바른손'이었으며 왼손잡이는 마치 장애자나 불구자와 같은 푸대접을 받기도 했다.

왼손 사용에 대한 금기는 어느 문화권에서나 거의 공통적이었다. 왼손은 밑을 닦을 때만 사용하는 불결한 손이므로 왼손으로는 절대 음식을 먹지 않았다. 또한 왼손은 불길한 손이어서 제사 때도 왼손으로 제물을 들지 못하게 했다. 인사할 때 악수도 오른손으로 한다. 자칫 왼손을 내밀었다가는 큰 결례가 됐다.

어떡해서 그런 왼손 사용에 대한 금기가 생겼을까? 인류는 애초부터 오른손만 사용했던 것일까? 왼손잡이는 돌연변이거나 장애자거나 불구자일까?

외국의 한 학자가 약 20만 년 전인 구석기시대에 사용했던 손도끼 118개를 분석했더니 오른손과 왼손의 사용빈도가 약 2대 1이었다고 한다. 이를테면 30명이 있다면 그 가운데 20명은 오른손잡이, 10명은 왼손잡이로 편차가 심각하게 큰 것은 아니었다.

따라서 오른손잡이가 절대적으로 우세한 것이 인류의 생물학적, 유전적 요인으로 보기는 어렵다. 다만 오른손잡이가 확률적으로 많았는데 인류의 후손들이 늘어나는 과정에서 우성(優性)으로 작용해서 더욱 늘어난 것으로 보인다. 그와 함께 오른손잡이를 정상으로 여겨 장려하고 왼손잡이는 비정상으로 여겨 적극 억제하면서 점점 큰 격차를 보이게 됐을 것이다.

하지만 요즘은 왼손잡이에 대한 편견이 크게 줄어들어 부모들도 통제하지 않는 까닭에 왼손잡이가 늘어나고 있으며, 특히 서양에는 우리나라보다 왼손잡이가 더 많아 보인다. 인간이 어느 손을 더 많이 사용하든 그것은 개인의 자유다.

> 엄지 엄지척 엄지 엄지 척
> 자상하고 다정다감해
> 보면 볼수록 알면 알수록
> 매력이 넘쳐요
> 엄지 엄지 척 엄지 엄지 척

트로트 가수 홍진영이 부른 인기가요 〈엄지 척〉의 몇 소절이다. 손과 손가락 관련해서 이 항목에서 얘기하려는 것은 요즘의 유행어로 '엄지 척'이다. 손을 주먹 쥐듯 감아쥐고 엄지손가락을 위쪽으로 치켜세우는 동작이 엄지 척이다.

인간이 상대방과 의사소통이 필요할 때 나타내는 신호에는 여러 종류가 있다. 언어를 통해 소통하는 언어신호가 기본이지만 말을 하지 않고서도 몸짓신호, 표정신호, 손짓

세계 공통의 손짓신호

신호 등으로 제한적인 의사소통은 얼마든지 가능하다. 하지만 이러한 말 없는 신호에는 종족, 민족, 문화권마다 차이가 있다. 우리나라에서는 인사할 때 상대방의 코를 비비거나 귀를 잡는다면 큰 결례가 되지만 그런 동작이 전통적인 인사법인 민족도 있다.

그러나 온 세계 어디서나 통하는 공통의 손짓신호가 있다. 바로 엄지 척이다. 엄지손가락을 치켜세우면 상대방이 최고, 으뜸이라는 것을 나타내거나 상대방을 칭찬하는 것이다. 때로는 상대방의 주장에 적극 찬성하는 표시이며 상대방을 인정한다는 표시가 된다. 그러면 언제부터, 또 어찌해서 엄지 척이 세계 공통의 손짓신호가 됐을까?

그 기원을 찾으려면 기원전으로 거슬러 올라가야 한다. 기원전 4세기경 지금의 이탈리아 중부에 12개의 도시로 이루어진 에트루리아 왕국이 있었다. 이 나라에서도 훗날 고대 로마처럼 관중들이 들어찬 원형경기장에서 검투사들이 목숨을 건 대결을 펼치는 경기가 성행했다.

내려진 엄지(장 레옹 제롬)_ 관중들이 엄지손가락을 내려 검투사를 죽이라고 종용하고 있다.

검투사들의 대결은 어느 한쪽이 상대 검투사를 칼로 찔러 죽여야 끝이 나는 잔인한 경기다. 다만 쓰러져서 패배가 확실한 검투사를 죽일지 말지는 그들의 대결을 관람하는 왕이 결정했다. 따라서 승리를 앞둔 검투사는 마지막으로 상대방을 칼로 찌르기 직전 높은 자리의 한가운데에 앉아 있는 왕을 쳐다보며 신호를 기다려야 했다.

그때 왕이 엄지손가락을 치켜세우면 살려주라는 신호였고, 치켜세운 엄지손가락을 밑으로 향하면 죽이라는 신호였다고 한다. 이러한 손짓신호가 평민들 사이에서도 유행하면서 엄지손가락을 치켜세우면 '좋다'는 뜻, 긍정적인 의미의 표시가 되면서 엄지 척의 기원이 됐다고 한다.

엄지 척은 로마시대로 이어져, 로마의 황제들도 원형경기장에서 검투사들의 대결을 관람하며 그전과 똑같은 손짓신호로 검투사의 생사를 결정했다. 고대 이집트에서도 엄지 척이 있었다고 한다. 엄지를 치켜세우면 희망 또는 승리를 나타냈고, 치켜세운 엄지를 아래로 내리면 불운 또는 패배를 나타냈다는 것이다.

그런가 하면 그와 다른 견해도 있다. 갓 태어난 아기의 손을 살펴보면 네 손가락을 오므려 손바닥에 있는 엄지손가락을 감싸쥐고 있다고 한다. 손의 방향은 위쪽이다. 그러다가 아기가 주변의 자극에 반응을 보일 때가 되면 움켜쥐고 있던 손이 차츰 펴지면서 엄지손가락이 위를 향하게 된다고 한다.

그런데 사람이 죽음을 맞이하게 되면 태어날 때와는 정반대로 손이 움츠러들면서 손바닥이 밑을 향하고 네 손가락으로 엄지손가락을 감싸쥔다고 한다. 글쎄? 자세히 관찰해본 적이 없어서 사실 여부를 말하기는 어렵지만, 이러한 사실을 이미 고대 로마시대에 알아냈다는 것이다.

따라서 고대 로마인들에게 엄지손가락을 치켜세우는 것은 삶에 대한 긍정적인 표시가 됐고, 엄지손가락을 아래로 내리면 죽음과 부정을 나타내는 표시가 됐다는 것이다. 아울러 고대 로마가 유럽의 거의 전역을 정복하고 북아프리카와 소아시아의 일부 지역까지 정복하면서 로마인들의 손짓 신호가 어느 곳에서나 통용된 듯하다.

'밀로의 비너스'는 왜 팔이 없을까

세계 3대 박물관의 하나인 프랑스 파리의 루브르 박물관에는 수많은 고대 유물들이 소장돼 있어 하루에는 도저히 다 볼 수가 없다. 하지만 그 가운데 관람객이나 관광객들에게 가장 인기 있는 유물은 레오나르도 다빈치의 '모나리자'와 '밀로의 비너스'이다. 그 앞에는 항상 많은 관람객들이 몰려 있어 편안하게 감상하기 어렵다. 그나마 이 위대한 유물들을 누구나 볼 수 있다는 것이 그저 반가울 따름이다.

비너스(Venus)는 로마 신화에 나오는 미와 사랑의 여신인 베누스의 영어 이름으로, 그리스 신화의 아프로디테에 해당한다.

'밀로의 비너스'라는 명칭은 에게해 키클라데스 제도의 가장 서쪽 끝에 있는 그리스 영토인 밀로스섬에서 출토되어 붙여진 이름이다.

'밀로의 비너스'가 출토된 곳이 그리스 영토이며 제작 시기도 기원전 130년경으로 추정하는 것으로 봐서 이 작품을 만든 조각가도 그리스인이며 그는 아프로디테 여신상을 만들었을 것이다. 워낙 뛰어난 조각상이어서 널리 알려지면서 '비너스'로 부르게 됐을 것이다.

더욱이 '밀로의 비너스'는 양쪽 팔이 모두 없고 여성 신체의 놀라운 황금비율로 만들어져 숱한 화제를 불러일으키면서 더욱 유명해졌다. 도대체 왜 양쪽 팔이 잘려나갔을까? 이 의문에 대한 온갖 가설들이 오늘날까지도

이어지고 있다.

1820년, 밀로스섬의 아프로디테 신전 근처에서 밭을 갈던 농부의 삽 끝에 돌멩이 같은 것이 부딪치는 느낌이 왔다. 농부가 그 밑을 파보니 놀라운 고대 유물들이 나왔다. 대리석으로 만든 커다란 여신상과 제우스의 아들인 헤르메스 조각상 두세 개, 그리고 몇 개의 자잘한 유물들이 한꺼번에 출토된 것이다. 여신상은 상반신과 하반신을 분리시켜 만든 것이었다.

하지만 농부와 이웃들의 가장 큰 관심을 끈 것은 당연히 여성의 실물처럼 정교하게 조각한 여신상이었다. 더구나 아프로디테 신전 근처에서 출토됐으니 아프로디테 여신상이 틀림없었다. 그들은 이 여신상이 만들어진 시기와 가치가 무척 궁금했다.

이미 알려진 역사적 사실에 따르면, 때마침 프랑스의 해군 함정이 밀로스섬에 들어와 정박했는데 그 함정에 고고학에 대한 관심과 지식이 풍부한 장교가 타고 있었다는 것이다. 농부와 이웃들은 프랑스 해군 장교를 초청해서 여신상에 대해 자문을 구했다.

그 과정에서 해군 장교는 여신상의 형태와 출토 상황 등을 꼼꼼히 기록했다고 하는데 그 목록에는 상반신과 하반신이 분리된 여신상 한 개, 헤르메스 상 세 개, 따로 분리된 두 개의 팔 등이 기록되어 있었다고 한다.

그런데 여기서 이상한 상황이 벌어진다. 어찌 된 영문인지 장차 '밀로의 비너스'로 부르게 될 여신상이 프랑스 대사의 비서관 손에 들어갔다. 해군 장교가 프랑스 대사관에 대단한 가치가 있는 역사적 유물이라는 정보를 제공했는지, 프랑스 대사관이 자체적으로 정보를 입수했는지, 아니면 여신상을 발굴한 농부가 그들에게 팔았는지 모르지만 아무튼 프랑스 대사 비서관이 어떻게 여신상을 입수했는지 그 내막은 정확히 모른다.

더구나 또 다른 문제가 있었다. 프랑스 대사가 여신상을 본국으로 가져가서 당시 프랑스의 왕 루이 18세에게 바쳤는데 그 내용이 해군 장교가 처음 작성했던 목록과 달랐다는 것이다.

해군 장교의 목록에는 분명히 따로 분리된 두 개의 팔이 있다고 기록돼 있었는데 루이 18세에게 바친 여신상에는 두 팔이 없었을 뿐 아니라 함께 전해진 목록에도 두 개의 팔은 기록돼 있지 않았다는 것이다. 그 때문에 팔이 없는 '밀로의 비너스'에 대한 갖가지 추측과 견해들이 끊임없이 제기됐는데 그 가운데 몇 가지를 간추려보면 대략 다음과 같다.

먼저 농부가 여신상을 발굴할 때부터 두 팔이 없었다는 것이다. 애초에 조각가가 여신상의 상반신과 하반신을 분리시켜 만들었듯이 두 팔도 분리시켜 만들었을 것이며, 무려 2000년 동안이나 땅속에 묻혀 있었기 때문에 지형의 변화에 따라 유실됐을 것이라는 견해다. 그와 비슷한 견해로 화산 폭발이나 지진 등의 자연재해로 두 팔이 떨어져 나가 유실됐다는 견해도 있다. 밀로스섬은 화산섬으로 화산 폭발이 많았던 것은 사실이다.

또한 두 팔이 몸통에서 분리된 형태라도 프랑스 해군 장교의 기록대로 틀림없이 두 팔이 있었는데 루이 18세에게 전해지기까지의 과정에서 어떤 이유로 사라졌을 것이라는 견해도 있다. 물론 그 이유에 대해서는 알려진 것이 없다.

그런가 하면 조각가가 여신상을 만들 때 아예 두 팔을 만들지 않았다는 견해가 있다. 그리스에서는 한때 팔 없는 조각상을 만드는 것이 유행이었던 시대가 있었다는 것이다. 더욱이 인체 조각상을 만들 때 팔이나 팔목 부위가 조각하기 가장 어려운 부분이다.

몸통과의 비율, 팔의 각도, 팔의 길이, 손의 방향과 형태 등은 매우 섬세하고 까다로운 작업이다. '밀로의 비너스'가 만들어진 지 2000여 년 뒤에 세계 최고의 조각가로 손꼽히는 오귀스트 로댕(Auguste Rodin)도 팔이 없는 인체 조각상을 많이 만들었다.

또 다른 견해로 '밀로의 비너스'는 애초에 팔이 없는 토르소(torso)로 만들어졌을 것이라는 견해다. '토르소'는 머리와 팔다리가 없이 몸통만으로 된 조각상을 말한다. 하지만 토르소는 아니라는 견해가 지배적이다.

팔이 없는 '밀로의 비너스'를 자세히 살펴보면 왼팔은 거의 없다. 왼쪽 어깨와 젖가슴 윗부분에 흔적만 있을 뿐이다. 오른팔은 젖가슴 아랫부분까지, 우리가 여름에 입는 짧은 반팔 셔츠의 소매 길이 만큼 남아 있다.

일반적으로 많은 전문가들이 잘려나간 팔의 형태, 방향, 각도 등으로 볼 때 오른팔은 흘러내리는 하의를 붙잡고 있었을 것이며, 왼팔은 황금사과를 쥐고 있었을 것으로 추측한다. 황금사과는 여신들의 미모 경쟁에서 아프로디테가 트로이의 왕자 파리스에게 최고의 미모로 뽑혀 차지한 것이다. 하지만 두 팔이 없으니 모두 추측에 불과할 뿐이다.

그럼에도 '밀로의 비너스'는 기품 있는 여성미의 전형으로 평가받으며, 루브르 박물관의 대표적인 고대 유물로 각광받고 있다. 그러나 이 여신상은 그리스의 문화재를 프랑스가 약탈한 것이다. 그 때문에 그리스에서는 지금까지 즉시 돌려줄 것을 끊임없이 요구하고 있다.

'밀로의 비너스'가 크게 각광받고 주목을 받는 것은 팔이 없다는 화제성과 함께 여성 신체의 놀라운 황금비율 때문이다.

황금비율이란 수학에서 선과 선의 가장 이상적인 조화와 균형을 말하는 개념이지만, 그 쓰임새가 다양해서 간단히 설명하기는 쉽지 않다. 이를테면 고대 이집트의 피라미드를 비롯해서 이집트, 그리스, 로마 등의 기념비적 건축물과 신전들이 거의 모두 황금비율로 지어져 시각적 아름다움과 조형미, 안정감을 주고 있다.

그뿐 아니라 거의 모든 예술작품과 동상이나 석상 등의 제작에도 황금비율이 적용됐는데 '밀로의 비너스'가 대표적이라고 할 만큼 황금비율이 완벽하다. 더욱이 그 황금비율은 실제로 여성 신체의 가장 이상적인 비율이기도 하다.

기원전까지만 해도 여인상은 다소 뚱뚱하게 표현되었다. 당시에는 다산이 여성의 최고 가치여서 풍만한 가슴과 엉덩이, 복부 등이 강조되면서 여신상이나 여인상도 다소 뚱뚱할 수밖에 없었다.

그런데 그리스의 조각가들이 과감하게 고정관념을 깨고 황금비율을 적용해서 남성과 여성의 이상적인 신체를 만들어냈다. 특히 '밀로의 비너스'는 기원전 130년경에 만들어진 것으로 밝혀지면서 고정관념에서 벗어나는 데 선구적 역할을 했다고 볼 수 있다.

여성 몸매의 비율은 일반적으로 배꼽을 기준으로 상반신과 하반신의 비율, 머리에서 목까지의 비율, 목에서 배꼽, 배꼽에서 무릎, 무릎에서 발끝까지의 비율이 적용되며 그 이상적인 비율, 가장 완벽한 비율이 황금비율이다. 또한 가슴, 허리, 엉덩이의 비율도 강조되는데 '밀로의 비너스'는 가슴 94센티미터, 허리 66센티미터, 엉덩이 96센티미터라고 한다.

많은 학자들이 여성 신체의 황금비율을 연구한 결과, 머리끝에서 배꼽까지와 배꼽에서 발바닥까지, 그러니까 상체와 하체의 비율이 1:1.618, 또 머리끝에서 목까지와 목에서 배꼽까지의 비율 역시 1:1.618이 황금비율이라는 것이다. 그런데 '밀로의 비너스'의 그 비율이 정확하게 1:1.618이라니 놀라지 않을 수 없다.

요즘은 1:1.618이라는 황금비율 수치가 복잡하니까 알기 쉽게 1:1.7로 표시한다. 그런데 이 여성 신체의 황금비율이 무슨 가치가 있을까? 물론 미학적으로 충분한 가치가 있고 그러한 신체 비율의 여성이 가장 아름답게 보이니까 여성들로서는 매우 크고 소중한 가치가 아닐 수 없다.

하지만 그보다는 성적 본능과 직접적인 관련이 있다. 유전적으로 남성들의 DNA에 그러한 비율의 여성이 임신 가능성이 높다고 각인돼 있다는 것이다. 따라서 어느 인종, 어느 종족, 심지어 정글이나 오지에 사는 미개한 부족까지도 그러한 비율 또는 그와 비슷한 몸매를 가진 여성에게 본능적으로 또 무의식적으로 성적 매력을 느끼고 적극적으로 접근한다고 한다.

빼어난 미모와 아름다운 몸매를 갖고 싶어하는 것은 모든 여성들의 판타지이며 그러한 여성과 짝을 이루고 싶은 것은 남성들의 판타지이기도 하다.

하지만 좀더 깊이 있게 알고 보면, 남성들이 여성의 미모와 아름다움에 끌린다기보다 자신의 유전자를 남기고 싶은 남성들의 무의식적인 성적 본능이 작용하는 것이다. 여성도 마찬가지다. 예쁘고 아름다워지고 싶은 것은 남성들에게 선택돼 자신의 유전자를 남기려는 무의식적인 성적 본능에 따른 것이다.

'13일 금요일'의 불길한 역사

살다 보면 상식에서 벗어나는 엉뚱한 일도 많이 일어나고, 도저히 납득이 안 되는 어처구니없는 일이나 전혀 예상 못한 우연한 일들이 잇달아 일어나기도 한다. 물론 그 가운데는 좋은 것도 있고 나쁜 것도 있다. 그래서 터부(taboo)와 징크스(jinx) 같은 것이 생겨났다.

터부는 무척 꺼리거나 하지 말아야 할 태도와 행동 따위를 말하는 것으로 우리말의 금기(禁忌)를 뜻한다. 징크스는 재수가 없거나 불길한 징조와 현상, 그렇게 될 수밖에 없다고 여겨지는 현상을 말한다.

터부와 징크스는 대부분 달갑지 않은 부정적인 현상으로 보편성과 합리성이 결여돼 있지만, 어떤 우연한 상황들의 경험을 통해 형성된 사회적 관습과 미신적 심리현상이다. 그에 따라 오랜 세월에 걸쳐 전해지면서 공동체의 집단적 현상이 되기도 하고 개인적 현상인 경우도 있다. 말하자면 어떤 우연한 현상이 몇 차례 반복해서 일치하게 되면 그것이 터부나 징크스가 된다고 할 수 있다.

예를 들면, 대학 입시를 치르는 날 미역국을 먹으면 떨어진다는 징크스가 있어서 응시자들은 절대로 미역국을 먹지 않는다. 미역이 미끈거리기 때문에 무엇이든 떨어졌을 때 '미역국 먹었다' '미끄러졌다'고 한다.

축구경기에서 골대를 맞추면 그 경기에 진다는 징크스가 있다. 골을 넣기보다 더 어려운 골대를 맞추는 불운에서 그런 징크스가 생겼을 것이다. 또 스포츠 경기에서 자기 팀보다 결코 강하지 않은 특정한 팀에게 되풀이해서 패배할 때도 징크스가 있다고 한다. 또한 인기 스타지만 그가 출연하는 영화는 모두 망한다는 징크스도 있고, 누가 출연하는 CF는 항상 망한다는 징크스도 있다.

그런가 하면 자신에게 행운을 가져다 준다고 믿는 미신적인 행동도 있다. LPGA에서 활발하게 활약하고 있는 프로골퍼 김세영은 마지막 4라운드에는 반드시 빨간색 바지를 입는다. 우연히 빨간색 바지를 입었는데 그 경기에서 우승했던 경험이 있기 때문이다.

김세영이 빨간 바지 효과를 톡톡히 보고 있는 것은 사실이다. 최근 그는 가장 큰 상금이 걸려 있는 2019년 LPGA 최종 경기에서 빨간 바지를 입고 우승했다. 또한 경기를 앞두고 목욕을 하지 않거나 팬티를 바꿔 입지 않는 선수도 있고, 수염을 깎지 않는 선수도 있다. 강한 상대와 맞붙은 경기에서 우연히 그런 상태로 출전했는데 승리했고 몇 차례 승리가 이어지면서 그런 자기만의 믿음이 생긴 것이다.

서양에는 '머피의 법칙(Murphy's law)'이 있다. 우연히 자신에게 불리하고 불운한 상황이 반복해서 일어나는 현상을 말하는 것이다. 항공기술자였던 머피가 충격완화장치 실험에 실패하면서 "잘못될 가능성이 있는 것은 항상 잘못된다."고 말한 것에서 비롯됐다고 한다.

'샐리의 법칙(Sally's law)'도 있다. 우리나라에서도 상영됐던 영화 〈해리가 샐리를 만났을 때〉의 주인공 샐리가 "잘될 가능성이 있는 것은 항상 잘된다."고 말한 것에서 비롯됐다. 일반적으로 그런 일이 일어날 확률이 1퍼센트도 안 되는 나쁜 일이 계속될 때 머피의 법칙에 해당하고, 역시 일어날 확률이 1퍼센트도 안 되는 뜻밖의 좋은 일이 생겼을 때 샐리의 법칙에 해당한다고 한다.

재미있는 것은 우리가 일상적으로 사용하는 숫자에도 이러한 터부와 징크스가 있다는 사실이다. 더욱이 어느 민족, 어느 문화권이든 그들이 좋아하는 숫자와 싫어하는 숫자가 있다는 것이다.

예컨대 한국인은 3이나 7을 좋아하고 4를 몹시 싫어한다. 4는 한자 '죽을 사(死)'자와 발음이 같기 때문이다. 그래서 고층빌딩이나 아파트, 백화점, 종합병원 등에는 대부분 4층이 없다. 3층 다음에 5층이다. 당연히 그곳의 엘리베이터에도 4층이 없다.

중국인이 가장 좋아하는 숫자는 8이다. 8의 중국어 발음이 '부자가되다'라는 뜻인 발재(發財)의 '발(發)'과 발음이 비슷하기 때문이다. 그런 이유로 2008년 중국에서 개최됐던 베이징 올림픽의 개막시간이 2008년 8월 8일 8시 8분이었다. 구하기 힘든 '8888' 자동차 번호판은 부르는 값이 우리 돈으로 1억 원이 넘는다고 한다.

중국인들은 8 다음으로 6을 좋아한다. 6의 중국어 발음이 한자의 '흐를 유(流)'자와 같기 때문이다. 무슨 일이든 순조롭게 흘러간다는 생각에서 6을 좋아한다는 것이다. 그들이 싫어하는 숫자는 우리처럼 숫자 4다. 역시 '죽을 사(死)'와 발음이 같기 때문이다.

서양인이 좋아하는 숫자는 7이다. 그들은 7을 행운을 가져오는 숫자라고 하여 '러키세븐'이라고 한다. 그들이 가장 싫어하는 숫자는 13이다. 특히 '13일 금요일'에는 강한 거부감을 가지고 있다. 왜 그럴까?

서양을 오가는 항공기의 탑승객 좌석에는 13열이 아예 없다고 한다. 프랑스에는 숫자 13이 들어가는 주소가 없다고 한다. 말하자면 13번지, 13

번길과 같은 주소가 없는 것이다. 12번지 다음은 14번지다. 미국은 더욱 심하다. 고층건물에 13층은 없다. 12층 다음은 14층이다. 우리가 4층이 없는 것과 같다.

18세기 영국의 한 생명보험사가 여러 방법으로 사망자 통계를 냈는데, 어떤 방에 13명이 있었다면 그 가운데 적어도 한 명은 1년 안에 죽었다는 통계를 내놓아 13은 더욱 공포의 상징이 됐다고 한다.

1990년대에 미국에서는 숫자 13과 관련된 재미있는 실험이 있었다. 고층의 호화 아파트를 짓고 입주자를 모집했는데 13층은 단 한 채도 임대가 되지 않았다. 그래서 13층 대신 12B층이라고 표시했더니 당장에 모두 임대가 됐다는 것이다. 도대체 왜 이렇게 숫자 13을 싫어할까?

자료에 따르면, 그 기원은 북유럽 신화에서 비롯됐다고 한다. 천계(天界)에 가장 아름다운 발할라(Valhalla) 신전이 있었는데, 이 신전은 천지를 창조한 대표적인 주신(主神)인 오딘(Odin)이 전쟁에 나갔다가 전사한 영웅들을 위로하는 신전이었다.

12명의 신들과 말다툼을 벌이는 악과 분쟁의 신 로키(로렌츠 프리리히)

어느 날 오딘이 12명의 신들을 초대해서 연회를 열었는데 초대하지도 않은 악과 분쟁의 신인 로키(Loki)가 그 자리에 제멋대로 나타나 13명이 됐다. 불청객 때문에 큰 다툼이 벌어져, 로키와 싸우다가 오딘의 아들로 천계에서 가장 사랑받는 신인 발데르(Balder)가 살해됐다. 이것이 숫자 13과 관련된 최초의 불행이라고 한다.

그리하여 유럽 전역에 숫자 13이 불길한 징조로 널리 퍼져가고 있었는데, 중동에서 예수 그리스도의 '최후의 만찬'으로 더욱 불길한 숫자로 각인됐다는 것이다. '최후의 만찬'은 예수가 십자가에 매달리기 전날 밤에 열두 제자와 마지막으로 나눈 저녁식사인데, 이 자리의 참석자 수가 예수를 포함하면 13명이었다. 예수는 그다음 날 십자가에 못 박혔다.

더욱이 불길한 숫자 13이 들어가는 날짜와 금요일이 겹치는 '13일 금요일'은 가장 불길하고 운수 나쁘고 재수없는 날로, 서양인들이 기피하는 날이다. 숫자 13은 알겠지만 금요일은 무슨 까닭으로 기피하게 됐을까?

이 또한 북유럽 신화와 관련이 있다. 북유럽 신화에서 최고의 여신은 프리가(Frigga)다. 금요일 Friday는 그녀의 이름에서 유래한 것이라고 한다. 프리가는 대지의 신, 풍요의 신, 사랑의 신으로 주신인 오딘의 아내이기도 하다.

그런데 주요 구성원인 켈트족과 게르만족이 기독교로 개종하면서 프리가 여신이 산속으로 쫓겨나게 됐다는 것이다. 그리하여 몹시 분노한 프리가는 앙갚음을 하기 위해 금요일이면 그녀를 포함한 사악한 마귀와 마녀들 13명과 함께 모여서 다음 주에는 어떻게 세상에 복수할지 의논했다는 것이다.

그 때문에 금요일에 불길하고 운수 나쁜 일들이 많이 일어난다는 것이다. 거기다가 불행을 가져오는 숫자인 13까지 더해지면 그야말로 최악의 날이 되기 때문에 '13일 금요일'을 절대적으로 기피하게 됐다고 한다. 그와 함께 기독교와 관련된 갖가지 고난과 수난, 불행한 사태들이 제기됐다.

예컨대 에덴동산에서 하와(이브)가 아담을 유혹해서 선악과를 따 먹었다가 낙원에서 쫓겨난 날, 노아가 대홍수로 노아의 방주를 띄운 날, 바벨탑에서 언어의 혼란이 일어난 날, 솔로몬의 성전이 무너진 날, 예수가 골고다 언덕에서 십자가에 못 박힌 날 등이 모두 13일 금요일이라는 것이다.

물론 신화와 전설이기 때문에 성경에 실려 있는 위의 사건들에 대한 사실성을 검증하기도 어렵고, 과연 그 날짜가 모두 13일, 금요일인지 검증하기도 힘들다. 그뿐 아니라 신화의 내용이 시기적으로 맞지도 않는다. 위에서 소개한 기독교와 관련된 사건들은 대부분 기독교가 탄생하기 훨씬 전, 예수가 탄생하기도 전인 구약 시대의 일들이다. 그런데 프리가가 자기 민족이 기독교로 개종하면서 쫓겨나서 불행한 금요일이 되게 했다는 것은 앞뒤가 전혀 맞지 않는다.

그럼에도 '13일 금요일'이 터부가 된 것은 일찍이 기독교가 유럽의 지배적인 종교가 되면서 대다수의 유럽인들이 기독교도들이기 때문에 무조건 수용했기 때문일 것이다. 아울러 사람들이 13일 금요일에 무엇인가 불길한 일이 일어날 것이라는 지레짐작과 함께 매우 사소한 좋지 않은 일이 생겨도 13일 금요일과 결부시키면서 하나의 집단의식과 관습으로 굳어졌을 것이다.

기독교 국가라고 할 수 있는 미국의 국민들은 당연히 숫자 13과 13일 금요일을 금기시하지만, 오히려 그와 반대로 13을 부각시키고 돋보이게 하는 경우도 있다. 미국의 1달러 지폐 뒷면 왼쪽에는 13단의 미완성 피라미드가 그려져 있고, 오른쪽에는 흰머리독수리가 한쪽 발로는 13개의 잎과 열매가 달린 올리브 가지를 움켜쥐고 있고, 다른 쪽 발로는 13개의 화살을 움켜쥐고 있다. 그리고 흰머리독수리 머리 위에는 13개의 별이 있다.

이는 1776년 미국의 독립과 관련이 있다. 독립 당시 미국이 13개 주였

미국의 1달러 지폐_ 왼쪽에는 13단의 피라미드가, 오른쪽에는 올리브 가지와 화살을 움켜쥔 흰머리 독수리가 묘사되어 있다.

던 것을 기념하는 것이다. 미국 국기인 성조기도 마찬가지다. 13개의 붉은 줄과 흰 줄은 독립 당시 13개 주를 나타내고, 왼쪽 상단 푸른 바탕의 흰 별들도 미국 주(州)의 숫자를 나타내는 것이다. 현재는 하와이를 포함해 50개 주여서 별의 숫자도 50개지만 독립당시는 13개였다.

갖가지 터부와 징크스 그리고 숫자에 대한 호불호는 엄밀히 말하면 미신에 불과하다. 어떤 현상이 되풀이되는 우연한 일치에서 집단이나 개인이 스스로 일종의 프레임(frame)을 만들어 놓은 것이다.

하지만 집단의식과 관습이 되면서 그 프레임에 갇혀, 때로는 자신감을 갖기도 하고 때로는 어떤 일을 시작도 하기 전에 미리 위축감과 패배감을 갖는가 하면 두려움까지 느끼게 된다. 신념과 확신이 있으며 실패를 두려워하지 않고 자신이 의도한 행동과 결과에 후회하지 않는 사람이라면 터부나 징크스 따위를 무시해도 상관없을 것이다.

숫자 666은 암호인가, 상징인가

---❈---

숫자 666은 읽는 사람에 따라서 육육육이 되기도 하고 육백육십육이 되기도 한다. 육육육으로 읽으면 무슨 암호 같고, 육백육십육이라고 하면 무언가를 상징하는 것 같다. 어찌 됐든 우리에게 낯설지 않은 이 숫자는 《신약성서》〈요한묵시록〉에 등장하는 숫자로, 그 해석을 두고 다양한 견해와 주장들이 끊임없이 논란의 대상이 되고 있다.

특정한 종교와 관련된 얘기지만 666이 널리 알려져 있고 이 숫자의 뜻과 의미에 대해 궁금해하는 사람들이 많을 뿐 아니라, 서로 다른 다양한 해석들이 존재하기에 좀더 깊이 있게 살펴볼 만한 가치가 있다.

역사적으로 유대인은 유목민족으로 떠돌이생활을 이어왔기 때문에 자신들만의 영토도 없었고 결집된 세력도 없었다. 그런데 유럽과 중동에서 여러 민족들이 나라를 세우면서 정처없이 떠도는 그들은 핍박을 받을 수밖에 없었다.

더욱이 그들은 일찍부터 하느님을 유일신으로 섬기면서 다신을 숭배하는 주변 민족들로부터 더욱 심한 박해를 받았다. 하지만 수많은 유대인들이 한꺼번에 고대 이집트를 탈출하는 엑소더스(Exodus, 출애굽)와 오랜 세월의 고난과 역경을 극복하고 가나안 땅에 이르러 고대 이스라엘 왕국을

출애굽(니콜라 푸생)_ 모세의 인도로 홍해를 건너는 유대인들

건설했다.

그러나 로마제국에 정복당하면서 또다시 박해를 받아야 했다. 그럴 무렵에 예수 그리스도라는 걸출한 선지자가 나타나 구원을 설파함으로써 유대인들은 열광했지만 핍박과 박해를 피하기는 어려웠다. 마침내 예수의 죽음과 부활을 통해 기독교가 탄생했으나 그 때문에 유대인들은 더욱 가혹한 박해를 받을 수밖에 없었다. 기독교도들 주변은 온통 적(敵)이었으며 당연히 기독교를 반대하고 부정하는 그리스도의 적, 즉 적(敵)그리스도로 생각했다.

《신약성서》〈요한묵시록〉 13장 17~18절은 하느님의 말씀을 다음과 같이 전하고 있다.

"… 이 표(표시)는 곧 짐승의 이름이니 그 이름의 수(數)이니라. 지혜가 여기 있으니 총명한 자는 그 짐승의 수를 세어보라. 그것은 사람의 수이니, 그의 수는 666(육백육십육)이니라."

어찌 보면 암호 같고 상징 같기도 하다. 666이 짐승의 이름이라니 어떤 짐승의 이름이란 말인가? 또 그 숫자가 사람의 수라니 어떤 사람들이며 666명이라는 말인가? 특히 고대 히브리어로 된 〈요한묵시록〉을 다른 언어들로 번역하는 과정에서 착오와 오역도 많았다니까 더욱 제대로 해석하기가 어렵고 이해하기 힘들다. 그것이 서로 차이가 있는 다양한 해석들이 나올 수밖에 없었던 이유라고 할 수 있다.

고대 히브리(유대)와 그리스에는 통상적으로 문자를 숫자로 표시하는 사용법이 있었다고 한다. 예컨대 첫 글자는 1, 두 번째 글자는 2, 세 번째 글자는 3과 같은 방식으로 숫자를 풀면 문자가 되고 그 단어에 감춰진 의미를 알 수 있기 때문에 제법 널리 사용됐으며 게마트리아(gematria)라는 숫자 해석법도 있었다고 한다.

문자를 일부러 숫자로 바꿔서 표기한 것은 기독교가 태동했을 때 로마제국의 집중적인 공격을 받았기 때문에 기독교도들의 이름을 감춰 위험을 피하기 위한 방법이었다는 나름대로 일리가 있는 견해가 있다.

아무튼 성서학자들은 그러한 방식에 따라 666을 문자로 풀이하면 고대 로마제국의 폭군이었던 네로 황제가 된다고 말하고 있다. 또 숫자 616을 풀이하면 역시 로마의 폭군이었던 칼리굴라 황제가 된다고 한다. 모두 기독교를 가혹하게 탄압했던 폭군들로, 666은 그들을 '짐승 같은 인간'이라는 뜻에서 '짐승'으로 표현한 것으로 해석했다. 물론 이러한 견해가 절대적으로 지지를 받는 것은 아니다.

또한 666이라는 숫자 자체를 놓고 해석하는 견해가 적잖다. 이를테면 서양에서는 숫자 7을 가장 좋아하며 완전성을 상징한다고 생각한다. 하느님이 6일 동안 만물을 창조하고 7일째는 쉬었기 때문에 일곱 번째 날은 '안식일'이 되고 있고, 근래에 와서 일곱 번째 날이 쉬는 날인 일요일이 된

것도 이러한 기독교의 신앙
관에서 유래한 것이다.

숫자 666은 종종 악마와 관련된다.(폴 귀스타브 도레)

따라서 숫자 6은 숫자 7에
서 하나가 부족하고 못 미치
는 숫자로, 6을 세 번 강조한
666은 불완전의 최대치를 상
징한다는 것이다. 그리하여
666은 하느님을 거짓으로 내
세운 사이비종교나 이단종교, 한 걸음 더 나아가 유일신인 하느님을 섬기
지 않는 다신교 등을 상징하는 것으로, 이들이야말로 타도해야 할 적그리
스도라고 주장했다.

아울러 666은 결코 7이 될 수 없는 불완전의 집합체를 상징하는 것으로,
하느님의 백성이 되기를 거부한 모든 인간들을 지각이 모자라는 짐승으로
상징한 것이라는 주장도 있다. 하느님을 믿고 섬기지 않는 우상숭배자, 무
신론자들은 짐승이나 다름없다는 것이다.

그와 함께 〈요한묵시록〉에서 짐승의 수가 666이며 그것이 곧 사람의 수
라고 했으므로 반드시 맞서 싸워 물리쳐야 할 대표적인 적그리스도가 666
명이라는 뜻으로 해석하고, 당시 기독교 박해에 앞장섰던 로마 황제들을
비롯해서 666명을 찾아내야 한다는 주장도 있었다.

하지만 666의 해석을 놓고 가장 큰 논란이 있었던 시기는 중세였다. 당
시 기독교는 유럽을 지배하는 절대적인 위력을 바탕으로 몹시 부패하여
온갖 비리의 온상이 되고 있었다. 그 때문에 16세기 초 독일의 성직자이자
신학자인 마르틴 루터가 앞장선 종교개혁이 일어나 결국 기독교는 구교

(가톨릭)와 신교(개신교)로 갈라지게 됐다.

이러한 대격변의 과정에서 마르틴 루터는 가톨릭교회의 정점인 교황이 바로 666이라고 공격하고, 교황과 가톨릭교회는 마르틴 루터야말로 666이라며 서로 맹렬하게 공격했다. 마르틴 루터가 교황이 바로 666이라고 주장한 근거는 가톨릭교회에서 교황을 일컫는 '하느님 아들의 대리자'를 숫자로 풀면 666이 된다는 것이다.

하지만 가톨릭교회에서는 터무니없는 주장이라며 반박했다. 교황을 '하느님 아들의 대리자'라고 부르는 것이 아니라 '그리스도의 대리자'라고 부른다며, 오히려 마르틴 루터가 하느님을 비난하는 적그리스도라고 공격했다. 이러한 논란은 그 뒤에도 꾸준히 이어져 오늘날에도 개신교의 일부 성직자나 극단주의자들이 여전히 가톨릭을 666이라며 은근히 비난하고 있다.

물론 666의 해석에 대해 아직까지 확실한 것은 없다. 무신론자들 가운데는 그것은 종교의 협박에 불과하고 하느님을 섬기라는 강요일 뿐이라고 주장하는 사람들도 적지 않다. 한 가지 분명한 것은 인간의 영적 세계를 관장하는 종교에는 어느 것도 정답이 있을 수 없다는 것이다.

비밀 유지가 중요한 군사활동이나 첩보활동 등에서는 암호 사용이 보편적이다. 그 가운데 난수표가 있다. 1부터 9까지의 숫자를 어지럽게 늘어놓은 암호가 난수표다. 그 숫자배열을 알 수 있는 특정한 당사자들만 내용을 파악할 수 있도록 한 것이다.

그러한 난수표 수준은 아니더라도 우리는 갖가지 특정한 숫자에 짓눌려 살고 있다. 휴대폰과 전자메일에도 비밀번호가 있으며 신용카드, 은행 통장, 현관문을 여는 도어록에도 비밀번호가 있다. 자기만 알고 있는 그 비밀번호가 어쩌다 기억이 나지 않으면 아무것도 못한다.

그뿐 아니라 주민등록번호, 집주소, 전화번호, 차량번호, 은행 계좌번호 등 반드시 기억해야 할 숫자들이 너무 많다. 가족, 일가친척, 친구와 동료 등도 그들만의 숫자를 가지고 있다. 그 숫자들도 웬만큼은 기억해야 한다.

휴대폰에는 저장장치와 단축버튼이 있다. 꼭 외우고 있지 않아도 저장해놓았으면 언제든지 상대방의 전화번호가 나타난다. 가까운 가족 등은 단축번호로 숫자 한 개만 누르면 되니까 매우 편리하다. 하지만 역기능도 있다. 어쩌다 휴대폰을 집에 두고 나오면 심지어 가족의 전화번호도 제대로 기억하지 못해 낭패를 볼 때가 있다. 숫자의 공포와 공해에서 벗어날 수 있다면 우리의 삶에서 스트레스가 한결 줄어들 것 같다.

노스트라다무스의 예언

세계에서 가장 오랫동안 많이 읽히고 있는 책은 성경이다. 2위는 셰익스피어의 작품들이고, 유럽에서 3위는 뜻밖에 노스트라다무스 (Nostradamus)의 예언집이라고 한다. 우리는 노스트라다무스를 말하면 당장 예언을 떠올리지만 그의 예언집을 읽은 사람은 드물다. 지구의 종말까지 미리 말해주고 있는 그의 예언은 과연 얼마나 맞을까?

노스트라다무스는 16세기 초 프랑스의 유대인 집안에서 태어났다. 노스트라다무스는 라틴어로 '성모(聖母)의 대리자'라는 뜻이라고 하며 그의 본명은 프랑스어로 미셸 드 노스트르담(Michel de Nostredame)이었다. 유대인답게 어려서부터 매우 총명해서 12세에 라틴어, 스페인어, 히브리어, 그리스어까지 구사할 수 있었다니까 모국어인 프랑스어까지 합치면 12세에 벌써 5개국어를 익힌 수재라고 할 수 있다.

노스트라다무스

그처럼 뛰어난 두뇌로 15세에 아비뇽 대학에 들어갔지만 2년 뒤 프랑스에 흑사병이 창궐하여 학교가 휴교하자 전국을 돌아다니며 철학, 문학, 천문학, 물리학 등의 폭넓은 지식을 쌓았다. 특히 그가 이 시기에 점성술에 심취했다는 기록도 있다.

중세 유럽에서 공포의 전염병이었던 흑사병은 1347년부터 1351년까지 5년 동안 무려 2000여만 명의 희생자를 냈다. 당시 속수무책으로 유럽 인구의 거의 60퍼센트에 해당하는 엄청난 희생자를 낸 것이다. 하지만 17세기까지도 간헐적으로 흑사병이 창궐했다.

노스트라다무스는 1529년 26세에 명문 몽펠리에 대학 의대에 다시 입학했다. 워낙 실력이 뛰어나서 졸업하자마자 의사가 되고 교수로 임명돼 3년 동안 제자들을 가르쳤다. 그 기간에 결혼도 했다. 그런데 결혼한 지 3년이 됐을 때 프랑스에 또다시 흑사병이 만연했다. 그는 의사로서 환자 치료에 발벗고 나섰다.

자신이 개발한 특수한 약품과 새로운 치료법으로 많은 환자들을 구해내면서 그는 전국적으로 유명한 인물이 됐지만 안타깝게도 흑사병으로 아내와 자식을 모두 잃었다. 그는 실의와 허탈감에 빠져 모든 일을 내려놓고 방랑생활로 세월을 보냈다.

노스트라다무스가 다시 나타나 예언을 시작한 것은 1547년경이었다. 그의 예언은 대부분 그 무렵 크게 성행하던 점성술에 의거한 것이었는데 예언들이 비교적 잘 들어맞으면서 차츰 유명해지기 시작했다.

특히 그가 이탈리아를 여행할 때 우연히 지나가던 수도사와 마주쳤는데 갑자기 노스트라다무스가 무릎을 꿇더니 "교황님 앞에 무릎을 꿇나이다." 하더라는 것이다. 그런데 노스트라다무스가 죽은 지 20년쯤 지난 1585년 그 수도사가 정말 교황이 됐다고 한다. 그 교황이 식스투스(Sixtus) 5세다.

노스트라다무스는 1555년 자신의 예언들을 모은 《예언집Les Propheties》을 출간했다. 이 예언집은 앞으로 다가올 1세기에 100개씩의 예언을 한 것으로 모두 942개의 예언이 들어 있으며, 각 예언은 모두 4행의 운문시 형식이다. 따라서 내용이 난해하고 프랑스어, 라틴어, 히브리어 등 여러 언어들이 섞여 있어서 쉽게 내용을 파악하기가 어려워 다양한 해석이 나올 수밖에 없었다. 그 때문에 훗날 그의 예언에 대한 수많은 주석집이 나왔다.

아무튼 그의 몇몇 예언들이 맞는 것처럼 보이면서 당시 프랑스의 왕 앙리 2세의 왕비가 그를 궁전으로 초청해서 자기 가족들의 앞날에 대한 예언을 부탁했다. 이에 노스트라다무스가 예언하기를, 남편인 앙리 2세는 뜻하지 않은 사고로 죽고 아들들은 왕이 되지만 모두 요절한다는 것이다.

그 내용이 너무 충격적이어서 감히 누구도 입 밖으로 꺼내지 못했다고 한다. 왕비를 만나 예언한 것이 먼저인지, 아니면 예언집이 먼저인지는 모르겠지만 그의 예언집에는 이런 대목이 있다고 한다.

"야전(野戰)의 단 일격의 싸움에서 젊은 사자가 늙은 사자를 압도하리라. 황금 투구 안의 눈을 그가 찌르니 일격에 두 군데의 상처로 그는 비참하게 죽더라."

1568년 프랑스 리옹에서 출간된 《예언집》 표지

이 대목이 앙리 2세의 운명을 예언한 것이라고 한다. 앙리 2세는 칼싸움을 좋아하고 기사도를 중시해서 '기사왕'으로 불리기도 했는데, 노스트라다무스가 그에 대해 예언한 지 4년 뒤에 실제로 그러한 사건이 일어났다. 앙리 2세가 스코틀랜드 근위대장과 마상(馬上)에서 창겨루기를 하다가 우연히 근위대장의 창이 앙리 2세의 황금 투구를 관통해서 눈과 목에 큰 상처를 입고 열흘 동안 고통을 겪다가 죽었다는 것이다.

앙리 2세가 그렇게 죽은 것은 사실이지만, 노스트라다무스의 예언에 대해서는 뒷말이 무성했다. 그의 예언을 사람들이 억지로 꿰맞췄다는 것이며, 예언에서는 눈을 찔려 죽는다고 했지만 실제로는 머리를 관통당해 죽었고, 앙리 2세의 투구는 황금 투구가 아니라는 것이다.

아무튼 노스트라다무스의 예언은 갈수록 점점 더 유명해졌으며 그의 예언집은 날개 돋친 듯이 팔려나가 구할 수가 없을 정도였다. 그는 1566년에 세상을 떠났는데 죽기 하루 전날 밤 가족들에게 자신의 죽음을 예언한 것이 그의 마지막 예언이었다고 한다. 그가 죽자 그의 예언집은 더욱 인기를 끌었고, 인기가 올라가는 만큼 더없이 난해한 그의 예언에 대한 갖가지 해석과 주석이 뒤따랐다.

훗날 노스트라다무스의 예언을 오랫동안 분석한 여러 전문가들에 따르면, 그의 예언집에는 영국의 흑사병 창궐, 런던 대화재, 프랑스 루이 16세와 왕비 마리 앙투아네트의 운명, 나폴레옹의 몰락, 독일의 히틀러 등장, 제2차 세계대전의 발발 등을 비롯해서 인간의 달 착륙, 9·11테러, 지구의 종말까지 예언하고 있다는 것이다.

물론 그 가운데 중세와 근대에 일어난 대사건들의 일부가 대충 맞기는 했지만, 역시 그의 예언을 자의로 해석해서 억지로 꿰맞춘 것이 대부분이라는 것이다. 그의 예언에는 정확한 날짜도 없고 구체적으로 지적한 사건도 없다는 것이다. 모두 모호해서 저마다 자신의 입맛에 맞게 자의적으로 해석함으로써 얼핏 맞는 것처럼 보인다는 얘기다.

예컨대 그가 예언했다는 지구의 종말만 하더라도 1999년, 2012년, 2017년, 3997년, 7000년 뒤 등 수많은 해석이 있다고 한다. 우리나라에서 이단종교 '다미선교회'가 시한부 종말론을 내세우고 1992년 10월 28일에 종말이 온다며 휴거소동을 일으킨 것도 노스트라다무스의 지구 종말 예언과 무관하지 않다고 주장하는 사람들이 있다.

우리나라에서 더욱 웃긴 것은 2012년 지구가 종말을 맞는다는 것이었다. 역시 근거는 노스트라다무스의 예언이다. 누가 해석했는지 모르지만 그의 예언에 "조용한 아침의 나라로부터 종말은 시작될 것이다. 그때는 춤추는 말의 둥근 숫자가 아홉 개가 될 때이니…"라는 대목이 있다는 것이다.

따라서 '조용한 아침의 나라'는 잘 알려져 있듯이 우리나라를 가리키는 것이며, 춤추는 말은 가수 싸이가 유행시킨 말춤이라는 것이다. 또한 둥근 숫자 아홉 개는 0이 아홉 개가 될 때라는 뜻으로 10억이 된다. 따라서 싸이의 말춤 유투브 조회 수가 10억 회가 될 때로 2012년 12월이라는 것이다. 도무지 말도 안 되는 이 허무맹랑한 주장은 곧 외국의 어느 유머 사이트에 올라온 것으로 밝혀졌다.

그런데 그보다 앞선 2007년 미국의 다큐멘터리 전문 채널인 '히스토리 채널'이 노스트라다무스를 다루면서 그가 예언한 지구 종말은 2012년이라고 해석함으로써 큰 화제가 됐다. 하지만 2012년에는 지구의 종말과 관련된 아무런 일도 일어나지 않았다. 지금도 툭하면 종교분야에서 종말론이 나오지만, 과학적으로 지구의 수명은 앞으로 무려 50억 년이 남았다고 한다.

또 한 가지 흥미로운 일은 우리나라의 한 심령학자가 노스트라다무스의 유언서를 받았다는 주장이다. 그의 주장에 따르면, 노스트라다무스의 마지막 후손이라는 프랑스인이 자신을 찾아와 유언서를 건네줬다는 것이다.

그 까닭을 물었더니 유언서에 자신(심령학자)의 이름을 가리키는 영문 이니셜이 있는데 동양인인 이 사람을 찾아서 꼭 자신의 유언서를 전해주라고 쓰여 있다는 것이다. 그리하여 무척 긴 세월 동안 수소문하다가 마침내 자신을 찾아냈다는 것이다. 어찌 보면 뜬구름 잡는 듯한 얘기지만 그 심령학자는 이미 고인이 됐으니 조금이라도 근거가 있는 얘기인지, 터무니없는 거짓말인지 사실 여부는 전혀 알 수 없다.

사실 16세기의 노스트라다무스가 20세기에 일어난 제2차 세계대전, 인간의 달 착륙, 9·11테러 등을 예언했다는 것은 도저히 믿을 수 없는 억지 주장이다. 무엇인가 관심을 끌고 싶고 화제의 중심에 서고 싶은 호사가들이 자신들의 기대에 맞춰 자의적으로 그럴듯하게 해석해서 화젯거리를 만들었을 뿐이다.

인간에게는 자신이 믿고 싶은 것만 믿으려는 심리가 있다. 예컨대 점쟁이가 자신의 운명에 대해 열 가지를 얘기했는데 그 가운데 단 한 가지가 엇비슷하게 맞는 것 같아도 그 점쟁이의 말을 믿으려는 심리다. 그 때문에 역술가들이 먹고산다.

인간의 미래에 대해서는 솔직히 아무도 모른다. 세계가 한 울타리가 돼서 정신없이 빠르게 변화하며 갖가지 전혀 예상 못했던 격변들이 마치 갑자기 화산이 폭발하듯 터지는 시대에 미래를 어떻게 알 수 있겠는가. 다만 미래학자들이 과학적인 근거에 의해 미래의 생활환경이나 의식구조의 변화, 사회현상, 경제상황, 국제사회의 변화 등을 예측하는 것은 그나마 신빙성이 있을 것이다.

더욱이 인간 개개인의 운명과 미래를 어떻게 미리 맞힐 수 있겠는가. 노스트라다무스의 예언은 오직 그의 자의적인 판단에 의해 만들어진 것이며 942개의 예언 가운데 어쩌다 몇몇이 우연히 비슷하게 맞았을 뿐, 그 이상도 그 이하도 아니다.

인간에게 초능력이 있을까

---※---

서양에는 힘과 체력이 뛰어난 장사들이 누가 더 강하고 힘이 센지 겨루는 경기들이 많다. 우람한 체격의 장사들이 보통 사람들은 도저히 움직이기도 어려운 엄청난 무게의 쇠로 된 공을 옮기고, 들어올리고, 안고 달리고, 정지돼 있는 트럭을 밧줄 하나로 끌고 가는 등 다양한 종목의 경기가 펼쳐진다.

차력(借力)이라는 것도 있다. 사전에는 '약이나 신령의 힘을 빌려 강한 힘과 기운을 굳세게 함'이라고 풀이하고 있다. 요즘은 보기 어렵지만 한때 차력사들이 자동차와 연결된 밧줄을 이빨로 물어 끌어당기거나 자기 몸 위에 벽돌 따위를 놓고 망치로 내려치는 등의 차력을 흔히 볼 수 있었다.

하지만 이것을 초능력이라고 할 수는 없다. 다만 역도선수가 자기 몸무게의 두 배가 넘는 역기를 들어올리는 것처럼 보통 사람보다 훨씬 강한 체력과 힘을 가졌을 뿐이다. 국어사전에는 초능력을 '정상적인 사람의 능력을 뛰어넘는 능력'이라고 풀이하고 있지만 그것은 글자풀이에 불과하다.

초능력은 초자연적 현상을 일으킬 수 있다고 믿는 정신적인 힘으로 크게 두 가지로 나누는 것이 일반적이다. 하나는 '초감각적 지각'으로 영어로는 ESP(extrasensory perception)이며 또 하나는 '염력'으로 영어로 PK(psychokinesis)가 그것이다. 텔레파시, 천리안, 투시력, 영매 등이 모두 여기에 포함된다.

죽은 자의 영혼과 소통하거나 멀리 떨어져 있는 사람이 어디에 있는지, 어떤 상황이 벌어지고 있는지를 인식할 수 있는 능력, 물체를 투시할 수 있는 능력, 손을 대지 않고도 물체를 움직일 수 있는 능력 등을 초능력이라고 할 수 있다.

초능력을 좀더 쉽게 이해하려면 1970~1980년대 전 세계적으로 큰 화제를 모았던 이스라엘의 초능력자 유리 겔러(Uri Geller)의 경우를 살펴보면 된다. 그는 1984년 우리나라에도 왔었다. 당시 KBS-TV에 출연해서 놀라운 초능력을 보여줘 전국을 떠들썩하게 했었다.

유리 겔러는 다섯 살 때인 1950년 자기 집 마당에서 놀다가 갑자기 하늘에서 떨어진 빛을 받고 초능력이 생겼다고 했다. 그는 자기가 태어난 이스라엘의 나이트클럽, 문화회관, 군부대 등에서 초능력을 보여주면서 유명해지기 시작했다.

그러다가 1969년 이스라엘 TV의 한 직원에게 초능력을 보여준 것이 계기가 돼 TV에 출연하면서 초능력자로 널리 알려지게 됐다. 그가 보여주는 초능력은 주로 숟가락을 문지르기만 하면 구부러지거나 부러지고, 손가락만 갖다대면 자물쇠가 열리고, 탁자 위에 놓여 있는 컵 따위의 물체를 손을 대지 않고 움직이게 하고, 상대방에게 그림을 그리게 한 뒤 자신은 돌아서 있다가 상대방이 무엇을 그렸는지 알아맞히는 등의 행위였다.

1972년에는 독일에서 운행 중인 케이블카를 멈춰서게 하고, 백화점의 운행 중인 에스컬레이터를 멈춰서게 하는 등 놀라운 초능력으로 세계적인 스타가 돼서 쉴새없이 세계 순회공연을 했다.

그러자 과학자들도 그의 초능력에 비상한 관심을 갖고 앞다퉈 그를 불러 갖가지 실험을 했다. 미국 스탠퍼드 대학 연구팀은 유리 겔러의 초능력을 검사한 뒤, 과학으로는 설명할 수 없는 초자연적 현상이라고 발표해서 전 세계가 더욱 큰 관심을 갖게 됐다.

하지만 그의 하늘을 찌를 듯한 인기는 하루아침에 몰락하면서 초능력 사기꾼으로 전락하게 된다. 세계적인 마술사이며 초능력연구가인 캐나다의 제임스 랜디(James Randi)가 유리 겔러의 초능력은 사기이며 마술에 불과한 눈속임이라고 비난한 것이다.

제임스 랜디는 대단한 인물이었다. 이미 열다섯 살에 강신술(降神術)의 허구성을 폭로하고 심령술사는 초능력자가 아니라고 폭로해서 큰 파란을 일으켰으며, 1980년에는 모든 질병은 신앙으로 치료할 수 있다며, TV에 출연하여 즉석에서 암환자의 암덩이를 맨손으로 꺼내고 시각장애자의 눈을 뜨게 하는 등 온갖 환자를 완치시켜 큰 인기를 끌던 목사의 사기행각을 폭로하면서 '초능력 사냥꾼'으로 불리는 유명한 인물이 됐다.

또한 그는 '초현상연구회'라는 국제적인 초능력 연구단체의 창설 멤버이기도 했으며 끊임없이 놀라운 마술을 선보여 명성을 얻고 있는 마술사이기도 했다. 그런 제임스 랜디가 미국에서 선풍적인 화제를 몰고 다니며 순회공연을 하고 있던 유리 겔러를 사기꾼이라고 몰아붙인 것이다.

그의 폭로가 큰 논란을 일으키자, 당시 미국 NBC-TV의 최고 인기프로그램이었던 '자니 카슨 쇼'가 유리 겔러와 제임스 랜디, 두 사람을 출연시켜 진실 공방을 펼쳤다. 하지만 유리 겔러는 초능력 사냥꾼 앞에서 아무런 초능력도 보여주지 못하고 완패했다.

제임스 랜디는 유리 겔러의 초능력은 마술에 불과한 속임수라며 그 실체를 낱낱이 공개했다. 유리 겔러의 주특기인 손가락으로 문질러 숟가락을 구부리고 절단하는 묘기는 초능력이 아니라 형상기억합금이라는 특수

금속을 이용한 것이고 폭로했다. 형상기억합금은 일정한 온도로 열을 가하면 처음 제작된 형태로 돌아가는 금속이라고 한다. 겔러가 숟가락을 문지르는 것이 열을 가하는 행동이라는 것이다.

또한 숟가락이 부러지는 것은 미리 숟가락을 절단하여 교묘하게 붙여놓은 속임수이며, 뒤돌아서 있으면서 상대방이 그리는 그림을 맞히는 것은 손 안에 작은 거울을 교묘하게 감추고 있어 가능한 것이라고 폭로했다. 말하자면 유리 겔러는 마술사에 불과하다는 것이다.

궁지에 몰린 유리 겔러도 가만있지 않았다. 제임스 랜디를 명예훼손으로 고소하며 1500만 달러의 보상금을 요구했다. 하지만 재판 과정에서 겔러는 역시 아무런 초능력도 보여주지 못했고, 오히려 제임스 랜디에게 12만 달러를 배상하라는 판결을 받으면서 몰락의 길에 들어서게 됐다.

1996년 제임스 랜디는 교육재단을 설립하고 과학적으로 입증할 수 있는 초능력을 가진 사람이 있다면 100만 달러를 주겠다고 선언했다. 그 뒤 1000여 명이 도전했지만 지금까지 100만 달러를 받은 사람은 없다고 한다. '세기의 사기꾼'으로 비난을 받으며 몰락한 유리 겔러도 뒤늦게 "나는 초능력자가 아니다. 많은 사람들에게 즐거움을 주는 엔터테이너일 뿐이다."라고 고백했다고 한다.

2007년 제임스 랜디는 일본 니혼 TV에 출연해서 투시 능력이 있다는 도전자들을 상대해 모두 실패하게 만들었다. 그런 뒤 다음과 같은 유명한 말을 했다고 한다.

"증명할 수 없는 힘을 믿어서는 안 된다. 국가 또는 개인이 초자연현상을 만드는 것은 대단히 위험한 행위이자 사이비다."

그렇다면 우리 인간에게 초능력은 불가능한 것인가? 인간이 초능력을 갖고자 하는 것은 결코 이룰 수 없는 환상이란 말인가? 반드시 그렇다고 단정적으로 말할 수는 없다.

이미 고대에도 초능력 행위가 있었다. 주술사나 무당은 초자연적인 현상을 일으킬 수 있다고 믿었으며, 그들은 신이나 죽은 조상들의 영혼과 소통하는 신통력을 지녔다고 믿었다. 따라서 그들에게 가뭄이나 홍수 등의 자연재해를 막아주기를 기대했고 온갖 질병을 치료해줄 수 있을 것으로 기대했다.

물론 그들의 초능력적 행위가 대부분은 아무런 가시적 성과도 가져오지 못했지만 고대인들은 오래도록 그들에게 초능력을 기대하며 많은 것을 의지했다. 종교가 등장하면서 자신들이 숭배하는 전지전능한 신이 기적을 일으키기를 기대했다. 하지만 그것은 인간의 능력에 의한 초능력이 아니라 실체가 없는 신에게 초능력을 기대한 것이다.

인간의 초능력에 대한 개념이 등장한 것은 19세기였다고 한다. 과학이 발전하면서 스스로 초능력자를 자처했던 강신술사·마법사·마술사·주술사·요술가 등이 자연히 설 자리를 잃게 됐고, 초능력에 대한 진지하고 과학적인 연구가 있었지만 실제로 초능력이 과학적·공식적으로 검증된 적은 없었다.

그럼에도 미국·영국·소련 등 강대국들은 그들에게서 초능력에 대한 개념을 얻어, 초감각적 지각이나 염력에 대한 능력 개발에 관심을 갖고 관련 분야의 여러 과학자들에게 프로젝트를 제시하고 지원했다.

그러다가 20세기 중반을 넘어서 미국과 당시 소련이 대립하는 냉전시대가 되면서 두 강대국이 초능력에 더한층 비상한 관심을 쏟기 시작했다. 초감각적 지각과 염력을 과학적으로 연구해서 본격적으로 초능력을 개발하면 첩보전 등 군사작전을 펼치는 데 크게 유리하다고 판단한 것이다.

유리 겔러가 미국에 와서 초능력으로 위장한 마술쇼를 펼치며 선풍적인 인기를 끌고 있을 때 미국의 과학자들이 큰 관심을 가졌던 것도 그 때문이다. 과학자들은 앞다퉈 유리 겔러를 초빙해서 그의 초능력을 과학적으로 실험했는데, 거의 대부분이 겔러의 초능력을 인정하고 놀라움을 숨기지 않았다.

하지만 그것은 미국의 과학자들이 유리 겔러의 사기수법에 완전히 속았던 것이다. 그들은 겔러가 초능력을 지니고 있다는 선입견을 가지고 겔러가 밀실(실험실)로 들어갈 때 무엇을 몸에 감추고 있는지조차 검사하지 않았다고 한다.

아무튼 신뢰할 만한 과학자들조차 겔러의 초능력을 인정하는 태도를 보이자 미국 국방성에서도 가만히 있을 수 없었는지, 오리건 대학의 심리학 교수 레이 하이먼(Ray Hyman)에게 정식으로 검증을 의뢰했다. 이에 유리 겔러의 초능력을 검사한 하이먼 교수는 겔러를 가리켜 '카리스마적 사기꾼'이라고 한마디로 잘라 말했다.

이로써 유리 겔러는 완전히 몰락했지만 미국과 소련의 과학적인 초능력 개발은 더욱 가속화됐다. 초능력 개발에 성공만 한다면 군사작전과 첩보전에서 절대적인 우위를 차지할 수 있기 때문이다. 그러나 소련이 해체되면서 독립국이 된 러시아는 군사적 목적의 초능력 개발을 중단한 것으로 알려졌다.

그렇지만 군사적 목적 이외에 초능력 개발이 절대적으로 필요한 분야가 있었다. 바로 우주개발이다. 특히 치열한 우주개발 경쟁을 펼쳤던 미국과 소련이 앞장섰다. 소련은 1961년 인류 최초로 우주비행사 유리 가가린(Yurii A. Gagarin)이 우주선 보스토크 1호를 타고 108시간의 우주비행에 성공하며 미국을 앞서나갔다.

절치부심하던 미국은 1969년에 닐 암스트롱(Neil A. Armstrong)의 지휘로 아폴로 11호를 인류 최초로 달에 착륙시키는 데 성공했다. 이처럼 지구에서 우주로 유인우주선을 보낼 수 있는 수준에 이르게 되자 가장 중요한 과제 중의 하나가 통신 문제였다.

우주선에 타고 있는 비행사와 지구의 관제센터와의 긴밀한 전파통신이 필수적인데 교신하는 데 상당한 시간이 소요된다. 가령 화성에서 전파를 보내면 지구에 도달하는 데 약 15분이 걸리고 토성은 약 90분이 걸린다는 것이다.

이와 같은 불가피한 시간차는 우주선이 갑자기 고장나거나 비행사에게 갑작스런 신체 이상이 왔을 때 곧바로 대처하기 어렵게 한다. 우주선에서 긴급한 상황을 관제센터에 보고하고, 관제센터에서 우주선으로 대처 방안을 전달하는 데 많은 시간이 걸린다면 그 사이에 우주선에 어떤 치명적인 상황이 발생할지도 모른다.

그에 따라 미국과 소련 등은 경쟁적으로 초능력 개발을 서둘러서, 이미

인류 최초의 우주비행사 유리 가가린과 그가 탔던 우주선 보스토크 1호

고도의 정신적·육체적 훈련을 받은 우주비행사들에게 텔레파시(telepathy)와 염력 등을 발현시킬 수 있는 능력을 개발함으로써 초능력을 갖출 수 있도록 모든 노력을 집중했다.

텔레파시는 우리말로 '정신감응'으로 번역하는데, 사전적으로 '어떤 사람의 마음이나 생각이 언어나 동작 등을 통하지 않고 멀리 떨어져 있는 다른 사람에게 전해지는 심령현상'이라고 풀이하고 있듯이, 도구(매개체)를 전혀 사용하지 않고도 멀리 떨어져 있는 사람과 의사소통을 할 수 있는 능력을 말한다.

염력은 인간의 의지나 의도, 즉 정신력으로 어떤 대상이 되는 물질에 영향을 미치는 힘이나 작용을 말한다. 바꿔 말하면, 정신 집중을 통해 어떤 특정한 물체를 움직이거나 변화시킬 수 있는 정신적 힘을 말하는 것이다.

1971년, 미국의 유인우주선 아폴로 14호가 무사히 달에 착륙했다. 아폴로 14호는 여덟 번째 유인우주선이며 세 번째로 인간을 달에 착륙시킨 것이다. 이 우주선에는 세 명의 우주비행사가 탑승했는데 그 가운데 에드거 미첼(Edgar D. Mitchell) 박사가 있었다. 그는 매사추세츠 대학에서 항공우주학 박사학위를 받은 우주비행사였다.

아폴로 14호가 달 착륙에 성공해서 많은 임무를 수행하고 지구로 무사히 귀환한 뒤, 미국의 언론들은 다음과 같은 기사를 내보냈다.

"아폴로 14호의 우주비행사 에드거 미첼 박사는 지구와 달 표면 사이의 우주공간에 ESP나 PK의 실험에 도전

우주비행사 에드거 미첼_ 달에 착륙해 걸으면서 지도를 보고 있다.

해서 큰 성공을 거두었다."

이것은 우주비행사들이 어느 정도 초능력을 발휘할 수 있게 됐다는 말이나 다름없다. 유인우주선이 우주에서 획득한 각종 지식과 정보는 NASA(미 항공우주국)의 극비사항이어서 자세한 내용은 알 수 없지만, 미첼 박사가 우주비행사를 그만두고 곧바로 초심리학과 초능력을 연구하는 '정신과학연구소'를 설립한 것을 보면 과학적인 초능력 개발에 자신감이 있었던 듯하다.

사실 그는 우주비행사에서 은퇴한 지 얼마 안 된 1972년 일본 니혼 TV와 한 인터뷰에서 우주비행사들의 초능력과 관련해서 몇 가지 정보를 흘리기도 했는데 대략 다음과 같은 것들이다.

- 우주선 내에서 지상의 휴스턴 관제센터와 텔레파시에 의한 송신과 수신 실험이 있었다.
- 그것은 단순한 그림이나 심상뿐만 아니라 새로 개발된 텔레파시 커뮤니케이션용의 언어로 이루어졌다.
- 그것에 사용된 언어는 모스 부호와 비슷한 두 종류의 부호를 섞어 만든 패턴으로 이루어졌는데 상당히 복잡한 내용까지 송수신이 가능했다.
- 내용은 밝힐 수 없으나 PK 실험이 있었으며 그 실험은 성공적이었다.
- 나뿐 아니라 많은 우주비행사들이 우주비행에서 이러한 종류의 실험에 참가했다.

극비사항이어서 구체적인 발전 상황은 알 수 없지만, 1972년에 초능력 개발 수준이 그 정도였다면 50년 가까이 지난 지금은 이미 실용화 단계일 것으로 충분히 짐작할 수 있다. 소련도 그보다 훨씬 앞서 초능력 개발을 공개한 적이 있다. 이미 1960년대 초반에 당시 니키타 흐루쇼프(Nikita S. Khrushchyov) 소련 수상은 "우리들은 이미 우주 공간에서 ESP를 사용했다."고 공식적으로 발언했다.

그 무렵에 소련의 과학자들도 우주비행사들은 갑작스런 돌발사태에 대비해서, 앞으로 일어날 일을 미리 알 수 있는 예지력이 반드시 필요할 것으로 보고 초능력 개발 프로젝트를 실행하고 있다고 밝혔다. 그뿐 아니라 장차 우주에서 다른 외계에서 온 우주선과 조우하게 됐을 때 텔레파시가 가장 유력한 교신수단이 될 것이라고도 했다.

그러면 어떻게 과학적으로 보편적인 인간이 텔레파시나 염력을 갖게 할수 있을까?

에드거 미첼 박사를 비롯한 과학자들은 그것은 실제적으로 인간의 잠재력을 이끌어내는 것에서 비롯된다고 말한다. 잠재력이란 겉으로 드러나지 않고 숨겨져 있는 힘이다. 예컨대 집에 화재가 발생하는 등 긴박한 상황이 일어났을 때 평소 자신의 힘으로 들지 못하던 몹시 무거운 물건을 자기도 모르게 번쩍 들고 나오는 힘과 같은 것이 잠재력이다. 어찌 보면 그런 놀라운 힘이 잠재력이며 초능력이라고 할 수 있을 것이다.

미첼 박사는 "거의 모든 사람이 잠재력을 갖고 있다고 믿는다. 다만 사람마다 개성이 다르듯이 지니고 있는 잠재력(초능력)에도 종류와 강약의 차이가 있다. 따라서 어떻게 개인의 잠재력을 끌어내서 그것을 의식적으로 컨트롤할 수 있느냐에 달려 있다."고 했다.

초감각적 지각이나 염력을 개발한다면 어딘지 막연하고 추상적인 느낌이 들지만, 누구에게나 내재돼 있는 잠재력을 이끌어내는 것이라면 매우 구체적이고 충분히 가능하다는 생각을 하게 된다.

실제로 이미 오래전부터 텔레파시가 뛰어난 사람, 염력이 남달라 영매로 활약한 사람들이 적잖다. 그들이 빼어난 예지력으로 곧 일어날 큰 사고들을 맞히기도 하고 영매는 현대적인 범죄 수사에도 기여해 큰 성과를 거둔 경우들이 널리 알려져 있다. 그들의 믿기 어려운 능력은 그들만의 특별한 잠재력이 바탕이 됐을 것이다.

앞서 설명했듯이 과학적인 인간의 초능력 개발은 이미 반세기가 훨씬 넘는 역사를 가지고 있다. 이제 인간에게 초능력이 있는지 없는지 의문을 갖기보다는 초능력을 어떻게 실용화하고 활용할지를 조심스럽게 판단해야 하는 시점에 이르렀다고 봐도 과언이 아닐 것이다.

다만 그에 대한 정보와 지식은 여전히 극비사항이어서 공개되지 않고 있을 뿐이다. 하지만 초능력 개발이 보편화되고 대중화된다면 수많은 문제들이 뒤따른다. 이를테면 인류의 평화를 해치는 특정한 국가나 군대, 테러조직, 범죄조직이나 범죄자 등이 초능력을 습득해서 이용한다면 엄청난 재앙을 가져올지도 모른다. 따라서 우주개발 이외에는 활용해서는 안 될 충분한 이유가 있다.

여담이지만 '마법'과 '초능력'의 차이가 무엇인지 궁금해하는 사람들이 있다. 쉽게 말하면 마법은 도구를 사용하는 것이고 초능력은 전혀 도구를 사용하지 않는 것이다.

신내림

———— ✳ ————

　'신내림'은 잡신(雜神)이 특정한 사람에게 깃들어 그 사람으로 하여금 영적인 행동을 하게 하는 것이다. 귀신이 몸에 들어오는 '빙의'와 비슷한 현상이다. 하지만 신내림을 받은 사람은 몸에 깃든 잡신을 쫓아내지 않고 받아들여 영적인 행동을 하기 때문에 몸 안에 깃든 귀신을 내보내려는 빙의와는 차이가 있다.

　신내림을 받으면 대부분 무당이 된다. 무당에는 신내림을 받은 강신무(降神巫)와 부모로부터 무당의 기능을 물려받은 세습무(世襲巫)가 있다. 세습무도 그냥 부모의 직업을 물려받는 것이 아니라 신기(神氣)까지 물려받아야 하며, 무당인 부모 곁에서 오랜 기간 무당으로서의 의식 진행과정 등의 수련을 받아야 한다.

　다시 말하면 강신무는 신내림으로 신탁(神託)을 받아 영적 활동을 하는 무당이다. 신과 소통하는 영적 능력이 있어서 신과 인간의 중개자 역할을 하는 '영매(靈媒)'도 신내림을 받은 사람이라고 할 수 있다.

　특정한 사람만이 신내림을 받는 것은 아니다. 가끔 이름이 알려진 연예인이 신내림을 받아서 화제에 오르기도 한다. 평범한 사람이 신내림을 받는 경우가 많으며 남자보다는 여자가 많은 것도 특징 가운데 하나다. 신내림을 받게 되는 사람은 먼저 그 증후를 나타낸다. 이유 없이 갑자기 몸이

1900년경 굿을 하고 있는 무당

아파서 병원에 가도 대개 병의 원인을 찾아내지 못한다.

또한 평소 건강한 사람이 무슨 까닭인지 깊이 잠들지 못하고 잠이 들어도 자주 깨는 등 신경이 예민해져서 감정의 기복이 심해진다. 그리하여 느닷없이 비명을 지르고 신음소리를 내는가 하면 이해할 수 없는 말을 늘어놓기도 하고 난폭해지기도 하면서 정상적인 생활이 어려워진다.

누군가 이처럼 이유 없이 병원에서도 원인을 알 수 없는 병을 앓거나 갑자기 비정상적인 말과 행동을 하게 되면 그것을 치료하기 위해 무속에 의지하는 경우가 많다. 가령 무당을 찾아가면 '신기가 있는 것 같다' '무병(巫病)이다' '신병(神病)이다'라고 하면서 신내림의 증후라고 한다. 혼자 알 수 없는 말을 중얼거리면 '말문이 틔었다'고 하면서 분명한 신내림 증후로 판단하고 '내림굿'을 준비한다.

내림굿은 무당이 주관하는데 반드시 강신무만 할 수 있는 굿은 아니다. 세습무도 내림굿을 주관할 수 있다. '귀신이 씌운' 이른바 빙의된 환자를 대상으로 하는 굿과는 정반대다. 빙의된 사람은 귀신을 쫓아내려는 푸닥거리지만 내림굿은 신을 받아들이기 위한 의식으로서의 굿이다. 이렇게 신내림을 받은 사람도 무당이 된다. 강신무가 되는 것이다.

강신무가 되는 과정에서 핵심이 되는 것은 어떤 신의 신내림을 받았느냐 하는 것이다. 앞에서 잡신으로 표현한 것도 그 까닭이다. 무속에서 무당이 체험하는 신은 무척 다양하기 때문이다. 무속인들에 따르면 산신령도 있고 칠성신도 있으며 지신(地神)도 있다고 한다. 또한 장군신, 대감신, 조상신 등 인격화된 신도 있다는 것이다.

신내림을 받아 무당이 된 강신무는 자신이 어떤 신을 받아들였는지 확실히 알아야 하며, 그 신이 곧 신앙의 대상이 된다. 앞으로 강신무로서 모든 무속의식을 주관할 때 그 신을 모시면서 소통하는 것이다.

현대과학에서는 신내림 현상도 빙의처럼 정신질환의 범위 안에서 판단하는 것 같다. 정신분열, 히스테리, 조현병 등의 증후로 진단하고 환자에 따라서는 간질의 증상으로 판단한다. 또한 무당이 접신해서 신과 소통하는 행위도, 격렬한 춤과 연주 등을 통해 자신을 무아(無我)의 경지에 몰아넣고 엑스터시(ecstasy) 상태에 이르는 것으로 이해한다.

'엑스터시'란 신을 보거나 신과 관계를 맺거나 신과 소통하는 경험을 말한다. 무당은 자신을 그러한 상태로 몰입시켜 거의 무의식적으로 여러 말을 하게 되는데 그것을 신과 소통하는 것으로 인식하는 것이다. 물론 무당이 쏟아놓는 말들이 과학적으로 사실인지 진실인지, 우리는 알 수 없다.

드물지만 사람에 따라서 염력(念力)을 지닌 사람들이 있다. 염력이란 일반적으로 정신집중을 통해 공중부양이나 손대지 않고 의자 따위의 물체를 움직이게 하는 초능력을 말한다. 아울러 염력을 영력(靈力)과 같은 것으로 보기도 한다. 영력이란 텔레파시, 투시, 예지력 등 보통 사람들은 갖지 못한 특수한 영적 능력이다. 무당이나 영매 가운데 그런 영력을 지닌 사람이 있을 수 있다.

무당은 상당히 오랜 역사를 가지고 있다. 고대에도 어떤 초자연적인 존재와 소통하는 샤먼(shaman)이 존재했다. 샤먼이 곧 무당이라고 할 수 있다. 우리 민족의 시원이기도 한 시베리아 바이칼호 주변에서도 샤먼이 절대적인 영향력을 발휘했으며, 고조선의 시조인 단군(檀君)도 샤먼이었다는 일부 학자들의 견해도 있다.

고대 부족국가시대에 군(君)은 무(巫)를 뜻했으며 신과 소통하는 초능력적이고 영적인 존재로 존중됐다는 것이다. 또한 '단군'이 '샤먼'과 발음이 비슷하다는 주장도 있다. 무당이나 영매의 텔레파시나 예지력을 과학적으로 판단할 수는 없지만, 그들이 짚어주는 예언이나 비과학적인 판단이 적중하는 경우도 적잖아서 무작정 미신으로 치부하기에는 난감한 면이 있는 것도 사실이다.

무녀신무(巫女神舞)_ 〈혜원풍속도첩〉 중에서(간송미술관 소장)

하지만 이 글은 신내림이나 신내림을 받은 무당의 판단에 대해 논하려는 것이 아니다. 무속을 수용하는 사람들은 무당과 신의 소통을 긍정적으로 받아들이며 그의 초능력을 인정한다. 사실 인간의 능력에는 한계가 있으며, 그 능력은 모든 사람들이 거의 엇비슷하다. 아무리 신체적인 능력이 뛰어나도 인간이 하늘을 날 수는 없으며 물 위를 걸을 수는 없다. 아무리 비상한 정신력을 가졌더라도 자신의 미래조차 예측하지 못한다.

그리하여 인간은 일찍부터 제한된 능력을 넘어서는 초인간적인 초능력에 대한 판타지를 선망했다. 그에 따라 산업혁명으로 갖가지 기계가 등장했으며, 신기한 도술이 나타나고, 종교를 믿으며 신에게 의지해서 기적적인 도움을 받으려는 등 갖가지 방법들을 시도한다. 그러나 현실적으로 자기 자신에게 초능력이 부여되는 경우는 거의 없다.

따라서 인간이 초능력을 갖고 싶어 하는 판타지는 영원히 계속된다. 그러한 선망에 부응해서 공상과학이 등장하고, 그러한 공상과학이 우주 탐사와 같은 현실이 되기도 한다. 또한 비록 픽션이지만 우리들이 '슈퍼맨' '슈퍼우먼'의 초인간적인 활약에 환호하는 것도 그 까닭이다.

빙의와 퇴마

———❋———

'빙의(憑依)'는 몸속에 귀신이 들어 있다는 뜻이다. 국어사전에서는 '영혼이 옮겨 붙음'이라고 풀이하고 있다. 편안하게 저승으로 가지 못하고 어떤 원한이나 억울함 등으로 구천을 떠돌던 망자의 영혼이 귀신이 돼서 특정한 사람의 몸속으로 들어간 상태가 빙의다.

귀신은 대개 어떤 목적에 의해 선택된 특정한 사람의 몸으로 들어가는 경우가 많다고 한다. 갖가지 한(恨)이나 억울함을 지닌 채 이승을 떠난 망자가 귀신이 돼서 그것을 풀어줄 수 있는 사람을 선택해서 그의 몸속으로 들어간다는 것이다. 또는 마음의 상처가 심해 트라우마가 있는 사람, 악령(마귀)에게 선택된 사람, 때로는 호기심으로 귀신이 자주 나온다는 곳으로 간 사람, 몹시 허약한 사람 등이 빙의가 되는 경우가 많다고 한다.

줄여 말하면 빙의는 내 의지대로 되는 것이 아니라, 어떤 보이지 않는 기운이 내 몸에 깃들어 조종하게 되는 상태라고 할 수 있다. 물론 스스로 귀신을 받아들이는 경우도 있지만 누구나 원한다고 되는 것은 아니다. 신내림을 받은 무당이나 영매와 같이 특별한 영적 능력이 있는 사람이어야 가능하다.

영매는 죽은 사람의 영혼과 서로 의사가 통해 망자의 혼령과 살아 있는 사람 사이를 연결하는 영적 능력을 지닌 매개자다. 외국에서는 수사관들이 어떤 사건을 수사하는 과정에서 피살당한 사람의 시신을 못 찾을 때 영매의 도움을 받기도 한다.

어떠한 이유로든 빙의가 된 사람은 평소 자신의 성격과는 전혀 다른 말과 행동을 한다. 마치 자기가 아닌 다른 사람처럼 이상한 말과 행동을 하기 때문에 주위 사람들이 '정신 나갔다' '헛소리를 한다'며 경계하고 정신 상태를 의심한다.

평소의 성격과 전혀 다른 이상한 성격을 드러내며 도무지 이해할 수 없는 말을 쏟아놓거나 횡설수설하고 느닷없이 분노하며 충동적이고 돌발적인 엉뚱한 범죄를 저지르기도 한다. 수사기관에서는 흔히 '심신미약' '정신이상'으로 판단하지만, 종교나 무속에서는 그 사람의 몸에 귀신이나 악령이 깃들어서 그 귀신이 생전에 지녔던 성격이 자기도 모르게 밖으로 표출되기 때문에 본래 성격과는 전혀 다른 말과 행동을 하게 된다는 것이다.

그에 따라 빙의가 된 사람은 정상적인 생활이 거의 불가능하고 갈수록 허약해지는가 하면, 원인을 알 수 없는 병으로 시름시름 앓는 경우가 흔해서 병원을 찾게 되지만 병원에서도 확실한 발병 원인이나 병명을 알아내지 못하기 때문에 약을 복용하기도 어렵다. 그렇다고 그냥 방치하면 병이 점점 깊어져 환자는 거동조차 힘들어진다.

환자가 이러한 중병 상태에 이르게 되면 가족이나 보호자는 지푸라기라도 잡는 심정으로 어쩔 수 없이 종교나 무속신앙에 의지하게 되고, 그들이 빙의된 환자에게서 귀신이나 악령을 쫓아내는 갖가지 의식 행위가 바로 '퇴마(退魔)'다.

이러한 빙의와 퇴마는 많은 사람들의 관심을 갖기 때문에 국내외에서 수많은 문학작품과 영화, 드라마의 소재가 되기도 했다. 작가 이우혁이 쓴 《퇴마록》은 1990년대 중반에 판타지 소설로는 드물게 베스트셀러가 되기도 했다.

　'퇴마'를 설명하기에 앞서 빙의를 정신의학 또는 심리학에서는 어떻게 판단하고 있는지 살펴볼 필요가 있다.

　사람에 따라 경우가 다르지만 아동기나 청소년기에 지속적으로 심하게 학대를 당한 경험이 있거나, 잊지 못할 마음의 깊은 상처가 있거나, 과거에 어떤 충격적인 상황을 목격한 경험이 있을 때 트라우마(trauma)가 있는 경우가 많다.

　이런 사람은 사이코패스가 되기 쉽고 연쇄살인 등을 저지르는 흉악범이 될 확률이 높다. 미국의 저명한 범죄학자가 수감 생활을 하는 흉악범들을 대상으로 조사해보니 약 70퍼센트가 어렸을 때 심한 학대에 시달린 경험이 있는 것으로 나타났다.

　또한 잔혹한 살인범이 붙잡혔을 때 그와 가까이 지냈던 주변사람들이 "그럴 리가 없다. 그 사람은 벌레조차 죽이지 못하는 여리고 착한 사람이다." "믿을 수가 없다. 그 사람은 항상 남을 돕는 일에 앞장서 이웃으로부터 칭찬받는 사람이다." "그 사람은 무척 사교적이어서 누구와도 친하게 지내는 사람이다."라며 크게 놀라는 반응을 보이는 경우가 흔하다.

　이처럼 자기 본래의 성격과 전혀 다른 성격이 발현해서 납득할 수 없는 엉뚱한 말이나 행동을 할 때, 정신의학이나 심리학에서는 그것을 '해리(解離)현상'이라고 한다. 이러한 현상은 자신이 감당하기 어려운 정신적 고통, 내재된 응어리진 감정 또는 그 일부를 자기 본래의 마음에서 분리시키는 현상으로 일종의 정신질환, 정신분열증으로 판단한다. 미국 정신의학회에서는 빙의를 '해리성 몽환장애'로 분류한다.

　해리현상을 겪고 있는 사람은 일반적으로 기억상실, 다중성격장애, 환각, 환청, 조현병, 공황장애 등의 정신질환에 시달리게 되는데, 정신의학에서는 빙의도 해리현상의 하나로 보는 것이다. 말하자면 억제돼 있던 트라우마가 자기 본래의 성격에서 분리되면서 표면으로 드러나는 것이다. 이러한 해리현상은 무의식적으로 표출되기 때문에 그 까닭을 자기 자신도 모른다.

또한 이미 지니고 있는 트라우마뿐 아니라 그동안 살아가면서 겪게 되는 분노·울분·억울함 등이 쌓여가고, 그것을 해소하지 못하면 흔히 말하는 '화병' '울화병'이 된다. 예로부터 '화병에는 약도 없다'고 했으며 한 학자는 화병은 마음의 암, 즉 심암(心癌)이라고 했다.

빙의가 된 사람처럼 정신의학적으로 해리현상을 겪고 있거나 견디기 어려운 화병을 심하게 앓고 있는 환자는 최면치료를 받기도 하지만 현대의 술로도 치료하기 어렵다. 더욱이 귀신이나 악령이 있다고 믿는 사람은 자신의 빙의를 실제적인 상태로 인식한다.

따라서 알 수 없는 병으로 심하게 아프거나 자신의 성격과 전혀 다른 어떤 성격이 표출될 때, 자기 몸에 귀신이 들어왔다고 믿는다. 이렇게 빙의가 된 환자에게는 과학적·의학적 설명이 불가능하다. 다시 말하면 현대의 의술로 해결할 수 없기 때문에 종교나 무속에 의지해서 몸속으로 들어온 귀신을 쫓아내려고 한다. 그것이 '퇴마'가 존재하는 이유이기도 하다.

빙의가 된 환자에게서 귀신이나 악령을 쫓아내는 퇴마는 구마(驅魔), 축귀(逐鬼), 제령(除靈) 등으로 표현하며 서양에서도 오랜 역사를 지니고 있다. 퇴마의식을 영어로는 엑소시즘(exorcism)이라고 하며 퇴마를 주관하는 사람을 엑소시스트, 우리말로는 '퇴마사'라고 한다. 개신교와 가톨릭에도 퇴마의식이 있으며 불교에서도 빙의를 인정하고 있다.

악마에 홀린 여성에게 구마의식을 행하는
성 베드로 순교자(안토니오 비바리니)

기독교 개신교에서는 목사가, 가톨릭에서는 신부가 퇴마를 주관하는데 모든 목사나 신부가 퇴마의식을 주관할 수 있는 것은 아니다. 특수한 영적 능력을 가진 몇몇 사제만이 주관할 수 있다. 교회법에 모든 사제는 퇴마의식을 거행할 수 있다고 되어 있지만 그런 능력을 가진 사제는 극소수에 불과하다고 한다.

특수한 영적 능력이 없는 사제나 사이비종교의 자격 없는 교주 또는 사이비 퇴마사 등이 환자의 몸에서 귀신, 악령, 마귀를 쫓는다고 멋대로 퇴마의식을 행사하다가 환자를 죽이는 사례가 가끔 보도된다. 귀신을 쫓아낸다며 허약한 환자를 마구 때리고 짓밟거나 마냥 굶기거나 소금물 따위만 먹게 하거나, 의식을 잃을 정도로 병세가 악화된 환자를 절대로 병원에 가지 못하게 해서 결국 환자가 죽게 되는 것이다.

무속에서는 무당이 빙의된 환자의 몸에서 귀신을 쫓아내는 '푸닥거리'를 주관한다. 대개의 푸닥거리는 환자의 몸에 깃든 잡귀에게 간단한 음식을 대접하고 주술로 내보내는 비교적 가벼운 의식이다.

하지만 환자의 상태에 따라 크게 굿판을 벌이는 경우도 있다. 이 굿판에서는 무당과 흔히 '잡이(잽이)'라고 부르는 악사들이 한 팀을 이룬다. 굿판은 무척 요란하다. 장구, 꽹과리, 징 등 주로 타악기를 세게 두드려 분위기를 고조시키고, 무당은 격렬한 춤으로 자신을 무아지경에 이르게 해서 귀신과 소통한다. 때로는 과격한 행동으로 환자의 넋을 빼놓기도 한다.

그리하여 환자의 몸에 깃든 귀신을 위협하기도 하고 달래기도 하면서, 마침내 귀신을 빼내는 시늉을 하며 그것을 그릇에 담거나 보자기에 싸서 환자에게 보여주고 밖에 내버린다. 몸속에 깃든 귀신을 환자의 몸에서 빼냈다는 것을 확인시켜주는 것이다.

종교적인 퇴마의식도 단순하지 않다. 그 종교의 의식에 따라 여러 절차를 거치며 매우 진지하게 오랫동안 진행된다. 여기에는 그럴 만한 이유가 있다. 종교든 무속이든 복잡하고 거창한 의식을 거행함으로써 빙의가 된 환자에게 이 의식이 매우 압도적이고 엄숙하며 가치 있는 행사라는 인식을 줘서 먼저 신뢰감을 갖게 하려는 것이다.

환자가 신뢰감을 갖게 되면 현재 그의 몸에 귀신이 들어와 있어 본래 그의 성격과 귀신의 성격으로 분열돼 있다는 사실을 확실히 인식하고 수용하도록 유도한다.

이어서 복잡하고 거창한 퇴마의식을 통해 빙의된 환자로 하여금 오직 자신을 치료하려는 여러 사람의 진지한 노력을 직접 눈으로 보게 함으로써 더욱 신뢰감을 높여 그의 몸에 깃들었던 귀신이 틀림없이 빠져나갔다는 확신을 갖게 한다. 이런 과정을 통해 환자는 빙의에서 벗어났다는 긍정적인 마음으로 자신이 치료되고 치유됐다고 믿게 되는 것이다. 사실 그러한 긍정적인 마인드가 정상으로 회복할 수 있는 계기가 될 수도 있다.

오늘날 인간의 질병은 1만 가지가 넘는다. 현대의학의 발전에 따라 완전히 사라지는 질병도 있지만 또 새로운 질병이나 전염병들이 생겨난다고 한다. 하지만 갑작스런 전염병이나 외상(外傷) 등을 빼놓으면 몸속에서 일어나는 대부분의 질병은 마음에서 오는 병이라고 한다. 다시 말하면 마음의 상처에서 오는 질병이 많다는 것이다. 특히 정신질환은 더욱 그러하다.

그 누구의 삶이든 일생 동안 내내 순탄할 수는 없다. 헤아릴 수 없는 우여곡절과 파란만장, 희로애락을 경험하며 살아가는 것이 인생이다. 그뿐 아니라 인간은 사회적 동물로서 가족, 일가친척, 이웃, 동료, 동지 등과 인간관계를 맺으며 어울려 살아간다. 또한 생산자와 소비자로 만나고 갑과 을의 관계로 만나는 등 수많은 낯선 사람들과도 관계를 맺으며 살아가는 것이 우리의 삶이다.

이 과정에서 오해, 다툼, 잘못된 선택, 갈등과 대립, 뜻하지 않은 희생, 실수와 실패, 억울함 등으로 마음의 상처를 입게 된다. 그러한 것들 가운데 분노와 울분, 끝없는 후회와 회한 등이 쌓여가며 가슴속에 응어리로 남는다.

다행히 성격이 긍정적이고 낙관적인 사람들은 그럴 때마다 자신의 감정을 표출함으로써 문제를 해결하고 짓눌린 감정을 해소하지만, 부정적인 마인드가 강하고 내성적인 사람들은 그것을 표출하지 못하고 그대로 가슴속에 남겨둬서 스트레스가 되고 트라우마가 된다.

이승과 저승

삼수갑산

---- ✱ ----

'삼수갑산'은 북녘땅 함경남도에 있는 삼수(三水)와 갑산(甲山) 두 지역을 아울러 이르는 말이다. 분단 이후 북한이 함경도의 일부를 양강도로 바꿔 북한에서는 양강도에 속하는 지역이다.

삼수는 행정단위로는 군(郡)이다. 양강도 북서쪽에 위치하며 압록강의 지류가 합쳐지는 곳으로 세 개의 큰 물줄기가 합류하는 곳이어서 '삼수'라는 지명이 생겼다. '갑산' 또한 군으로 양강도 중부에 있으며 개마고원 동쪽 부분을 차지하는 지역이다. 바다에서 멀리 떨어진 내륙 지역으로 험준한 고산지대여서 생활환경이 무척 열악한 곳이다.

두 지역의 공통점은 모두 한반도에서 가장 외지고 험한 오지인데다가 겨울에는 혹독한 추위가 오랫동안 지속되는 곳이어서 사람 살기가 무척 힘든 곳이라는 점이다. 그 때문에 두 지역의 지명을 합쳐 '삼수갑산'이라는 말이 생겨났다. 실제적으로도 이 지역은 농사를 지을 만한 경작지가 별로 없어서 인구가 매우 적다고 한다.

조선시대에는 무과에 합격해서 군관이 되면 첫 부임지가 삼수 또는 갑산이었다. 충무공 이순신(李舜臣) 장군도 첫 부임지가 이곳이었다고 한다. 기후가 혹독하고 험한 오지에 가서 무관으로서 모진 경험을 쌓게 하기 위함이었다.

우리나라 어느 지역을 가거나 '산수갑산(山水甲山)'이라는 상호의 요식업체들이 쉽게 눈에 띄는데 낱말이 익숙하고 경치가 좋다는 뜻에서 그런 상호를 쓰겠지만, 사실 '산수갑산'이라는 낱말은 없으며 '삼수갑산'을 잘못 표기한 것이다.

하지만 그것은 대수롭지 않은 일이다. 중요한 것은 그저 지명에 불과하고 가본 적도 없는 삼수갑산이 왜 예전부터 많은 사람들의 입에 오르내리는가 하는 것이다. 알고 보면 그럴 만한 이유가 있다.

삼수갑산은 조선시대의 대표적인 유배지였다. 한양에서 머나먼 곳에 있는 외지고 험한 오지일 뿐 아니라 사람들이 접근하기도 어렵고 극심한 추위가 몰아치는 지역이니 죄인들을 유배 보내기에는 안성맞춤이었다. 특히 역모에 가담했거나 임금과의 견해차로 정치적 갈등을 확산시킨 중신 또는 각종 사화(士禍)에 적극 가담한 중죄인을 귀양 보내는 데 삼수갑산보다 좋은 곳은 없었을 것이다.

실제로 고산 윤선도(尹善道)를 비롯해서 이름을 대면 알 만한 수많은 중신들이 삼수갑산으로 귀양을 갔다. 하지만 살아서 돌아온 사람은 거의 없었다. 그리하여 삼수갑산은 '살아서 돌아오기 힘든 곳' '죽으러 가는 곳'의 대명사가 됐으며, 그와 함께 '무척 어려운 상황이나 난감한 상태'를 비유해서 말하는 상징적 의미를 지니게 됐다.

삼수갑산 이 어디뇨 내가 오고 내 못 가네
불귀로다 내 고향아 새가 되면 떠가리라 아하하

님 계신 곳 내 고향을 내 못 가네 내 못 가네
오다가다 야속타 아아 삼수갑산이 날 가두었네 아하하

내 고향을 가고지고 오호 삼수갑산 날 가두었네

불귀로다 내 몸이야 아아 삼수갑산 못 벗어난다 아하하

시인 김소월(金素月)의 〈삼수갑산〉이라는 시의 몇 구절을 옮긴 것이다. 삼수갑산을 불귀(不歸), 즉 마음대로 오고 가지 못하고 다시 돌아올 수 없는 곳으로 표현하고 있다. 말하자면 삼수갑산은 판타지와는 거리가 멀다. 오히려 판타지의 정반대나 다름없다. 그런데 왜 삼수갑산을 판타지와 관련지어 거론하는 것인가? 결론부터 말하면 여기에는 역설적 판타지가 있기 때문이다.

남들처럼 대학을 졸업하고, 자신의 전공이나 적성에 맞든 안 맞든 직장에 들어가서 안정적인 수입이 보장되고, 그런대로 마음에 드는 이성을 만나 결혼해서 가정을 꾸미고 자녀를 낳고, 그 자녀들의 학업을 뒷바라지하면서 정년이 될 때까지 무난하게 살아가는 평범한 샐러리맨이라면 특별한 꿈이나 목표를 갖기 어렵다.

그러나 정신적으로 건강하고 건전한 사람들은 일찍이 자기 삶의 목표를 세우고 가능한 한 그 꿈과 목표를 달성하기 위해 한눈팔지 않고 자신이 설정한 삶의 목표를 향해 끊임없이 달려간다. 꿈이나 목표는 자신이 하고 싶은 것, 자신이 좋아하는 것, 자신이 원하는 것을 성취할 수 있게 최선을 다하겠다는 자기 인생의 방향 설정이다. 또한 목표를 성취하고 성공함으로써 행복하고 가치 있고 보람 있는 삶을 살고 싶다는 판타지이기도 하다.

그러나 성취와 성공은 반드시 뜻대로 이루어지는 것은 아니다. '공짜 점심은 없다'라는 말처럼 아무런 노력이나 대가를 치르지 않고 거저 성취할 수 있는 일은 없다. 어쩌다 불로소득이 있다면 그것은 횡재거나 한순간의 요행일 뿐이다.

로또복권 당첨처럼 불로소득으로 일확천금을 얻는다 할지라도 오래가지 못한다. 거액의 복권에 당첨된 사람들이 얼마 못 가서 당첨되기 전보다 훨씬 못한 기구한 삶을 살거나 인생 파탄을 겪는 경우가 많다는 사실이 그것을 잘 말해준다.

성공은 수많은 시행착오와 실패의 과정을 통해서 얻을 수 있는 최선의 결과라고 할 수 있다. 역시 시행착오와 실패가 없는 성공도 오래 지속되지 못한다. 자만에 빠져 안이해지기 때문이다.

인간의 삶은 죽을 때까지 평생 순탄할 수는 없다. 반드시 희로애락이 있으며 숱한 우여곡절을 겪기 마련이다. 자칫하면 목숨을 잃을 뻔한 위기와 위험의 순간도 있으며 뜻하지 않은 고난과 역경의 시간들도 있기 마련이다. 그래서 원하는 것을 성취하고 성공했을 때, 그 기쁨과 희열이 말할 수 없이 큰 것이다.

부모를 잘 만나 금수저로서 평생을 부족함 없이 모든 것을 누리며 사는 사람에겐 그러한 희열이 없다. 자신의 노력으로 이룩한 성취와 성공의 소중함을 모른다. 그래서 마약을 하고, 도박을 하는 등 오직 쾌락 추구에 빠져들게 되는 것이다.

'고진감래(苦盡甘來)'라는 옛말이 있다. 글자 그대로 풀이하면 '쓴 것이 다하면 단 것이 온다'는 뜻으로 고생 끝에 즐거움이 온다는 것을 의미하는 말이다. '고생 끝에 낙이 온다'는 속담과 비슷한 의미다. 그러니 어쩌면 큰 고통을 주는 고난과 역경, 시행착오와 실패 등을 외면하거나 두려워하고 좌절하지 말아야 한다.

그러한 고통을 성취와 성공 그리고 행복을 누리자면 어차피 겪어야 하는 과정으로 기꺼이 받아들이고 용기 있게 맞서고 헤쳐나가야 한다. 우리 속담에 '삼수갑산에 가는 한이 있어도…'는 어떤 어려움이 있더라도 원하는 그 무엇을 반드시 성취하겠다는 것이다.

꿈과 판타지를 기필코 실현시키고 싶다면 어떠한 고난과 역경도 두려워하지 않고 죽음도 불사하는 강한 의지와 집념과 열정 그리고 혼신의 노력이 뒤따라야 한다. 그래서 삼수갑산은 역설적으로 자신의 판타지를 실현할 수 있는 길라잡이라고 할 수 있는 것이다.

옥황상제

———✽———

가톨릭의 하느님, 개신교의 하나님은 우리가 그 실체를 알지 못하면서
도 무척 가깝게 느껴진다. '옥황상제(玉皇上帝)' 역시 그 실체를 전혀 모르지
만 왠지 낯설지 않다. 무속신앙에서 옥황상제는 절대적인 지위의 신적 존
재로 자주 입에 오르내리기 때문에 그럴지도 모른다.

하지만 옥황상제는 중국의 전통 종교이자 토착신앙인 도교에서 숭배하
는 최고의 신 가운데 하나다. 그뿐 아니라 중국에서 가장 오랜 전통을 가
지고 있어서 중국인들에게 널리 알려져 있으며 가장 숭상되는 신이기도
하다. 따라서 옥황상제를 이해하려면 먼저 도교가 어떤 종교인지 대충은
알아야 한다.

2000여 년 전부터 중국의 역사와 함께해온 도교는 어떻게 보면 자연발
생적이고 복합적인 종교다. 중국의 대표적인 종족인 한족(漢族)은 일찍이
전설적인 삼황오제를 실존했던 인물들로 인식하면서 수백 년을 살았다는
그들을 신선으로 믿었다. 강한 현실주의 민족성을 지닌 한족은 신선을 형
체를 알 수 없는 신이 아니라, 현실적으로 인간의 능력이 미치지 못하는 모
든 문제들을 해결할 수 있는 초인간적 능력을 지닌 신격화된 인간으로 생
각했다.

신선을 숭배하는 신선사상이 확산되면서 신선이 행사하는 초인간적 능

력을 방술(方術)이라고 했으며 신선의 방술을 중개하는 자를 방사(方士)라고 했다. 방사는 높여 말하면 천관(天官), 요즘으로 말하면 앞날의 길흉화복을 예견하는 점술가 또는 역술가와 같은 무속인이라고 할 수 있다.

중국 명나라 때 그려진 옥황상제

고대 중국의 진시황을 비롯한 제왕들은 한결같이 방사를 곁에 두고, 국가와 자신 그리고 전쟁이나 자연재해 등 길흉화복에 대해 자문을 받았다. 그리하여 신선사상은 중국인들의 정신세계에 더욱 절대적인 영향을 미치게 됐다.

방사들은 우주관과 천문, 풍수지리, 음양오행 등 모든 우주와 자연의 섭리를 활용해서 방술을 주재했다. 그 무렵 중국에 불교가 들어와 교세를 넓혀나가자 신선과 신선사상, 방술 등에 불교까지 수용하는 복합적인 종교로서 도교가 탄생하게 됐다.

자연발생적인 신선과 신선사상이 도교라는 하나의 종교로 탄생하는 과정에서 불교의 체제와 조직, 교리체계 등을 모방했던 것이다. 불교가 부처님을 모시듯 도교에서도 숭배하는 구체적인 대상이 필요했기에 세 개의 신을 내세웠으며 그 대표적인 신이 바로 옥황상제다.

또한 불교에서 끊임없는 선행과 수련으로 득도하면 누구나 부처가 될 수 있다고 하듯 도교에서도 그러한 과정을 거치면 신선이 되고 옥황상제의 위치에 오를 수 있다고 말한다. 기독교나 이슬람에서 내세우는 절대적인 유일신이 아니라, 인간 누구나 스스로의 노력으로 신선의 경지에 이를 수 있다는 것이다.

도교에서는 그 실천 방안으로, 신선사상을 바탕으로 신선처럼 늙지 않고 오래 사는 불로장생과 남녀 방중술(房中術)을 강조했다. 방중술은 앞에서 말한 신선의 방술이 아니라 인간의 효율적이고 효과적인 성생활을 말하는 것이다. 어떤 환상이나 가상보다 자신이 살고 있는 실질적인 현실에 집착하는 중국인들의 기호에 딱 맞는 더없이 구체적인 교리라고 할 수 있다.

도교는 갈수록 교세가 크게 확장되면서 중국인들의 일상생활을 지배하게 됐다. 비슷한 시기에 차츰 영향력을 높여가던 유교는 지나치게 윤리도덕과 예(禮)를 중시하며 남녀를 차별하고 금욕적이어서 도교의 교세에 눌릴 수밖에 없었다. 그러자 유교도 어쩔 수 없이 남녀의 성생활에 다소 관용적인 경향을 보였다.

도교는 당·송 시대에 이르러 국가 차원에서 숭상하면서 교세가 더욱 확장됐다. 당·송의 황제들은 대부분 옥황상제의 열렬한 신자였기에 지배층이나 백성들도 황제를 따를 수밖에 없었다. 그리하여 도교 최고의 신인 옥황상제는 중국인들의 확실한 신앙의 대상이 됐으며 가장 숭배하는 신으로 자리잡았다.

더욱이 도교에서 옥황상제는 애당초 신으로 태어난 것이 아니라 인간의 몸에서 태어난 신으로 인식한다. 인간으로서 선행을 수없이 많이 쌓아 마침내 천상의 상제가 됐다는 것이다. 이처럼 인간도 선행을 많이 하면 누구나 신의 경지에 이를 수 있다는 것이 더한층 중국인들을 사로잡았다.

도교의 경전에서는 구체적으로 선행의 횟수까지 지적하고 있다. 예컨대 열 번 선행을 하면 기력이 왕성해지고 1200번 선행을 하면 누구나 신선이 될 수 있다는 것이다. 하지만 수천 번 선행을 하더라도 단 한 번이라도 악행을 하면 그동안 쌓아온 모든 선행이 물거품이 된다는 것이다.

그처럼 신선이 되기는 결코 쉬운 일이 아니다. 그러나 불가능한 것도 아니어서 중국인들은 옥황상제를 숭배하며 자기 자신도 옥황상제가 되기 위해 꾸준히 노력한다. 이를테면《삼국지》에 등장하는 촉나라의 명장 관우(關羽)도 옥황상제가 됐다고 믿는 중국인들이 많다. 그래서 관우를 모시는 사당이 많다. 이처럼 옥황상제는 중국인들의 일상에서 결코 떼어놓을 수 없는 신이기도 하다.

절을 지키는 가람신으로 묘사된 관우

도교는 우리나라에도 영향을 미쳤다. 민족종교인 증산교나 대순진리회 등이 옥황상제를 실존하는 신으로 섬기며, 무속에서는 절대적인 신이다. 무속에서의 신은 헤아릴 수 없이 많지만 무당들이 굿을 할 때 거의 대부분 옥황상제를 불러내 소원을 빈다. 그들에게 옥황상제는 하느님이나 다름없다.

신선, 옥황상제, 도교에 현실적인 중국인들을 빠져들게 한 것은 그 무엇보다 성생활에 대한 구체적인 지침 때문일 것이다. 자연과 인간의 일치를 주창한 도교는 유교와 달리 성적 행동을 인간의 본성으로 보고 과감하게 수용하고 권장했다. 또한 그를 위해 만족스런 성생활을 위한 성교육용 지침서들까지 내놓았다.《소녀경素女經》《옥방비결玉房秘決》등이 그것이다.

도교에서는 인간의 신체도 자연의 일부로 파악한다. 우주가 음과 양으로 이루어지듯 인간도 남자는 양, 여자는 음으로 남녀의 성행위에 있어서 양기와 음기가 넘쳐야 원만한 교접이 이루어져 만족을 얻을 뿐 아니라, 무병장수하고 나아가 불로장생할 수 있다고 주장했다.

그러기 위해서는 남자가 여러 여성들과 성관계를 가질 때 사정(射精)을 억제해서 양기의 탕진을 막아야 한다는 것이다. 그렇게 여러 여성들과 성관계를 할 때 터득한 교접의 기술과 가득 모아놓은 양기로 사정해야 영특한 자식을 얻을 수 있다고 했다.

또한 여성들은 교접할 때 음기를 모아 남자의 양기에 도움을 줘야 하며, 남자는 여자가 충분히 음기를 모을 수 있도록 갖가지 애무행위를 해야 하며 성행위에서 여자가 만족감을 얻고 절정감을 느낄 수 있도록 최선을 다해야 한다는 것이다. 오늘날의 성에 대한 지식으로는 대수롭지 않아 보이지만 당시로서는 구체적이고 노골적이며 획기적인 성생활 지침이라고 할 수 있다.

당시 최고의 성교육 지침서로 손꼽히는 《소녀경》은 나이 어린 여자아이인 소녀(少女)가 아니라 성지식이 해박한 소녀(素女)가 고대 중국의 전설상

1920년 일본에서 출간된 《소녀경》

의 제왕인 삼황의 한 사람인 황제(黃帝)와 갖가지 성적 문제에 대해 주고받는 문답 형식으로 이루어져 있다. 황제가 너무 탕음을 하는 바람에 쇠약해져 소녀에게 성에 대한 자문을 구하는 내용이다.

이 성 지침서에서도 소녀는 황제에게 '접이불사(接而不射)'를 권한다. 성행위를 즐기되 사정은 억제하라는 것이다. 그래야만 불로장생할 수 있다고 충고한다.

아울러 남녀의 교접은 인간의 본성이므로 탐음을 하지 않으면서 즐겨야 하고, 남녀 모두 교접에서 만족감을 얻어야 건강할 수 있다고 조언한다. 남녀 모두 70세가 넘어서도 성생활을 해야 머리가 다시 검어지고 회춘해서 불로장생할 수 있다고 했다.

4세기경 고대 인도에서도 《카마수트라Kāmasūtra》라는 획기적인 성전(性典)이 나왔다. 성애의 온갖 기술을 다룬 책으로, 성행위 체위만 하더라도 무려 108가지 체위를 그림까지 곁들여 소개하고 있다. 세계 어디서든 이미 고대부터 만족한 성생활에 천착했다는 것을 알 수 있다.

부부의 원만하고 만족스런 성생활은 남녀 모두의 소망이며 판타지라고 할 수 있다. 한 조사 자료에서 부부생활에서 성이 차지하는 비중에 대해 물었을 때, 부부 응답자의 약 70퍼센트가 가장 큰 비중을 차지한다고 응답했다.

결혼이라는 절차를 통해 남녀가 공개적으로 결합했기 때문에 부부가 성행위를 해야 한다는 것은 의무이기도 하다. 그런데 의외로 궁합이 맞지 않는다고 할까, 성생활이 원만하지 못한 부부가 무척 많다. 그 때문에 이혼하는 경우도 적잖다. 이혼 사유로 '성격 차이'가 가장 많지만 실제로는 성격 차이가 아니라 '성적 차이'라는 말까지 나온다.

또 다른 조사 결과에 따르면, 2030 젊은 부부의 약 30퍼센트가 섹스리스(sexless)로 나타났다. 한창 성적으로 왕성한 젊은 부부가 한 달에 한 번도 성관계를 갖지 않는다면 문제가 있다. 우리나라의 출산율은 저출산 세계 1위다. 저출산에는 여러 사회적 환경과 여건이 중요한 이유지만 젊은 부부의 섹스리스도 무관하다고 할 수 없다. 더욱이 이른바 '나홀로족' 독신가구가 해마다 크게 늘어나고 있으니 앞으로도 저출산은 개선되기 어려워 보인다.

　부부의 성생활에 트러블이 생기는 요인은 여러 가지다.

　예전에는 특히 성적 행동에 있어서 남자는 적극적이고 여자는 소극적·수동적이었다. 여자는 성적 욕구가 있더라도 그것을 숨기는 것이 미덕이었으며 남자가 성적 욕구가 있어서 접근하면 여자는 자신의 의지와 상관없이 그것을 수용하는 것이 부부 성생활의 보편적인 행태였다.

　하지만 남녀평등이 정착되면서 요즘 젊은 여성들은 당당하고 자기주장이 강하다. 가정생활에도 여자가 주도권을 갖는 경우가 대부분이다. 따라서 여자도 성적 욕구나 충동이 생기면 적극적으로 먼저 성관계를 요구한다. 그러나 남자들의 생리는 여자와 다르다. 결혼 초에는 하루가 멀다 하고 성행위에 집착하지만 어느 정도 시간이 지나고 나면 시들해진다.

　아무리 맛있는 음식도 너무 자주 먹으면 물리듯 성행위에 대한 호기심과 흥미가 줄어들고, 오히려 자신의 일이나 대외활동에 더 신경을 쓴다. 더욱이 숨가쁜 직장생활에서 몹시 피로하고 스트레스가 쌓여 있는 상황에서 아내가 노골적으로 섹스를 요구하면 난감하고 귀찮을 때가 많다.

　그리하여 피곤하다는 구실로 아내의 섹스 요구를 회피하면 아내는 자존심이 크게 상할 수밖에 없다. 당연히 크게 토라진다. 그다음에 남자가 성적 충동이 일어나 아내에게 접근해도 아내가 거부한다. 그뿐 아니라 여자도 당연히 섹스하기 싫을 때가 있다. 부부가 서로 자존심이 상하게 된 그러한 상황은 한동안 지속되기 마련이며 섹스리스 상태가 된다. 그 기간이 길면 길수록 부부의 갈등은 더욱 깊어진다. 문제의 근원은 부부 어느 쪽이든 일방적인 요구에 있다.

　요즘은 맞벌이 부부가 많다. 저마다 직장생활과 사회활동에 쫓겨서 성생활이 소홀해지는 경우가 많다. 그런 상황에서 어느 한쪽이 일방적으로 섹스를 요구하면 틀림없이 트러블이 생긴다.

서로의 체면과 자존심을 건드리지 않으려고 내키지 않는 성관계를 갖더라도 만족감이나 쾌감을 얻기 어렵다. 남자들은 그럴 경우 마지못해 응하는 섹스를 '의무방어전'이라고 한다. 당연히 만족감을 얻을 수 없다. 그야말로 귀찮은 육체노동이 될 뿐이다. 요즘의 섹스는 생식을 위한 섹스는 1퍼센트에 불과하고 99퍼센트가 쾌감을 얻기 위한 섹스라고 한다. 부부가 함께 쾌감을 얻지 못한다면 섹스는 무의미하다.

부부의 성생활은 양적인 횟수보다 질적인 만족감이 훨씬 더 중요하다. 상대방의 의사를 무시한 일방적인 섹스는 원만하고 만족스런 섹스가 되기 어렵다. 한 번의 관계를 갖더라도 서로의 성적 욕구가 일치할 때 합의된 성관계여야 한다. 성관계가 이루어지면 남녀가 모두 열정을 쏟아야 한다. 부부 사이에 꺼릴 것이 뭐가 있겠는가?

자신의 욕구대로, 자신이 하고 싶은 대로, 때로는 좀더 쾌감을 얻기 위해 도교의 성지침에서 강조한 것처럼 참다운 애정이 가득한 애무와 열정적인 성행위를 하게 되면 부부가 함께 만족감과 쾌감을 얻을 수 있을 것이다.

염라대왕

———— ✳ ————

　일반적으로 옥황상제, 염라대왕(閻羅大王), 저승사자를 서로 관련시켜 생각하는 사람들이 많다. 염라대왕은 옥황상제의 명을 받아 지옥을 관장하고, 저승사자는 염라대왕의 명을 받아 악한 짓을 한 인간을 지옥으로 데려오는 역할을 하는 것으로 착각하는 것이다. 사실은 그렇지 않다. 옥황상제는 도교에 근거한 것이고, 염라대왕은 불교에서 유래한 것이다. 또 저승사자는 옥황상제나 염라대왕과 아무런 관계가 없는 별개의 개념이다.

　또한 옥황상제는 천상(天上)에 존재하는 신격(神格)이지만 염라대왕은 신격은 아니다. 죽은 자의 영혼을 관장하면서 죽은 자가 생전에 어떤 행동을 했는지 심판하고 징벌하는 지옥의 왕이라고 할 수 있다.

　종교에서는 사람이 세상을 떠났을 때 가는 곳이 있다. 좋은 일, 착한 일을 많이 한 사람은 기독교에서는 천당 또는 천국에 간다고 하고, 불교에서는 극락정토에 간다고 한다. 그러나 나쁜 짓, 악한 짓을 많이 한 사람은 기독교와 불교 모두 지옥에 간다고 한다.

　원래 불교의 경전은 인도의 토착언어인 산스크리트어로 돼 있다. 우리가 말하는 염라대왕의 '염라'는 산스크리트어로 야마(Yama) 또는 야마라자(Yamarāja)라고 한다. 그런데 이것을 한자로 음역하는 과정에서 염마나자(閻魔羅闍)가 됐고, 중국과 우리나라에서는 여기서 '염'과 '나(라)' 두 자를 따와

'염라'가 됐으며 지옥을 관장하는 왕이기 때문에 '대왕'을 붙여 '염라대왕'이 됐다.

그러나 염라대왕은 엄밀히 따지면 지옥의 왕이 아니라고 한다. 불교에서 말하는 지옥에는 10종류가 있는데 우리가 말하는 염라대왕은 5번 지옥의 판관으로, 죽은 자가 저승에 오면 그가 생전에 저지른 행동들을 판단해서 상벌을 내리는 것이 그의 역할이라고 한다.

고대 인도의 토착종교는 힌두교다. 불교가 탄생하는 과정에서 대중의 호응을 얻으려면 어느 정도 힌두교를 수용하지 않을 수 없었다. 힌두교에는 최고의 신인 시바 신을 비롯해서 수많은 신들이 있다. 초기 불교가 힌두교의 신들을 수용하면서 '염라(야마)'도 흡수됐다.

그들의 설화에 따르면, 야마가 죽음이 가까워진 한 남자를 데려오려고 사자를 보냈는데, 그 남자가 시바를 숭배하는 상징물인 '링가'에 기도하고 있어서 데려오지 못하자 야마가 직접 가서 남자와 링가를 함께 묶어 끌고 가려고 했다. 그때 시바 신이 나타나 자신을 상징하는 링가를 욕되게 했다며 야마를 죽여버렸다는 것이다.

죽음의 신인 야마가 죽자 세상의 모든 생물들이 죽지 않게 되면서 세상이 큰 혼란에 빠지게 되어 힌두교의 신들이 어쩔 수 없이 야마를 다시 소생시켰다는 얘기다. 이러한 설화를 통해 알 수 있는 것은 염라가 신들

힌두교 최고의 신 시바_ 파괴와 생식의 신으로 네 개의 팔, 네 개의 얼굴, 그리고 과거·현재·미래를 투시하는 세 개의 눈이 있으며, 이마에 반달을 붙이고 목에 뱀과 송장의 뼈를 감은 모습을 하고 있다.

보다는 아래에 위치한다는 사실이다. 다시 말하면 염라대왕이 신은 아니라는 얘기다.

기독교에서 아담과 이브가 최초의 인간이듯이, 힌두교와 불교에서는 염라가 최초의 인간이며 죽음도 최초로 경험한 인간이라고 할 수 있다. 따라서 사람이 죽어서 가는 곳인 저승으로 가는 길도 가장 먼저 알았기 때문에 죽은 자를 저승으로 안내하는 역할을 맡게 됐다는 것이다.

그런데 처음에는 인간이 죽어서 이승을 떠나면 모두 극락세계로 갔지만 차츰 죽은 자들을 모두 수용할 수 없게 되자, 죽은 자가 생전에 어떤 행동을 했는지 선행과 악행을 따지고 심판해서 악행을 저지른 자들은 지옥으로 보내게 되었고 이때 판관으로서 염라의 결정이 절대적이어서 염라대왕이 됐다.

그에 따라 이승과 저승이 구별되고, 하늘과 지상의 세계를 다스리는 신적인 존재와 저승과 지옥을 관장하는 염라대왕으로 나눠지게 됐으며, 앞서 설명한 설화에서 보듯이 이승을 다스리는 신들조차 염라를 함부로 통제하지 못하는 무시할 수 없는 존재가 됐다.

사실 염라대왕도 신들처럼 형체가 없는 상상의 존재지만 수많은 신화와 설화, 민담 등에서 우리들과 다름없는 인간의 형상으로 그려지고 있다. 때로는 제왕의 모습으로 그려지고, 때로는 험상궂은 얼굴에 두 눈을 부릅뜬 무서운 형상으로 그려지기도 하고, 우리나라 무속에서는 어린아이나 할머니로 그려지기도 한다. 티베트나 일본 등 불교를 숭상하는 나라들에서도 염라대왕의 형상은 저마다 다르다.

이처럼 염라대왕의 모습이 다양하게 묘사되는 것은 상상의 존재인 까닭도 있겠지만, 불교가 중국에 전래되는 과정에서 현실을 중시하는 도교와 혼합되면서 어떤 형상이든 인간의 모습을 하게 됐다는 것이 설득력이 있는 견해라고 볼 수 있다.

불교에서 이승과 저승의 세계를 뚜렷하게 구분한 것은 매우 의미가 있다. 인간이 죽더라도 사후세계가 있다는 것이다. 그러한 근거가 불교의 윤회사상이다. 인간을 비롯한 생명체는 여섯 가지 세상에서 죽고 태어나기를 반복한다는 '육도윤회(六道輪廻)'가 윤회사상의 기저라고 할 수 있다.

티베트 불교의 육도윤회도

육도, 즉 저승의 여섯 가지 세상은 고통과 번뇌가 가득한 지옥, 굶주림과 탐욕으로 가득한 아귀, 노여움이 가득한 아수라, 어리석음이 가득한 축생, 인간으로 다시 태어나는 인도(人道), 극락세계인 천도(天道)를 말한다. 인간은 자신이 생전에 저지른 업에 따라 저승에서의 자리가 정해지고 육도를 윤회하면서 거듭해서 태어난다는 것이다.

결국 권선징악이 핵심인데, 불교는 이러한 육도윤회를 넘어서는 해탈을 통해 죽어서 아무런 괴로움도 걱정도 없으며 안락하고 자유로운 극락세계에 가서 다시 태어나는 극락왕생을 추구한다. 이러한 종교적 영향을 받은 인도 사람들은 사후세계를 하나의 이상향으로 동경한다. 두터운 신앙심을 가지고 꾸준히 수련하고 선행을 쌓으면, 염라대왕의 심판을 무사히 통과하고 극락세계에서 다시 태어날 수 있다고 믿기 때문이다.

종교를 떠나 현실적인 차원에서 과연 사후세계가 있는지 우리는 알 수 없다. 죽어서 가는 곳이니 살아 있는 사람은 도저히 알 수 없고, 죽은 사람은 말이 없기 때문이다. 그리하여 많은 사람들이 존재조차 알 수 없지만 사후세계에 큰 관심을 갖는다.

사후세계는 있을까, 없을까? 만일 있다면 사후세계는 어떠한 형태로 어떻게 이루어져 있고, 그곳에는 어떤 삶이 있을까? 나이가 들어 죽음이 가깝게 느껴질수록 사후세계에 대한 관심은 더한층 높아진다.

그 때문인지 사후세계를 다룬 서적들도 많이 나와 있고, 과학에 근거해서 사후세계를 연구하는 학자들도 있다. 또한 실제로 죽었다가 깨어난 사람, 즉 가사상태에 있다가 의식을 찾은 사람들을 대상으로 가사상태였을 때 무엇을 봤는지 인터뷰한 자료들도 많다.

한 가지 이상한 것은 인터뷰의 내용이 거의 비슷한 경우가 많다는 것이다. 차츰 어둠이 걷히면서 멀리서 강한 빛이 쏟아져나오고 그곳을 향해 걸어갔다는 것이다. 일부 정신과학자들은 사람이 죽었을 때 육신의 모든 기능이 정지되며 죽은 상태가 되지만, 뇌가 관장하는 영혼이나 정신세계는 곧바로 정지되고 단절되는 것이 아니라 잠시 잔상이 남아 있을 수 있다고 말한다.

기독교 개신교에서는 성직자나 신자가 죽었을 때 '소천(召天)'이라고 한다. 하나님의 부르심을 받았다는 뜻이다. 하나님이 망자를 지옥에 보내려고 부르지는 않을 것이다. 하나님의 나라인 천국에 갔다는 뜻이다. 가톨릭에서는 '선종(善終)'이라고 한다. 그동안의 선행을 끝냈다, 큰죄를 짓지 않았다는 뜻이다. 역시 큰죄를 짓지 않고 선행을 해왔던 사람이니 천국에 간다는 것을 의미한다.

불교에서는 '열반(涅槃)' 또는 '입적(入寂)'이라고 한다. 열반은 모든 번뇌가 소멸되고 깨달음을 얻은 상태를 말한다. 당연히 극락정토에 가게 됐다는 뜻이다. 입적은 열반의 경지에 들어갔다는 뜻이니까 역시 극락왕생하게 됐다는 의미다.

정통성을 지닌 종교는 어느 종교든 교리의 핵심은 박애와 선행이다. 널리 사랑을 베풀고 선행을 많이 하면 천국에 갈 수 있다고 강조한다. 신앙심이 남다른 인도 사람들이 사후세계인 저승을 이상향으로 생각하는 것도 무리는 아니다.

죽지 않는 이상 사후세계는 누구도 알 수 없다. 아무리 과학적으로 연구해도 정답이 나올 수 없다. 그렇더라도 인간은 태어나서 반드시 죽는다. 사후세계에 큰 관심을 갖는 것은 당연하다.

저승사자

---✳︎---

‘저승사자’는 저승에서 죽은 사람를 데리러 오는 심부름꾼이다. 많은 사람들이 저승사자는 염라대왕의 지시를 받고 망자를 데리러 온다고 생각한다. 국어사전에도 ‘저승에서 염라대왕의 명을 받고 죽은 사람의 혼을 데리러 오는 심부름꾼’이라고 풀이하고 있다.

그러나 반드시 그렇지는 않다. 염라대왕의 심부름꾼이라는 개념이 완전히 틀렸다고 할 수는 없지만 그보다 저승사자는 우리나라의 민간신앙에만 있는 독특한 ‘죽음관(觀)’이라고 보는 것이 더 타당하다. 물론 중국이나 일본 그리고 서양에도 저승사자 비슷한 개념이 있지만 우리와는 다르다.

우리 민간신앙에서 형체가 없는 저승사자가 나타나게 된 것은 온갖 잡신들이 수두룩한 무속과 절대적인 관련이 있다. 하지만 근원적인 이유는 망자를 저세상으로 보내야 하는 남아 있는 가족, 일가친척, 이웃, 친지 등이 형체도 없고 막연하지만 저승사자라는 상징적인 형상을 통해 안타까운 심정을 달래보려는 아쉬움에서 비롯됐다고 볼 수 있다.

사람은 언젠가 죽는다. 그런 줄 알면서도 누군가 자신과 가까운 사람이 죽으면 더없이 슬프고 안타깝다. 그렇더라도 현실을 깨닫고 그의 죽음을 받아들여야 한다. 다만 남아 있는 사람들은 망자가 편안하게 이 세상을 떠

나고, 저승에 가서도 좋은 곳에서 아무 걱정 없이 잘 지내기를 기원하며 장례를 치른다.

사람들은 저승은 죽은 사람이 갑자기 나락으로 뚝 떨어지는 곳은 아니라고 생각한다. 저승도 하나의 세상이라고 생각한다. 망자가 전혀 가본 적이 없는 낯선 그 세상으로 가는데 혼자서 헤매게 하고 싶지는 않다. 알 수 없는 누군가가 망자를 데리고 저승으로 가는 길을 안내해주기를 바라는 마음에서 저승사자가 생겨났을 것이다.

이 같은 이유로 예전에는 집에서 사람이 죽으면 찾아올 저승사자가 먹도록 즉시 대문 밖에 소박한 '사잣밥'을 차려놓는다. 저승사자를 홀대하지 않고 겸손한 태도로 대접하는 것이다. 지방에 따라서는 집 마당의 절구통 위에 키를 올려놓고 그 안에 사잣밥을 차려놓기도 한다. 나름대로 정성을 다해 망자를 저승으로 인도할 저승사자를 모시는 것이다. 바꿔 말하면 망자를 잘 모시고 가라는 뜻이다.

하지만 사잣밥은 절대로 집 안에 차려놓지 않는다. 만일 저승사자의 밥상을 집 안에 차려놓으면 악질적인 저승사자는 나가지 않고 눌러앉아 있기 때문에 가족 가운데 누가 갑자기 죽거나 치명적인 질병에 걸리거나 뜻하지 않은 우환이 생긴다는 무속의 속설에 따른 것이다.

그래서 망자의 집을 찾아온 악한 저승사자는 서둘러 돌려보내고, 착한 저승사자로 하여금 망자의 저승길을 정성껏 인도해줄 것을 당부하며 잘 대접하고 노잣돈까지 준다. 예전에는 망자가 저승으로 떠난 뒤에도 망자의 넋을 달래고 위로하기 위한 진혼제나 그가 이승에서 풀지 못한 갖가지 원한을 풀어주며 극락왕생을 기원하는 씻김굿을 했는데, 그 절차에서도 무당이 저승사자에게 망자를 고이 모셔달라고 당부하는 대목이 있다.

일반적으로 저승사자의 생김새도 인간적인 모습이다. 상상의 모습이지만 괴물이나 요괴의 모습이 아니라 보통 남자와 비슷하다. 〈전설의 고향〉과 같은 TV 드라마나 영화에서는 검은 두루마기에 검은 갓을 쓰고 얼굴은 약간 괴기스럽게 희게 분칠을 한 모습이고, 무속인들이 펼치는 굿판에서는 포졸이나 군졸의 모습으로 꾸며진다.

하지만 저승사자의 생김새가 반드시 정형화돼 있는 것은 아니다. 굿판의 성격에 따라 무섭고 험악한 모습, 심술궂은 모습, 어딘지 모자란 듯한 아둔한 모습 등 다양하다. 그 까닭은 망자가 어떻게 죽었는가에 따라 데리러 오는 저승사자도 다르기 때문이다. 이를테면 장수하다가 노환으로 죽었는지, 질병으로 수명을 다하지 못하고 죽었는지, 급사했는지, 객사했는지 등을 가려서 그에 맞는 저승사자가 온다는 것이다.

그러면 사람이 죽었을 때 저승사자는 몇 명이 올까? 무속에서는 세 명 또는 일곱 명이 온다고 하며 보편적으로 세 명이 오는 것이 대세라고 한다. 저승사자에는 천황사자, 지황사자, 인황사자 세 명이 한 팀이기 때문이라고 한다.

사람은 결국 죽기 마련이어서 저승사자는 우리에게 익숙하다. 그래서 저승사자가 나타나는 꿈도 자주 꾼다. 꿈에 저승사자가 나타나면 혹시 내가 곧 죽는 건 아닌지 불안할 것이다. 그 때문에 저승사자 꿈에 대한 해몽도 널리 알려져 있다. 해몽에서 꿈의 내용과 현실은 정반대인 경우가 많아서 저승사자 꿈도 좋은 꿈과 나쁜 꿈이 있다.

예컨대 하늘에서 저승사자가 내려오는 꿈을 꾸면 귀인(貴人)의 도움을 받아 앞으로 크게 성공하고 명성을 날릴 길몽이라고 한다. 하지만 저승사자 꿈은 꿈풀이에서 대부분 흉몽인 경우가 많다.

검은 옷을 입은 저승사자가 두리번거리는 꿈을 꾸면 집안에 우환이 생기거나 가족 가운데 누군가 생명을 잃을 흉몽이며, 저승사자가 두리번거리며 누군가를 찾고 있는 꿈을 꾸면 가족이나 친구 등 가까운 사람 가운데 누군가에게 좋지 않은 일이 생길 수 있는 흉몽이라고 한다. 자신과 저승사자가 함께 어딘가 가고 있는 꿈도 건강을 조심해야 할 꿈이라는 것이다.

일상생활에서 저승사자는 반드시 누군가 죽었을 때 또는 굿과 같은 무속행사에서만 등장하는 것은 아니다. 우리는 왠지 두려운 사람, 자신을 압박하는 사람 등을 곧잘 저승사자에 비유한다. 부하직원들을 쉴 새 없이 닦달하는 직장상사, 사소한 잘못도 심하게 질책하는 호랑이 선생님, 사채 상환을 다그치며 겁을 주는 사채업자 등 가슴 떨리게 하는 사람들을 저승사자라고 부르기도 한다. 어쩌면 저승사자는 그만큼 우리에게 두려운 존재이기도 하다.

인간은 언젠가 죽는다는 것을 알면서도 어떻게 해서든지 살려고 안간힘을 다하는 생존본능이 있다. 짐승을 비롯한 다른 생명체들도 마찬가지다. 어떠한 위기에서도 죽지 않고 살려고 발버둥친다. 생쥐도 궁지에 몰리면

서양의 저승사자_ 주로 낫을 든 해골의 형상으로 묘사된다.

돌아서서 고양이를 문다는 옛말도 생명체의 생존본능을 말해주는 것이다.

누구에게나 죽음은 두렵다. 저승사자는 죽음의 그림자라고 할 수 있다. 저승사자는 언제나 죽음을 연상시킨다. 죽음은 생명이 사라지는 것이다. 죽은 자는 살아 있는 모든 것들과 단절된다. 하지만 그의 죽음을 지켜본 살아 있는 사람들은 슬프다. 특히 망자가 부모나 자식, 형제자매라면 살아 있는 사람의 슬픔이 오죽하랴.

그리하여 사후세계를 그려보는 내세관이 있는 것이다. 저승에 대한 상상은 살아 있는 사람들이 슬픔을 못 이겨 만들어낸 것이다. 그렇게라도 해야 가눌 수 없는 슬픔을 조금이라도 달랠 수 있기 때문이다. 또한 저승은 망자가 좀더 편안하고 아무런 걱정 없이 살기를 기원하는 간절한 마음에서 살아 있는 사람들이 만들어낸 소망이며 판타지다.

좀비와 강시의 진실

———— * ————

UFC에서 활약하고 있는 우리나라의 격투기선수 정찬성의 링네임은 '코리언 좀비'다. 그가 링 위에 오르면 서양의 관중들도 '코리언 좀비'를 외치며 환호한다. 아무리 얻어맞아도 비틀거리고 흐느적거리면서 끝까지 경기를 포기하지 않고 끈질기게 싸우기 때문에 그런 링네임을 갖게 된 듯하다.

'좀비(zombie)'는 간단히 말하면 살아 움직이는 시체를 말한다. 죽은 시체가 살아서 움직이다니 말도 안 되는 것 같지만, 동서양을 막론하고 좀비를 모르는 사람은 없다. 동양에서는 강시(殭屍)로 더 잘 알려져 있지만 좀비라고 해도 얼마든지 통할 만큼 익숙하다. 또한 수많은 영화, 소설, 드라마, 각종 게임 등 판타지 작품들의 단골 소재가 되고 있어 더욱 익숙하다.

그렇다면 동서양에서 시체가 살아 움직인다는 비상식적이고 비현실적인 좀비는 왜 생겨났으며 그 실체와 진실은 무엇일까?

좀비라고 지칭할 수는 없지만, 살아 움직이는 시체에 대한 전설은 이미 수천 년 전부터 있었다고 한다. 3000여 년 전의 인도 힌두교 경전에도 무덤에서 나오는 살아 움직이는 시체를 조심하라는 대목이 있고, 중동의 신화나 《아라비안나이트》에도 구울(Ghoul)이라는 사람의 시체를 먹는 식시귀(食屍鬼)에 대한 얘기가 나온다. 또 죽은 뒤에 초자연적인 힘에 의해 움직이

《아라비안나이트》에 등장하는 식시귀

는 언데드(Undead; 산송장)라는 존재에 대한 얘기도 나온다.

하지만 좀비의 유래는 16세기 아프리카 노예들에 의해 탄생했다는 것이 정설로 전해진다. 아프리카 서남부 대서양 연안에 위치한 앙골라의 토속어에 죽은 사람의 영혼을 뜻하는 '은줌베(nzumbe)'라는 말이 있는데 이 말이 좀비의 어원으로 알려져 있다.

당시 수많은 아프리카인들이 거의 강압적으로 대서양을 건너 아메리카 대륙에 노예로 끌려갔다. 특히 카리브해 서인도제도에 있는 아이티에 많은 흑인들이 정착했는데 그들은 아프리카의 민속신앙인 부두교를 변함없이 신봉했다.

그런데 프랑스 식민지였던 아이티는 가톨릭이 지배적인 종교여서 흑인들의 민속신앙과 가톨릭이 혼합되는 양상을 보였다. 이를테면 부두교에만 있는 아프리카 특유의 죽음에 대한 문화와 가톨릭의 죽음과 부활, 종교의식 등이 혼합되면서 죽은 시체가 다시 살아나서 움직이는 '좀비'가 탄생하게 됐다는 것이다.

아프리카 민속신앙 부두교의 주술사들은 그들이 아프리카에서 시행했던 것처럼 죽은 시체를 되살려 움직이게 함으로써 신앙의 기적과 위력을 과시하면서, 흑인 노예들처럼 이성과 영혼이 없는 좀비를 만들어낸 것이다.

그러면 부두교의 주술사들은 그들의 주술로써 죽은 시체를 움직이게 했던 것일까? 아니면 어떤 방법으로 시체를 움직이게 했을까?

알려진 사실에 따르면, 그들은 물고기 복어의 독을 이용했다고 한다. 복어에는 치명적인 맹독이 들어 있는 부위가 있어서 자칫 잘못해서 그 부위를 먹으면 목숨을 잃을 수 있다. 하지만 치명적이지 않을 만큼의 소량을 섭취했을 때는 잠시 신경마비 증상을 일으켰다가 차츰 정상으로 돌아올 수 있다고 한다.

그러한 사실을 경험을 통해 잘 알고 있는 부두교 주술사들은 주술을 외치며 가루로 만든 복어의 독을 죽지 않을 정도의 적정량만 사람에게 투여했다. 그러면 신경이 마비되며 쓰러져서 시체처럼 뻣뻣하게 굳은 몸이 됐다가 차츰 독성이 사라지기 시작하면 쓰러져서 꼼짝도 못하던 사람이 천천히 일어서서 비틀거리며 걷게 된다는 것이다.

마치 마취에서 깨어나는 것과 같은 상태라고 할 수 있다. 그렇지만 그 걷는 모습이 무척 느리고 넋이 빠져나간 사람 같을 것이다. 그러한 과정을 모르는 순진하고 배움이 없는 흑인 노예들이 주술에 의해 죽은 시체가 다시 살아나 움직인다는 '좀비'를 실제의 현상으로 받아들이면서 차츰 퍼져나가게 됐다고 볼 수 있다.

하지만 좀비가 서양에 널리 알려지게 된 것은 미국의 저널리스트인 윌리엄 시브룩(William Seabrook)이 1929년 《마술의 섬 The Magic Island》이라는 책을 출간한 것이 계기가 됐다고 한다. 그는 이 책에서 부두교와 좀비를 소개했는데 호기심이 많고 신비스런 것을 좋아하는 서양인들이 큰 관심을 갖게 된 것이다.

그에 따라 좀비를 소재로 한 많은 영화와 판타지 작품들이 등장하면서 한 걸음 더 나아가 좀비와 흡혈귀를 합친 '드라큘라' '뱀파이어'와 같은 작품들도 등장하게 됐으며 차츰 하나의 대중문화로 자리잡게 됐다.

영화 〈드라큘라〉의 한 장면_ 1931년 작품으로, 헝가리 출신으로 미국에서 활동한 벨라 루고시가 드라큘라 백작 역을 맡았다.

그런데 이들 좀비를 소재로 한 판타지 작품들에는 몇 가지 공통점이 있다는 것이다. 이를테면 죽은 시체니까 동작이 둔하고 느리고 뻣뻣하며, 오직 본능적인 존재로서 이성이나 감성이 없고 폭력적이라는 것이다. 또한 피로감이 없어서 한없이 끈질기며 어떠한 충격을 받아도 고통이 없기 때문에 좀비의 접근을 여간해서 막아내기가 어렵다는 것 등으로 이러한 특징들이 대중문화에서 좀비의 이미지와 캐릭터가 되고 있다.

동양, 특히 한자(漢字) 문화권에서는 '강시'가 있다. 강시는 움직이는 시체를 뜻하는 것으로 서양에서는 강시를 가리켜 '중국의 좀비'라고 한다. 중국에서는 얼어죽은 사람, 즉 동사한 사람의 시체도 강시라고 한다. 보편적으로 뻣뻣한 시체를 강시라고 하는 것 같다.

강시도 대개 죽은 지 오래된 시체로 검고 뻣뻣하다. 그처럼 몸이 굳어 있는 상태여서 살아 움직이는 강시도 뻣뻣해서 관절 부위가 구부러지지 않기 때문에 일어섰을 때 균형을 잡기 위해 두 팔을 앞으로 내밀고 있다. 움직이는 것도 두 발을 모으고 발목을 사용해서 깡충깡충 뛰듯이 걷는다.

또한 강시는 날카로운 송곳니로 사람을 물거나 해치는 등 공격적이고 폭력적이다. 강시에게 물려 피가 빨린 사람도 강시가 되는 것이 특징이다. 말하자면 흡혈귀와 좀비의 복합적인 특성을 지녔다고 할 수 있다.

강시는 중국의 전통적인 장례 풍습과 관련이 있다. 예부터 중국에서는 타향에서 객사하거나 전쟁에 나갔다가 전사하면 반드시 시신을 고향으로 옮겨와 장례를 치르는 풍습이 있다. 타향에서 죽으면 넋에 한이 맺혀 구천을 떠돈다는 도교적 관념이 있어서 반드시 시신을 고향으로 옮겨와 매장하는 것이다.

시신을 옮기는 것도 도교의 전문적인 영환술사(靈還術士)들이 담당한다. 중국은 워낙 영토가 넓기 때문에 이동거리가 매우 멀 뿐 아니라 시신을 옮길 수 있는 특별한 교통수단이 없어 아무리 멀어도 걸어가야 했다. 따라서 되도록 지역별로 여럿의 시신을 모아 한꺼번에 운반했다.

시신을 운반하는 방법은 이렇다. 시신들을 하나씩 붙잡아 일으켜 세운 뒤, 양쪽 옷자락 겨드랑이 사이로 두 개의 기다란 대나무 막대기를 나란히 끼워 줄로 묶어서 두 사람씩 앞뒤에서 어깨에 메고 가는 것이다. 그러면 대나무의 탄력 때문에 흔들거린다.

낮에는 줄에 매단 시신들을 메고 가는 것이 사람들 눈에 띄어 심한 혐오감과 공포감을 주게 된다. 어쩔 수 없이 밤에만 이동하는데 어둠 속에서 시신들이 흔들거리는 것이 마치 시체가 살아서 움직이는 것 같다. 그래서 한밤중에 어쩌다 얼핏 그 모습을 목격하게 된 사람들은 시체가 살아서 움직인다고 놀랐을 것이다. 그리고 자신이 목격한 그 놀라운 모습을 사람들에게 전하면서 소문이 퍼졌고 마침내 시체가 살아서 움직이는 강시가 탄생하게 된 것이다.

중국에서는 일찍부터 강시의 존재에 대해 알려졌지만 실제로 존재하는 것처럼 받아들여져 가장 활발하게 소문이 퍼진 것은 청나라 때였다고 한다. 그래서 청나라 때 간행된 관련 문헌들도 많고 강시를 묘사한 그림들은 한결같이 청나라 시대의 복장을 하고 있다고 한다. 중국의 영화나 드라

관복을 입은 청나라 관리

마에서 그려지는 강시의 모습도 대개 비슷하다. 청나라 시대의 복장에 청나라식 모자를 쓰거나 앞쪽 머리는 스님 같은 민머리이고 뒤쪽 머리는 한가닥으로 길게 딴 헤어스타일이다.

예전에 중국에서 객사하거나 전사한 시신을 앞에서 설명한 방식대로 고향으로 옮긴 것은 역사적 사실로 알려졌지만 실제로는 거의 불가능한 일이라고 한다. 왜냐하면 워낙 먼 거리를 이동하다 보면 여러 날이 걸릴 뿐 아니라 기후 변화도 심해서 시신이 완전히 부패해 흐물거리고 녹아버리기 때문이다. 또한 운반하는 사람들도 부패한 시신의 심한 악취와 세균의 오염으로 오래 견디기 어렵다는 것이다.

좀비나 강시는 실제로는 존재하지 않는 것이 사실이다. 그럼에도 예전에 좀비와 강시 얘기가 끊이지 않았던 것은 어쩌면 죽은 사람이 아무쪼록 안식과 영면하기를 기원하는 마음에서 비롯됐는지 모른다. 오늘날 좀비와 강시를 거부감 없이 받아들이는 것은 그것의 존재를 믿어서가 아니라, 그들을 소재로 한 판타지 영화나 드라마 등을 통해 긴장감과 공포감을 즐길 수 있는 강한 오락적 요소 때문일 것이다.

또한 좀비의 의미도 예전과는 사뭇 달라졌다. 좀비를 현대적으로 해석해서, 직장이나 조직에서 얄팍한 요령만 있을 뿐 주체성이 없고 열정도 없이 무사안일하게 요령껏 눈치껏 행동하는 사람을 '좀비'라고 한다.

죽음의 신, 그들의 내세관

———✳———

인간의 삶을 한마디로 압축하면 '생로병사(生老病死)'다. 인간은 태어나서 삶을 이어가다가 갖가지 질병에 걸리거나 뜻하지 않은 사고로 목숨을 잃기도 하고, 늙고 쇠약해져 마침내 죽음을 맞게 된다. 어찌 됐든 인간뿐 아니라 모든 생물은 죽음을 피할 수 없다.

따라서 인간은 언젠가는 반드시 죽기 때문에 태어나는 것 못지않게 자신의 삶이 끝나는 죽음에 대해 나이가 들수록 큰 관심을 갖는다. 그뿐 아니라 부모와 혈육, 가깝게 지냈던 친지의 죽음을 더할 수 없이 슬퍼하고 그들이 저승에서 편히 잠들기를 기원한다. 그와 함께 인간의 육신은 죽어 소멸하더라도 영혼이 영원히 머무는 저승이 있다고 믿고 싶어 한다.

어쩌면 인간의 속절없는 환상일지 모르지만, 그 때문에 민족과 지역을 막론하고 사후세계에 대한 내세관이 생겨나고, 영생(永生)과 환생, 부활 등이 신앙적으로 의미 있는 가치를 지니게 됐다.

또한 그 때문에 세계 어느 곳이든 그들 나름으로 상상하는 '죽음의 신'이 있다. 우리에게 염라대왕이 있고 저승사자가 있듯이 다른 민족, 다른 지역에도 죽음과 관련된 상상의 신적 존재들이 있다. 그것은 그들의 내세관을 말해주는 것이기도 하다.

어느 문명권이든 죽음의 신이 지니고 있는 공통점은, 죽음의 신이 자의

적으로 사람의 목숨을 빼앗지는 않는다는 것이다. 그들은 죽음을 맞은 자의 육신과 영혼을 분리시키고 저승으로 인도하거나 저승 또는 죽음을 관리하는 역할을 수행할 뿐이다. 아울러 죽음의 신 대부분은 남성이지만 일부 문명권에서는 여성이나 어린이도 있다고 한다.

오시리스와 아누비스

역사적으로 가장 오래된 죽음의 신은 4500여 년 전, 고대 이집트의 오시리스(Osiris)와 아누비스(Anubis)다. 이들에 대해서는 이집트 신화와 전설 그리고 상형문자로 된 기록으로도 남아 있다. 개념의 차이가 있지만 오시리스가 우리의 염라대왕이라면 아누비스는 저승사자와 비슷하다.

오시리스는 하늘의 신과 대지의 여신 사이에서 태어난 신의 아들로 이집트를 다스리는 왕이었다. 여동생 이시스(Isis)와 결혼했고 남동생 세트(Set)가 있었다. 근친혼은 그 당시 이집트의 관습이었다.

오시리스는 이집트의 율법을 만들었으며 백성들에게 곡식재배법을 가르치고 처음으로 포도주를 제조하는 등 선정을 베풀어 추앙을 받았다. 어느 날, 오시리스가 자기 아내로 착각하여 동생 세트의 아내인 네프티스(Nephthys)와 성관계를 가져 아누비스를 낳았다. (아누비스가 세트 부부 사이에서 태어났다는 다른 전설도 있다.)

형 오시리스가 자기 아내를 건드려 아누비스를 낳았다는 사실을 알게 된 동생 세트는 몹시 화가 나서 형 오시리스를 강제로 나무로 만든 관(棺)에 넣어 나일강에 버렸다. 관은 물결따라 흘러가 시리아의 나무숲에 다다랐는데, 아내 이시스가 시리아까지 찾아가서 관을 불태우고 이미 죽은 오시리스를 살려내고 이집트로 데려온다.

사자의 서에 그려진 오시리스_ 앉아 있는 오시리스 뒤에는 누이 이시스와 네프티스가 서 있고, 그 앞의 연꽃 위에는 호루스의 네 아들이 서 있다.

그 사이에 오시리스와 이시스가 날카로운 매(독수리)의 눈을 가진 아들 호루스(Horus)를 낳는데, 훗날 그가 이집트를 통일한 첫 파라오가 되고 태양신으로 추앙을 받는다. 그 때문에 그리스 신화에서도 태양신인 아폴론과 동일하게 다루고 있다. 말하자면 이집트의 최고 통치자인 파라오는 오시리스와 이시스에서 비롯됐다고 볼 수 있다.

한편 세트는 형인 오시리스를 죽이고 왕위에 올라 있었는데 오시리스가 이시스에 의해 환생하자 다시 형을 붙잡아 갈기갈기 찢어 죽여 나일강에 버린다. 이시스가 또 나섰다. 그녀는 나일강 바닥까지 뒤져 처참하게 찢긴 남편의 시신 14조각을 수습하여 실로 꿰매 묻어주었다. 하지만 그의 남근(男根)은 찾지 못했는데 이 남근이 살아나서 오시리스는 생명을 이어가지만 세상에 나오지 않고 그때부터 죽음의 신, 나일강의 신이 된다.

역시 죽음의 신인 아누비스는 좀 복잡하다. 개 또는 자칼을 닮고 솟아오른 두 귀가 무척 큰 동물 모습의 아누비스는 죽은 자의 영혼을 저승으로 데

죽은 자의 미라를 만지고 있는 아누비스

려오는 역할을 하는 신이라고도 하고, 죽음과 시체 방부 처리의 신이라고도 하며 죽음을 관장한다고도 한다. 아누비스가 동물의 형상인 것은 이집트인들의 동물숭배와 관련이 있다. 그들은 사람이 죽으면 동물의 몸속에 영혼이 깃들었다가 3000년 뒤에 다시 사람으로 환생한다고 믿으며 동물을 숭배한다.

고대 이집트에서는 사람이 죽으면 저승에 가서 오시리스의 법정에 선다고 믿었다.

이집트인들은 사람이 죽으면 관 속에 시신을 방부 처리한 미라와 함께 〈사자의 서〉를 넣었다. 상당한 분량인 〈사자의 서〉는 오시리스를 찬양하고, 죽은 자가 아무 죄도 짓지 않고 살았다는 등의 내용이 담긴 문서로, 지금까지 전해지고 있는 역사적으로 큰 가치를 지닌 유명한 문서다.

어찌 됐든 죽은 자가 저승에 가서 오시리스 법정에 들어서면 12명의 신들이 그를 기다리고 있다. 죽은 자는 그들 앞에서 자신이 생전에 살아온 과정이나 지은 죄를 고백한다. 그러면 지혜의 신이 원숭이 형상의 보조 신과 아누비스를 시켜 저울을 꺼내들고 한쪽에는 죽은 자의 심장을, 다른 쪽에는 진리를 상징하는 타조 깃털을 올려놓고 어느 쪽으로 기우는지 살핀다.

그리하여 깃털보다 심장이 무거우면 괴물 암무트(Ammut, 또는 아비누트)가 잡아먹고 깃털의 무게보다 가벼운 선한 심장(아무 죄도 없고 성실하고 정직하게 산 사람)은 호루스 신을 따라가서 오시리스를 알현하고 그를 찬양한 뒤, 태양신이 다스리는 천국으로 가게 된다.

오시리스는 영원히 죽지 않았다. 그는 동생 세트에 의해 두 번이나 죽임을 당했다가 부활해서 죽음의 신이 됐다. 또한 그는 이집트에 곡식재배법을 가르쳐준 농경의 신이기도 하다. 씨앗은 가을에 수확을 하게 해주고, 땅속에 묻혀 있다가 이듬해 봄이 오면 다시 살아나 싹이 돋는다. 태양은 저녁이면 저물었다가 다음 날 아침이면 다시 떠오른다.

이러한 자연의 순리와 오시리스의 부활을 통해 이집트인들은 영생을 믿었으며 오시리스를 숭배했다. 그에 따라 이집트의 파라오들도 자신이 환생할 피라미드를 만들었다. 오시리스의 부활은 뒤에 예수 그리스도의 부활에도 큰 영향을 주었다고 한다.

하데스와 타나토스

하데스(Hades)와 타나토스(Thanatos)는 그리스 신화에 나오는 죽음의 신들이다. 하데스가 염라대왕이라면 타나토스는 저승사자와 같은 기능과 역할을 한다.

하데스는 제우스, 포세이돈과는 형제지간으로 제우스가 하늘, 포세이돈이 바다를 지배하게 되고 하데스는 죽음의 세계를 지배하는 신이 됐다. 로마 신화의 플루톤(Pluton)에 해당한다. 태양계의 가장 멀리 있는 행성이었지만 너무 작고 행성의 요건을 제대로 갖추지 못했다는 이유로 지위가 퇴출된 명왕성의 영어 이름이 플루토(Pluto)다.

하데스는 명부(冥府)를 관장하는데 이곳에 한번 들어오면 다시는 빠져나갈 수 없도록 엄격하게 다스렸다. 또한 그곳은 끊임없이 고통스런 형벌이 가해지는 그야말로 지옥이다. 처음에는 극한의 지옥을 타르타로스라고 하여 하데스와 구분했는데 뒤에는 구분이 없어졌다고 한다.

사람이 죽어 저승으로 가려면 '저승의 강'을 건너야 하는데 그곳에는 카

이지창을 들고 있는 하데스_ 옆에는 아내 페르세포네가, 아래에는
저승 입구를 지키는 케르베로스가 앉아 있다.

론(Charon)이라는 뱃사공이 기다리고 있어서 뱃삯을 치러야 배에 태워 저
승(하데스 왕국)으로 데려다준다. 만일 뱃삯을 못 내면 무려 100년 동안이
나 강가를 떠돌아야 한다. 그 때문에 그리스에서는 지금도 죽은 자의 입안
에 동전을 넣어주는 관습이 있다고 한다.

'저승의 강'을 건너면 저승 입구에 개와 비슷하게 생긴 케르베로스
(Kerberos)라는 짐승이 지키고 있으며, 이윽고 하데스의 앞에 나가면 엄격한
심판을 거쳐 죽은 자는 천국과 지옥, 어느 곳으로 보낼 것인지 결정된다.

기독교에서는 죽은 자가 요단강을 건넌다고 해서 '요단강 건너가 만나
리'라는 찬송가가 있다. 《신약성서》에서의 요단강은 실제의 요르단강으
로, 예수가 이 강물에서 세례를 받았으며 세례자 요한이 이곳을 하느님의
나라로 선포하고 세례를 베풀었던 곳이다.

또한 요단강은 약속의 땅 가나안과 경계를 이루는 곳으로 이 강을 건너
야 죄를 씻고 천국으로 들어서게 된다. 따라서 기독교에서 사람이 죽었을
때 '요단강 건너가 만나리'를 찬송하는 것은 요단강을 건너 약속된 복된 곳

에 들어간다는 뜻이니, 곧 천국에 간다는 것이다. 요단강은 어쩌면 '저승의 강'과 관련이 있을지도 모른다.

타나토스는 죽음의 신, 어둠의 신이기도 하지만 '죽음' 그 자체를 의인화한 것이기도 하다. 로마 신화에서는 모르스(Mors)에 해당한다. 일반적으로 타나토스는 날개가 달린 젊은 청년으로 묘사되지만 수염 달린 중년 남성으로 묘사되기도 한다. 대개 머리에 검은 후드를 뒤집어쓰고 낫 또는 칼을 들고 어둠 속에서 나타난다.

타나토스는 매우 냉정하고 비정해서 쇠 심장과 청동 같은 마음을 가졌다고 하며 직접 죽은 자의 시신을 넣는 관을 만들기도 한다. 그는 죽음을 앞둔 사람에게 나타나 머리카락을 칼로 잘라내고 그의 영혼을 저승으로 데려간다. 우리의 저승사자처럼 죽은 자를 저승으로 데려가는 호송자 역할을 한다. 그의 역할은 죽은 자를 '저승의 강'까지 데려가 뱃사공 카론에게 넘겨주는 것으로 끝난다.

인간은 언젠가 반드시 죽기 마련이어서 어느 민족, 어느 문화권이든 죽

히프노스(왼쪽)와 타나토스(오른쪽)_ 죽음의 신 타나토스와 수면의 신 히프노스가 죽은 사르페돈을 옮기고 있다. 헤르메스가 그 광경을 지켜보고 있다.

음과 사후세계에 대해 관심이 클 수밖에 없다. 하지만 사후세계는 알 수 없기 때문에, 죽어서 부디 좋은 곳으로 가서 편히 머물기를 바라는 것은 모든 인간들의 한결같은 소망이다. 그러자면 생전에 죄를 짓지 말아야 죽어서도 당당하게 저승에 갈 수 있다는 것도 공통적인 마음가짐인 것 같다.

또한 앞에서 설명했듯 타나토스는 '죽음' 그 자체를 뜻하는 것이기도 해서, 지금도 수많은 예술작품들의 주제로 다루어지기도 한다. 특히 오스트리아의 정신분석학자 지그문트 프로이트의 '타나토스'는 정신분석학 용어로 널리 알려져 있다.

그는 인간에게는 자기 자신을 타자(他者)와 합치시키고 싶은 에로스(성애, 성) 본능과 자기 자신을 파괴해서 생명이 없는 무기물로 환원시키려는 죽음의 충동, 즉 자기 스스로 죽고 싶어 하는 본능이 있다면서 그 죽고 싶은 충동을 가리켜 '타나토스'라고 했다.

야마

인도 신화와 토착종교에서 죽음의 신은 야마(Yama)다. 인도의 토착어 '야마'를 한자로 번역한 것이 염라대왕의 '염라'다. 야마는 인도의 토착종교인 힌두교의 경전에 먼저 등장한 '죽음의 신'이다. 그런데 인도에서 불교가 탄생하면서 야마를 수용해서 두 종교의 죽음의 신이 됐다.

야마는 그들의 신화에서 최초의 인간이다. 따라서 죽음도 인간 최초로 경험했으며 역시 인간 최초로 저승에 갔기 때문에, 저승을 잘 알고 있어서 죽은 자들을 저승으로 안내하는 역할을 맡게 됐고 죽음의 신이 됐다.

그는 죽음의 신으로 신격화됐지만 본래는 인간이어서 숭배의 대상인 진짜 신들보다는 한 단계 낮은 위치에 있다. 그에 따라 상상의 모습이기는 하지만 그의 모습도 인간의 모습을 하고 있다. 그는 당당한 풍채에 붉은 옷을 입고 검은 물소를 타고 다닌다. 손에는 해골로 장식한 지팡이와 밧줄로 된 올가미를 들고 죽은 자를 저승으로 데려가기 위해 찾아온다.

야마가 다스리는 저승의 입구에는 눈이 네 개 달린 개 두 마리가 지키고 있으며 까마귀와 비둘기가 그의 심부름꾼이다. 죽은 자가 저승에 오게 되면 그가 생전에 어떤 선행과 악행을 했는지 가려내서 야마가 극락세계로 보낼 것인지, 지옥으로 보낼 것인지를 결정한다.

그런데 야마는 저승의 왕이며 판관이고 그 밖에 여럿의 '야마두트라'라는 죽음의 신들이 있다. 이들 가운데 한 명이 어린아이로 위장하고 인간세상을 돌아다니며 각종 정보를 수집해서 보고하기 때문에 야마가 죽은 자의 잘잘못을 가려내는 데 별다른 어려움이 없다고 한다.

불교는 사후세계의 존재와 윤회사상을 강조한다. 인간이 죽어 저승에 가서 여섯 단계의 고난과 수행의 과정을 거치고 나면 다시 환생한다는 극락왕생을 강조한다. 그리하여 인도인들은 죽음에 대한 불안감보다 사후세계를 이상향으로 동경하는 내세관을 갖고 있다.

이자나미와 엔마

일본의 '죽음의 신'은 이자나미와 엔마다. 앞의 〈일본의 창세신화〉에서 설명했듯이 일본의 신화에서는 하늘에서 내려온 이자나기(남신)와 이자나미(여신)가 처음으로 세상을 열었다고 한다. 또한 그들이 지상에서 부부관계를 맺고, 지상과 천계를 오가는 여러 신들과 인간을 비롯한 만물을 창조한다.

하지만 이자나미가 불의 신을 낳다가 음부에 화상을 입고 죽음의 세계인 황천(黃泉)에 가게 된다. 우리에게도 익숙한 황천은 죽어서 가는 곳인 저승으로 지하세계를 뜻한다. 죽은 아내를 그리워하던 이자나기가 황천으로 아내를 찾아가지만 아름답던 그녀의 육신은 벌레들이 우글대는 추악한 시체로 변해 있었다.

이자나기가 놀라서 도망치자 아내 이자나미가 뒤쫓아오며 소리친다.

"당신이 나를 버리면 하루에 1000명씩 지상의 인간들을 죽일 거야."

"그러면 나는 하루에 1500명씩 인간을 태어나게 하겠소."

이자나기가 그렇게 맞선 덕분에 인구는 늘어나게 됐지만, 하루에 1000명씩 죽이겠다는 이자나미는 죽음의 신이 됐다. 하지만 그녀는 죽은 자들에 대해서는 관여하지 않는다. 죽은 자를 저승으로 보내고 심판하는 것은 또 다른 죽음의 신이라고 할 수 있는 엔마다.

엔마는 염마(閻魔)의 일본어 발음으로 '염라'를 뜻한다. 일본도 불교의 영향을 받아 염라가 저승을 관장하며 죽은 자의 잘잘못을 가려 천국으로 보낼지, 지옥으로 보낼지를 결정한다. 그 밖에도 일본에는 여러 시니가미(死神)들이 있지만 역할과 기능은 미미하다.

일본인들도 엔마가 관장하는 사후세계 저승이 있다고 생각하며 세상을 떠난 조상들과 고인(故人)에게 제례를 갖추지만 죽은 자들을 추모하고 영면을 기원할 뿐 그다지 사후세계에 집착하지는 않는다. 그들은 내세보다 현실을 더 중요하게 생각한다.

[찾아보기(인명)]

본래 뜻을 찾아가는 우리말 나들이
알아두면 잘난 척하기 딱 좋은 우리말 잡학사전

'시치미를 뗀다'고 하는데 도대체 시치미는 무슨 뜻? 우리가 흔히 쓰는 천둥벌거숭이, 조바심, 젬병, 쪽도 못 쓰다 등의 말은 어떻게 나온 말일까? 강강술래가 이순신 장군이 고안한 놀이에서 나온 말이고, 행주치 마는 권율장군의 행주대첩에서 나온 말이라는데 그것이 사실일까?
이 책은 이처럼 우리말이면서도 우리가 몰랐던 우리말의 참뜻을 명쾌하게 밝힌 정보 사전이다. 일상생활 에서 자주 쓰는 데 그 뜻을 잘 모르는 말, 어렴풋이 알고 있어 엉뚱한 데 갖다 붙이는 말, 알고 보면 굉장히 험한 뜻인데 아무렇지도 않게 여기는 말, 그 속뜻을 알고 나면 '아하!'하고 무릎을 치게 되는 말 등 1,045 개의 표제어를 가나다순으로 정리하여 본뜻과 바뀐 뜻을 밝히고 보기글을 실어 누구나 쉽게 읽고 활용 할 수 있도록 하였다.

이재운 외 엮음 | 인문·교양 | 552쪽 | 33,000원

역사와 문화 상식의 지평을 넓혀주는 우리말 교양서
알아두면 잘난 척하기 딱 좋은 우리말 어원사전

이 책은 우리가 무심코 써왔던 말의 '기원'을 따져 그 의미를 헤아려본 '우리말 족보'와 같은 책이다. 한글 과 한자어 그리고 토착화된 외래어를 우리말로 받아들여, 그 생성과 소멸의 과정을 추적해 밝힘으로써 올 바른 언어관과 역사관을 갖추는 데 도움을 줄 뿐아니라, 각각의 말이 타고난 생로병사의 길을 짚어봄으로 써 당대 사회의 문화, 정치, 생활풍속 등을 폭넓게 이해할 수 있는 문화 교양서 구실을 톡톡히 하는 책이다.

우리가 흔히 쓰는 말들이 어떠한 배경에서 탄생하여 어떤 변천과정을 거쳤는지 살펴보는 작업은 그 자체 로도 의미 있는 일이지만, 과거 선조들이 살았던 시대의 관습과 사회상, 선조들이 겪었던 아픔을 보여준 다는 점에서도 의미가 크다.

이재운 외 엮음 | 인문·교양 | 552쪽 | 33,000원

베스트셀러 작가가 알려주는 창작노트
알아두면 잘난 척하기 딱 좋은 에피소드 잡학사전

이 책은 215여 권의 시집을 출간하고 에세이를 출간하여 수백만 독자들을 매료시킨 베스트셀러작가인 용혜원 시인의 창작 노하우가 담긴 에피소드 잡학사전이다. 창작자에게 영감과 비전을 샘솟게 하는 정 보와 자료의 무한한 저장고로서 역할을 하며, 다양한 주제와 스토리로 구성된 창작 노하우를 담고 있다.

<창작자들을 위한 에피소드 백과사전>은 재미난 주제의 스토리와 그와 관련된 영화 대사나 명언 그리 고 시 한 편으로 고급스러운 대화와 이야기를 풀어나가도록 구성되었다. 이 책은 강사들이나 새로운 세 계를 창조해 내는 창작자들에게 아이디어와 창의력을 샘솟게 하는 자료들이 창고의 보물처럼 쌓여 있다.

용혜원 지음 | 인문·교양 | 512쪽 | 32,000원

영단어 하나로 역사, 문화, 상식의 바다를 항해한다

알아두면 잘난 척하기 딱 좋은 **영어잡학사전**

이 책은 영단어의 뿌리를 밝히고, 그 단어가 문화사적으로 어떻게 변모하고 파생 되었는지 친절하게 설명해주는 인문교양서이다. 단어의 뿌리는 물론이고 그 줄기와 가지, 어원 속에 숨겨진 에피소드까지 재미있고 다양한 정보를 제공함으로써 영어를 느끼고 생각할 수 있게 한다.

영단어의 유래와 함께 그 시대의 역사와 문화, 가치를 아울러 조명하고 있는 이 책은 일종의 잡학사전이기도 하다. 영단어를 키워드로 하여 신화의 탄생, 세상을 떠들썩하게 했던 사건과 인물들, 그 역사적 배경과 의미 등 시대와 교감할 수 있는 온갖 지식들이 파노라마처럼 펼쳐진다.

김대웅 지음 | 인문·교양 | 452쪽 | 27,000원

신화와 성서 속으로 떠나는 영어 오디세이

알아두면 잘난 척하기 딱 좋은
신화와 성서에서 유래한 영어표현사전

그리스·로마 신화나 성서는 국민 베스트셀러라 할 정도로 모르는 사람이 없지만 일상생활에서 흔히 쓰이고 있는 말들이 신화나 성서에서 유래한 사실을 아는 사람은 많지 않다. <신화와 성서에서 유래한 영어표현사전>은 신화와 성서에서 유래한 영단어의 어원이 어떻게 변화되어 지금 우리 실생활에 어떻게 쓰이는지 알려준다.

읽다 보면 그리스·로마 신화와 성서의 알파와 오메가를 꿰뚫게 됨은 물론, 이들 신들의 세상에서 쓰인 언어가 인간의 세상에서 펄떡펄떡 살아 숨쉬고 있다는 사실에 신비감마저 든다.

김대웅 지음 | 인문·교양 | 320쪽 | 19,800원

흥미롭고 재미있는 이야기는 다 모았다

알아두면 잘난 척하기 딱 좋은 **설화와 기담사전1, 2**

판타지의 세계는 언제나 매력적이다. 시간과 공간의 경계도, 상상력의 경계도 없다. 판타지는 동서양을 가릴 것도 아니고 아득한 옛날부터 언제나 우리 곁에 있어왔다.

영원한 생명력을 자랑하는 신화와 전설의 주인공들, 한끗 차이로 신에서 괴물로 곤두박질한 불운의 존재들, '세상에 이런 일이?' 싶은 미스터리한 이야기, 그리고 우리들에게 너무도 친숙한(?) 염라대왕과 옥황상제까지, 시공간을 종횡무진하는 환상적인 이야기가 펼쳐진다.

이 책은 실체를 알 수 없고 현실감이 없는 상상의 존재들은 어떻게 태어났고 우리의 삶 속에 살아 있는 것일까? 인간의 욕망이 만들어 낸 판타지의 주인공들이 시공간을 종횡무진하는 환상적인 이야기를 펼쳐놓은 설화와 기담, 괴담들을 모아놓았다.

이상화 지음 | 인문·교양 | 1권 360쪽, 2권 376쪽 | 각권 22,800

신과 종교, 죽음과 신화의 기원에 대한 아주 오래된 화두

알아두면 잘난 척하기 딱 좋은 **신의 종말**

'신은 존재할까, 허구일까? 신은 정말 존재하는 것일까?' 이는 인류 역사에서 가장 오래된 질문이다. 물론 지금까지도 신의 존재를 증명할 방법은 없다. 니체는 '신은 죽었다'고 했다. 곧 신은 있었지만, 의미를 상실하고 사라졌다고 생각한 것일까?

이 책에서는 그 물음을 찾아 신과 종교의 오리진(Origin)을 긁어내려 한다. 종교는 어떻게 탄생해 어떤 진화 과정을 거쳤는지, 그리고 종교와 과학의 만남은 어떻게 이루어졌는지 믿음이라는 생물학적 유전자를 캐내며 인간의 종말과 신의 종말을 예견한다. 그래서 마지막 남은 환상인 유토피아를 찾아내어 존재하지 않는 것으로부터 위안을 받는 인간을 보여준다.

이용범 지음 | 인문·교양 | 596쪽 | 28,000원

인간은 왜 딜레마에 빠질까?

알아두면 잘난 척하기 딱 좋은 **인간 딜레마**

인간의 행동과 선택에 대한 궁금증을 풀어주는 진화심리학적 인문서. 이 책은 소설가이자 연구자인 이용범이 풀어내는 인간 딜레마, 시장 딜레마, 신 딜레마로 이어지는 인류문화해설서 중 첫 번째이다. 딜레마를 품은 존재인 인간이 어떤 기준에서 진화하고 생존하며 판단하는지를 여러 학설의 실험과 관찰 및 연구를 통해 보여준다.

전체 3부 구성으로 1부에서는 일반적인 선택의 문제를, 2부에서는 도덕의 기제가 작동하는 원리와 사회적 존재로서의 문제를, 3부에서는 남성과 여성의 입장에서 유전적 본성과 충돌하면서도 유지되고 있는 인류의 짝짓기 문화와 비합리성 문제를 살펴본다.

이용범 지음 | 인문·교양 | 462쪽 | 25,000원

엄연히 존재했다가 사라진 것들을 찾아가는 시간여행

알아두면 잘난 척하기 딱 좋은 **사라진 것들**

이 세상에 사라지지 않는 것은 아무것도 없다. 이 세상의 모든 생명체는 태어나서 융성하다가 언젠가는 반드시 사라진다. 그것이 자연의 섭리다. 모든 것은 시대 변화와 발전에 따라 사라지고 새로운 것이 등장하기를 되풀이한다.

이 책 《사라진 것들》은 제목 그대로 우리 삶과 공존하다가 사라진 것들을 다루었다. 삶 자체가 사라짐의 연속이므로 모든 것을 기록으로 남길 수는 없어서, 나름의 기준을 가지고 '사라진 것들'을 간추렸다. 먼저 우리가 경험했던 국내에서 사라진 것들은 대부분 잘 알려진 것들이어서 제외하고, 세계적으로 관심이 컸던 것 중에서 선별해 보았다.

이상화 지음 | 인문·교양 | 400쪽 | 19,800원

엉뚱한 실수와 기발한 상상이 창조해낸 인류의 유산

알아두면 잘난 척하기 딱 좋은 **최초의 것들**

우리는 무심코 입고 먹고 쉬면서, 지금 우리가 누리는 그 모든 것이 어떠한 발전 과정을 거쳐 지금의 안락하고 편안한 방식으로 정착되었는지 잘 알지 못한다. 하지만 세상은 우리가 미처 생각지도 못한 사이에 끊임없이 기발한 상상과 엉뚱한 실수로 탄생한 그 무엇이 인류의 삶을 바꾸어왔다.

이 책은 '최초'를 중심으로 그 역사적 맥락을 설명하는 데 주안점을 두었다. 아울러 오늘날 인류가 누리고 있는 온갖 것들은 과연 언제 어디서 어떻게 시작되었는지, 그것들은 어떤 경로로 전파되었는지, 세상의 온갖 것들 중 인간의 삶을 바꾸어놓은 의식주에 얽힌 문화를 조명하면서 그에 부합하는 250여 개의 도판을 제공해 읽는 재미와 보는 재미를 더했다.

김대웅 지음 | 인문·교양 | 552쪽 | 31,000원

그리스·로마 시대 명언들을 이 한 권에 다 모았다

알아두면 잘난 척하기 딱 좋은 **라틴어 격언집**

그리스·로마 시대 명언들을 이 한 권에 다 모았다
그리스·로마 시대의 격언은 당대 집단지성의 핵심이자 시대를 초월한 지혜다. 그 격언들은 때로는 비수와 같은 날카로움으로, 때로는 미소를 자아내는 풍자로 현재 우리의 삶과 사유에 여전히 유효하다.

이 책은 '암흑의 시대(?)'로 일컬어지는 중세에 베스트셀러였던 에라스뮈스의 <아다지아(Adagia)>를 근간으로 한다. 그리스·로마 시대의 철학자, 시인, 극작가, 정치가, 종교인 등의 주옥같은 명언들에 해박한 해설을 덧붙였으며 복잡한 현대사회를 헤쳐나가는 데 지표로 삼을 만한 글들로 가득하다.

데시데리위스 에라스뮈스 원작 | 김대웅·임경민 옮김 | 인문·교양 | 352쪽 | 19,800원

악은 의외로 평범함 속에 숨어 있다!

알아두면 잘난 척하기 딱 좋은 **악인의 세계사**

이 책은 유사 이래로 저질러진 수많은 악행들 가운데 그것이 세계사에 미친 영향을 조명하는 한편, 각 시대마다 사회를 불안과 공포에 몰아넣은 악인들의 극악무도한 악행을 들여다본 책이다. 국익 때문에, 돈 때문에 저지른 참혹하고 가공할 만한 악행들이 사회와 국가를 뒤흔들면서 어떻게 역사의 흐름을 바꾸어 놓았는지, 오늘날 인류의 삶에 어떤 영향을 미쳤는지 따라가본다.

아울러 인간이 어디까지 잔인해질 수 있는지, 그 악행의 심리 밑바닥에 도사리고 있는 것은 무엇인지 다시 한 번 생각해보게 한다. 우리 옆 가까이에서 모습을 감춘 채 악실대는 악인들의 존재는 우리를 언제 어떻게 무슨 방법으로든 그들의 세계로 끌어들일지도 모른다. 그들과 맞서는 것을 두려워하지 않을 때 그들의 악행을 멈추게 할 수 있다.

이상화 지음 | 인문·교양 | 378쪽 | 22,800원

세계 최초의 백과사전

교양인을 위한 **플리니우스 박물지**

플리니우스의 『박물지』는 77년에 처음 10권이 출판되었고, 나머지는 사후에 조카인 소(小)플리니우스가 출판한 것으로 추정된다. 플리니우스는 『박물지』에서 천문학, 수학, 지리학, 민족학, 인류학, 생리학, 동물학, 식물학, 농업, 원예학, 약학, 광물학, 조각작품, 예술 및 보석 등과 관련된 약 2만 개의 항목을 많은 문헌을 참조해 상세하게 기술할 뿐만 아니라 풍부한 풍속적 설명과 이용 방식 등을 곁들여 설명하고 있다. 따라서 이 저작은 구체적인 사물에 관한 단순한 지식을 뛰어넘어 고대 서양 문화를 이해하는 데 중요한 참고문헌으로 쓰이고 있다. 플리니우스의 『박물지』는 과학사와 기술사에서의 가치뿐만 아니라 고대 로마쪽 예술에 대한 자료로서 미술사적으로 귀중한 자료로 고대 그리스·로마 시대의 예술에 대한 지식을 담은 서적으로 이 『박물지』가 유일하다.

플리니우스 원작 | 존 S. 화이트 엮음 | 서경주 번역 | 인문·교양 | 608쪽 | 39,000원

세계 각 지역의 기이한 풍속들을 간추린 이색적 풍속도

알아두면 잘난 척하기 딱 좋은 **기이하고 괴이한 세계 풍속사**

이 책은 세계 각 지역의 그러한 독특하고 괴상하고 기이한 풍속들을 간추려 이색적인 풍속, 특이한 성 풍속, 정체성이 담긴 다양한 축제, 자신들의 삶이 담긴 관혼상제, 전통의상으로 나누었다. 민족들 사이에 소통이 거의 없었던 고대(古代)에서 중세에 이르는 시기에 충격적이고 엽기적인 풍속이나 풍습이 훨씬 더 많다. 그러나 그것들이 대부분 사라졌기 때문에 되도록 오늘날에도 전통성이 이어지는 풍속들을 소개하려고 노력했다. 어느 민족의 풍속이든 그것은 인류문화의 원형이다. 하지만 시대와 환경 그리고 종교의 변화에 따라 영원히 사라지기도 하고, 다른 민족의 그것들과 결합하고 융합하면서 새로운 풍속이 탄생한다. 그것은 생존에 적응하려는 진화이기도 하다. 이 책에서는 그러한 인류의 삶을 살펴봄으로써 우리의 인문, 교양을 함양시키는 데 큰 도움이 될 것이다.

이상화 지음 | 인문·교양 | 408쪽 | 25,000원

전 세계의 샤머니즘 자취와 흔적을 찾는 여정

알아두면 잘난 척하기 딱 좋은 **샤머니즘의 세계**

샤머니즘은 관념이 아니라 실질적인 삶의 방식이자 일종의 종교 행위라고 할 수 있다. 많은 사람들이 샤머니즘을 섣불리 미신으로 치부하면서 그에 대한 탐구를 소홀히 한 탓에 그에 대한 다양하고 풍부한 정보를 접하는 게 쉽지 않다. 이 책 『샤머니즘의 세계』에서는 샤머니즘의 본질과 근원을 비롯해 우리가 제대로 알지 못하는 샤머니즘에 대한 올바른 지식을 전하고자 한다.

샤머니즘은 흔적은 전 세계에 걸쳐 남아 있어 현재도 실질적인 샤먼이 여러 형태로 존재하고 있다. 『샤머니즘의 세계』에서는 샤먼과 샤머니즘의 이해를 위한 각종 정보를 제공하고 샤먼의 종류, 샤머니즘의 제례의식 등을 살펴본다. 인류의 오랜 종교적 문화를 담고 있는 샤먼과 샤머니즘의 세계를 엿볼 수 있는 좋은 기회가 될 것이다.

이상화 지음 | 인문·교양 | 328쪽 | 18,800원